CATHERINE SHEPHERD

Auf den Flügeln der Angst

Zons-Krimi

1. Auflage 2014

Lektorat: Franziska Gräfe

Cover-Design: Alex Saskalidis

Druck: CPI books GmbH
Eberhard-Finckh-Straße 61
89075 Ulm
Kafel Verlag, Catherine Shepherd,
Franz-Radziwill-Weg 12, 26389 Wilhelmshaven

www.catherine-shepherd.com
kontakt@catherine-shepherd.com

ISBN 978-3-944676-02-9

Warum die Hölle im Jenseits suchen?
Sie ist schon im Diesseits vorhanden,
im Herzen der Bösen.

Jean-Jacques Rousseau

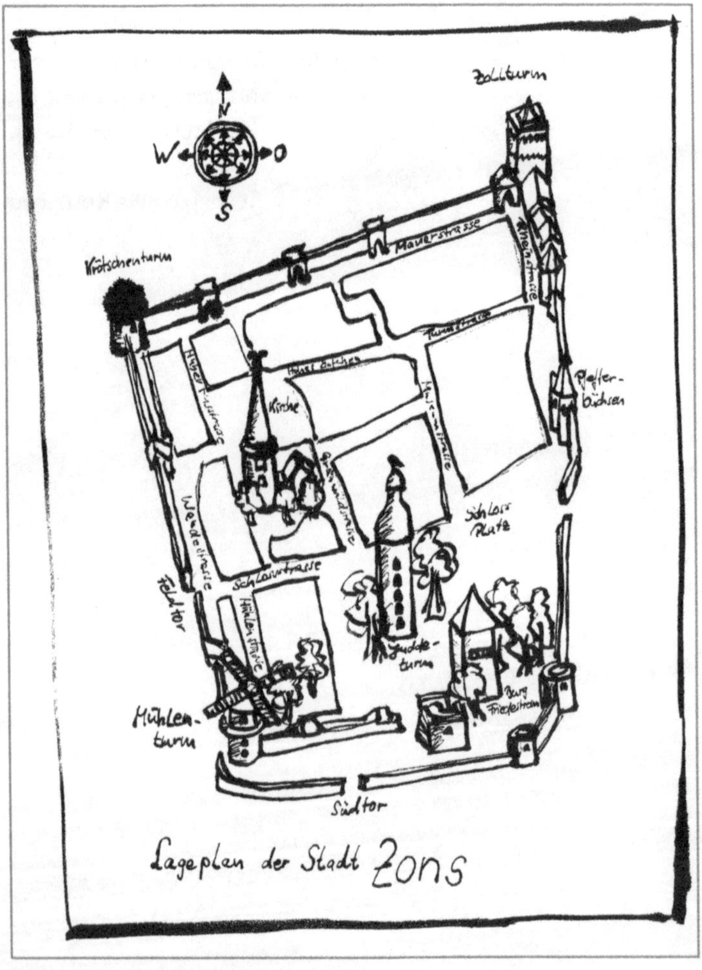
Zollturm
N
W
O
S
Mauerstrasse
Rheinstrasse
Krötschenturm
Pfeffer-
büchsen
Kirche
Schloss
Platz
Juddeturm
Feldtor
Schlosstrasse
Mühlenstrasse
Mühlen-
turm
Burg
Friedestrom
Südtor
Lageplan der Stadt Zons

I.

Gegenwart

PROLOG

April

Saskia genoss das Gefühl der Dominanz. Sie senkte den Blick und betrachte das Gesicht des Mannes, der mit geschlossenen Augen unter ihr lag. Er stöhnte leise durch den halboffenen Mund, als sie ihre Bewegungen verstärkte. Ihr Tag war ein Albtraum gewesen und sie brauchte dringend Ablenkung. Allen Bemühungen zum Trotz wuchsen die finanziellen Probleme ihr allmählich über den Kopf. Saskia wusste nicht mehr, wie sie die Miete für den nächsten Monat zusammenkratzen sollte. Sie dachte an ihren kleinen Sohn, der jetzt ganz alleine in ihrer schäbigen Wohnung schlief und ihre Abwesenheit hoffentlich nicht bemerkte. Das schlechte Gewissen stach plötzlich wie ein Hornissenschwarm in ihre Eingeweide. Schnell fokussierte sie den Blick wieder auf das Gesicht unter ihr. Sie hatte ihn erst heute Abend kennengelernt und eine verächtliche Stimme in ihrem Inneren beschimpfte sie dafür, dass sie diesem Typen nach ein paar Drinks in seine Wohnung gefolgt war. Doch er sah gut aus und hatte ihr ein großzügiges Trinkgeld spendiert. Eigentlich sogar das großzügigste, dass sie je in der Kneipe, in der sie regelmäßig kellnerte, ergattert hatte.

Saskia fühlte sich leicht benebelt, während sie sich unablässig auf ihrer neuen Eroberung hin- und herbewegte. Ihre schwarz lackierten Fingernägel gruben sich tief in die weiche Haut seines Halses ein und hinterließen ein Muster aus feinen roten Linien. Ein perfekter Kontrast zu ihrem Tattoo, das von schillerndem Grün dominiert wurde. Das Tattoo befand sich seit drei Jahren auf ihrer Haut und Saskia fand es immer noch so schön wie am ersten Tag. Sie erinnerte sich genau an die Schmerzen, die sie beim Aufbringen ertragen hatte. Die Nadeln drangen in kurzen Zeitabständen stechend in ihren Unterarm ein, aber am Ende krönte eine wunderschöne Meerjungfrau ihre fahle blasse Haut und Saskia konnte kaum die Augen von diesem Bild lösen.

Sie hielt kurz inne und blinzelte. Ihr Blick haftete auf dem intensiven Grün des Meerjungfrauenschwanzes. Die einzelnen Schuppen waren ganz klar zu erkennen. Durch die Bewegungen ihres Unterarmes wirkte der Schwanz nahezu lebendig. Ganz sanft bewegte er sich hin und her und die vielen Schuppen schoben sich intervallartig ineinander, um sich kurz darauf wieder auszudehnen. Saskia fühlte sich leicht und ekstatisch. Sie schloss die Augen ein wenig. Gerade soweit, dass sie die Meerjungfrau weiter im Blick hatte. Die rhythmischen Bewegungen des schillernden Wasserwesens wurden immer heftiger und mit einem Mal kam es Saskia so vor, als würde es tatsächlich im Wasser schwimmen. Schon schob sich der Schwanz klatschend durch die Wellen, die von Sekunde zu Sekunde größer wurden und plötzlich über ihren Unterarm schwappten. Saskia grinste. Sie hatte wohl etwas zu tief ins Glas geschaut. Ohne mit ihren Bewegungen aufzuhören, zählte sie im Geist die Anzahl der Weingläser nach, die sie an diesen Abend getrunken hatte. Komisch, mehr als drei Gläser konnten es nicht gewesen sein. Instinktiv schloss sie die Augen und schüttelte den Kopf, um das Trugbild loszuwerden. Betont langsam atmete sie ein und öffnete dann die Augen.

Ihr Puls beschleunigte sich bei dem Anblick, der sich ihr plötzlich bot. Erschrocken blinzelte sie. Was war nur mit ihr los? Die Meerjungfrau war verschwunden. Stattdessen hatte sich das Wasser auf dem ganzen Bett ausgebreitet und die Wellen schlugen mit einem gehässigen Schmatzen über dem Kopf ihrer Eroberung zusammen. Der Mann unter ihr hatte aufgehört zu stöhnen. Mit weit aufgerissenen Augen starrte er sie an und schrie. Plötzlich sah er gar nicht mehr so attraktiv aus, mit seinem verzerrten Mund und dem panischen Ausdruck auf dem Gesicht. Er riss an ihrer Schulter und versuchte sie ins Wasser zu zerren. Saskia spürte das kalte Nass und wehrte sich gegen seine festen Hände. Keinesfalls wollte sie sich unter Wasser ziehen lassen. Der Mann unter ihr schrie, doch sie konnte seine Worte nicht verstehen. Alles, was sie hörte, war das Rauschen des Wassers, welches sich mittlerweile im ganzen Zimmer ausgebreitet hatte. Sie spürte die Kälte und wusste instinktiv, dass sie auf ihm sitzenbleiben musste, wenn sie nicht ertrinken wollte. Hektisch drückte sie seine Arme nach unten und entwand sich seinen flehenden Griffen. Das Wasser schwappte in großen Wellen über sein Gesicht und nahm ihm die Luft zum Atmen. Saskias Herz raste panisch. Doch sie wusste, dass sie ihm nicht helfen konnte. Sein Kopf war mittlerweile vollständig unter Wasser. Blubbernde Luftblasen bahnten sich den Weg an die Oberfläche und der Körper unter ihr begann, unkontrolliert zu zucken. Saskia spürte, wie ihr Herz gegen die Rippen hämmerte. Blut schoss in gewaltigen Mengen in ihren Kopf und brachte ihre Augäpfel fast zum Platzen. Der Druck wurde unerträglich und gleißende Blitze zuckten durch ihr Blickfeld, an dessen Rand sie plötzlich eine riesige alte Mauer wahrnahm. Das grelle Bild brannte sich in ihr Gehirn und Saskias Sehzentrum versagte. Blind und orientierungslos presste sie die Oberschenkel an den Mann und blieb rittlings auf ihm sitzen. Sie wusste nicht wie ihr geschah, und spürte eine heftige Welle der Panik, die sie abrupt in die Dunkelheit riss. Die Luft blieb ihr weg und sie fühlte, wie sie in der nassen Kälte nach unten sackte. Dann wurde alles schwarz und Saskia spürte nichts mehr außer der Angst, die ihr Herz fest umklammerte.

Einen Monat zuvor - März

Nils schrie sich die Seele aus dem Leib. Saskia unterdrückte den Wunsch, aufzustehen und ihm einen dicken Knebel in den Hals zu schieben. Sie sehnte sich einfach nur nach ein wenig Ruhe. Sie liebte ihren Sohn, aber während seiner Koliken war er unerträglich. Wie viele Monate hielt sie das jetzt schon aus? Gequält von Schlaflosigkeit und ständigen Geldsorgen hatte sie inzwischen das Gefühl, den Verstand zu verlieren. Ihre Finger wählten automatisch die Nummer des ärztlichen Notdienstes. Sie wusste, dass Dr. Stirner heute Dienst hatte. Er betreute Nils seit der Geburt und seine Behandlung würde ihren Sohn zumindest für diese Nacht von den Krämpfen befreien und ihr eine Atempause verschaffen.

Sie holte tief Luft und ging ins Bad. Ihr Blick blieb am Spiegelbild hängen. Missmutig fuhr Saskia sich mit den Fingern durch das blonde, leicht strähnige Haar. Wann hatte es nur angefangen, dass sie sich selbst so vernachlässigte? Sie war gerade einmal vierundzwanzig Jahre alt. Zumindest auf dem

Papier. Ihr Spiegelbild sagte etwas anderes. Die tiefen Ringe unter ihren Augen und die mollige Gestalt ließen sie locker fünfzehn Jahre älter wirken. Seit Matthias sie kurz nach der Geburt von Nils im Stich gelassen hatte, lebte sie alleine. Das war jetzt viereinhalb Jahre her und seitdem hatte sie keinen Mann mehr in ihr trauriges Herz gelassen. Ein paar kurze Affären waren alles, womit sie ab und zu gegen die Einsamkeit ankämpfte. Für mehr blieb keine Zeit. Nils war von Anfang an ein quengeliges und kränkelndes Kind gewesen. Es war fast so, als hätte seine Seele die ganze Hoffnungslosigkeit ihrer eigenen Existenz aufgesogen. Sie war unglücklich, litt unter Angstzuständen und Nils wurde von ständigen Krankheiten geplagt. Während er schon als kleines Baby heftig von den Drei-Monats-Koliken betroffen war, verließ ihr Ex, Matthias, die Familie. Einfach so, von einem Tag auf den anderen. Keine fünf Monate später schmiss Saskia ihr Journalismus-Studium hin. Nils entwickelte zeitgleich eine chronische Darmentzündung, die ihm bis heute in unregelmäßigen Abständen das Leben zur Hölle machte. Und gerade jetzt, wo sie ihren Job in der Buchhaltung einer kleinen Spedition verloren hatte, kehrten Nils' Krämpfe zurück und machten es ihr unmöglich, klar zu denken.

Die Türklingel schellte und Saskia schrak zurück. Sie hatte doch gerade erst die Nummer des ärztlichen Notdienstes gewählt, konnte Dr. Stirner so schnell hier sein? Sie warf einen letzten ungläubigen Blick auf ihr fremdes Ich im Spiegel und verließ dann hastig das Badezimmer, um die Wohnungstür zu öffnen.

»Pascal, was machst du denn hier?« Erstaunt ließ Saskia die Türklinke los. Mit ihrem Stiefbruder hatte sie zu dieser Uhrzeit überhaupt nicht gerechnet.

Pascal blickte sie aus glänzenden, verklärten Augen an

und setzte ein schiefes, aber überaus charmantes Grinsen auf. »Wie geht es meiner herzallerliebsten Schwester heute Abend?«

Saskia gab einen grunzenden Laut von sich. »Was willst du hier?«, wiederholte sie, während sie ungeduldig auf den Zehenspitzen auf und ab wippte. Ihr Stiefbruder sah aus, als hätte er wieder einmal zu tief ins Glas geschaut oder noch schlimmer, sich mit Koks oder LSD aufgeputscht. Seine Augen hatten einen unnatürlichen abgehobenen Glanz. Saskia schüttelte den Kopf. »Hast du wieder gespielt?«

Pascal schürzte die Lippen. »Ach komm schon, Schwesterherz. Sei nicht so streng und lass mich rein.« Er beugte sich zu ihr hinüber, drückte ihr einen Kuss auf die Wange und schob sich an Saskia vorbei in den Flur. Saskia überlegte noch ein paar Sekunden, ob sie Pascal wieder vor die Tür setzen sollte, entschied sich jedoch dagegen und ließ seufzend, mit einem leichten Schubser die Wohnungstür zurück ins Schloss fallen. Sie konnte ihrem Stiefbruder einfach nichts abschlagen. Das war schon immer so gewesen. Sie liebte ihn seit jenem Augenblick, als er plötzlich mit ihren Eltern vor dem Kinderzimmer stand.

»Wir möchten dir deinen neuen Bruder vorstellen.« Fast schon mit Gewalt hatte ihr Vater den schmächtigen Jungen mit beiden Händen in ihr Zimmer hineingeschoben. Der Junge hielt den Kopf so tief gesenkt, dass Saskia zunächst sein Gesicht nicht erkennen konnte. Ein kaum hörbares »Hallo« drang aus seinem Mund. Dann hob er den Kopf und Saskia war von seinem hübschen Gesicht gefangen. Tiefblaue große Jungenaugen blickten ihr direkt ins Herz und in diesem Augenblick verwandelte er sich in jenen geliebten Bruder, den ihre Eltern ihr schon so lange versprochen hatten. Saskia hatte sich immer einen Bruder gewünscht, aber ihre Mutter konnte nach der schweren Geburt keine weiteren Kinder mehr bekommen. Nach vielen erfolglosen Versuchen hatten Saskias Eltern beschlossen, ein Kind zu adoptieren. Pascal war ein paar Jahre älter als Saskia und nahm nach kurzer Eingewöhnungsphase in der neuen Familie die Rolle des großen Bruders ein. Sein wohlgeformtes Gesicht und sein angeborener Charme öffneten jedes Herz und Pascal entwickelte sich schnell zu einem der begehrtesten Jungen in Saskias Schule.

Doch trotz seiner Beliebtheit überwand Pascal die Unsicherheit tief in seinem Innersten nie. Er war eine labile Persönlichkeit, die ständig neue Reize brauchte, um den Zweifel und das Gefühl des Ungeliebtseins zu verdrängen. Pascal war von seinen leiblichen Eltern vernachlässigt und misshandelt worden. Diese ersten Kindheitserfahrungen hinterließen eine dunkle Spur des Misstrauens in seinem Herzen, die er einfach nicht ablegen konnte. Er spielte mit seinem Charme und gewann in Windeseile die Zuneigung eines Menschen, nur um sich im nächsten Augenblick schon wieder einer anderen Gelegenheit zuzuwenden. Er flatterte wie ein Fähnchen im Wind und kein Mast war stark genug, um ihm Stabilität zu geben. Nur Saskia war ein konstantes Objekt seines Beschützerinstinktes. Sie war sein kleiner Schatz, den er wie sein eigenes Leben hütete.

»Hat er wieder Bauchschmerzen?«, Pascal flüsterte, während er gleichzeitig durch den Spalt ins Kinderzimmer spähte. »Dr. Stirner wird jeden Moment hier eintreffen, dann wird es ihm besser gehen«, erwiderte Saskia und bugsierte Pascal mit diesen Worten in das kleine Wohnzimmer. Dort ließ ihr Bruder sich mit einer lässigen Geste auf die Couch sinken.

»Also, was willst du von mir?« In Saskias Bauchgegend machte sich ein ungutes Gefühl breit. Sie wollte endlich wissen, was Pascal zu so später Stunde zu ihr trieb. Pascal bedachte sie mit einem weiteren charmanten Lächeln. »Ich wollte dich sehen, Schwesterherz. Ist das so schlimm?« Doch Saskia gab sich mit dieser Antwort nicht zufrieden. Sie kannte ihn einfach zu gut. »Raus mit der Sprache, Pascal!«

Das Schrillen der Türklingel durchbrach die Anspannung.

»Guten Abend, Dr. Stirner. Gut, dass Sie hier sind. Nils hat schon wieder heftige Bauchkrämpfe.« Saskia ließ den Arzt eintreten. Den Weg zum Kinderzimmer kannte Dr. Stirner bereits. »Seit wann ist es wieder schlimmer geworden?« Stirner setzte seinen Arztkoffer auf dem Kinderschreibtisch ab und bereitete eine Spritze vor. »Angefangen hat es vor drei Tagen. Ich habe ihn extra aus dem Kindergarten genommen und ihm hier so viel Ruhe wie möglich gegeben, aber seit heute Abend geht es ihm wesentlich schlechter.«

Dr. Stirner nickte bedächtig und fuhr dem Jungen mit einer beruhigenden Geste über die Stirn. Dann schob er den Schlafanzug hoch und tastete behutsam den aufgedunsenen Leib ab. »Er hat eine hohe Darmperistaltik und unglaublich viel Luft im Bauch.« Dr. Stirner drückte weiter auf Nils‘ Unterleib herum. Der Kleine gab leise, klagende Laute von sich. »Tut es hier weh?« Nils schüttelte den Kopf. »Das ist gut.« Dr. Stirner setzte sich neben Nils aufs Bett. »Den Blinddarm können wir wieder einmal ausschließen. Hat er Schonkost bekommen?« Saskia nickte heftig. »Ja, wie Sie es mir geraten haben. Nichts Blähendes oder Schwerverdauliches und im Wesentlichen gedünstetes Gemüse.« Der Arzt erhob sich wortlos und griff nach der Spritze, die er auf den Schreibtisch gelegt hatte. »Ich gebe ihm jetzt ein krampflösendes Mittel. Innerhalb der nächsten zwanzig Minuten sollte es wirken und dann kann der kleine Mann schlafen. Sollten die Beschwerden morgen weiterhin anhalten, müssen Sie in meine Praxis kommen.«

Dr. Stirner spritzte den kleinen Nils routiniert und legte anschließend die Utensilien in den Arztkoffer zurück. »Glauben Sie, dass sich die Entzündung verschlimmert hat?« Obwohl Saskia wusste, dass solche Krampfphasen zu Nils' Krankheit gehörten, sorgte sie sich stärker als nötig um den Zustand ihres Sohnes. Dr. Stirner überlegte, schüttelte dann aber den Kopf. »Ich gehe davon aus, dass es morgen wieder besser ist. Er hat kein Fieber. Das spricht gegen eine große Entzündung. Warten wir es einfach ab.« Mit diesen Worten verabschiedete er sich.

Während Saskia über den kurzen Flur zurück ins Kinderzimmer ging, schossen ihr alle erdenklichen Horrorvisionen über mögliche Komplikationen von Nils' Erkrankung durch den Kopf. Ein Darmverschluss mit anschließender Notoperation war fast noch die harmloseste Variante, die sich vor ihrem inneren Auge abspielte und ihr ohnehin schon angespanntes Nervenkostüm vibrieren ließ. Mit zusammengepressten Lippen betrat sie das Kinderzimmer.

Pascal saß neben Nils und streichelte liebevoll den aufgeblähten Bauch. Dabei summte er eine beruhigende Melodie. Die Szenerie zauberte Saskia ein Lächeln auf das Gesicht und wischte die Sorgen für einen Moment beiseite.

»Schlaf schön mein Kleiner«, sagte sie sanft zu Nils und gab ihm dabei einen Kuss. Ohne ein weiteres Wort setzte sie sich neben Pascal aufs Bett und wartete mit ihm, bis Nils sich entspannte und sein Atem tiefer wurde. Nach ein paar Minuten zuckte der kleine Körper, kurz bevor er endgültig in einen tiefen Schlaf glitt. Auf Zehenspitzen verließen Saskia und Pascal das Kinderzimmer.

»Ich hole uns etwas zu trinken und dann reden wir.« Saskias Ton duldete keinen Widerspruch. Sie öffnete zwei Bierdosen und reichte eine davon Pascal, der es sich bereits wieder auf der Couch bequem gemacht hatte.

»Ich brauche Geld«, platzte er ohne Vorankündigung heraus. In seinen Augen spiegelte sich eine Mischung aus Verzweiflung und der Gewissheit, dass Saskia ihm nichts abschlagen konnte. Ein heiseres Lachen kam über ihre Lippen. »Du weißt, dass ich nichts habe, was ich dir geben kann.« Die Strenge ihrer eigenen Stimme überraschte sie. Sie konnte ihm nicht schon wieder aushelfen. Das Geld, welches sie ihm bisher geliehen hatte, hatte sie bis zum heutigen Tag nicht wiedergesehen. Außerdem wusste sie selbst nicht, wovon sie ihre nächste Miete zahlen sollte. »Ich habe meinen Job verloren. Nils war so oft krank und ich konnte nicht arbeiten gehen, sodass sie mich vorgestern vor die Tür gesetzt haben. Mein Chef hat sich nicht einmal die Mühe gemacht, es mir persönlich zu sagen. Es war ein lapidarer Anruf, der nicht einmal zwei Minuten gedauert hat.« Resigniert ließ Saskia sich zu ihrem Stiefbruder auf die Couch fallen.

»Hast du mit Emily gesprochen?«

Entnervt schüttelte Saskia den Kopf. »Nein. Wir haben uns in letzter Zeit nicht allzu oft gesehen.«

»Aber ihr beide habt euch im Studium doch so gut verstanden?« Pascal ließ nicht locker.

»Mein Studium ist lange vorbei.« Abwehrend lehnte Saskia sich vor und griff in einen Zeitungsstapel, der vor ihr auf dem Wohnzimmertisch ausgebreitet lag. Sie wollte das Thema wechseln. Es war ihr unangenehm, eine Freundin um Hilfe zu bitten. Sicherlich, Emily war mittlerweile eine recht bekannte Journalistin im Rheinland und konnte vielleicht ihre Unterstützung gebrauchen. Ihre Reportagen über historische Serienmörder, die vor über fünfhundert Jahren in der kleinen Stadt Zons für Angst und Schrecken sorgten, hatten Emily in den vergangenen Monaten zu einer kleinen Berühmtheit werden lassen. Umso unbehaglicher war es Saskia, gerade jetzt wieder zu ihr Kontakt aufzunehmen. Schließlich wollte sie ungern als Schmarotzerin dastehen, die nur auf den eigenen Vorteil aus war. Andererseits hatte Emily sie vor ein paar Monaten selbst gefragt, ob sie ein paar Recherchearbeiten für sie erledigen könnte. Doch zu diesem Zeitpunkt hatte Saskia gerade den Job in der Buchhaltung eines Logistikunternehmens angetreten. Im Nachhinein bedauerte sie ihre Absage.

»Hör zu, Saskia«, Pascals Stimme klang beschwörend. »Was ist denn so schlimm daran, eine alte Freundin zu treffen? Du könntest dich mit ihr verabreden und ich passe in der Zeit auf Nils auf. Dann könnt ihr euch in Ruhe unterhalten. Ich bin mir sicher, dass meine Story ihr gefallen könnte.«

Saskia seufzte. Seit Wochen nervte Pascal sie mit seiner Geschichte, die er unbedingt an eine große Zeitung verkaufen wollte. Sie hatte seine Arbeit gelesen und hielt nicht besonders viel davon. Pascal hatte kein Talent und sein Text wirkte spröde und langweilig. Aus Saskias Sicht war das auch kein Wunder, denn er hatte mit einem Medizinstudium begonnen, in dem das Formulieren von spannenden Reportagen bekanntermaßen nicht im Mittelpunkt stand. Aus Rücksicht hatte sie ihm ihre Meinung nicht gesagt. Behutsam versuchte sie, ihn von seiner Idee abzubringen. »Du weißt, dass Emily sich auf historische Mordfälle spezialisiert hat. Warum sollte sie dein Thema interessieren?«

»Wenn du sie nicht fragst, werden wir es nie erfahren. Außerdem könntest du für sie arbeiten. Und ...«, er machte eine lange Pause, «ich könnte dir sofort dein Geld zurückzahlen, wenn sie meine Story kauft.«

»Ich glaube nicht, dass Emily sich für deine Abenteuer in nächtlichen Spielhöllen interessiert.« Saskias Stimme wurde schrill. »Du bist spielsüchtig, Pascal. Du solltest einen großen Bogen um jedes Spielkasino machen und dir einen anständigen Job suchen, statt dein ganzes Erbe zu verpulvern.«

Pascals Züge verhärteten sich. »Das ist nicht fair von dir. Du weißt genau, dass ich keinen Cent aus der Firma bekomme, ganz im Gegensatz zu dir!«

Saskia blitzte Pascal wütend an. Seit sie ein uneheliches Kind zur Welt gebracht hatte, wollte ihr Vater nichts mehr von ihr wissen. Trotzdem war sie immer noch für die Übernahme des Familienimperiums vorgesehen. Im Augenblick interessierte sie dieses Thema jedoch überhaupt nicht. Nervös wühlte sie in dem Zeitungsstapel herum und überflog dabei die einzelnen Seiten, ohne wirklich zu lesen. Es war ein reines Ablenkungsmanöver für ihren unruhigen Geist. Sie wollte sich nicht mit Pascal streiten. Eine mit blauem Kugelschreiber markierte Anzeige brachte Saskias Augen zum Stillstand. Vor ein paar Tagen hatte sie diese Stelle markiert.

»*Probanden für neue klinische Langzeitstudie gesucht. Geeignet sind gesunde Frauen im Alter von 18-35 Jahren. Sie erhalten eine attraktive Aufwandsentschädigung von bis zu fünfzehntausend Euro.*«

»Was liest du?« Pascal nahm ihr die Anzeige aus der Hand und überflog die Zeilen. Als er fertig war, blickte er auf und seine Augen strahlten. »Wie schnell bekommst du das Geld?«

II.

Vor fünfhundert Jahren

Martha versuchte Luft zu holen. Wenn sie jetzt nicht atmete, würde sie bald in Ohnmacht fallen und dann hätte sie keine Kraft mehr, sich gegen die schwieligen Hände zu wehren, die sie gewaltsam unter Wasser drücken wollten. Sie gab für einen Augenblick ihre Gegenwehr auf und tauchte in das schmutzige Wasser des Burggrabens ein. Sie öffnete die Augen und blickte in einen Strudel aus Luftblasen, die sich angestrahlt vom kalten Mondlicht den Weg zurück an die Wasseroberfläche bahnten. An dieser Stelle war der Burggraben knapp zwei Meter tief, und als Martha mit den Füßen den Boden berührte, ging sie in die Knie und stieß sich mit aller Kraft nach oben ab. Die Hände, die eben noch ihren Kopf unter Wasser drückten, wurden von der Wucht ihres nach oben schnellenden Körpers weggedrückt. Martha durchstieß die Wasseroberfläche und ihre Lungen sogen ächzend Luft ein. In der Dunkelheit sah sie schemenhaft das Gesicht ihres Peinigers vor sich, Augen, Nase und Lippen zu einer teuflischen Grimasse verzerrt. Schon spürte Martha wieder die schwieligen Hände auf ihren Schultern, die sie mit der Kraft eines Dämons zurück in den Burggraben drückten. Sie setzte ihre Ellenbogen ein und traf seine Kehle. Ein glucksendes Geräusch verriet ihr, dass der Mann nach Luft rang. Sie setzte nach und stieß ihm das Knie tief in die Eingeweide. Der Mann krümmte sich und Martha gelang es, sich aus seinem festen Griff zu winden.

Sie wusste, warum er ihr aufgelauert hatte. Sie kannte sein Geheimnis und nun wollte er sie loswerden. Ihr war zunächst gar nicht klar gewesen, was er an der alten Stadtmauer gesucht hatte. Still hatte sie hinter einem Mauervorsprung gekauert und darauf gewartet, dass sie sich heimlich davonschleichen konnte. Doch der Mann mit den schwieligen Händen hatte sie entdeckt und jetzt griff er nach ihrem Bein. Marthas Stoß war nicht hart genug gewesen und die wenigen Sekunden, die er außer Gefecht gesetzt war, gaben ihr keine Zeit zur Flucht. Das Wasser des Burggrabens funkelte dunkel und schmatzte, als er sie erneut unter Wasser drückte. Marthas Schrei wurde vom Wasser verschluckt. Wie eine verzerrte Luftblase schwappte er an die Oberfläche, um dort oben als leiser Hauch zu sterben. *Sterben.* Das Wort hallte in Marthas Kopf. Martha wollte nicht sterben. Sie dachte an ihre beiden Söhne, Christan und August. Ihr Herz verkrampfte sich und mit aller Kraft riss Martha sich noch einmal los. Sie schaffte es an die Wasseroberfläche und sog den ersehnten Sauerstoff tief in die Lungen ein. Wieder drückten die schwieligen Pranken sie nach unten. Marthas Blick wurde trüb. Das eisige Wasser des Burggrabens füllte langsam ihren Brustkorb. Für einen Augenblick empfand Martha die Kälte als merkwürdig beruhigend. Sanft, aber unnachgiebig brachte sie ihre Muskeln zum Erstarren. Reflexartig atmete sie ein. Ein weiterer Schwall kalten Wassers ergoss sich in ihre Atemwege und Martha spürte, wie sie das Bewusstsein verlor. Das letzte Bild, welches ihre sterbenden Augen sahen, waren die Gesichter ihrer beiden Söhne. Mit schwerem Herzen verabschiedete Martha sich still von ihnen. Dann riss die Kälte sie weiter in den Abgrund des dunklen Burggrabens hinein und der Tod empfing sie mit einem schwarzen Schleier. Eine einzelne Luftblase bahnte sich den Weg an die Wasseroberfläche. Ihr schillernder Tanz im bläulichen Mondlicht war der letzte Zeuge ihres Kampfes, den sie für immer verloren hatte.

...

Bastians Kopf dröhnte. Instinktiv versuchte er, den pochenden Schmerz an den Schläfen durch den Druck seiner Hände zu vertreiben. Der saure Geschmack auf seiner Zunge fühlte sich unangenehm pelzig an und die Augen konnte er nicht öffnen, weil das anbrechende Tageslicht einfach viel zu grell war. Seine Unterlage war kalt und steinhart. Einen kurzen Moment lang überlegte er, wo er sich befand. Langsam kehrte die Erinnerung zurück. Das leise Stöhnen seines Freundes Wernhart, der kaum eine Handbreit von ihm entfernt lag, zerstreute seine letzten Zweifel. Mühsam setzte Bastian sich auf und öffnete die Augen gerade so weit, dass er den Raum überblicken konnte. Pfarrer Johannes lag rücklings auf einer Holzbank. Sein Schnarchen hallte von den hohen Wänden wider. Sie befanden sich in einer Hinterkammer der St. Martinus Kirche. Johannes hatte gestern seinen Geburtstag im Wirtshaus »Zur alten Henne« gefeiert und Bastian konnte sich nicht erklären, wie sie hierher gelangt waren. Mühsam spulte er in seinem Kopf den gestrigen Abend zurück. Seine Erinnerungen reichten bis zur Ausgangspforte der Schenke, danach rissen sie einfach ab. Ein Grinsen schlich sich in sein Gesicht. Ein so ausgiebiges Gelage wie gestern Nacht hatten sie schon lange nicht mehr gefeiert. Der Wein war in Strömen geflossen. Bastian ließ den Kopf in den Nacken fallen und schloss die

Augen. Ein plötzliches Krachen der Tür ließ ihn aufspringen.

»Bastian, gut, dass ich Euch hier finde. Ich habe meine Mutter im Burggraben gefunden. Sie ist tot.«

Bastian blickte in das entsetzte und von Tränen verquollene Gesicht Christans. Seine Lider waren gerötet und die Haut wirkte aschfahl. Bastian blinzelte und versuchte zu verstehen, was Christan gerade gesagt hatte. Sein Hirn schwappte immer noch wie volltrunken zwischen seinen Schädelhälften hin und her. Das Denken fiel ihm schwer. Trotzdem malte sich ein düsteres Bild vor seinem inneren Auge ab. Er stöhnte. »Martha war gestern den ganzen Abend bei uns, wie kann sie jetzt tot sein?«, stammelte er mühsam. Ein Blick in Christans Gesicht genügte, um zu erkennen, wie sinnlos diese Frage war. Schnell schob Bastian hinterher: »Wann hast du sie gefunden?«

Christan, der sichtlich aufgewühlt war, stotterte: »Sie ist nicht nach Hause gekommen und beim ersten Lichtstrahl habe ich sie gesucht.« Er schluchzte heftig. »Ich habe sie im Burggraben gefunden. Sie trieb mit dem Rücken nach oben im Wasser. Als ich sie herauszog, waren ihre Glieder ganz kalt und steif. Sie war längst tot.« Verzweifelt schlug sich Christan die Hände vor das Gesicht und weinte.

Pfarrer Johannes fuhr mit einem lauten Grunzen von der Bank hoch und blickte sich verwirrt um. »Was geht hier vor?« Seine Stimme klang heiser.

»Martha ist tot«, erwiderte Bastian tonlos. Der alte Pfarrer bekreuzigte sich und legte Bastian seufzend die Hand auf die Schulter. »Sieht so aus, als hättet Ihr wieder alle Hände voll zu tun, mein Sohn.«

...

Wernhart rümpfte die Nase und ließ mit sichtlicher Erleichterung Marthas Leichnam auf den Holzkarren des Arztes fallen. Josef Hesemann, einziger Arzt in Zons, war ganz in seinem Element. Noch bevor Bastian und Wernhart die Leiche ganz aus dem Wasser herausziehen konnten, hatte Josef mehrere Blutergüsse an den Handgelenken und am Hals entdeckt. Während Bastian der Gedanke an einen Mord erschütterte und er am liebsten an einen Unfall geglaubt hätte, deckte Josef von Minute zu Minute neue Indizien auf, die darauf hindeuteten, dass Martha gewaltsam ertränkt worden war.

»Wir müssen sie zu mir nach Hause bringen. Dort kann ich ihre Lungen genauer untersuchen und endgültig feststellen, ob sie langsam im Suff ertrunken ist oder mit Gewalt unter Wasser gedrückt wurde.«

Bastians Magen rebellierte. Ein kurzer Blick zu Wernhart verriet ihm, dass dieser ebenfalls unter den Folgen des vielen Weins der letzten Nacht litt. Josef hingegen merkte man die durchzechte Nacht nicht im Geringsten an. Ein Windstoß strich durch Bastians blonde Strubbelhaare und instinktiv griff er sich an den Kopf. Der Himmel strahlte im allerschönsten Blau und die Luft roch nach Frühling. Überall flog der Samen von Löwenzahn durch die Luft und die vielen weißen Flocken erinnerten Bastian an Schnee. Der Wind wirbelte den weichen Flaum über Bastians Kopf hinweg und ließ die Flocken dabei einen wilden Tanz aufführen. Wie ein surrender Bienenschwarm stiegen sie auf und ab, um schlussendlich auf dem grünen Gras zu landen.

Ein düsterer Geruch lenkte Bastians Aufmerksamkeit auf den Leichnam, der nun tropfnass auf dem Holzkarren lag. Seit Bastian bei der Zonser Stadtwache auch für Mord und Betrug verantwortlich war, hatte er schon viele Leichen zu Gesicht bekommen und ebenso viele Morde aufgeklärt. Marthas Körper wirkte im Gegensatz zu vergangenen Fällen weder entstellt noch geschändet, trotzdem berührte Bastian ihr Tod tiefer als sonst. Ein Blick auf Christan verstärkte das Gefühl. Martha war Christans Stiefmutter, eigentlich seine Tante, gewesen. Seine leibliche Mutter war bei der Geburt gestorben und Martha hatte sich der Zwillinge angenommen. August, der Zwillingsbruder, besaß eine kalte Seele und war erst vor ein paar Monaten aus Zons verschwunden. Christan hatte mit dem heutigen Tag den letzten Menschen verloren, der ihm nahe gestanden hatte.

Wernharts Hand legte sich auf Bastians Schulter. »Wir sollten den Karren jetzt zu Josefs Haus ziehen.«

Bastian nickte kurz und ergriff die eine Seite des langen Holzgriffes, der aus der Vorderseite des Karrens herausragte. Wernhart tat es ihm nach. Mit einem kurzen Ruck setzten sie den Wagen in Bewegung und zogen ihn mühelos über den holprigen Pflastersteinweg, der am langen Burggraben entlang hinein in den Stadtkern führte. Zons galt als uneinnehmbare Festung, die vor über einhundert Jahren auf Geheiß des Erzbischofs Friedrich von Saarwerden angelegt worden war. Die Stadtmauern glichen einem überdimensionalen Trapez und waren aus dicken Basaltsteinen errichtet worden. Vier große Wehrtürme ragten stolz an den Ecken der Festung empor. Einer davon war der Mühlenturm im Südwesten der Stadt, der in Kriegszeiten die Angreifer auf dieser Seite der Mauer in Schach halten sollte. Am Fuße des Mühlenturms war Bastian als jüngster Sohn des Zonser Müllers aufgewachsen. Obwohl er eine kräftige Statur hatte und sicherlich mühelos in die Fußstapfen seines Vaters hätte treten können, nahm sich Pfarrer Johannes des kleinen Bastian an und unterrichtete ihn schon früh im Lesen und Schreiben. Bastian erwies sich als kluger und gelehriger Schüler, was nicht zuletzt der Grund dafür war, dass er bereits in jungen Jahren eines der wichtigsten Ämter in der Zonser Stadtwache übertragen bekam. Seine Aufgabe war es kriminelles Gesindel aus Zons fernzuhalten und den Bewohnern ein friedliches Miteinander zu ermöglichen. Er nahm diese Verantwortung sehr ernst.

Der Wagen holperte durch die Grünewaldstraße. Der Arzt Josef Hesemann wohnte direkt neben der St. Martinus Kirche. Aufgeregt lief er vor Bastian und Wernhart her und öffnete ein dunkles hölzernes Tor, welches knarrend den Weg in den kleinen Innenhof seines Haus freigab. Kaum hatten sie den Karren abgestellt, hievten sie die tote Martha auf einen robusten Holztisch. Josef begann sogleich, die durchnässten Kleider vom Körper der Toten zu entfernen. Vorsichtig schnitt er den groben Leinenstoff auseinander, unter dem Marthas nackte aufgequollene Haut zum Vorschein kam.

»Tod durch Ertrinken ist gleichbedeutend mit Ersticken. Das Wasser verhindert, dass Luft in die Lungen gelangt«, erklärte Josef, während er die Brust der Toten freilegte. Verlegen versuchte Bastian, seine Augen von Marthas üppigen Brüsten abzuwenden. Doch ein riesiger blauer Handabdruck fesselte seinen Blick. »Seht doch. Jemand hat sie festgehalten.«

Josef nickte bedächtig und tippte auf die sich deutlich abzeichnenden fünf Finger. »So ein großer Bluterguss kann nur durch Gewalt entstehen.« Josef legte beide Hände auf die Körpermitte der Toten und drückte kräftig zu. Ein Gemisch aus Wasser und Schaum schoss aus dem Mund und Bastian drehte sich angewidert zur Seite.

»Seht doch, sie hat versucht, Luft zu holen. Das ist ganz typisch.« Josef beugte sich tiefer über Marthas Gesicht. »Wäre sie besinnungslos vom Wein einfach nur untergegangen, wäre kein Schaum sichtbar. Das Wasser hätte sie nach unten gezogen und keine Luft hätte mehr in ihre Lungen oder den

Magen dringen können.« Er kratzte sich bedächtig am Kopf und stocherte mit dem Zeigefinger der anderen Hand im Schaum herum. »Der Schaum spricht für eine Vermischung von Luft und Wasser. Aber letztendlich sind die vielen blauen Flecken und Blutergüsse Beweis genug. Die arme Martha wurde ertränkt!« Mit diesen Worten drehte Josef den Leichnam mit einem kräftigen Ruck auf den Bauch. Der Rücken wies an den Schultern dunkle blaue Flecken und Kratzspuren auf. Am Hinterkopf waren ein paar kahle Stellen zu sehen.

»Sie hat sich heftig gewehrt und dabei hat der Angreifer ihr ganze Haarbüschel herausgerissen.« Entsetzt von dieser Tatsache drehte Josef die Tote zurück auf den Rücken und betrachtete die zusammengekrallten Hände.

»Die Leichenstarre verhindert im Augenblick, dass ich ihre Finger geradebiegen kann«, flüsterte er heiser, während er versuchte, einen Stofffetzen, der sich in der rechten Faust verbarg, herauszuzupfen.

»Wir müssen ein paar Stunden abwarten, bis ich die Hände öffnen kann. Ich erkenne blauen Stoff. Sieht fein gewebt aus. Das könnte uns weiterhelfen, aber vorerst ist die Untersuchung beendet.« Rasch ergriff Josef ein großes Leinentuch und bedeckte die Tote, bevor er sich wieder zu Bastian wandte. »Kommt morgen früh zu mir und wir begutachten den Stoff, der uns vielleicht zu ihrem Mörder führt.«

»Mit wem habt ihr Martha zuletzt gesehen?«, fragte Bastian und zückte sein Notizbuch. Es war sein wichtigster Begleiter, in dem er seine Gedanken und Erkenntnisse niederschrieb. Wernhart, der sich die ganze Zeit abseits vom Leichentisch gehalten hatte, verdrehte die Augen nach oben. »Sie war mit Lodewich zusammen. Ich habe genau gesehen, wie sie gemeinsam die Schenke ›Zur alten Henne‹ verließen.«

Josef widersprach: »Ihr irrt Euch. Als ich gegangen bin,

plauderte sie gerade mit dem Bruderältesten. Sie saß mit ihm am Tisch und es war weit nach Mitternacht.«

Bastian schüttelte den Kopf, der sofort auf die abrupte Bewegung reagierte und ihm einen stechenden Schmerz in die Schläfen sandte. Schnell massierte er die empfindsamen Stellen und seufzte: »Ich habe zu viel Wein getrunken. Ich weiß nicht einmal mehr, wie wir in die Kirche gelangt sind.« Frustriert steckte er sein Notizbuch zurück in die Tasche. Es würde schwer werden, unter diesen Umständen brauchbare Zeugen zu finden. Pfarrer Johannes hatte fast die ganze Stadt zu seinem Geburtstagsfest eingeladen und es war gut möglich, dass er niemanden finden würde, der nüchtern genug gewesen war, um sich an Marthas letzte Stunden zu erinnern.

...

Es war tief in der Nacht und Bastian träumte. Schweißgebadet lief er die Treppen des Juddeturms hinauf. Die Stufen waren aus schweren Holzdielen geschnitzt und ächzten unter seinem Gewicht. Er war diese Stufen schon so oft hinaufgestiegen, dass er jede Wölbung und Auskerbung kannte. Doch diesmal war es anders. Er versank mit dem rechten Fuß im Holz, welches plötzlich nachgab. Schon spürte er die derben Holzsplitter in das ungeschützte Fleisch seiner Wade eindringen. Der Schmerz spornte ihn zu neuer Kraft an. Dort oben im Juddeturm war August, Christans Zwillingsbruder, eingesperrt. Bastian musste ihn aufhalten. Er wusste, was August vorhatte. Er wollte den Buckligen töten, der in der Nachbarzelle eingesperrt war. Die Leute hielten den Buckligen für den Mörder des Schmiedes, aber Bastian hatte August in Verdacht.

Er spannte mit aller Kraft die Muskeln in den Beinen an, doch die Treppe wehrte sich knarrend unter seinen Füßen und wollte ihn nicht nach oben lassen. Hinter ihm drängelte Pfarrer Johannes und trieb ihn zu größerer Eile an. Trotz aller Bemühungen steckte Bastian mit der rechten Wade im Holz fest. Panisch begriff er, dass er in einem Albtraum gefangen war. Unruhig wälzte er sich auf dem Bett hin und her. Er konnte unmöglich Schmerzen haben. Der Bucklige war lange tot und August vor Monaten schon aus Zons geflohen. Die schrecklichen Morde, die auf Augusts Konto gingen, würden für immer dem Buckligen angehängt werden. Und Bastian konnte nichts dagegen tun, nicht einmal in seinen Träumen. Seine Wade schmerzte heftig. Wieder versuchte Bastian, sich klar zu machen, dass er in einem Albtraum gefangen war und einfach nur aufwachen musste. Doch das Holz bohrte sich tief in sein Fleisch. Er schaute hinunter und sah, wie Blut die Stufen des Juddeturms hinablief. Schnell griff er nach unten und presste die Hand auf die klaffende Wunde. Pfarrer Johannes schrie laut und versuchte, sich an Bastians verletztem Bein festzuhalten. Die Stufen unter ihm brachen einfach weg und mit einem Mal hing er frei in der Luft. Entsetzt packte Bastian zu. Der Druck auf der Wade wurde unerträglich. Er konnte Pfarrer Johannes nicht mehr lange halten. Mit letzter Willenskraft zwang er sich, endlich aufzuwachen. Mit einem Ruck fuhr er hoch und saß aufrecht und schweißüberströmt in seinem Bett.

Heftig atmend wischte Bastian sich über das nasse Gesicht. Es war so dunkel in der Schlafkammer, dass seine Augen blind waren. Aber er hörte den gleichmäßigen Atem seiner Frau Marie und das beruhigende Schnaufen seiner erst ein paar Monate alten Tochter. Beide schliefen friedlich neben ihm. Gerade wollte sich Bastian erleichtert zurück auf das Kissen fallenlassen, als er erneut den Druck auf der rechten Wade spürte. Verdutzt schaute Bastian auf und sein Herz setzte für einen Moment aus. Dort im Dunkel saß jemand. Die Gestalt stützte sich mit einer Hand auf seinem Bein ab und Bastian spürte plötzlich einen stechenden Blick auf sich ruhen. Trotz der Dunkelheit konnten seine Augen mit einem Mal sehen und innerhalb weniger Sekunden wusste Bastian, wer dort saß.

Hektisch tastete er nach seinem Kurzschwert, das er immer am Kopfende aufbewahrte, doch seine Hand griff ins Leere. Die Gestalt am Ende des Bettes richtete sich auf und hielt mit drohender Gebärde einen Gegenstand in die Luft. Es war Bastians Schwert. Bastian erstarrte mitten in der Bewegung und überlegte fieberhaft, was er jetzt tun sollte. Entsetzt über die plötzliche Wehrlosigkeit, verkrampfte sich jeder Muskel seines Körpers und noch bevor er zu einer Lösung kam, flüsterte August leise: »So seid doch ruhig, oder wollt Ihr Eure kleine Familie mitten in der Nacht wecken?« Augusts Stimme klang freundlich.

»Wenn du meiner Familie auch nur ein Haar krümmst, werde ich dich töten!«

»Das ist mir durchaus bewusst, lieber Bastian.« Langsam erhob August sich und setzte sich dann, das Schwert über Bastians Kopf erhoben, neben ihn auf das Bett. »Eure Fragen sollten jedoch vielmehr lauten: Warum bin ich zurückgekommen und weshalb seid Ihr noch am Leben?«

III.

Gegenwart

März

Dr. Joachim Neuenhaus blätterte interessiert durch die Unterlagen. In den letzten Tagen hatte er zahlreiche Bewerbungen erhalten, doch die wenigsten taugten auch nur im Ansatz für seine Zwecke. Dabei hatte er in seiner Anzeige klar und deutlich das gewünschte Geschlecht, die notwendige Altersspanne und den erforderlichen Gesundheitszustand beschrieben. Er seufzte. Die Leute konnten heutzutage einfach nicht richtig lesen. Sobald man eine attraktive Summe in Aussicht stellte, probierte es jeder, der sich - aller offensichtlichen Schwachstellen zum Trotz - für geeignet hielt. Das war ein gesellschaftliches Phänomen der Neuzeit, die jedem Bürger suggerierte, dass alles möglich war. Der berühmte Sprung vom Tellerwäscher zum Millionär stachelte die Menschen an und nun bildeten sie sich ein, sie wären zu »Höherem« befähigt und müssten es einfach nur hartnäckig versuchen. Erst aus dem letzten Stapel von Bewerbungen hatte er mehrere Männer herausgefischt, dabei hatte er ausdrücklich nach weiblichen Probanden gesucht. Die vorletzte Bewerbung fing zwar, was das Geschlecht anging, gut an, endete jedoch mit dem völlig falschen Alter. Dr. Neuenhaus warf einen Blick auf seine Anzeige.

»Probanden für neue klinische Langzeitstudie gesucht! Geeignet sind gesunde Frauen im Alter von 18-35 Jahren. Sie erhalten eine attraktive Aufwandsentschädigung von bis zu fünfzehntausend Euro.« stand dort in fettgedruckten Buchstaben. Er schüttelte den Kopf. Wie konnte eine Bewerberin von neununddreißig Jahren davon ausgehen, für seine Studie geeignet zu sein? Sie hätte doch von vornherein wissen müssen, dass sie es niemals in die engere Wahl schaffen würde. Eine reine Papierverschwendung. Doch die angegebene Summe von fünfzehntausend Euro lockte alle möglichen Leute an, in der Hoffnung auf das schnelle Geld.

Sein Blick fiel zurück auf das Foto einer fünfundzwanzigjährigen Blondine. Ihr Name war Saskia Heinermann. Bereits auf dem Bild wirkte sie gestresst. Dr. Neuenhaus schob unbewusst die randlose Brille auf dem Nasenrücken hoch und las weiter. Eher kräftig gebaut und für eine Frau ziemlich groß. Immerhin brachte sie es auf 1,78 Meter Körpergröße. Zudem war sie Mutter eines kleinen Jungen, der bereits in den Kindergarten ging und somit völlig normal entwickelt schien. Dies deutete schon einmal daraufhin, dass es keine schwerwiegenden genetischen Defekte gab. Ihr abgebrochenes Studium ließ auf Intelligenz und gleichzeitig wenig Durchhaltevermögen schließen. Sie könnte genau die richtige Persönlichkeit für seine Studie sein. Aufgeregt nahm Dr. Neuenhaus den Telefonhörer in die Hand.

»Laden Sie bitte Frau Saskia Heinermann für die nächste Sprechstunde ein.«

...

Einen Monat später - April

Seit mittlerweile vier Wochen, die ihr schier ewig erschienen, hatte Saskia ein ungutes Gefühl. Doch sie wollte keinesfalls auf das Geld verzichten. Außerdem hoffte sie, durch die Behandlung ihre Angstzustände loszuwerden. Sie war furchtbar nervös. Das Wartezimmer von Dr. Joachim Neuenhaus war wie immer gut gefüllt. Im Gegensatz zu ihr wirkten die anderen Probandinnen allesamt völlig gelassen. Saskia spürte ein Kribbeln auf den Handflächen und schlug diese reflexartig auf die Oberschenkel. Das musste endlich aufhören. Dr. Neuenhaus faselte jedes Mal etwas von harmlosen Nebenwirkungen, aber Saskia konnte es langsam nicht mehr aushalten. Das ständige Kribbeln verursachte eine große Unruhe in ihrem Inneren, die sie längst nicht mehr kontrollieren konnte. Mit weit aufgerissenen Augen dachte sie an die letzte Nacht, die so wunderbar begonnen hatte. Ihre gutaussehende Eroberung hatte sich nicht nur als großzügiger Trinkgeldspender, sondern auch als exzellenter Liebhaber herausgestellt. Aber wie so oft in letzter Zeit war sie am Morgen allein und in ihrem eigenen Bett aufgewacht. Sie hatte keine Ahnung, wie sie überhaupt dorthin gelangt war. Ganz offensichtlich hatte sie einen Filmriss. Die entscheidende Stelle zwischen den Szenen war gelöscht. Sie konnte sich gut daran erinnern, dass sie in seiner Wohnung gelandet waren. Ebenso hatte Saskia keinerlei Zweifel an dem, was dort in seinem Schlafzimmer passiert war. Noch immer konnte sie eine wohlige Wärme zwischen ihren Oberschenkeln spüren. Dann endete die Erinnerung abrupt. Der nächste Filmschnipsel, der sich vor ihrem inneren Auge abspielte, fand in ihrem eigenen Bett statt. Mit einem weinenden Nils, der an ihrem Ärmel zupfte und sie unsanft aus dem Schlaf riss. Warum war sie aus diesem fremden großzügigen

Schlafzimmer eines gutaussehenden wohlhabenden Mannes verschwunden, der ihr vielleicht eine Zukunft hätte bieten können? Was war passiert, dass sie gegangen war?

Saskia seufzte. Sie würde es wohl nie herausfinden. Entweder er tauchte wieder in der Kneipe auf, in der sie kellnerte, oder es blieb bei einem One-Night-Stand. Auf keinen Fall würde sie ihm hinterherlaufen oder gar zu ihm nach Hause fahren. Schließlich musste es einen triftigen Grund für das Verlassen seiner Wohnung gegeben haben. Das Kribbeln auf Saskias Handflächen verstärkte sich wieder und für einen kurzen Moment tauchte ein mittelalterlicher Burggraben vor ihrem inneren Auge auf. Wellen schlugen klatschend gegen die Mauern. Dann öffnete sich die Wartezimmertür und ihr Name wurde aufgerufen. Die Vision war so schnell weg, wie sie gekommen war. Entschlossenen Schrittes betrat Saskia das Sprechzimmer von Dr. Neuenhaus. Sie hatte einiges mit ihm zu bereden.

...

Kommissar Oliver Bergmann traute seinen Augen nicht. Vor ihm lag eine vollkommen durchnässte männliche Leiche, die ihm irgendwie bekannt vorkam. Krampfhaft versuchte er sich daran zu erinnern, woher er diesen Mann kannte.

»Wie war der Name des Toten noch einmal?«

»Torsten Schniewald. Wie oft fragst du das noch?« Klaus schüttelte genervt den Kopf.

»Ich kenne ihn irgendwo her. Mir fällt nur nicht mehr ein, wo ich ihn schon einmal gesehen habe.« Oliver rieb sich das stopplige Kinn. Sie waren fast mitten in der Nacht zu diesem

Fall gerufen worden und für eine Rasur war keine Zeit mehr geblieben. Seine schwarzen Haare standen strubbelig von allen Seiten des Kopfes ab und unter den blauen Augen befanden sich dunkle Ringe, die von einer schlaflosen Nacht herrührten. Oliver lächelte verträumt. In letzter Zeit hatte er oft schlaflose Nächte. Dies lag allerdings nicht am Stress, sondern vielmehr an seiner Freundin Emily. Sie schafften es, erst stundenlang zu reden und sich anschließend die ganze Nacht zu lieben. Allein der Gedanke an Emilys weiche Haut trieb Oliver einen wohligen Schauer über den Rücken. Er begehrte sie mehr als jede andere Frau zuvor, und obwohl sie ihm mit ihrem kratzbürstigen, italienischen Temperament das Leben oft schwer machte, liebte er sie aus tiefstem Herzen. Oliver seufzte und schob die Gedanken an Emily erst einmal beiseite. Er musste sich auf diesen neuen Mordfall konzentrieren. Es war nicht der erste Mord in Zons und sein Chef Hans Steuermark war bereits hochgradig nervös. Zons war eine kleine Stadt, die direkt am Rhein in der Mitte zwischen den beiden Großstädten Düsseldorf und Köln lag. Sie war ein Touristenmagnet, da sie im Rheinland die einzige so gut erhaltene mittelalterliche Stadt war. Jährlich kamen über eine halbe Million Touristen nach Zons und die Stadtverwaltung konnte kein schlechtes Marketing gebrauchen. Jeder Mord war eine Katastrophe für den friedlichen Ruf des Städtchens. Solche Nachrichten verschreckten nicht nur Touristen, insbesondere die Familien, sondern zogen auch eine ganz bestimmte Art von Schaulustigen an, die aus Sicht der Stadtverwaltung nicht zur Zielgruppe für Zons gehörten.

Oliver konzentrierte sich auf den Toten. Er lag auf dem Rücken ausgestreckt auf seinem Bett. Laken und Bettwäsche waren klitschnass, genauso wie der Leichnam. Das Haar klebte wie Brei am Kopf des Toten. Die Augen waren halb geöffnet und Oliver fühlte sich unangenehm beobachtet von den starren Pupillen, die unter den Lidern zum Vorschein kamen. Torsten Schniewald war ohne Zweifel ein attraktiver Mann. Sein kantiges Kinn kam trotz des Todes, der die Muskeln am Hals erschlaffen und den Kiefer kraftlos nach unten hängen ließ, noch deutlich zum Vorschein. Die gerade, recht zierliche Nase und die hohen symmetrischen Wangenknochen vollendeten sein ansehnliches Gesicht. Darüber konnten auch die jetzt verzerrten Gesichtszüge nicht hinwegtäuschen.

Auf dem Boden um das Bett herum befanden sich zahlreiche Wasserlachen, wobei eine Spur bis ins Badezimmer führte. Oliver folgte der Spur und achtete darauf, möglichst nichts zu verändern. Für die Forensiker konnte jeder Fleck Aufschluss über den Tathergang geben, und Oliver war jetzt schon auf die Ergebnisse gespannt.

»Er wurde in der Badewanne ertränkt.«

Die Stimme von Ingrid Scholten, der Leiterin der Spurensicherung, riss Oliver aus seinen Gedanken. Erstaunt schaute er hoch. Scholten sah wie aus dem Ei gepellt aus. Wie schaffte sie das nur um diese Uhrzeit, dachte Oliver neidisch, während er ihre perfekt frisierten Haare bewunderte. Nicht eine einzige Strähne saß an der falschen Stelle. Scholtens aufrechte Körperhaltung und ihr fester Blick signalisierten Erfahrung und Stärke. Sie war die graue Eminenz der Spurensicherung, der seit über zwanzig Jahren, so schien es zumindest, kein einziger Hinweis entging. Oliver arbeitete gerne mit ihr zusammen.

»Das Wasser ist übergelaufen.« Ingrid Scholten zeigte auf die Wasserlachen, die sich rund um die Badewanne gebildet hatten.

»Im Abfluss und am Rand der Wanne habe ich Haare des Opfers gefunden.« Sie griff nach einer Plastiktüte und hielt sie Oliver direkt vors Gesicht. »Und hier sind noch ein paar abgebrochene Nägel des Toten. Leider ist die Emaille der Badewanne von zu guter Qualität, sodass sich dort keinerlei Kratzspuren nachweisen lassen. Die Kratzer sind im Grunde auch nicht so wichtig, denn ich bin mir sicher, dass er sich kaum gewehrt hat. Zumindest bis zu einem bestimmten Punkt.« Ingrid Scholten steckte die Plastiktüte zurück in die Box, in der alle Beweismaterialien für die spätere Laboruntersuchung gesammelt wurden.

»Was heißt bis zu einem bestimmten Punkt?« Oliver grübelte über ihren letzten Satz nach.

»Sagt Ihnen der Name Sir Henry Spilsbury etwas?«

Oliver schüttelte den Kopf.

»Dann vielleicht George Smith?«

»Nein, wieso?«

»George Smith wurde 1915 in England als Badewannenmörder bekannt. Der Gerichtsmediziner Henry Spilsbury konnte ihm den Mord an seinen drei Ehefrauen nachweisen. Er ließ mitten im Gerichtssaal während der Hauptverhandlung ein für damalige Verhältnisse gewagtes Experiment durchführen. Sir Henry Spilsbury ließ mehrere trainierte Schwimmerinnen in eine mit Wasser gefüllte Badewanne steigen. Die Wanne war viel kürzer als die Körpergröße der Schwimmerinnen und alle glaubten, man könnte unmöglich darin ertrinken. Doch Henry Spilsbury zog einfach nur die Füße der Frauen vom Fußende der Badewanne her in die Höhe, sodass der Kopf unter Wasser gelangte. Alle Frauen verloren augenblicklich das Bewusstsein, ohne sich zu wehren, und das, obwohl sie auf den Angriff vorbereitet waren. Das ist der Punkt, den ich meine.« Frau Scholten hielt kurz inne und ließ die Worte auf Oliver wirken.

»Der plötzliche Wassereinfall durch Mund und Nase führt über einen reflektorisch ausgelösten Blutdruckabfall zu sofortiger Bewusstlosigkeit. Unser Mörder muss diesen Trick gekannt haben, denn ein großer Mann wie unser Toter wäre sonst niemals in einer so kleinen Badewanne ertrunken.«

Oliver dachte über Ingrid Scholtens letzten Satz nach und ging zurück ins Schlafzimmer. Tatsächlich konnte er an der Leiche kaum Spuren von Gewalt entdecken. Der Hals wies nur leichte bläuliche Flecken auf, die auch durch den beginnenden Verwesungsprozess im Wasser entstanden sein konnten. Oliver schlüpfte in seine Gummihandschuhe und hob den rechten Arm des Toten an. An der Unterseite befanden sich blaue Streifen. Die stammten mit Sicherheit nicht nur vom Wasser. Ingrid Scholten, die ihm gefolgt war, beugte sich hinunter und begutachtete die Stellen.

»Das könnten Druckstellen vom Badewannenrand sein.« Ihre behandschuhten Finger fuhren hinunter zur Hand. »Auch hier sind leichte Druckstellen zu erkennen. Wahrscheinlich hat er sich am Wannenrand festgehalten oder abgestützt.« Sie richtete sich auf und betrachtete den großen Mann auf dem Bett. »Ich frage mich, wie er hierher ins Schlafzimmer gelangt ist. Zu diesem Zeitpunkt war er mit Sicherheit bereits tot.«

Oliver nickte. »Der Mörder muss sehr kräftig gewesen sein. Selbst für einen durchtrainierten Mann war es ein fast unmöglicher Kraftakt, die Leiche alleine zu tragen.«

»Vielleicht wurde er nicht getragen, sondern irgendwie anders transportiert«, warf Klaus ein, der immer noch mit der Beweisaufnahme im Schlafzimmer beschäftigt war. Er deutete auf einen Sessel in der Ecke.

»Der Sessel dort ist zwar aus Leder und konnte sich deshalb nicht mit Wasser vollsaugen, aber trotzdem kann man diverse Stellen erkennen, an denen Wasser eingedrungen ist.« Er hielt kurz inne. »Der Sessel hat übrigens Rollen«, fügte er dann bedeutungsvoll hinzu.

Oliver wusste sofort, was sein Partner Klaus meinte.

»Also gut. Der Mörder hat ihn mit Hilfe des Sessels aus dem Badezimmer ins Schlafzimmer geschoben, aber wie ist er überhaupt aus der Badewanne herausgekommen? Die Wanne ist ganz schön tief und es bedarf einer Menge Kraft, um den schweren Körper herauszuheben.«

»Nun«, mischte sich Ingrid Scholten ein, »solange die Wanne mit Wasser gefüllt war, ließ sich der Körper bis zur Wasseroberfläche recht leicht anheben. Aber das letzte Stück vom Rand bis in den Sessel muss extrem schwer gewesen sein. Ich werde mir im Labor die Druckspuren an der Leiche genauer ansehen. Vielleicht hat er eine Hebevorrichtung benutzt.«

»Dann war der Mörder sehr gut vorbereitet.«

Ingrid Scholten nickte. »Ja, aus meiner Sicht handelt es sich hier um einen wohlgeplanten Mord. Das war kein Affekt. Sonst wäre der Mörder geflüchtet und hätte das Opfer in der Badewanne liegen lassen.«

»Ich frage mich sowieso, warum der Täter sein Opfer auf das Bett gelegt hat.« Oliver kniff die Augen zusammen. »Es sieht auch nicht so aus, als hätte er eine Art Ritual durchgeführt.« Zumindest konnte Oliver auf den ersten Blick weder Kerzen noch Symbole erkennen, die darauf hingedeutet hätten. In der ganzen Wohnung gab es keinerlei Kampfspuren. Selbst die Wohnungstür war nicht gewaltsam aufgebrochen worden. Dieser Mord gab Oliver eine Menge Rätsel auf. Zunächst wollte er jedoch herausfinden, woher er den Toten kannte.

...

Saskia rutschte unruhig auf ihrem Stuhl hin und her. Dr. Neuenhaus war noch immer nicht aufgetaucht. Die Schwester hatte sie vom Wartezimmer ins Sprechzimmer befördert, aber jetzt saß sie hier alleine und wartete erneut. Genervt starrte sie auf die Armbanduhr. Dabei fiel ihr das Meerjungfrauentattoo ins Auge, welches sie seit vielen Jahren begleitete. Noch immer waren die Farben kräftig. Besonders gut gefiel Saskia der smaragdgrün schillernde Schwanz. Er war so detailliert tätowiert, dass er fast echt wirkte. Fokussierte sie nur lange genug die Augen auf den Schwanz, verschwammen die Konturen und die Meerjungfrau begann, sich schlängelnd zu bewegen. Schnell kniff Saskia die Augen zusammen. Jetzt war es genug mit den Sinnestäuschungen. Sie würde diese klinische Studie abbrechen. Ganz egal, ob sie das Geld nun bekam oder nicht. Seit sie mit den Nahrungsergänzungsmitteln begonnen hatte, die eigentlich Stress reduzieren sollten, hatte sie ihr inneres Gleichgewicht verloren. Es war eigentümlich und sie konnte sich die Veränderungen in ihrem Körper nicht wirklich erklären, aber irgendetwas ging in ihr vor. Etwas, das sie nervös machte.

Die Tür ging auf und Dr. Joachim Neuenhaus trat ein. Wie immer sah er perfekt aus. Seine hellblauen Augen blickten sie freundlich durch die randlose Brille an, die seinem Gesicht Weisheit und Kompetenz verlieh. Das blonde, schüttere Haar war kurzgeschoren. Darunter lugte sonnengebräunte Kopfhaut hervor. Überhaupt wirkte er braungebrannt und erholt.

»Guten Morgen, Frau Heinermann. Wie geht es Ihnen?«

Eine Reihe weißer, makelloser Zähne wurde von seinen lächelnden Lippen entblößt. Saskias Entschlusskraft schwand bei seinem Anblick von Sekunde zu Sekunde. Eigentlich wollte sie sich über die schlimmen Nebenwirkungen beschweren, doch stattdessen antwortete sie: »Ganz gut, danke.«

»Das freut mich.« Dr. Neuenhaus strahlte sie an und blätterte in ihrer Akte. »Sie waren das letzte Mal vor drei Tagen hier und klagten über eine leichte Unruhe. Hat sich das verbessert?«

Saskia rutschte auf dem Stuhl herum und rieb sich zerstreut die Hände.

»Also um ehrlich zu sein, ist es noch schlimmer geworden.«

Dr. Neuenhaus hob die Augenbrauen und sah sie mit einem durchdringenden, besorgten Blick an.

»Haben Sie das Beruhigungsmittel eingenommen, das ich Ihnen mitgegeben habe? Sie wissen, dass es äußerst wichtig für mich ist, dass sie die Studie bis zum Ende mitmachen. Mein neuentwickeltes Medikament könnte eine Revolution bei der Behandlung von Stresserkrankungen auslösen und sie sind eine so hervorragend geeignete Probandin.«

»Ich habe es vergessen«, stammelte Saskia mit gesenktem Blick. Das war eine Lüge. Sie hatte sich vor der Einnahme die Nebenwirkungen durchgelesen und die Tabletten anschließend in die Toilette geworfen. Nur das für die Studie wichtige Nahrungsergänzungsmittel nahm sie regelmäßig ein.

»Aber das war doch nur ein leichtes Beruhigungsmittel. Nichts Schlimmes. Es würde Ihnen einfach nur ein wenig Ruhe verschaffen und das eigentliche Medikament wird dadurch nicht beeinflusst.«

Saskia blickte erschrocken auf. Wie konnte er nur ihre Gedanken lesen? Dr. Neuenhaus nickte verständnisvoll und öffnete eine Schreibtischschublade.

»Hier ist noch eine Packung. Am besten, Sie nehmen direkt eine Tablette ein.« Schon hielt er ihr ein Wasserglas hin.

Saskia schluckte. Was sollte sie jetzt tun? Mit einem verkrampften Lächeln nahm sie Dr. Neuenhaus das Wasserglas ab und schob die kleine weiße Pille zwischen die Lippen. Vielleicht sollte sie die Tablette in der Innentasche ihrer Wange verstecken und nur vortäuschen, sie zu schlucken.

Dr. Neuenhaus holte währenddessen den Beipackzettel aus der Schachtel und las laut vor: »Nebenwirkungen bei der Einnahme von Johanniskraut: Selten können allergische Hautreaktionen, Magen-Darm-Beschwerden, Müdigkeit oder Unruhe auftreten. Selten kann es - vor allem bei hellhäutigen Personen - durch erhöhte Empfindlichkeit der Haut gegenüber intensiver UV-Bestrahlung (Sonnenbäder, Höhensonne, Solarium) zu Missempfindungen (Kribbeln, Schmerz- und Kälteempfindlichkeit, Brennen) auf der Haut kommen.« Er legte den Zettel vor Saskia hin.

»Sind es diese Nebenwirkungen, die sie beunruhigen? Selten bedeutet, dass weniger als einer von tausend behandelten Patienten davon betroffen ist.«

Saskia wich Dr. Neuenhaus' Blick aus. Sie kannte die Beschreibung auf dem Beipackzettel. Schließlich hatte sie ihn mehrfach gelesen. Plötzlich entschlossen öffnete sie die Lippen und ließ die Tablette auf die flache Hand fallen.

»Ich fühle mich doch schon so unruhig. Sie haben diese Nebenwirkung gerade selbst vorgelesen.« Herausfordernd starrte sie den Arzt an, der sie mit seinem Blick durchbohrte.

»Frau Heinermann, wir haben das doch schon mehrfach besprochen. Sie nehmen freiwillig an meiner klinischen Studie teil. Niemand zwingt Sie dazu.« Dr. Neuenhaus sprach betont ruhig und lehnte sich dabei vor. »Ich habe ein Nahrungsergänzungsmittel entwickelt, welches durch eine vollkommen neuartige Zusammensetzung die Stressresistenz des menschlichen Körpers erheblich verbessern könnte. Der Hauptbestandteil ist eine Kombination aus Vitaminen der B-Gruppe und einem Granatapfelextrakt. Wir wollen ein Mittel entwickeln, welches sich praktisch durch das komplette Fehlen von Nebenwirkungen auszeichnet und dadurch einer breiten Masse der Bevölkerung zugänglich gemacht werden kann. Wenn diese Studie Erfolg zeigt, könnte mein Medikament bald in jeder Apotheke erhältlich sein. Aber dafür brauche ich Ihre Unterstützung. Frau Heinermann, haben Sie doch etwas Geduld mit sich selbst. Geben Sie dem Mittel etwas mehr Zeit und Sie werden sich bald besser fühlen. Der Körper benötigt mehrere Wochen, um die leeren Vitamindepots aufzufüllen.« Er hielt inne und blickte Saskia freundlich an.

»Wollen Sie mir denn nicht ein wenig vertrauen?« Seine Lippen zogen sich zu einem breiten, wohlwollenden Grinsen auseinander. Saskias Mundwinkel zuckten. Dr. Neuenhaus war ein attraktiver Mann und seine mitfühlende Art ließ ihr Herz für einen Moment schneller schlagen. Sie war hin- und hergerissen zwischen dem Bedürfnis, sich einfach wieder normal zu fühlen und dem Wunsch, ihm zu helfen. Beflissene Stimmen in ihrem Kopf plapperten wild durcheinander und sie hatte Schwierigkeiten, sich auf eine von ihnen zu konzentrieren. Während eine Stimme, die wie ihre Mutter klang, ihr dringend dazu riet, die Studie abzubrechen, plädierte eine andere dafür, dieses harmlose Nahrungsergänzungsmittel weiterzutesten. Auch ihr Herz sprach eine eindeutige Sprache. Sie mochte Dr. Joachim Neuenhaus weit mehr, als sie sich selbst eingestehen wollte. Saskia blickte hinab auf die Tablette, die immer noch auf ihrer Handfläche lag, und traf eine Entscheidung. Mit einer schnellen Bewegung führte sie die Hand zum Mund und nahm anschließend einen kräftigen Schluck Wasser, mit dem sie das Johanniskraut hinunterspülte.

Dr. Neuenhaus nickte ihr aufmunternd zu.

»Wir sehen uns übermorgen wieder.« Zum Abschied reichte er ihr die Hand und Saskia verließ das Sprechzimmer.

Nachdem die Tür zugeschlagen war, sank Dr. Neuenhaus in sich zusammen. Dort draußen saßen noch zwanzig weitere Probandinnen, die alle unterschiedlichste Beschwerden aufwiesen. Monatelang hatte er für die Durchführung der Studie gekämpft, sich mit den Sponsoren und den Tücken der Arzneimittelgesetzgebung auseinandergesetzt, und jetzt drohte seine Studie zu scheitern. Nach seinen Berechnungen hätte längst eine deutlich sichtbare Stressresistenz bei allen Probandinnen eintreten müssen. Doch die meisten der Frauen spürten keinen Unterschied. Dabei hatte er sie so gründlich ausgewählt. Er biss sich auf die Unterlippe und öffnete sein Statistikprogramm auf dem Computer. Akribisch protokollierte er die von Saskia Heinermann beschriebenen Symptome und drückte anschließend die Entertaste. Der Computer begann surrend zu arbeiten. Eine Sanduhr zeigte Dr. Neuenhaus an, dass die Auswertung noch Zeit benötigte. Ungeduldig pochte er mit dem Zeigefinger auf die Schreibtischplatte. Die Sanduhr verschwand und er schob die Brille hoch. Hatte er es doch geahnt: Saskia Heinermann stand immer noch auf Platz eins der am besten geeigneten Probanden. Er musste sie unbedingt im Studienprogramm behalten.

IV.

Vor fünfhundert Jahren

»Warum bin ich zurückgekommen und weshalb seid Ihr noch am Leben?« Die Worte hallten in Bastians Kopf und blockierten sein Denkvermögen. Er starrte August an, der immer dichter an ihn heranrückte. Trotz der Dunkelheit in der Schlafkammer konnte Bastian sein Gesicht deutlich erkennen. August war der Zwillingsbruder von Christan, doch im Gegensatz zu ihm hatte er kein Herz. Seine Seele war durch und durch dunkel. Mehrere Morde gingen auf sein Konto, und wenn August nicht vor ein paar Monaten Bastians Leben gerettet hätte, wäre er mit Sicherheit auf Lebenszeit im Juddeturm geendet. Bastian kniff die Augen zusammen. *Warum bin ich zurückgekommen?* Er hatte keine Antwort auf diese Frage. August hatte sich aus dem Staub gemacht und Bastian war, genauso wie Pfarrer Johannes, davon ausgegangen, ihn nie wiederzusehen. Doch nun saß dieser Kerl vor ihm und presste ihm das eigene Kurzschwert an die Kehle. Die tödliche Stille wurde nur von den Atemzügen seiner Frau und seiner kleinen Tochter unterbrochen. Die schwachen Geräusche drangen wie ein Flüstern in regelmäßigen Abständen an Bastians Ohr. Er musste etwas tun, wenn das hier nicht sein Ende und das seiner Familie werden sollte.

»Lasst uns nach unten gehen.« Die Worte kamen rau und

klebrig wie feuchte Mehlbrocken über Bastians Lippen.

August nickte und erhob sich von der Bettkante, ohne dabei das Kurzschwert aus den Händen zu legen. Geschmeidig wie eine Wildkatze schlich er vor Bastian die knorrige alte Holztreppe hinunter, ohne auch nur den kleinsten Laut zu machen. Bastians Gliedmaßen hingegen waren so steif und sein Geist immer noch so geschockt, dass er das leise Knarren einzelner Stufen nicht verhindern konnte.

Im Kerzenschein sah August wesentlich älter aus als in Bastians Erinnerung. Seine Haut war längst nicht mehr so blass und die grünen Augen schimmerten dunkler als noch vor ein paar Monaten. Augusts düstere Seele verbarg sich hinter einem unschuldigen und freundlichen Äußeren. Wenn Bastian es nicht besser gewusst hätte, er hätte diesen Mann gemocht. Mit ruhiger Hand schob er August einen frisch gefüllten Becher mit Wein über den Tisch. Hier unten fühlte er sich August schon eher gewachsen als in seiner Schlafkammer. Dort machte ihn die Anwesenheit seiner Familie verletzlich.

»Ihr seid wegen Martha zurückgekommen und ich lebe noch, weil Ihr mich braucht, um ihren Mörder zu finden!«

August pfiff anerkennend durch die Zähne und legte das Kurzschwert beiseite. »Ich wusste doch, dass Ihr ein kluger Mann seid.« Gierig trank er einen Schluck Wein und blickte Bastian an.

»Mir war gar nicht klar, dass Ihr so an Eurer Stiefmutter hängt.« Bastian hatte seine Selbstsicherheit wiedergefunden und erwiderte Augusts Blick ohne Zögern. Ein merkwürdiger Ausdruck huschte über Augusts Gesicht. Es war ein kurzer Moment der Verunsicherung oder vielleicht sogar der Trauer. Bastian konnte es nicht deuten, da Augusts Mimik sich so schnell wieder verschloss, wie sie sich geöffnet hatte. Doch der kurze Einblick in sein Innenleben reichte Bastian aus, um den Druck auf seinen Gegner zu verstärken.

»Ihr solltet lieber wieder aus Zons verschwinden, bevor ich Euch in den Juddeturm werfen lasse.«

Blitzschnell landete ein scharfer Dolch genau zwischen Daumen und Zeigefinger von Bastians rechter Hand. Vibrierend blieb die Klinge in der Tischplatte stecken und Bastian zog erschrocken den Arm zurück.

»Droht mir nicht, sondern findet den Mörder meiner Mutter. Ich werde Euch bald wieder aufsuchen und bis dahin solltet Ihr Stillschweigen über unsere Begegnung bewahren.« Mit diesen Worten zog August den Dolch aus dem Holz und ließ ihn wieder im linken Ärmel verschwinden. Dann erhob er sich und ging, ohne Bastian eines weiteren Blickes zu würdigen, auf die Tür zu. Bevor er die Schwelle überquerte, blieb er kurz stehen. »Ihr solltet Euch bei Nacht die Stadtmauer an der Südseite einmal näher anschauen.« Dann war er in der Dunkelheit verschwunden.

...

Obwohl der Tag klar und frühlingshaft begonnen hatte, verdeckten jetzt dunkle Wolken den Mitternachtshimmel. Das Licht der Sterne schien nicht stark genug, um bis zur Erde zu dringen, und so musste er blind nach dem winzigen Loch suchen, in dem sich der versteckte Mechanismus befand. Die Finger seiner rechten Hand waren geschwollen. Er hatte kaum Gefühl in ihnen und es dauerte eine schiere Ewigkeit, bis er sich endlich zur richtigen Stelle vorgetastet hatte. Dieses verdammte, neugierige Weibsbild hatte ihm fast den Zeigefinger abgebissen. Sie war widerspenstig bis zum letzten Atemzug gewesen, doch ihm war nichts anderes übrig geblieben, als sie zu töten. Was mischte sich diese dumme Person auch in seine Geschäfte ein? Sein Herz raste wie wild, als die Bilder der Mordnacht wieder in seinem Kopf auftauchten. Er sah sie so deutlich vor sich, als wären sie echt. Es war nicht der erste Mord, den er in seinem Leben begangen hatte. Doch es war die erste Frau und er war dabei nicht betrunken gewesen. Benommen starrte er auf die blutigen Fingerknöchel, die noch vor ein paar Monaten einen frechen Burschen in Köln niedergeschlagen hatten. Nach einer durchzechten Nacht war der Milchbart übermütig geworden und hatte ihm seine Gulden aus dem Wams stehlen wollen. Dafür hatte er mit dem Leben bezahlt.

Aber der Mord an Martha war anders. Er hatte sie gekannt, ja sogar ein wenig gemocht. Hektisch griff er nach seinem Weinschlauch. Er war stets gefüllt, denn sobald er nervös wurde, brauchte er das beruhigende Gefühl von Alkohol auf seinen Lippen. Heute hatte er allerdings schon so viel getrunken, dass der unscheinbare lederne Schlauch schlaff und leer an seiner Hüfte hing. Er sog kräftig an der Öffnung, doch mehr als ein allerletzter Tropfen, der nicht einmal die Lippen benetzen konnte, war nicht herauszuquetschen. Wütend schob er den Schlauch beiseite. Die Bilder der sterbenden Martha tauchten immer wieder vor ihm auf und langsam bildeten sich Schweißperlen auf seiner Stirn. Er spürte, dass seine Hände zitterten. Es war das Zittern vor dem großen Sturm, kurz bevor er ausbrach. Er musste etwas tun, sonst würde seine Mission scheitern.

Er lehnte die Stirn an die Stadtmauer und ließ die Kälte der Steine durch die nackte Kopfhaut bis in den Schädel eindringen. Für einen winzigen Moment verschaffte die Temperatur ihm ein wenig Gelassenheit. Trotzdem kreisten seine Gedanken um den Inhalt der Tasche. Sie war wertvoll, aus Leder gefertigt und randvoll mit Fläschchen voller Elixier gefüllt. Eine Flüssigkeit, die schwarz wie Pech aussah und die er auf keinen Fall anrühren durfte. Er war nur der Bote, der die wertvolle Fracht aus der Stadt schmuggelte. Sein Auftraggeber hatte sich hierfür eine ganz besondere Methode ausgedacht, denn niemand sollte den Ort der Herstellung oder den Transportweg je entdecken. Qualvoll dürstete sein ganzer Körper nach einem Tropfen Alkohol. Seine Finger glitten in die Tasche und holten wie von selbst ein Fläschchen des wertvollen Elixiers heraus. Eine Flasche mehr oder weniger würde wohl kaum auffallen. Er hielt das zierliche Glas in seinen groben Händen und prüfte die Versiegelung. Sie war fest aus Wachs um einen Holzpfropfen gegossen, der die Flüssigkeit im Flascheninneren hielt und ihr Auslaufen verhinderte. Er könnte nur einen Tropfen probieren und die Versiegelung später mit einer Kerze erneuern. Sicher würde es niemandem auffallen.

Wenn sie dich erwischen, töten sie dich!, warnte eine Stimme in seinem Inneren, doch die Sucht nach Betäubung war größer. Mit dem Daumennagel schabte er das Wachs vom Holzpfropfen. Dann drehte er den Verschluss vorsichtig herum, bis er sich mit einem leisen Plopp aus der Öffnung löste. Ein modriger Geruch drang in seine Nase und verdutzt drehte er den Kopf weg. Was war das für ein Teufelszeug, für das die hohen Herrschaften so viele Gulden bezahlten? Neugierig nahm er noch einen Atemzug. Beim zweiten Mal roch es gar nicht mehr so schlimm. Er streckte die Zunge aus und hielt sie unter den Flaschenrand. Ganz langsam kippte er das Fläschchen gerade so weit, dass ein Tropfen der Flüssigkeit auf seine Zungenspitze fiel. Das Elixier breitete sich mit einem feurigen Brennen auf seiner Zunge aus. Sonst spürte er nichts. Mutiger geworden, wiederholte er den Versuch und diesmal drang das Brennen bis in seine Kehle vor. Wie lange würde es wohl dauern, bis er eine Wirkung verspürte? Vielleicht sollte er die restlichen Flaschen in die Rohre stopfen, bevor er von Sinnen war und unter Umständen noch entdeckt wurde. Hastig setzte er die geheime Mechanik in Gang, die hinter einem lockeren Stein in der Stadtmauer verborgen lag. Es war ein einfacher Drehmechanismus, doch man musste die Reihenfolge der Rechts- und Linksdrehungen kennen, um das Rohr zu öffnen. Es gab ungefähr sechzig tönerne Rohre, die sich im letzten oberen Drittel der Stadtmauer befanden. Sie waren in zwei Reihen angeordnet und beim Bau der Mauer waagerecht eingelassen worden. Die Tonrohre stammten aus Siegburger Keramikbrennereien und waren einem alten Brauch folgend bei der Errichtung der Stadtmauer als Bauopfer eingebracht worden. Ursprünglich waren sie mit wertvollem Wein gefüllt und mit Pech verschlossen gewesen. Von der Außenseite der Stadtmauer her konnte man die Öffnungen der Rohre erahnen, doch an der Innenseite, an der er sich jetzt befand, waren eigentlich keine Zugänge vorgesehen. Sein Auftraggeber hatte daher zehn der Tonrohre öffnen lassen, um die Fläschchen mit dem schwarzen Elixier an den Stadttoren vorbei aus Zons schmuggeln zu können. Jedes Mal, wenn er das Elixier in die engen Rohre stopfte, wusste er, warum sie auch als Zwergentöpfe bezeichnet wurden. Sie waren so eng, dass die Fläschchen kaum hineinpassten.

Hektisch schob er ein Gefäß nach dem anderen in die leeren Rohre hinein. Sein Geist begann bereits frei zu schweben und er fühlte, wie die Droge langsam seine Blutbahnen durchströmte und in ihm einen Zustand der Glückseligkeit auslöste. Kaum dass er das letzte wertvolle Gut im Inneren der Stadtmauer verstaut hatte, betätigte er den Mechanismus und verschloss die Rohre vor den neugierigen Augen der Öffentlichkeit. Benebelt ließ er sich hinab in den Wehrgang fallen und stolperte eine schmale Holztreppe hinunter zurück auf den Boden. Dort angekommen, schlief er auf der Stelle ein. Seine linke Hand umfasste immer noch das geöffnete Fläschchen, in dem der Rest des schwarzen Elixiers ölig an den Rändern klebte.

...

Bastian konnte nicht mehr schlafen. Augusts letzter Satz kreiste unaufhörlich in seinem Kopf. Was sollte er nachts an der Südseite der Stadtmauer finden? Das Schloss Friedestrom lag in diesem Teil von Zons sowie ein kleiner Hafen, der nur wenige Handelsschiffe aufnehmen konnte. Trotz der bleiernen Müdigkeit machte Bastian sich auf den Weg. Er wohnte direkt am Mühlenturm und es waren nur wenige Schritte bis zum Ziel. Solche Ausflüge unternahm er am liebsten gemeinsam mit seinem besten Freund Wernhart. Doch die Neugier war so stark, dass er nicht bis zum nächsten Tag abwarten konnte. Ob August damit rechnete und ihn in eine Falle lockte? Bastian schob den Gedanken fort. Nein, wenn er ihn hätte töten wollen, dann wäre es längst geschehen. In seiner Schlafkammer war er vollkommen wehrlos gewesen. Doch warum sollte August ihm helfen? Er hatte keine zufriedenstellende Antwort auf diese Frage.

Die schmale Gasse, durch die Bastian schlich, war stockdunkel und so stolperte er fast über einen Betrunkenen, der zusammengesunken an der Stadtmauer schlief. Eigentlich hätte der Nachtwächter den Burschen längst aufgreifen müssen. Bastian ärgerte sich. Bechtholt war immer sehr zuverlässig gewesen, aber langsam wurde er alt. Zu alt, um den nächtlichen Schurken die Stirn zu bieten. Er seufzte. Sie würden wohl bald einen Jüngeren für diese Aufgabe finden müssen.

Vorsichtig stieß er den schlaffen Körper an. Der Mann lallte etwas Unverständliches. Ein Gegenstand rollte über die Pflastersteine und klirrte dabei. Bastian kniff die Augen zusammen und folgte dem Geräusch. Ein Knirschen unter seinen Füßen ließ ihn innehalten. Verdammt, er war auf Glas getreten und fühlte, wie es unter seinen Ledersohlen zerbarst. Ärgerlich trat er zurück und fegte die Scherben achtlos beiseite. Er rüttelte den Trunkenbold erneut, doch dieser rührte sich nicht. Bastian hatte genug, sollte der Mann doch bis zum Morgengrauen in der Kälte schnarchen. Er hatte Wichtigeres zu tun und musste Augusts Hinweisen folgen. Ohne die Gestalt eines weiteren Blickes zu würdigen, schlich er weiter an der Südseite der Stadtmauer entlang. Die Gasse war menschenleer. Ein Blick in den wolkenverhangenen Himmel verriet Bastian, dass es weit nach Mitternacht war. Er lief die komplette Strecke bis zum Schloss Friedestrom ab, ohne etwas Ungewöhnliches zu entdecken. Im kleinen Hafen verharrte er für einige Minuten. Doch bis auf das Plätschern des Rheines vernahm er kein Geräusch. Ein paar Ratten machten sich am Rande des Hafenbeckens über Fischreste her. Bastian vertrieb die Meute mit kräftigen Fußtritten. Dann setzte er sich auf einen Mauervorsprung und dachte nach. Martha war im Burggraben an der Südseite von Zons gefunden worden. Dorthin gelangte man entweder über den Zwinger und das Südtor oder man benutzte das Feldtor im Westen und lief das letzte Stück Richtung Süden an der Außenseite der Stadtmauer entlang. Das Feldtor war eine große Doppeltoranlage mit Zugbrücke und wurde rund um die Uhr von der Stadtwache bewacht. Das gleiche galt natürlich auch für das Südtor. In der Nacht, in der Martha ermordet wurde, waren jedoch beide Tore nicht so stark wie üblich besetzt gewesen, da niemand das Geburtstagsfest von Pfarrer Johannes verpassen wollte. Der Pfarrer genoss ein hohes Ansehen und war über die Stadtgrenzen von Zons hinaus beliebt. An diesem Tag waren so viele Fremde in der Stadt gewesen, dass es unmöglich war, den Überblick zu behalten. Morgen würde er mit den Befragungen von Zeugen beginnen, angefangen mit dem Bruderältesten Reinhard Nolden und Lodewich Jansen, dem Gehilfen des Hafenmeisters. Beide wurden zuletzt mit Martha gesehen. Und dann war da noch dieser blaue Stofffetzen, der fest in Marthas Faust gesteckt hatte. Vielleicht hatte der Arzt den Stoff inzwischen herausgezogen und konnte ihm ein paar Neuigkeiten erzählen. Doch das alles würde bis zum nächsten Tag warten müssen. Frustriert erhob Bastian sich und ging unverrichteter Dinge nach Hause.

...

Der modrige Geruch durchdrang seine Kleidung und machte auch vor seinem Mundschutz nicht halt. Er hatte dieses Tuch extra aus feinem blauen Stoff anfertigen lassen und in Duftöl getränkt. Der Stoff war leicht und luftdurchlässig. So konnte er auch dann noch problemlos atmen, wenn er das Tuch hoch ins Gesicht zog, sodass nur die Augen unbedeckt blieben. Der Bote hatte gestern alle Fläschchen mit Elixier mitgenommen und nun musste er dringend für Nachschub sorgen. Es war eine schwierige Aufgabe, denn man musste sich in vollkommener Dunkelheit zurechtfinden. Die Pilze mochten kein Licht. Schon der kleinste Schimmer konnte alles verderben. Die Luft war zum Schneiden dick, aber das war gut so. Den Eingang hatte er extra mit fülligem Stoff verhängt. Zum einen wollte er nicht entdeckt werden und zum anderen durften die Pilze nicht mit der zugigen Kälte des Labyrinths in Kontakt kommen.

Hugo von Spanheim hatte viele Monate in Schwaz verbracht. Schwaz, auch die silberne Stadt genannt, lag inmitten des habsburgischen Reiches im Inntal. Der Bergwerksort war bekannt für seine Kupfer- und Silbervorkommen, zog jedoch gleichsam zahlreiche Alchemisten an. Sigmund Füger von Schwaz war einer von ihnen, der durch seine Heilkunst Berühmtheit erlangt hatte. Hugo war lange Zeit bei ihm in die Lehre gegangen und hatte dort die Herstellung der Tinktur erlernt. Gemeinsam mit seinem Freund Theodor von Braunfels hatte er die Arznei, die ursprünglich zur Heilung von Bergwerkskrankheiten gedacht war, weiterentwickelt. Während Theodor glaubte, das Allheilmittel schlechthin entdeckt zu haben, hatte er sich den Freuden des Lebens hingegeben und die Rauschwirkung des als *Laudanum* bekannten Mittels untersucht.

Mithilfe des schwarzen Schimmelpilzes *Aspergillus niger* war Hugo in der Lage, ein Rauschmittel herzustellen, welches die vermögenden adligen Familien ihm geradezu aus den Händen rissen. Er hatte sich mit Theodor darüber zerstritten und ihre Wege hatten sich getrennt. Noch immer vermisste Hugo seinen Freund, der im Laufe der Jahre wie ein Bruder für ihn geworden war. Aber sie hatten nicht mehr zueinander gefunden. Theodor war besessen davon, Menschen zu helfen. Hugo hingegen wollte irdischen Wohlstand erreichen und war nur mit einem prallgefüllten Sack voller Goldgulden zufrieden.

Er holte einen Holzspachtel aus seinem Wams und kratzte den schwarzen Flaum von den feuchten Wänden. Er konnte den Schimmelpilz nicht sehen, aber er fühlte ihn. Hugo ging in die Knie und begann, in der Höhe seiner Knöchel die Wand abzutasten. Sobald seine Finger auf flauschigen Grund stießen, nahm er den Holzspachtel und schabte den Pilz vom Stein. In kurzen geraden Linien wiederholte er die Prozedur, bis der Spachtel voll war von übelriechendem schwarzen Flaum. Vorsichtig presste Hugo die Ernte in ein Tongefäß. Er hatte herausgefunden, dass der Schimmel dort am längsten überlebte. Früher benutzte er Holzgefäße, doch der Schimmelpilz wuchs mit der Zeit dort an und mutierte zu einem rötlichen Gemisch, das er nicht gebrauchen konnte. Hugo benötigte den reinen schwarzen Schimmel, so wie er nur im Dunkel eines Grabes wuchs. Das Labyrinth unter Zons war der ideale Ort für seine Zucht. Die Bürger ahnten von der Existenz des unterirdischen Irrgartens nichts, er war bei der Errichtung der Stadt angelegt und kurz darauf vergessen worden. Nur in den geheimen Schriften des Erzbischofs Friedrich von Saarwerden konnte man als aufmerksamer Leser Hinweise auf die Existenz des Labyrinths finden.

Hugo von Spanheim war in verschiedenen Klöstern aufgewachsen und während seiner Studien schon lange vor seiner Zeit in Schwaz auf diesen wundersamen Ort gestoßen. Als er sich mit Theodor zerstritt und Schwaz verließ, wusste er, wohin er gehen würde. Der Zonser Pfarrer hatte ihn dankbar aufgenommen. Er war ein alter Mann und froh über jede helfende Hand. Pfarrer Johannes ließ ihm viel Freiraum für seine Studien. Natürlich wusste er nicht alles. Ab und zu stellte Hugo Heilsalben her, die der Pfarrer großzügig unter den Bedürftigen verteilte. Von seinem Rauschmittel ahnte Johannes jedoch nicht das Geringste. Als jüngster Sohn aus dem

Geschlecht der von Spanheims galt Hugo als wohlhabend, sodass sich auch niemand über die vielen Gulden wunderte, die sich in seiner Kammer türmten.

Hugo legte den Holzspachtel beiseite. Das Tongefäß war randvoll mit schwarzem Schimmel. Das sollte fürs Erste genügen. Er brachte seine Ernte in ein kleines Nebengewölbe, das mit verschiedenen Gerätschaften ausgestattet war. Mit der winzigen Feuerstelle und den vielen Glaskolben ähnelte es dem Labor eines Alchemisten. Im Geist ging er die weiteren Schritte zur Herstellung des Elixiers durch. Er musste die Samenkapseln des Schlafmohns anritzen und darauf warten, dass ihr Milchsaft austrat. Diesen konnte er dann abschaben und langsam erhitzen, bis eine schwarze breiige Masse entstand. Danach fügte er den Schimmelpilz hinzu. Nach einigen Tagen vereinigten sich die beiden Substanzen zu einer schwarzen Tinktur, die er mit Wein vermischte. Das dunkle Elixier füllte er in winzige Fläschchen und versiegelte sie mit heißem Wachs. Nur wenige Tropfen des Rauschmittels genügten, um ein Gefühl der Ekstase zu erleben. Der Genuss von mehr als einem Fläschchen allerdings löste schwere Halluzinationen aus. Hugo von Spanheim kannte diese Wirkung genauestens und dokumentierte seine Rezepturen akribisch in einem kleinen ledernen Buch.

V.

Gegenwart

Das kleine lederne Buch war mit dem roten Siegel des Geschlechts der von Spanheims verziert. Es war sehr alt und wertvoll. Er hätte es für viel Geld verkaufen können. Im Laufe der Jahre hatten etliche Antiquitätenhändler Interesse gezeigt und ihm attraktive Angebote unterbreitet, doch er würde dieses Buch niemals hergegeben. Es war sein kostbarster Besitz. Er gehörte nicht zu diesem alten Adelsgeschlecht, doch das Buch war trotzdem ein Erbstück. In der langen Linie seiner eigenen Familie wurde es von Generation zu Generation weitergegeben. Sein Vater hatte ihm das Buch am ersten Tag seines Studiums überreicht. Bis zu diesem Zeitpunkt hatte er von der Existenz dieses kostbaren Schatzes nichts gewusst. Das Wissen darum, wie seine Familie an dieses Buch gelangt war, ging im Laufe der Zeit verloren. Vielleicht war es einst ein Geschenk des Grafen von Spanheim an seinen Lehnsmann gewesen oder schlicht Grabschändung. Niemand kannte die Wahrheit, doch sie war ihm ohnehin egal. Der Wert dieses Buches lag in seinem Inneren. Die mit schwarzer Tinte beschriebenen Seiten mussten über fünfhundert Jahre alt sein und bargen längst vergessenes Wissen.

Seufzend fuhr er mit den Fingern über den Ledereinband. Sein Daumen umkreiste liebevoll das Siegel. Es war eine instinktive Geste, die er immer dann ausführte, wenn er nicht mehr weiterwusste. Das Buch war sein Talisman. Schon während des Studiums hatte die bloße Berührung seinen Geist geöffnet und ihm so zu einer Idee oder einem Ausweg verholfen. Diesmal funktionierte es nicht. Er starrte mit zusammengekniffenen Augen auf den Computerbildschirm. Flackernd spiegelte sich das bläuliche Licht auf seinem Gesicht. Schweißperlen standen ihm auf der Stirn. Es war viel zu heiß und seine Poren produzierten unablässig Flüssigkeit, die seinen überhitzten Körper herunterkühlen sollte. Das Hemd klebte am Oberkörper fest, doch er nahm dies alles nicht wahr. Seine Aufmerksamkeit galt einzig und allein seiner Königin.

Er hatte so große Hoffnungen in sie gesetzt, allerdings funktionierte sie noch immer nicht so, wie sie sollte. Die Hitze in dem kleinen muffigen Raum war mittlerweile unerträglich. Am liebsten hätte er ein Fenster geöffnet, doch es gab keines. Wie oft hatte er diesen Fehler schon bereut? Es war sein ausdrücklicher Wunsch gewesen, da er von neugierigen Blicken verschont bleiben wollte. Die mangelnde Lüftungsmöglichkeit machte diese Unterkunft zu einer wahren Hölle. Doch da musste er nun durch. Er musste seine Königin unter Kontrolle bringen. Nervös starrte er auf den Bildschirm und beobachtete sie. Was sollte er nur tun? Mechanisch tippten seine Finger auf das marmorne Schachbrett, welches mit eleganten Figuren seinen Schreibtisch zierte. Er riss die Augen vom Bildschirm los und plante den nächsten Zug. Es war eine verzwickte Situation, selbst auf dem Schachbrett. Er war ein Meister darin, die Spielzüge vorauszuplanen. Plötzlich hatte er eine Idee. Mal sehen, ob er das Spiel noch zu seinen Gunsten wenden konnte.

...

Das Telefon klingelte schrill und riss ihn aus den Gedanken. Er starrte auf die Nummer im Display und seufzte. Das hatte ihm gerade noch gefehlt. Dr. Neuenhaus hob genervt ab. Der Anrufer stellte ihm immer wieder dieselben Fragen und er konnte sie nicht beantworten. Er lag weit hinter dem ursprünglichen Zeitplan zurück. Niemand hatte diese Verzögerung vorhersehen können. Mit ruhiger und kompetenter Stimme versuchte er, seinen Sponsor am anderen Ende der Leitung zu beruhigen. Lange würde er ihn nicht mehr hinhalten. Er brauchte dringend einen Durchbruch.

Seine Augen fuhren über den Bildschirm und blieben an einem Namen hängen. Saskia Heinermann war nach wie vor die Nummer eins auf seiner Liste, doch sie klagte immer noch über Nebenwirkungen. Eigentlich müsste diese Phase längst überstanden sein. Sie sollte sich weder unruhig noch sonst in irgendeiner Weise schlecht fühlen. Er machte sich langsam ernsthaft Sorgen. Sein Mittel war im Grunde die ideale Medizin für gestresste, allein erziehende Mütter wie Saskia Heinermann. Dr. Neuenhaus seufzte. Auch das Johanniskraut schien bei ihr keinerlei Wirkung zu zeigen. Vielleicht sollte er es mit einem stärkeren Mittel versuchen? Er schüttelte den Kopf. Nein, das könnte die ganze Studie zugrunde richten. Sein Blick fiel auf die Nummer zwei seiner Liste. Ihre Ergebnisse waren auch nicht schlecht. Womöglich sollte er sich doch auf eine andere Probandin konzentrieren.

...

Er beobachtete sie schon eine Zeit lang. Lachend saßen die drei jungen Frauen im neuen italienischen Eiscafé am

Schlossplatz und schnatterten ununterbrochen, während sie an ihren Eiskugeln schleckten und die warmen Strahlen der Frühlingssonne hungrig in sich aufsogen. Für Ende April war das Wetter fantastisch. Er selbst war mit dem Fahrrad die ganze Strecke von Köln nach Zons gekommen, nur mit einer kurzen Hose und seinem Lieblingstrikot bekleidet. Eine große Sonnenbrille verdeckte sein Gesicht und mit dem Fahrradhelm sah er aus wie Hunderte anderer Radfahrer, die bei schönem Wetter diese Route entlangfuhren. Selbst wenn sie direkt an ihm vorbeilaufen und ihn anschauen würde, sie hätte niemals bemerkt, dass er sie beobachtete. Er tat dies schon eine ganze Weile. Verfolgte sie auf Schritt und Tritt, wie ein Schatten. Zuerst war es ungewohnt für ihn gewesen, doch mittlerweile kannte er ihren Tagesablauf. Er hatte keine Schwierigkeiten mehr, ihr zu folgen. Sie war in seinem Kopf verankert wie ein sechster Sinn und er konnte fühlen, was sie fühlte und sehen, was sie sah. Alles, was sie tat, berauschte ihn. Wenn er sie so ansah, mit ihren blonden strähnigen Haaren und dem molligen Körper, dann konnte er ihre Unschuld nahezu riechen. Doch ein unbeschriebenes Blatt war sie nicht. In ihr steckte so viel mehr, als die äußere Hülle preisgab. Niemand kannte ihr Geheimnis außer ihm.

Ein kleiner Junge stürmte an den Tisch und hüpfte aufgeregt um den Stuhl seiner Mutter herum, bis diese ihn lächelnd auf den Schoß nahm. Seine Gedanken stoppten abrupt. Die schöne Szene war vorüber. Das Kind könnte noch zu einem Problem werden. Mürrisch setzte er sich auf sein Rad und fuhr davon.

...

Saskia fühlte sich glücklich und gelöst. Sie genoss den schönen Nachmittag mit ihren Freundinnen Emily und Anna. Selbst Nils, der munter auf ihrem Schoß herumhüpfte und sich freudestrahlend über eine Kugel Schokoladeneis hermachte, hatte seit Stunden nicht gequengelt.

»Hast du keine Angst vor unerwünschten Nebenwirkungen?«

Emilys Frage brachte sie aus dem Konzept. Das Gefühl der Glückseligkeit wankte und ein großes schwarzes Loch öffnete sich plötzlich in ihrer Körpermitte. Für einen Moment drohte die Dunkelheit sie zu verschlucken. Saskia blinzelte hektisch. Das Loch verschwand und stattdessen blickte sie in die fragenden Augen ihrer Freundin.

»Nein, es ist völlig harmlos. Nur ein Nahrungsergänzungsmittel gegen Stress.«

»Aber dafür wäre doch dann keine klinische Studie unter Berücksichtigung des Arzneimittelgesetzes erforderlich?« Emily runzelte die Stirn.

»... und dann noch das viele Geld, das du dafür bekommst«, fügte Anna mit kritischer Stimme hinzu.

Saskia starrte die beiden verunsichert an. Vielleicht hatten sie recht und die Teilnahme an der Studie von Dr. Neuenhaus war keine gute Idee. Sie stotterte: »Neuenhaus nennt es Nahrungsergänzungsmittel, weil praktisch nur Vitamine und Mineralstoffe enthalten sind. Keine chemischen Zusätze. Er befolgt freiwillig die Vorgaben des Arzneimittelgesetzes und das Mittel soll auch nur in Apotheken erhältlich sein.«

Die zweifelnden Blicke von Emily und Anna ließen Saskia die Verabredung bereuen. Eigentlich hatte sie ihre Freundschaft mit Emily wieder auffrischen wollen. Pascal hatte sie vor zwei Tagen am Telefon bekniet, Emily seine Story über die Spielsucht vorzustellen. Saskia liebte ihren Stiefbruder und war fest entschlossen, ihm diesen Gefallen zu tun. Doch so, wie Emily sie in diesem Moment anblickte, hatte sie wenig Lust dazu. Emily war eine talentierte Journalistin. Ihre Artikel über historische Morde im mittelalterlichen Zons waren bei den Lesern sehr beliebt und zwischenzeitlich hatte sie es zu einer Festanstellung bei der Rheinischen Post gebracht. Jede Woche erschienen Beiträge von ihr, in denen es inzwischen nicht mehr nur um Morde im historischen Zons, sondern auch um kulturelle und wirtschaftliche Themen des Mittelalters und der Gegenwart ging.

Saskia hatte Emily im ersten Semester ihres Journalismus-Studiums kennengelernt. Sie hatten sich von der ersten Minute an verstanden und fast alle Kurse an der Uni gemeinsam belegt. Natürlich war sie nie Emilys allerbeste Freundin gewesen. Diese Rolle nahm Anna ein, die nach dem Studium Bankerin geworden war. Doch Saskia hatte Anna diese Rolle keineswegs missgönnt. Gerade zu dieser Zeit war sie schwer verliebt in Nils' Vater gewesen. Sie seufzte innerlich. Im ersten Semester war ihr Leben noch in Ordnung und voller Zukunftspläne, aber mit der ungeplanten Schwangerschaft hatte alles ein jähes Ende gefunden. Auch ihre Freundschaft zu Emily hatte seitdem mehr und mehr an Intensität verloren. In den letzten zwei Jahren war der Kontakt sogar monatelang abgerissen. Umso mehr hatte Saskia sich auf das Wiedersehen gefreut, doch Emilys kritische Blicke verdarben einfach alles.

»Wenn du möchtest, kann ich dir ein paar Rechercheaufträge für die Rheinische Post verschaffen.«

Emilys mitleidige Stimme verletzte Saskia plötzlich. Was bildete Emily sich nur ein? Sie konnte schon selbst für sich sorgen. Missmutig schlug sie den Blick nieder.

»Komm schon, Saskia. Sei nicht sauer auf mich.« Emily berührte Saskias Hand und legte die neueste Ausgabe der

Rheinischen Post mitten auf den Tisch. »Schau dir meinen letzten Artikel an: Spiele und Rauschmittel im Mittelalter.«

Saskias Augen hafteten an der Zeitung. Sie benötigte mehrere Sekunden, um zu erfassen, was sie dort las. Emilys Stimme rückte derweil in weite Ferne und verzerrte sich wie in Zeitlupe. Saskia konnte ihr nicht mehr zuhören, denn ihr Verstand war viel zu sehr damit beschäftigt, das Foto eines Mannes mit der darüber in fetten Buchstaben platzierten Schlagzeile zu verknüpfen.

»Mitglied des Stadtrates tot in Zonser Wohnung aufgefunden«

Die Welt um Saskia herum drehte sich. Sie kannte diesen Mann. Sie hatte mit ihm geschlafen. Das Bild der schwimmenden Meerjungfrau in einem unendlichen Wellenmeer zog sie in einen Strudel der Verzweiflung. Schlagartig füllte sich die Erinnerungslücke von jener Nacht. Sie sah Unmengen an Wasser, in denen ihre Eroberung ertrunken war. Plötzlich hörte sie seine Schreie und spürte die eisige Kälte des Todes, die sie dazu gebracht hatte, sein Gesicht nach unten zu drücken. Ihr wurde übel. Wankend erhob sie sich.

Der Eisbecher kippte um. Nils fing an zu weinen. Emily und Anna starrten sie erschrocken an. Wie in Trance verließ Saskia das Café, ohne sich noch einmal umzudrehen. Mechanisch lief sie die Schloßstraße entlang, getrieben von den Bildern, die unaufhörlich vor ihren Augen auftauchten. Das durfte nicht wahr sein. Sie hatte nichts mit seinem Tod zu tun! Oder doch?

Ein stechender Schmerz ließ sie anhalten. »Passen Sie doch auf!« Saskias Stimme klang panisch. Ihr Knie schmerzte vom Aufprall eines Fahrrads, dem sie nicht rechtzeitig ausgewichen war.

»Was machst du denn hier?«

Pascals warme Stimme holte sie in die Gegenwart zurück.

Verwundert blickte sie ihren Stiefbruder an, der in voller Fahrradmontur vor ihr stand. Dann ließ sie sich zitternd in seine Arme fallen. »Mir ist so übel«, schluchzte sie, während er ihr sanft über das Haar strich.

»Komm, ich bringe dich nach Hause«, flüsterte er.

...

Kommissar Oliver Bergmann saß zurückgelehnt mit den Beinen auf dem Schreibtisch in seinem Bürostuhl und genoss mit geschlossenen Augen die glitzernden Sonnenstrahlen, die durch das offene Fenster auf seine Nasenspitze fielen. Seine Hand tastete blind nach einer Tasse, die herrlichen Kaffeeduft verströmte. Er hatte sie ganz dicht an die Kante des Schreibtisches geschoben, damit er sich nicht vorbeugen musste, um sie in die Hand zu nehmen. Seine Finger arbeiteten sich langsam an der Schreibtischkante entlang. Er konnte es kaum erwarten, den heißen Kaffee endlich auf seinen Lippen zu spüren. Ohne die Augen zu öffnen, glitt er weiter über das polierte Holz der Schreibtischplatte. Doch statt des ersehnten Porzellans landeten seine Fingerkuppen auf rauem Papier. Abrupt öffnete er die Augen und blickte überrascht in das Gesicht seines Partners Klaus. Dieser grinste ihn höhnisch an.

»Erwischt!«

Oliver fuhr hoch und verzog das Gesicht. »Du gönnst mir aber auch nicht die kleinste Pause«, schmollte er und schlug Klaus die Zeitung aus der Hand. Dann griff er gierig nach der Kaffeetasse und gönnte sich einen kräftigen Schluck. Wie von selbst blieben seine Augen an der ersten Schlagzeile oder vielmehr dem Foto von Emily hängen. Eine Welle des

Stolzes durchflutete ihn. Sie hatte es mit ihrer neuen Reportage auf die Titelseite des Regionalteils geschafft. Zärtlich liebkoste er mit den Augen ihr Gesicht. Es war ein besonders schönes Foto, welches sie vor der alten Stadtmauer in Zons zeigte. Oliver überflog die Zeilen des Artikels, obwohl er den Inhalt längst kannte. Die Story drehte sich um mittelalterliche Drogen. Emily hatte wochenlang recherchiert und Oliver war eine Weile enttäuscht gewesen, dass sie während dieser Phase nur wenig Zeit für ihn übrig hatte.

Sein Blick wanderte hinab und blieb an einem anderen Foto hängen. Das gewinnende Lächeln des Stadtrates Torsten Schniewald versetzte ihm einen Stich ins Herz. Das Leben konnte so schnell vorüber sein. Schniewald wurde bereits in jungen Jahren zum Fraktionsvorsitzenden gewählt und hatte eine steile politische Karriere hingelegt. Jetzt war er tot. Oliver hatte nicht lange gebraucht, um die Identität des Mordopfers herauszufinden. Direkt an der nächsten Straßenecke hatte ein Plakat aus dem letzten Wahlkampf ihm Klarheit verschafft. Im Geiste verglich er den Leichenfund mit dem Foto. Die Ähnlichkeiten waren verschwindend gering. Jedes Leben war aus den halboffenen, toten Augen der Leiche ausgelöscht, genau wie das strahlende Lächeln. Ein Laie hätte mit der Identifizierung sicherlich Schwierigkeiten gehabt, doch Olivers Augen waren geschult. Die Erfahrung machte es ihm möglich, sich das schlaffe, seelenlose Gesicht eines Leichnams als lebendigen Menschen vorzustellen.

Interessiert überflog er die Pressemitteilung und war froh, dass dort keine besonderen Einzelheiten erwähnt wurden. Für die Öffentlichkeit war die Todesursache von Torsten Schniewald bisher als »unbekannt« angegeben worden. Niemand sollte erfahren, dass er ertränkt wurde, bevor die Polizei den Tathergang eindeutig nachvollziehen konnte. Es gab etliche

Ungereimtheiten, die Oliver sich bisher nicht erklären konnte.

Torsten Schniewald war als Stadtrat und als vielversprechender Nachfolgekandidat für den kurz vor der Rente stehenden Bürgermeister ein bekanntes Gesicht in der Umgebung, trotzdem hatten sie für den fraglichen Abend bisher keinen einzigen Zeugen gefunden, der das Opfer noch lebend gesehen hatte. Die Spur verlor sich bereits am Nachmittag. Schniewald hatte einen Vortrag auf einem politischen Symposium in Berlin gehalten und war dann mit dem Flieger nach Düsseldorf zurückgekehrt. Die Fluggesellschaft hatte mittlerweile die Check-in- und Boardingdaten überprüft. Schniewald war definitiv an Bord der Maschine gewesen, doch seitdem hatte niemand mehr Kontakt zu ihm gehabt. Zumindest hatte Oliver bisher keinen Zeugen auftreiben können. Es war völlig unklar, wie er vom Flughafen Düsseldorf bis nach Hause gelangt war und ob es auf dem Weg dorthin Zwischenstationen gegeben hatte.

Oliver hatte innerhalb eines Tages sämtliche Taxigesellschaften überprüft. Ein Fahrgast vom Flughafen zu Schniewalds Wohnadresse fand sich genauso wenig wie eine Fahrt zu Schniewalds Büro. Auch anhand eines Fotos konnte sich keiner der Taxifahrer an Schniewald erinnern. Die Überwachungskameras der S-Bahn waren ebenfalls ergebnislos kontrolliert worden, ebenso wie sein Auto, das seit Tagen unberührt in der Tiefgarage seiner Wohnung stand. Alles sprach dafür, dass Schniewald nach der Ankunft am Düsseldorfer Flughafen einen unbekannten Ort aufgesucht hatte oder dort auf jemanden getroffen war, der mit ihm in seine Wohnung fuhr.

Doch wer sollte dieser jemand sein? Und warum wurde das Opfer erst betäubt und dann in der Badewanne ertränkt? Und was noch viel merkwürdiger war, warum hatte der Mörder das Opfer zurück auf das Bett gelegt? Verzweifelt rieb Oliver sich die Stirn. In diesem Fall hatte er definitiv zu viele Fragen und viel zu wenige Antworten. Die Stimme seines Partners holte ihn aus seinem Gedankenkarussell.

»Was hast du gesagt?«

»Ich muss mich heute Abend einmal entspannen und möchte wissen, ob du mit mir in die Kneipe gehst?«, Klaus klang genervt.

In Olivers Gehirn spukte Klaus' Frage herum. *Entspannung.* Das war keine schlechte Idee. Was, wenn Torsten Schniewald sich nach dem anstrengenden Tag in Berlin auch einfach nur hatte entspannen wollen und ebenfalls in eine Kneipe gefahren war? Dies würde erklären, warum kein Taxifahrer die abgefragten Adressen angefahren hatte. Oliver spürte ein vertrautes Kribbeln auf seiner Haut. Intuitiv nahm er eine unsichtbare Fährte auf. Sein Jagdinstinkt war geweckt.

»Lass uns die Zeugenbefragungen auf alle Kneipen in der Umgebung von Schniewalds Wohnort ausdehnen.« Oliver öffnete die Suchmaschine seines Browsers und tippte die passenden Stichwörter ein. Vielleicht gehörte ihr Mordopfer ja auch zu den Männern, die sich am besten bei einem kühlen Bier in ihrer Stammkneipe entspannen konnten.

...

Saskias Kopf hämmerte wie verrückt. Sie hatte das Schlafzimmer abgedunkelt, damit das grelle Tageslicht ihren Migräneanfall nicht noch weiter verschlimmerte. Pascal kümmerte sich im Nebenzimmer um Nils. Sie konnte sich eine Auszeit nehmen und entspannen. Saskia kannte diese Migräneattacken, die immer wieder nach ihren Angstzuständen auftauchten. Seit Jahren wurde sie von ihnen geplagt. Sie spürte, wie sich der Druck auf ihren Kopf erhöhte, wenn sie sich tiefer ins Kissen fallen ließ. Deshalb richtete sie sich vorsichtig auf. Immer noch kreisten die Bilder vom Stadtrat Torsten Schniewald wild in ihrem Inneren herum. Sie musste diesen Stress loswerden. Rasch nahm sie ihr Tagebuch aus dem Beistelltisch des Bettes und knipste ein kleines Licht an. Das Tagebuch half ihr, belastende Gedanken loszulassen. Alles, was sie dort hineinschrieb, konnte sie aus ihrem Kopf löschen. Auf den Papierseiten verweilten ihre Gedanken, ohne ihren Verstand zu belasten.

Hastig schlug sie das Buch auf und begann zu schreiben:

»Ich habe heute ein Bild in der Tageszeitung gesehen, das mich völlig aus der Fassung gebracht hat. Dort war das Foto des Mannes abgebildet, mit dem ich erst vor kurzem im Bett gelandet bin. Bisher kannte ich nur seinen Vornamen. Torsten. Das hat sich jetzt geändert. Ich weiß inzwischen auch, welchen Beruf er ausübt. Keine Ahnung, warum er in meiner Kneipe aufgetaucht ist. So schicke Typen lassen sich dort eigentlich nie blicken. Es hätte etwas mit uns werden können. Der Sex war unbeschreiblich gut. Doch jetzt ist er tot! Ich stehe total unter Schock! Das Schlimme an der Sache ist, dass ich ahne, wie es passiert ist. Ich glaube, ich habe ihn sterben sehen. Er ist vor meinen Augen ertrunken. Zumindest glaube ich das. Ich hatte an diesem Abend einiges getrunken. Nur bruchstückhaft tauchen die Erinnerungsfetzen in meinem Kopf auf. Was ist nur passiert? Ich habe ihn sterben sehen. Heißt das, ich habe ihn umgebracht?«

Saskia ließ den Kugelschreiber fallen und weinte. Sie konnte sich einfach nicht vollständig erinnern und das machte sie völlig fertig. Verzweifelt versuchte sie, die verlorene Nacht aus ihrem Gedächtnis hervorzuholen, doch der Film endete in seinem Schlafzimmer und fing dann in ihrem eigenen Bett wieder an. Dazwischen befand sich ein schwarzes Loch, in das sie nicht hineinblicken konnte. Es war mehr ein Gefühl als das konkrete Wissen, dass Torsten Schniewald ertrunken war. Saskia wischte sich die Tränen aus dem Gesicht. Ihr Blick blieb an der Meerjungfrau auf dem Unterarm hängen. Die Jungfrau lächelte sie freundlich an. Eine feine rote Linie verlief vom Hinterkopf der Figur hinauf zu Saskias Handfläche. Verdutzt fuhr sie mit der anderen Hand darüber. Rechts und links von der Stelle entdeckte sie weitere blutverkrustete Linien. Das sind Kratzspuren, fuhr es ihr durch den Kopf. Warum zum Teufel hatte sie Kratzspuren an ihren Armen? Im Bruchteil einer Sekunde flog das Bild eines Ertrinkenden an ihr vorbei, der sich verzweifelt an ihren Armen festkrallte. Saskia schluchzte laut und presste die Handflächen gegen beide Schläfen.

»Kann ich dir irgendwie helfen?«

Die Stimme ihres Stiefbruders holte sie augenblicklich in die Realität zurück.

»Du siehst schlimm aus. Soll ich einen Arzt rufen?«

Saskia schüttelte den Kopf. »Nein, danke Pascal. Es ist nur die Migräne.« Ein erneuter Tränenausbruch hinderte sie am Weitersprechen. Pascal stand unschlüssig im Türrahmen. Nach einer Weile sagte er: »Ich mache dir einen heißen Tee. Der wird dich beruhigen.«

Er schloss leise die Tür und Saskia war wieder alleine. Sie fixierte die Augen auf ein offenes Bohrloch an der Decke neben der Schlafzimmerlampe. Dort hing früher eine andere Lampe. Saskia hatte es nie geschafft, das Loch zu verschließen. Irgendwie beruhigte es sie, dass nicht alle Dinge perfekt waren. Das Loch war ein Makel, aber es beeinträchtigte keinesfalls die Statik der Decke. Ihr unstetes Leben und die frühe Schwangerschaft waren ebenfalls nicht perfekt, aber trotzdem war sie eine Frau. Immerhin war es ihr gelungen, ein Mitglied des Stadtrates ins Bett zu kriegen. Und das trotz ihrer etwas molligen Figur. Vorsichtig fuhr sie mit den Fingern über die Kratzspuren an ihrem Unterarm. Vielleicht hatte der Typ versucht, sie zu vergewaltigen, und sie hatte sich gewehrt? Wahrscheinlich war das Erlebnis so traumatisch gewesen, dass sie es einfach verdrängt hatte. Es könnte so eine Art Selbstschutzmechanismus sein, der ihren Geist vor dem Absturz in einen ewigen Abgrund bewahrte.

Die Schlafzimmertür öffnete sich leise und Pascal schlurfte mit einer Tasse dampfendem Tee hinein. Auch wenn die heruntergelassenen Rollläden das helle Frühlingslicht aussperrten, wusste Saskia, dass es nicht die richtige Jahreszeit für einen heißen Tee war. Es war viel zu warm. Trotzdem nahm sie Pascal das Getränk dankbar ab. Es war seine fürsorgliche Geste, die sie rührte.

»Sag mal, hast du schon mit Emily gesprochen?« Pascals Stimme schnurrte wie die eines Kätzchens. Seine Miene jedoch verriet die Ungeduld, die sich hinter seiner Frage versteckte. Saskia seufzte. Jetzt fing er schon wieder mit diesem Thema an.

»Ich weiß, es geht dir nicht so gut. Aber ich brauche langsam wirklich dringend Geld.« Pascal hatte sich auf die Bettkante gesetzt und streichelte beruhigend über ihre Arme.

»Ich war heute mit Emily und Anna im Café verabredet, aber dann wurde mir plötzlich schlecht. Es tut mir leid, Pascal.« Saskia schlürfte vorsichtig den heißen Tee. Pascals Miene verfinsterte sich für einen flüchtigen Moment so sehr, dass Saskia sich die Zunge verbrannte. Doch bevor sie etwas sagen konnte, hatte sein Gesicht wieder den sanftmütigen Ausdruck angenommen, den sie an ihm so sehr liebte. Sie nahm noch einen Schluck Tee. Diesmal pustete sie jedoch so lange auf die dampfende Flüssigkeit, bis diese trinkbar war. Warum war Pascal nur eine so labile Persönlichkeit? Sie hatte ihm bereits mehr als genug Geld geliehen. Geld, das sie eigentlich für Nils hatte aufsparen wollen. Sie wollte gar nicht wissen, welche Art von Menschen Pascal wegen seiner Spielsucht im Nacken saßen.

»Vielleicht solltest du zur Polizei gehen?«

Pascal sog scharf Luft ein: »Warum sollte ich das tun?«

»Die können dir sicher helfen. Irgendjemand muss doch hinter dir her sein, dass du so unter Druck stehst?«

Pascal schüttelte den Kopf. »Hör mal, Saskia. Ich habe Verpflichtungen. Ich muss die Miete bezahlen, die Kreditrate fürs Auto und so weiter. Mir sitzt niemand im Nacken. Ich wollte doch nur, dass du Emily von meinem Artikel erzählst.« Seine Stimme klang ehrlich zerknirscht.

»Ich rufe sie an, sobald es mir besser geht, und dann frage ich sie. Einverstanden?«

»Oder du bittest Vater um einen Vorschuss.« Pascals Augen hypnotisierten sie förmlich. Mit diesem Vorschlag hatte Saskia nicht gerechnet. Alleine der Gedanke an ihren Vater verstärkte die Migräne augenblicklich. Seit sie ein uneheliches Kind zur Welt gebracht hatte, wollte er nichts mehr von ihr wissen. Ab und zu landete ein unerwarteter Geldbetrag auf ihrem Konto. Keine großen Summen, aber besser als nichts. Ansonsten gab es seit Nils' Geburt kaum noch Kontakt. Den Wutausbruch ihres Vaters, als er von der Schwangerschaft erfuhr, würde sie niemals vergessen. In ihrem ganzen Leben hatte sie nicht einmal geahnt, dass er so laut schreien konnte. Saskia hatte diesen Gedanken noch nicht einmal zu Ende gesponnen, als ein schrilles Summen den Druck in ihrem

Kopf verstärkte. Ohne zu denken, ließ sie die Teetasse auf die Bettdecke fallen und presste beide Hände fest an die Schläfen. Das heiße Getränk fraß sich augenblicklich durch die dünne Decke und verbrannte die zarte Haut ihrer Oberschenkel. Der Schmerz tauchte die Welt um sie herum in ein rotes Gewand. Wie von Sinnen sprang sie auf und lief blindlings aus der Wohnung. Sie ignorierte Pascals Rufe. Sie achtete nicht auf Nils. Sie rannte einfach um ihr Leben.

Fliegende Dämonen verfolgten sie und beinahe wäre sie die Treppe hinuntergestürzt. Doch Saskia ließ sich nicht beirren. Sie lief weiter. Die Angst beflügelte sie und verlieh ihr gigantische Kräfte. Sie blickte sich um und visierte ihre gehörnten Verfolger an, die wie überdimensionale Schlangen die Treppenstufen hinabglitten. Sie hatte keine Ahnung, was das für Geschöpfe waren und wo sie herkamen. Das Gebrüll und die glühendroten Augen ließen allerdings keinen Zweifel an ihren Absichten. War sie in der Hölle gelandet? Sie wusste es nicht und ihr blieb auch keine Zeit zum Nachdenken. Sie rannte hinaus auf die Straße und stieß eine Frau mit Kinderwagen beiseite. Sie wunderte sich darüber, dass die Frau ihren Verfolgern keinerlei Beachtung schenkte und ihr stattdessen die übelsten Schimpfwörter an den Kopf warf. Sie stolperte, fing sich rechtzeitig und raste, ohne auf den Verkehr zu achten, über die Straße. Reifen quietschten. Autos schlitterten kreuz und quer, doch Saskia lief weiter. Ein Wagen bewegte sich auf sie zu, aber sie wich rechtzeitig aus. Ein zweites Fahrzeug näherte sich hupend. Ein Mann stand ihr im Weg. Saskia prallte gegen ihn, riss ihn herum und stieß sich anschließend an ihm ab. Mit knapper Not entging sie dem tödlichen Aufprall und landete auf dem gegenüberliegenden Bürgersteig. Der laute Knall ließ das Blut in ihren Adern gefrieren. Geschockt blickte Saskia sich um. Eine Blutlache breitete sich auf der Straße aus. Mitten darin lag der Mann, der ihr gerade noch im Weg stand. Seine Augen starrten leer in den wolkenlosen Frühlingshimmel. Sein Mund war zu einem Schrei verzerrt. Das Bild brannte sich in ihr Gedächtnis, doch ihr blieb keine Zeit zu helfen. Die Verfolger waren dicht hinter ihr. Im Augenwinkel nahm sie eine große schwarze Kutsche wahr. Ein schwarzgekleideter Mann, den Hut tief ins Gesicht gezogen, peitschte auf zwei riesige Pferde ein, deren Hufe auf dem Kopf des ohnehin schon toten Mannes landeten. Saskias Magen drehte sich um. Sie zwang sich, weiterzulaufen. Schon spürte sie den heißen Atem der Dämonen im Nacken. Der Himmel über ihr war jetzt blutrot angelaufen. Schwarze Wolken verhüllten das Licht. Saskia rannte weiter, hinein in einen dunklen Tunnel, der sie plötzlich in Stille einhüllte. Ihre Füße traten ins Leere. Sie stürzte hinab in den Schlund der Hölle und verlor auf der Stelle das Bewusstsein.

...

Seine Königin marschierte unerbittlich über die Schachfelder. Nachdem er sie fast verloren hatte, rächte sie sich jetzt mit gnadenloser Härte. Die gegnerischen Bauern zählte er nicht. Es war ihm egal, wie viele von ihnen die Königin erledigte. Ein Turm war schon gefallen und jetzt gerade eroberte sie das weiße Pferd. Elegant schob sie sich diagonal über das Schachbrett. Er liebte dieses Spiel. Jeder Schachzug endete früher oder später tödlich. Mit einem lauten Knall schlug das Pferd auf dem marmornen Spielbrett auf. Die schwarze Königin nahm den Platz ein. Endlich hatte die Partie an Fahrt aufgenommen. Im Geiste ging er die möglichen Spielzüge durch.

Egal, für welche Variante er sich entschied, jeder Zug würde gnadenlos auf das unausweichliche Ende zuführen. Was für ein grandioses Finale!

Er lächelte. Plötzlich müde geworden, zog er sein Fahrradtrikot aus. Es war völlig durchgeschwitzt. Die Haut auf seinem Oberkörper war nass und die Brusthaare klebten wie Spinnenbeine daran. Er war so in sein Spiel vertieft gewesen, dass es ihm erst jetzt auffiel. Egal. Es war ein warmer Tag und er konnte sich nicht erkälten. Pfeifend lief er ins Bad und drehte den Wasserhahn der Dusche auf. Heute hatte er große Fortschritte gemacht.

VI.

Vor fünfhundert Jahren

Das Elixier floss noch immer samtig wie Honig durch seine Blutbahnen und verwischte seine Erinnerungen. Er wusste nicht mehr sicher, ob er die Fläschchen mit dem Elixier tatsächlich in die Tonrohre gestopft hatte. Benommen lief er durch das erwachende Zons und stützte seinen taumelnden Körper dabei mit den Händen an der Stadtmauer ab. Nur noch wenige Meter und er würde das Südtor erreichen, von dort aus war es ein Katzensprung bis zum nächsten Stadttor. Zu dieser frühen Stunde war der Zwinger, so wurde die Konstruktion der Burgfestung an dieser Stelle von der Stadtwache genannt, noch menschenleer. Der Zwinger war im Grunde genommen nichts weiter als eine zweite Mauer, die ungefähr dreißig Meter vor der eigentlichen Stadtmauer errichtet war. Getrennt wurden diese beiden Mauern durch einen Wassergraben. Diese ausgefeilte Anlage sollte der Abwehr von Feinden dienen, die das Schloss Friedestrom erobern wollten. Sobald sie über die südliche Stadtmauer gelangten, saßen sie in der Falle und konnten von der zweiten Mauer aus beschossen werden. Die Gefahr, dass Eindringlinge die Stadtmauer erklimmen würden, erschien jedoch gering. Die Zollfeste Zons war nach dem neuesten Stand der Baukunst errichtet worden. Zons galt als uneinnehmbar und alleine dieser Ruf hatte bisher jeden Angreifer abgeschreckt.

Er blieb stehen und sah sich um. Der Morgen würde bald anbrechen. Mechanisch griff er an seine Hüfte und erinnerte sich im selben Moment daran, dass der Weinschlauch leer war. Deshalb hatte er ein Fläschchen des Elixiers getrunken. Er stöhnte. Das war ein Fehler, der hoffentlich unbemerkt blieb. Er war nur ein Bote und leicht zu ersetzen. Wenn sie seine Unzuverlässigkeit bemerkten, wäre er diese Aufgabe los. Und mit ihr die vielen Gulden, die er für seine nächtlichen Ausflüge und natürlich für sein Schweigen bekam. Er hätte das Elixier nicht anrühren dürfen. Die Bilder der toten Martha mischten sich in seine Gedanken und verstärkten das schlechte Gefühl, welches sich in der Magengrube ausbreitete. Noch hielt ihn der Rausch davon ab, Panik zu entwickeln. Bedächtig schlich er weiter an der Stadtmauer entlang. So schnell würden sie das Fehlen eines einzigen Fläschchens schon nicht bemerken. Unterdessen konnte er sich daran erinnern, dass er das Elixier wie immer in die Tonrohre gestopft hatte. Wankend schlüpfte er durch die kleine Pforte des Feldtores. Der wachhabende Stadtsoldat hatte nur kurz die müden Augen geöffnet und die Hand für den Silbertaler ausgestreckt, den er jede Woche bekam, damit er unbemerkt aus der Stadt gelangen konnte.

Gähnend marschierte der Bote über den holprigen Feldweg. Bis zu seiner Hütte in Stürzelberg hatte er noch einiges an Wegstrecke zurückzulegen. Ungefähr hundert Meter trennten ihn von der kleinen Waldbiegung, die ihn direkt nach Hause führen würde. Während er mechanisch einen Fuß vor den anderen setzte, kreisten unaufhörlich die Bilder der ermordeten Martha in seinem Kopf und erinnerten ihn an das Blut an seinen Händen. Ein leichtes Schwindelgefühl ließ ihn erneut taumeln und die Bluttat verschwimmen. Das Elixier hat es wirklich in sich, dachte er genüsslich. Eine solche Wirkung war er von Wein nicht gewohnt. Das plötzliche Wiehern eines Pferdes ließ ihn aufhorchen. Ehe er sich versah, stürmte eine riesige schwarze Kutsche auf ihn zu. Die Hufe zweier Schlachtrösser donnerten auf den Boden und ließen Staubwolken aufsteigen. Die frische Morgenluft verwandelte sich in beißenden Rauch. Die Beine wollten ihm nicht gehorchen. Statt auszuweichen, blieb er stehen und starrte auf den schwarzen Tod, der getrieben von knallenden Peitschenhieben, auf ihn zuraste. Er war viel zu sehr vom Rauschmittel benommen, um in Panik zu geraten. Er fühlte sich wie ein Fels in der Brandung. Fast so, als müsse die Kutsche ihm ausweichen, um nicht zu zerschellen. Selbst als sein Körper unter den donnernden Hufen der Pferde zerschmettert wurde, fühlte er keinen Schmerz. Das Elixier in seinem Blut verhalf ihm zu einem sanften, schnellen Tod. Mit einem Lächeln auf dem Gesicht tat der Bote seinen letzten Atemzug.

...

»Ihr seid ein Narr, Bastian Mühlenberg. Wo ist nur Euer Verstand geblieben?« Die kalten grünen Augen machten erst wenige Zentimeter vor Bastians Gesicht halt. Die Spitze eines Dolches stach ihm unangenehm in die Seite und der von Wein vergorene Atem, den August ihm ins Gesicht blies, löste eine Welle der Übelkeit aus. Eine Schlinge legte sich um seinen Hals. Bastian saß in der Falle. August hatte ihm am Mühlenturm aufgelauert und ihn in eine dunkle Ecke gedrängt, in der er nun feststeckte. Dies war seine zweite Begegnung mit August innerhalb kürzester Zeit und Bastian hatte keine Lust mehr darauf, von ihm bedroht zu werden. Er war auf der

Suche nach Marthas Mörder und gerade unterwegs zu Wernhart, mit dem er die ersten Zeugenbefragungen durchführen wollte. Was also wollte August nun schon wieder von ihm?

Bastian holte aus und warf sich mit ganzer Kraft auf seinen Gegner. Doch der hatte offensichtlich mit dem Angriff gerechnet. August grinste böse und zog mit nur einem Finger die Schlinge um Bastians Hals enger. Bastian blieb auf der Stelle die Luft weg und Augusts Augen funkelten dabei vor Vergnügen. Er genoss seine Macht sichtlich.

Bastian brodelte vor Wut. Dieser elende Mistkerl würde schon noch merken, dass er sich mit dem Falschen angelegt hatte. Schnell wandte er eine andere Taktik an. Statt die Muskeln anzuspannen, ließ er seinen Körper erschlaffen. August, der sich gegen einen erneuten Kraftausbruch gewappnet hatte, rechnete nicht mit einer gegenläufigen Bewegung. Die Schlinge glitt ihm aus der Hand und dieser kurze Moment der Verwirrung gab Bastian die Gelegenheit, sich aus Augusts Fängen zu befreien. Zwar reichte Bastians Finte nicht aus, um August zu entwaffnen, aber immerhin hatte er genügend Abstand zwischen sich und seinen Feind gebracht. Zornig riss er die Schlinge über seinen Kopf und warf sie in hohem Bogen weg.

»Hört auf, mich zu verfolgen! Sonst sperre ich Euch für den Rest Eures Lebens in den Juddeturm«, zischte Bastian aufgebracht.

August ließ sich nicht beirren. Er hatte bereits zum Gegenangriff ausgeholt, den Dolch hoch über seinen Kopf erhoben. Als er Bastians Stimme hörte, hielt er inne und setzte ein erschrockenes Gesicht auf. Er verharrte in dieser Stellung und starrte Bastian an. Völlig irritiert blickte dieser sich um. Warum hatte August plötzlich Angst? Er konnte nichts entdecken. Als er den Kopf wieder nach vorne drehte, bemerkte er

Augusts zuckende Mundwinkel, die mühsam ein Lachen verbargen.

»Für ein paar Momente hatte ich schon Angst, Ihr hättet Euch während meiner Abwesenheit verändert, lieber Bastian.« August grinste jetzt über das ganze Gesicht. »Aber wie ich sehe, seid Ihr immer noch unberechenbar.«

»Was wollt Ihr? Ein dummes Spiel mit mir spielen?«, bellte Bastians Stimme drohend in den beginnenden Tag hinein. August machte sich offenbar über ihn lustig. Er stand kurz vor der Explosion. »Ihr wollt doch, dass ich den Mörder Eurer Stiefmutter finde. Ihr tätet also gut daran, mich meine Arbeit tun zu lassen.« Bastian holte hörbar Luft durch die Nase und fügte hinzu: »Und hört auf, mich zu verhöhnen!«

August schüttelte gespielt den Kopf. »Das würde ich niemals wagen!« Mit einem Ruck spannte er seinen Körper an und ging erneut in Angriffsstellung. Bastian zuckte zurück und August brach im gleichen Moment in schallendes Gelächter aus. »Es tut mir leid, Bastian Mühlenberg. Das ist mein Naturell. Nichts an mir ist so, wie es scheint und doch stehe ich hier vor Euch und versuche, Euch zu helfen.«

Bastian kniff die Augen zu schmalen Schlitzen zusammen. Er wollte diesen Mistkerl überwältigen. Seine Gedanken überschlugen sich nahezu. Da behauptete August doch tatsächlich, er wolle ihm helfen. Das war einfach lächerlich. Bisher hatte er Bastian nichts als Scherereien eingebracht.

Plötzlich hatte er eine Idee. Er würde Augusts Spiel nicht mehr länger mitmachen. Ein listiges Lächeln huschte über Bastians Gesicht. Dann entspannte er schlagartig seinen Körper und setzte sich mit ausgestreckten Beinen auf den Boden.

»Ich habe Euer Spiel satt. Sagt, was Ihr wollt oder verlasst auf der Stelle die Stadt!« Demonstrativ lehnte Bastian den Kopf zurück und wartete.

August betrachtete Bastian eine Weile. Dann ging er auf die Knie und kroch so dicht an Bastian heran, dass dieser wieder seinen vergorenen Atem riechen konnte. August holte seinen Dolch hervor und fuhr spielerisch damit über Bastians Brust. Dieser ließ es ohne mit der Wimper zu zucken geschehen.

»Also gut, mein Freund«, hob August erneut an. »Ihr habt den Boten verpasst.«

Erstaunt blickte Bastian in die grünen Augen, die jetzt so dicht vor ihm waren, dass er kleine gelbe Punkte darin erkennen konnte. »Was meint Ihr damit? Wer ist der Bote?«

August seufzte theatralisch. »Der Bote, der betrunken vor Euren Füßen lag und der vermutlich der Letzte war, der meine Mutter lebend gesehen hat. Ihr solltet ihn für mich aufspüren, aber stattdessen habt ihr ihn achtlos liegen lassen.«

»Warum sprecht Ihr ständig in Rätseln?« Bastian verstand August nicht. »Hättet Ihr mich von Anfang an an Eurem Wissen beteiligt, hätte ich diesen betrunkenen Taugenichts sicher nicht des Nachts in der Gasse zurückgelassen. Woher wollt Ihr überhaupt wissen, dass dieser Kerl Martha als Letzter begegnet ist?«

»Nun, ich habe mich bei ein paar alten Bekannten umgehört. Ihr wisst doch selbst, dass ich nicht einfach unbescholten durch Zons laufen kann. Dafür brauche ich Euch.«

Ein Geräusch ließ Bastian aufschrecken. Er drehte sich um und erblickte Bechtholt den Nachtwächter, der schlaftrunken durch das enge Gässchen auf ihn zuwankte. Dabei stieß er achtlos mit seiner Laterne an die Häuserwände. Das Scheppern hallte wie ein leiser Donnerhall durch die Gasse. Instinktiv duckte Bastian sich. Er wollte nicht entdeckt werden. Als er sich vorsichtig umdrehte, bemerkte er, dass August verschwunden war. Lautlos wie ein Schatten kroch er tiefer hinein in die enge Nische, an deren Rand August ihm aufgelauert hatte. Mit den Händen tastete er im Dunkeln nach seinem zwiespältigen Gegner. Seine Finger glitten ins Leere und fühlten nichts als den rauen Basaltstein, aus dem der Großteil der Stadtmauer bestand. Der Nachtwächter schlurfte geräuschvoll an ihm vorbei, ohne ihn zu bemerken. Bastian verharrte weiter im Dunkel, bis er sich ganz sicher war, dass Bechtholt ihn nicht mehr entdecken konnte. Dann erhob er sich müde und machte sich auf den Weg zu Wernhart. Seine Gedanken kreisten um August und dessen seltsames Benehmen. Auf der einen Seite konnte Bastian nachvollziehen, dass er Marthas Mörder stellen wollte und deshalb auf seine Hilfe angewiesen war. Auf der anderen Seite fragte er sich, warum August ständig versuchte, ihm Angst einzujagen. Er begriff Augusts Wesen nicht. Eigentlich hielt er ihn für einen kaltblütigen Menschen, aber Augusts Suche nach dem Mörder seiner Stiefmutter passte nicht richtig in dieses Bild. Wäre er tatsächlich von Grund auf kaltblütig, so wäre ihm Marthas Tod völlig egal. Auch Bastian hatte August sein Leben zu verdanken. Als er vor ein paar Monaten in der Klemme steckte, hatte August ihm geholfen. Er hätte ihn ebenso gut sterben lassen können. Bastian seufzte leise. Es schien fast so, als sei August vom Teufel besessen und ab und an glomm ein Licht Gottes in ihm auf. Er war so zwiespältig wie die Zunge einer Schlange und Bastian musste vor ihm auf der Hut sein. Sicher würde er seine Hinweise weiterverfolgen, aber trauen konnte er August keinesfalls. Er würde Marthas Mörder zur Strecke bringen, jedoch nicht weil es Augusts Wunsch, sondern Bastians ureigene Aufgabe als Soldat der Stadtwache war.

...

»Ihr müsst Euch doch erinnern, ob Ihr mit Martha zusammen das Fest verlassen habt oder nicht!« Bastian donnerte seine Faust auf die Holzplatte. Der Bruderälteste, Reinhard Nolden, zuckte sichtlich zusammen. Lodewich Jansen, der neben ihm saß, rieb sich nervös mit den Handballen über die Oberschenkel.

Bastian sog tief Luft ein. Sein Freund Wernhart tat es ihm gleich. Sie hatten die beiden in eine Zelle des Juddeturms gesperrt, um ihrer Befragung möglichst viel Nachdruck zu verleihen. Die meisten Bewohner von Zons hatten Angst davor, hier als Sünder zu landen. Der Juddeturm galt als ausbruchssicher. Sein Inneres beherbergte ein Verlies, welches sich elf Meter tief unter der Erde befand und nur durch eine kleine Öffnung mit Hilfe eines Seils zu erreichen war. Selbst die Mahlzeiten mussten diesen Weg nehmen. Licht drang nur spärlich durch die winzigen Öffnungen des Eisengitters, das den einzigen Ein- und Ausgang verschloss. Wer hier unten landete, hatte keine Aussicht auf Flucht. Der Juddeturm besaß in den oberen Etagen noch weitere Gefängniszellen. Von hier aus war vor einiger Zeit dem als Puzzlemörder bekannten Dietrich Hellenbroich die Flucht gelungen. Alleine die Erinnerung an seine Gräueltaten trieb Bastian den Schweiß auf die Stirn.

Er fokussierte seinen Blick erneut auf die beiden Männer, die ängstlich vor ihm saßen. Bastian hatte die ganze Nacht schlecht geschlafen. Noch immer steckte ihm die Begegnung mit August in den Knochen. Er hatte wenig Lust, seine Zeit mit neuen Lügengeschichten zu vergeuden. Er wollte endlich vorankommen. Außerdem fühlte er sich irgendwie verloren. Seit seine kleine Tochter auf die Welt gekommen war, hatten sich seine Träume verändert. Während er vorher unablässig von dieser wunderschönen brünetten Frau geträumt hatte, suchten ihn jetzt die Mörder heim, die er einst gejagt hatte. Seine Anna hingegen verblasste mehr und mehr. Es brach Bastian das Herz. In seinen Träumen war er mit ihr in einer anderen Welt, die sich so real anfühlte, dass er manchmal schon fast glaubte, dass sein eigentliches Leben ein Traum war. Natürlich, er liebte seine Frau und seine Tochter, aber Anna durchdrang sein Herz auf eine Weise, die er nicht beschreiben konnte. Seine Sehnsucht nach ihr war übermächtig. Dass er sie nicht mehr im Traum erlebte, machte ihn einsam. Bastian spürte eine unerträglich Leere in sich, die an ihm fraß, wie Ratten an einem Kadaver. Deshalb musste er im Mordfall Martha endlich vorankommen. Wenn seine Gedanken wieder frei wären und er sich entspannte, würden seine Träume zurückkehren, da war Bastian sich ganz sicher.

Sein Blick auf die beiden Männer verhärtete sich. »Also, genug des Nachdenkens. Wer von Euch beiden hat Martha zuletzt gesehen?«

Der Bruderälteste fasste sich als Erster. »Ich saß neben Martha am Tisch, keine fünf Meter von Euch entfernt. Ich habe genauso viel getrunken wie Ihr auch. Warum also glaubt Ihr, ich könnte mich besser erinnern, als Ihr selbst es könntet?«

Bastian fühlte die Wut in sich aufbrodeln. Er konnte Reinhard Nolden nicht ausstehen. Wie alle Bruderältesten der St.-Sebastianus-Schützenbruderschaft strahlte Reinhard eine Arroganz aus, die Bastian abstieß. Damit konnte er vielleicht die Schützenbrüder beeindrucken, ihn jedoch nicht. Reinhard hatte großes Glück, dass er noch auf freiem Fuß war. Wäre es nach Bastian gegangen, würde er die nächsten Jahre wegen Münzfälscherei im Verlies verrotten. Er hatte ihn vor ein paar Monaten dabei erwischt, doch Reinhard Nolden hatte einflussreiche Freunde in der Kirche und diese hatten die schützende Hand über sein Haupt gehalten. Der Bruderälteste wurde nicht einmal vor das Schöffengericht gestellt, obwohl Bastian alle erdenklichen Beweise hatte vorlegen können. Er spuckte verächtlich aus. »Nun, Nolden, die Antwort ist ganz einfach. Ihr habt Euch den ganzen Abend mit Martha unterhalten und amüsiert. Etwas davon wird in Eurem Hohlkopf doch hängengeblieben sein!«

Ehe Nolden erneut antworten konnte, fing Lodewich an zu schluchzen. »Ich bin mit ihr zusammen aufgebrochen. Reinhard war längst gegangen.« Bastian traute seinen Ohren nicht. Hatte der Bruderälteste Lodewich etwa unter Druck gesetzt, damit er alle Schuld auf sich nahm? Er sah Lodewich tief in die Augen. Wenn er den Blickkontakt abbrach, log er. Doch Lodewich hielt seinem Blick ohne Zögern stand.

»Also gut, zeigt mir Eure Arme und Euren Oberkörper.«

Lodewich starrte Bastian ungläubig an. »Warum? Was wollt Ihr von mir?«

»Das hat Bastian Mühlenberg doch gerade klar gesagt!« Wernhart hielt es nicht länger an der Tür aus. Er hatte Bastians Frage auf Anhieb verstanden und zwinkerte ihm zu. »Und während Ihr Euer Wams auszieht, beschreibt uns doch einmal, was Ihr zur Geburtstagsfeier von Pfarrer Johannes getragen habt.«

Zögernd begann Lodewich, das Wams über den Kopf zu ziehen. Dicke rote Striemen kamen zum Vorschein. Entsetzt trat Bastian näher. »Wer hat Euch das angetan?«

»Mein Herr. Ich war nicht aufmerksam genug.« Lodewich schluchzte nun lauthals. »Aber ich habe Martha nichts getan. Ich habe sie bis zur Hubertusstraße begleitet. Das war nur wenige Meter von ihrem Haus entfernt. Ich hatte keine Ahnung, dass sie nicht hineingegangen ist. Bitte glaubt mir!«

Bastian hatte kaum Ohren für Lodewichs Worte. Seine

Augen hingen immer noch an den blutverkrusteten Striemen, die Lodewichs ganzen Körper überzogen. Er hatte schon oft gehört, dass der Hafenmeister nicht zimperlich war. Dass er jedoch solche Züchtigungen durchführte, erschütterte Bastian. Eigentlich hätte man Lodewichs Schreie bei einer derartigen Bestrafung in ganz Zons hören müssen. Bastian griff Lodewich in den Nacken und betrachtete Hals und Mund des weinenden Mannes. Die Antwort lag auf der Hand. Dicke Einschnittspuren prangten an Lodewichs Gurgel und die Mundecken waren von Schorf übersät. Er hatte den Ärmsten gefesselt und geknebelt, bevor er mit der Prügel begann. Kein Wunder, dass niemand Lodewichs Schreie gehört hatte. Bastian würde mit Pfarrer Johannes darüber sprechen. Lodewich war kein Leibeigener, und egal, wie schwer sein Fehler gewesen war, das hatte er nicht verdient.

»Was habt Ihr angestellt?«

Lodewich wischte sich mit dem Handrücken die Tränen aus dem Gesicht. »Ich habe eine wertvolle Ladung verloren. Es war Saatgut und hätte nicht nass werden dürfen, doch ich habe nicht achtgegeben und die Ladung fiel ins Hafenbecken.« Lodewich schüttelte den Kopf. »Alles war verdorben und mein Herr hat keinen einzigen Kreuzer dafür bekommen.«

Bastian ergriff Lodewichs Arme und untersuchte sie ausgiebig. Er wusste, dass Martha sich heftig gewehrt hatte. Ihr Mörder musste demzufolge etliche Kratzspuren am Körper aufweisen. Da sich diese Spuren deutlich von denen unterschieden, die ein Lederriemen verursachte, würde Bastian also fündig werden, wenn Lodewich etwas mit Marthas Tod zu tun hatte. Doch seine Unterarme waren völlig frei von Kratzern. Dasselbe galt für den Rest seines Körpers.

»Ich glaube Euch!«, sagte Bastian und ließ von ihm ab. »Zieht Euch wieder an.« Er drehte sich zum Bruderältesten um, der wie angegossen auf seinem Stuhl saß. Im Gegensatz zu Lodewich wich er Bastians Blick aus.

»Wollt Ihr uns nicht von Eurer Unschuld überzeugen? Diesmal helfen Euch Eure hochrangigen Freunde nicht!«

Der Bruderälteste knurrte: »Ich bin kein Mörder und im Gegensatz zu ihm dort hatte ich auch nie ein Interesse an Martha.« Mit einem schiefen Grinsen deutete er in Lodewichs Richtung. Dieser lief auf der Stelle rot an. Bastian ließ sich jedoch nicht ablenken. »Los, zieht Euer Wams aus!«

Reinhard Nolden tat wie ihm befohlen und zog sich langsam das Wams über den Kopf. Die blasse faltige Haut eines alten Mannes kam zum Vorschein. Bastian kniff die Augen zusammen und begutachtete den Oberkörper und die Arme des Bruderältesten. Nichts. Kein einziger blauer Fleck oder noch so kleiner Kratzer waren auf der unversehrten Haut Noldens zu erkennen. Bastian war enttäuscht. Es wäre zu schön gewesen, wenn er Nolden hätte festsetzen können. Aber wahrscheinlich hatte dieser recht. Er war kein Mörder und im Gegensatz zu Lodewich fehlte ihm jedes Motiv. Martha war weder äußerlich sein Typ noch besaß sie irgendetwas Wertvolles, was für Nolden interessant gewesen wäre. Nein. Der Bruderälteste war diesmal nicht im Spiel. Bei Lodewich sah es schon anders aus. Zwar konnte sich Bastian nicht vorstellen, dass er Martha auch nur ein Haar gekrümmt hatte, aber jeder in Zons wusste, dass er sie gerne zur Frau gehabt hätte. Nur stieß seine Zuneigung zu Lodewichs Unglück nie auf Gegenliebe. Seit Jahren hatte er Martha vergeblich den Hof gemacht. Es wäre nicht verwunderlich, wenn ihm nach einem ausgiebigen Fest mit einer großen Menge Alkohol im Blut die Nerven durchgegangen wären.

»Gut, dann wiederhole ich jetzt Wernharts Frage. Was hattet ihr beide am Abend des Geburtstagsfestes für Kleidung am Leib?« Bastian hatte sich vor der Vernehmung mit Wernhart abgestimmt. Der Arzt Josef Hesemann hatte einen dunkelblauen feinen Stofffetzen in Marthas Faust gefunden. Vermutlich hatte sie diesen Fetzen ihrem Mörder beim vergeblichen Überlebenskampf aus der Kleidung gerissen. Leider handelte es sich hierbei nur um ein kleines Stoffstückchen. Josef hatte weder Nähte noch andere Applikationen entdeckt. Sie waren sich also nicht sicher, ob es sich tatsächlich um den Rest eines Kleidungsstückes oder gar etwas ganz anderes handelte.

»Ich habe wie üblich zu besonderen Anlässen meine Schützentracht getragen.«

Bastian nickte. Auch in diesem Punkt konnte er dem Bruderältesten nichts anlasten. Die Schützentracht bestand aus schwarzer Kleidung. Selbst die spitzen Filzhüte, die auf ihn immer bedrohlich wirkten, waren tiefschwarz.

»Ich kann mich nicht genau erinnern«, wimmerte Lodewich.

Kein Wunder, dass die schöne Martha kein Interesse an ihm gehabt hatte, fuhr es Bastian durch den Kopf. Lodewich verkörperte im Grunde nichts Männliches. Er war klein und untersetzt gebaut. Das Haar war ihm bereits in jungen Jahren ausgegangen und Wohlstand hatte er auch nicht zu bieten. Bastian seufzte. Der arme Tropf würde wohl zeitlebens ohne Weib bleiben.

»Dann denkt nach. Wir haben Zeit.«

Lodewich fühlte sich sichtlich unter Druck gesetzt und lief rot an. Alle Blicke waren auf ihn gerichtet. Seine Augen rollten vor Anstrengung nach oben, während er nachdachte.

»Ich glaube, ich hatte meine helle Leinenhose und das graue Wams an«, stotterte er schließlich.

»Könnt Ihr das bestätigen?« Bastians Blick ruhte wieder auf dem Bruderältesten, der sich nachdenklich am Kinn kratzte.

»Ich denke, ja. Soweit ich mich erinnere, war das seine Kleidung an jenem Abend.«

Bastian seufzte. Im Grunde hatte er vorher schon geahnt, dass die Befragung der beiden keine neuen Erkenntnisse bringen würde. Den Bruderältesten konnte er komplett von seiner Liste streichen. Blieb nur noch Lodewich übrig, der Martha zumindest bis zur Hubertusstraße begleitet hatte. Bastian dachte nach. Martha wohnte eine Parallelstraße von der Hubertusstraße entfernt in der Wendelstraße. Ihr Haus befand sich in südlicher Richtung kurz hinter dem Feldtor, dem westlichen Ausgang der Stadt. Bis zum Burggraben, der einmal um die komplette Stadtmauer herum führte, waren es ungefähr fünfzig Meter. Irgendetwas oder irgendwer musste sie auf dem Weg nach Hause durch das Feldtor hindurch aus der Stadt geführt haben. Er schüttelte den Kopf. Das ergab alles keinen Sinn. Martha wurde im Burggraben an der Südmauer gefunden und nicht auf der Westseite, die man durch das Feldtor erreichte. Da sie jedoch in der Wendelstraße wohnte, die parallel zum westlichen Burggraben verlief, musste sie an ihrem eigenen Haus vorbeigelaufen sein.

Im Geiste lief Bastian die Zonser Straßen ab. Warum sollte sie bis zum Südtor gelaufen sein? Natürlich wäre sie auch durch das Feldtor nach draußen gelangt, aber das ergab keinen Sinn.

»Lodewich, seid Ihr sicher, dass Euch niemand begegnet ist, als Ihr Martha begleitet habt?«

Lodewich nickte: »Ich sage es Euch doch. Ich habe nichts gesehen. Sonst hätte ich Martha doch nicht den Rest des Weges alleine gehen lassen.«

Bastian stand vor einem Rätsel. Er würde versuchen, den Weg zu rekonstruieren, den Martha wahrscheinlich in jener

Nacht zurückgelegt hatte. Es musste etwas mit der Südmauer zu tun haben, schließlich hatte auch August ihn dorthin geschickt. Der nächste logische Schritt war es, den betrunkenen Boten aufzutreiben. Zu schade, dass August so schnell verschwunden war. Da er keine Ahnung hatte, wo August sich aufhielt und Bastian sich sicher war, dass er ihn ohnehin nicht aufspüren konnte, solange dieser es nicht wollte, würde er sich wohl alleine auf die Suche nach dem Boten machen müssen.

VII.

Gegenwart

Etwas leckte über ihr Gesicht. Schleim tropfte auf Saskias Kinn und lief den Hals hinab in ihren Ausschnitt. Übel riechender heißer Atem drang in ihre Nase und für einen Moment war Saskia sich sicher, dass die Dämonen sie erledigt hatten. War sie tot?

Wieder spürte sie die raue Zunge, die quer über Mund und Nase leckte. Sie öffnete leicht die Lippen und schon war das nasse labbrige Ding zwischen ihren Zähnen. Angewidert drehte sie den Kopf zur Seite. Der Dämon ließ sich nicht beirren und beschnüffelte ihren Hals. Sie war tot und dies musste die Hölle sein. Saskia erinnerte sich daran, dass Pascal ihr heißen Tee gebracht hatte. Bis zu diesem Moment ging es ihr, abgesehen von der Migräne, noch ganz gut. Jetzt aber pulsierte das Blut heiß in ihren Adern. Es hämmerte gegen Saskias Schläfen und zwang sie, die Augen geschlossen zu halten. Sie fühlte sich benebelt. Erinnerungsfetzen kamen zurück. Sie hatte den Tee getrunken und dann war sie aus dem Haus gelaufen. Saskia hörte wieder die hupenden Autos und einen lauten Knall. Der Zusammenprall mit dem fremden Mann kam ihr in den Sinn. Schon sah sie wieder die leeren Augen vor sich, die in den blauen Frühlingshimmel starrten. Das Leben war aus ihnen gewichen und ließ nichts als einen seelenlosen Spiegel zurück. Peitschenhiebe versetzten ihrem dröhnenden Kopf schmerzhafte Stiche und Saskia unterdrückte einen Schrei, als die donnernden Pferdehufe den Schädel des Mannes erneut zerschmetterten. Bittere Galle stieg in ihr hoch, als sie gewahr wurde, dass sie diesen Mann festgehalten hatte, um sich selbst zu retten. Die Szene lief wie ein kurzer Filmausschnitt vor ihren Augen ab. Autos hupten und ein Wagen raste direkt auf sie zu. Saskia prallte gegen den Mann, hielt ihn fest und stieß sich dann von ihm ab, um auf dem sicheren Bürgersteig zu landen. Der Mann hingegen wurde mit voller Wucht vom Auto erfasst. Die Vorstellung, schuld am Tod dieses Mannes zu sein, brachte ihr Herz zum Hämmern.

Wieder fuhr die raue, feuchte Zunge über ihr Gesicht und diesmal öffnete sie die Augen. Der Dämon war direkt über ihr. Er war riesig und schwarz wie die Nacht. Saskia krallte die Hände in die Erde und warf den Kopf zur Seite. Sie hatte diesen Mann auf dem Gewissen und jetzt war sie in der Hölle gelandet. Mit einem Ruck fuhr sie hoch und schrie so laut sie konnte. Der schwarze Dämon hielt verdutzt inne. Die dunklen Augen beobachteten sie eine Weile und das langgezogene Winseln, welches daraufhin ertönte, ließ Saskias Schreien verstummen. Sie benötigte einige Sekunden, um zu verstehen, dass dort vor ihr kein Dämon, sondern ein schwarzer Hund saß. Saskia blickte sich um. Dies hier war nicht die Hölle, sondern das Rheinufer. Sanft schmatzten die Wellen und der Sand, auf dem sie saß, war hell und warm. Ein erneutes Winseln ließ sie zu dem Hund oder vielmehr Hündchen hinüberblicken. Der Zwergschnauzer beäugte sie ängstlich und leckte sich nervös die Schnauze. Saskia war vollkommen perplex. Ihr Verstand brachte die beiden verschiedenen Welten, zwischen denen sie gerade hin- und hergesprungen war, nicht übereinander.

»Kann ich Ihnen helfen?«

Die Stimme brachte Saskia völlig aus der Fassung. Verunsichert blickte sie auf. Vor ihr stand eine ältere Dame mit einer Hundeleine in der rechten Hand. Der Zwergschnauzer kläffte freudig und huschte aufgeregt zwischen ihren Beinen umher.

»Ist ja gut, Benny. Hat er sie erschreckt?« Die Frau setzte ein sorgenvolles Gesicht auf und hob gleichzeitig einen Zeigefinger, der Benny auf der Stelle zum Verstummen brachte.

Saskias Augen füllten sich mit Tränen. Sie schluckte, unfähig, auch nur ein Wort zu sagen. Die Frau beugte sich zu ihr hinunter.

»Ach sie Ärmste, das tut mir aber leid. Ich hätte Benny lieber an die Leine nehmen sollen. Er ist manchmal einfach so wild.« Sie tätschelte behutsam Saskias Arm und half ihr, aufzustehen. Dabei plapperte sie ununterbrochen und ihre Worte stachen wie feine Nadeln in Saskias Gehirn. Schwankend machte sie einen ersten Schritt.

»Eine Freundin von mir hat auch eine Hundephobie.« Die Dame seufzte. »Das kann man sich bei einem so kleinen Hund gar nicht vorstellen ... nicht wahr, Benny ... dass du jemandem Angst machst ...« Der Redefluss wollte einfach kein Ende nehmen. Saskias Verstand konnte die Worte der älteren Frau nicht verarbeiten. Wenigstens brachte sie ein zittriges: «Vielen Dank, es geht schon wieder« hervor. Mit einem verkrampften Lächeln ließ sie die Frau mit ihrem Hund stehen und stakste holprig davon, während ihre Retterin ihr noch eine ganze Reihe an guten Ratschlägen und Entschuldigungen hinterherrief.

Als Saskia sich zurück zu ihrer Wohnung schleppte, versuchte ihr Verstand unablässig zu begreifen, was eigentlich geschehen war. Saskia hatte mittlerweile die Orientierung wiedergefunden und das diffuse Chaos in ihrem Kopf war zumindest übersichtlicher geworden. Sie befand sich am Rheinufer auf der östlichen Seite von Zons. Das war sozusagen das andere Ende der Stadt. Saskia wohnte in der Deichstraße, einer für Zonser Verhältnisse relativ viel befahrenen Straße, die vor der westlichen Stadtmauer entlangführte. Sie erinnerte sich deutlich an die Unfallszene vor dem Haus. Wie sie jedoch die weite Strecke bis zum Rheinufer zurückgelegt hatte, konnte sie sich nicht erklären. Ob sie langsam verrückt wurde und sich alles nur einbildete? Die Blaulichter, die ihr entgegenkamen, als sie gerade in die Deichstraße einbog, ließen Saskias Herzschlag einen Augenblick aussetzen. Ein schwarzer Leichenwagen fuhr dem Polizeiauto hinterher. Instinktiv verbarg sie sich hinter einem dicken Baum und beobachtete ungläubig die Szenerie. Eine flüsternde Stimme meldete sich in ihrem Kopf. Warum war Pascal ihr nicht hinterhergelaufen und hatte sie vor diesem Absturz bewahrt?

...

Oliver Bergmann hatte nur noch ein paar Minuten, die er voll auskosten wollte. Seine Zunge glitt sanft über Emilys Brustwarzen, während er ihre Hände behutsam aber unnachgiebig hinter ihrem Rücken zusammenpresste. Sie wehrte sich spielerisch und er genoss den Anblick ihrer Brustwarzen, die sich unter seiner flinken Zunge zusammenzogen. Emilys Oberkörper bog sich nach oben und Oliver konnte sich bei diesem Anblick kaum beherrschen. Eigentlich hätte er längst auf dem Weg zu seinem Partner Klaus sein müssen. Sie hatten sich vorgenommen, die Kneipen in der Umgebung von Torsten Schniewalds Wohnung abzuklappern. Noch immer waren sie auf der Suche nach Zeugen, die den Stadtrat nach seiner Landung in Düsseldorf gesehen hatten. Oliver war mit seinem Dienstwagen auf der Autobahn A57 an Zons vorbeigebraust und nahm den Fuß erst vom Gas, als er vor Emilys Appartement in Köln stand. Er hatte sie gewollt. So sehr, dass ihm alles andere egal war. Der Blick auf seinen Terminplan hatte eine verheißungsvolle Lücke offenbart, die Oliver keinesfalls ungenutzt lassen wollte. Emily hatte splitternackt an der Wohnungstür auf ihn gewartet und er hatte sich auf sie gestürzt wie ein hungriger Wolf.

Mit einem Seufzer ließ er von Emily ab, die mit geöffneten Lippen und geschlossenen Augen unter ihm lag. Ein Stirnrunzeln verriet Oliver ihre Enttäuschung über den plötzlichen Abbruch.

»Bleib, wie du bist. In ein paar Stunden bin ich zurück.« Olivers Stimme klang rau vor Erregung. Ein weiteres Mal drückte er sie mit seinem Oberkörper in die Matratze und drang tief und ohne Vorwarnung in sie ein. Ihr Stöhnen brachte ihn fast um den Verstand. Seine Willenskraft versagte. Sie liebten sich wild und Oliver vergaß für eine Weile die Welt um sich herum. Nur mit Mühe schaffte er es, sich so lange zurückzuhalten, bis Emily ihren Höhepunkt erreicht hatte. Dann sprang Oliver berauscht und glücklich die Stufen zur Haustür hinab, erfüllt von der Vorstellung auf die Fortsetzung seines Liebesspiels.

...

»Wie lange willst du mich eigentlich noch warten lassen?« Klaus grinste schief. »Es ist schon komisch, du bist so früh losgefahren und kommst jetzt erst hier an. Hast wohl einen Umweg gemacht?« Mit einem wissenden Blick stieß er Oliver in die Seite. Dieser knurrte und holte eine lange Liste mit Kneipen und Restaurants in Zons hervor.

»Ich schlage vor, wir beginnen hier in der Schloßstraße und arbeiten uns dann langsam Richtung Osten vor.« Oliver wollte mit Klaus nicht über Emily sprechen. Klaus' Freundin hatte vor ein paar Monaten mit ihm Schluss gemacht, weil er sich mit einer Prostituierten eingelassen hatte. Seitdem interessierte er sich außergewöhnlich stark für Olivers Beziehung und das störte ihn. Es war, als ob Klaus seine Einsamkeit mit Geschichten über Emily kompensieren wollte. Doch Emily gehörte ausschließlich ihm. Kein anderer Mann sollte auch nur annähernd so viel über sie wissen wie er.

Ohne auf Klaus' säuerliche Miene zu reagieren, fuhr Oliver deshalb fort: »Lass uns direkt in der Gaststätte ›Zur Post‹ beginnen.«

Mit dem Finger tippte er auf die Stelle im Stadtplan, an der sich die Kneipe befand. Auf der Schloßstraße gab es diverse Gaststätten. Sie würden sicherlich gut eine Stunde beschäftigt sein, wenn sie alle Wirte zu Torsten Schniewald befragen wollten.

Oliver öffnete die schwere Holztür. Ein dicker alter Mann mit Glatze stand hinter der Theke und polierte Biergläser. Als er die beiden Männer eintreten sah, setzte er ein freundliches Lächeln auf.

»Guten Tag, die Herren. Was darf es sein?«

Bevor Oliver antwortete, blickte er sich um. Zu dieser Uhrzeit war die Kneipe menschenleer. Der Laden war viel größer, als man es ihm von außen ansah. Die Kneipe wirkte solide und gutbürgerlich. Oliver konnte sich gut vorstellen, dass Schniewald hier Entspannung am Abend finden konnte.

Lässig bewegte er sich auf den Wirt zu, während Klaus sich weiter umschaute und die Fotografien an den Wänden betrachtete. Als er direkt vor der Theke stand, antwortete er auf die Frage des Wirts. »Nichts, danke. Wir haben ein paar Fragen an Sie.« Mit diesen Worten zog er seine Polizeimarke hervor und hielt sie dem Wirt vor die Nase. Dieser hob erstaunt die Augenbrauen und ließ auf der Stelle das Bierglas zurück ins Waschbecken gleiten.

»Kennen Sie diesen Mann?« Oliver legte ein Foto von Torsten Schniewald auf den Thekentisch. Der Wirt trocknete sich die Hände und nahm das Bild auf.

»Das ist doch dieser tote Stadtrat. Natürlich kenne ich den.« Er schüttelte den Kopf und warf Oliver einen verständnislosen Blick zu.

»War er Gast bei Ihnen?«

»Ach so, das meinen Sie. Nein, ich kenne ihn nur aus der Zeitung. Nicht persönlich. Aber ich weiß, dass er regelmäßig in die Torschenke gegangen ist.«

»Woher wissen Sie das?«, hakte Oliver nach.

»Ich bin mit dem Wirt dort befreundet. Da erzählt man sich so einiges. Wollen Sie nicht doch noch ein Bier trinken? Es ist frisch vom Fass.« Der Wirt hielt ein sauberes Bierglas hoch und zwinkerte Oliver aufmunternd zu. Doch dieser hatte sich bereits der Kneipentür zugewandt. Er wusste, dass sich die Torschenke am anderen Ende von Zons befand. Kurz vor dem Rheintor an der Ostseite der Stadtmauer. Abermals schüttelte er den Kopf. »Nein, danke. Wir haben zu tun. Wenn Ihnen noch etwas zu Torsten Schniewald einfällt oder Sie sich erinnern, ihm doch schon einmal begegnet zu sein, rufen Sie mich bitte an.« Mit diesen Worten ging er erneut in Richtung Theke und drückte dem Glatzkopf seine Visitenkarte in die Hand. Dann machte er kehrt und lief auf den Ausgang zu, wo

Klaus bereits auf ihn wartete.

Ohne weitere Zeit zu verschwenden, liefen sie die Schloßstraße entlang und bogen links in die Rheinstraße ein, an deren Ende sich die Torschenke befand. Das für seinen Weinkeller bekannte Restaurant war wesentlich kleiner als die Gaststätte »Zur Post«. Das alte Gemäuer war von außen weiß angestrichen und liebevoll mit Figuren und alten Weinreben verziert. Der Innenraum war gemütlich mit viel altem Holz hergerichtet. Hinter dem großen Tresen stand eine mollige Blondine, die sich gerade angeregt mit einem Kellner unterhielt. Als Oliver und Klaus die Tür geräuschvoll ins Schloss fallen ließen, drehten sich beide erstaunt zu ihnen um. Zu dieser Uhrzeit erwarteten sie offensichtlich noch keine Gäste. Die Blondine fasste sich als Erste und setzte ein falsches Lächeln auf.

»Was kann ich für euch tun?« Ihre Stimme dröhnte wie ein Bass durch den kleinen Thekenraum.

»Wir haben ein paar Fragen zu Torsten Schniewald.« Oliver hatte sich entschlossen, direkt zur Sache zu kommen. Das Auftreten der Blondine war ihm unsympathisch. Sie war nicht besonders groß, wog aber mit Sicherheit um die neunzig Kilogramm, die sich jetzt durch den engen Durchgang des Tresens zwängten. Instinktiv wich Oliver einen Schritt zurück.

»Der war schon länger nicht mehr hier.« Die massige Frau blieb nur wenige Zentimeter vor Oliver stehen. »Was geht euch das an?« Ihr scharfer Atem ließ Oliver weiter zurückweichen. Als Antwort zückte er lediglich seine Polizeimarke, während er sich weiter kontinuierlich von der kräftigen Blondine entfernte. Die blieb beim Anblick seiner Marke stehen. »Wie gesagt, der war schon länger nicht mehr hier. Hat sich mit dem Chef zerstritten.«

»Wann genau war er denn das letzte Mal hier?«

Die Dicke kratzte sich am Kopf. »He Martin, wann war der Schniewald das letzte Mal hier?«

Der Kellner, der sich bis jetzt im Hintergrund gehalten hatte, machte ein paar Schritte auf Oliver zu. »Das ist mindestens drei Wochen her.«

»Und warum hat er sich mit dem Besitzer zerstritten?«, hakte Oliver nun nach.

Die Blonde drängte sich zurück in den Mittelpunkt und zuckte mit den Schultern. »Er hat eine Wette verloren und wollte die Zeche nicht zahlen.«

»Aha, und worum ging es bei dieser Wette?« Oliver hatte plötzlich das Gefühl, auf etwas Wichtiges gestoßen zu sein. Obwohl er gerade eine größere Distanz zwischen sich und die Kellnerin gebracht hatte, ging er interessiert einen Schritt auf sie zu. Sie fühlte sich sichtlich geschmeichelt. Im Plauderton erzählte sie ihm, dass die beiden oft nächtelang gepokert hatten. Nach einer scheinbar nicht enden wollenden Glückssträhne des Besitzers der Torschenke hatte Schniewald sich wütend aus dem Staub gemacht.

»Der hat gedacht, unser Chef würde ihn mit gezinkten Karten über den Tisch ziehen. Seitdem ist er hier nicht mehr aufgetaucht.« Während sie sprach, schwenkte sie ihre massigen Arme am Körper hin und her.

»Um welche Summe ging es denn beim Pokerspiel?«

Die Blonde hob beschwichtigend die Hände. »Das weiß ich nicht. Da müsst ihr den Chef schon selber fragen.« Mit diesen Worten zwinkerte sie Klaus zu, der im Türrahmen stehen geblieben war und das Gespräch stumm verfolgte. »He, du Großer. Willst du ein Bier?«

»Wenn Sie uns verraten, wo sich Schniewald sonst so am Abend aufgehalten hat, dann vielleicht.« Zu Olivers großem Entsetzen zwinkerte Klaus der Blondine ebenfalls zu. Die

Blonde verlagerte das Gewicht auf ein Bein und wippte dabei aufreizend mit den Hüften. »Versucht es mal im ›Alten Zollhaus‹ ein Stückchen weiter die Straße hinauf.« Sie deutete mit dem Kopf zurück in die Richtung, aus der sie gekommen waren. Oliver hatte plötzlich den dringenden Wunsch die Torschenke zu verlassen und Klaus vor einem großen Fehler zu bewahren. Die Blonde hatte seinen Partner fest im Visier und Klaus' Körperhaltung sprach ganze Bände. Oliver richtete seinen Oberkörper auf und platzierte sich bewusst zwischen den beiden. Dann ließ er die Kellnerin den Namen und die Adresse des Besitzers auf einen Zettel schreiben. Um Walter König würde er sich später kümmern. Jetzt mussten sie erst einmal hier heraus.

...

»Sie schließen die Augen und stellen sich einen blauen Sommerhimmel vor. Alle Ihre Gedanken werden zu Wolken, die Sie sanft beiseiteschieben, bis der Himmel wieder strahlend blau ist.« Die Stimme des Hypnotiseurs drang behutsam in Saskias Bewusstsein, während sie sich zu entspannen versuchte. Dr. Neuenhaus saß neben ihr. Obwohl sie die Augen geschlossen hatte, konnte sie seinen Blick spüren. Er hatte sich wirklich Sorgen um sie gemacht und ein neu entwickeltes Entspannungsprogramm eines Kollegen in die klinische Studie integriert. Markus Schweigstein war Psychologe und ausgebildeter Hypnotiseur. Dr. Neuenhaus war von den Erfolgen seiner Therapie überzeugt. Dies war jetzt schon Saskias dritte Hypnosestunde und sie fühlte sich tatsächlich deutlich gelassener. Und das, obwohl sie sich heftig mit Pascal gestritten hatte.

Ihre Gedanken schweiften zurück. Nachdem sie sich unbemerkt für Polizei und Schaulustige zurück nach Hause geschlichen hatte, traf sie Pascal nicht mehr in ihrer Wohnung an. Nils schlief tief und fest in seinem Bett und hatte zum Glück überhaupt nicht mitbekommen, dass Saskia nicht zu Hause gewesen war. Sie hatte ihren Stiefbruder sofort angerufen und ihn zur Rede gestellt. Sie wollte wissen, warum er sie nicht aufgehalten hatte. Doch Pascal log offenbar, dass sich die Balken bogen. Er behauptete doch tatsächlich, dass sie friedlich geschlafen habe, als er die Wohnung verließ. Von dem Tee, den er ihr ans Bett gebracht hatte, wollte er auch nichts mehr wissen. Stattdessen fing er wieder an, sie wegen seiner Geldnöte unter Druck zu setzen. Sie war so wütend auf ihn gewesen, dass sie ihm nichts von dem Unfall und dem Leichenwagen erzählt hatte. Saskia war fest entschlossen, selbst herauszufinden, was passiert war. Es war jetzt acht Uhr morgens und direkt nach dieser Hypnosestunde würde sie sämtliche Tageszeitungen nach dem Unfall durchsuchen. Vielleicht hatte sie doch einfach nur einen schlimmen Albtraum gehabt und würde gar nichts finden. Dann hätte sie Pascal Unrecht getan und alles wäre in Ordnung. Saskia holte tief Luft und ließ sich von der Stimme des Hypnotiseurs forttragen. Ihr Leben fühlte sich plötzlich so locker und leicht an. Selbst das Bild des toten Stadtrates Torsten Schniewald konnte ihr nichts mehr anhaben. Erstaunt stellte Saskias fest, wie sie völlig emotionslos die gruselige Szene auf seinem Bett abspulen konnte. Alles war wieder voller Wasser und sie saß rittlings auf ihm. Das Bett befand sich in ihrer Fantasie in einem Burggraben und Saskia nahm gelassen hin, dass die Wellen über seinem Kopf zusammenschwappten. Beinahe zärtlich drückte sie sein Gesicht unter Wasser und genoss den Anblick des Sterbenden.

Als alles Leben aus ihm gewichen war, blickte sie in seine friedlichen angstlosen Augen und wusste, dass sie nichts Schlimmes getan hatte.

Der Ton einer kleinen Glocke ertönte und Saskias Geist befand sich plötzlich wieder in der realen Welt. Die gerade durchlebte Szene war aus ihrem Gedächtnis verschwunden. Sie blickte in die lächelnden Gesichter von Markus Schweigstein und Dr. Neuenhaus. Sie fühlte sich zutiefst entspannt. Der Gedanke an den Streit mit Pascal zog noch einmal wie eine Wolke durch ihren Kopf, doch Saskia schob diese behutsam beiseite und lächelte zurück.

...

Dr. Joachim Neuenhaus war äußerst zufrieden. Es war doch immer gut einen Plan B in der Tasche zu haben. Nachdem sein Hauptsponsor für das Anti-Stress-Medikament fast das Budget zusammengestrichen hätte, hatte er seinen Joker, Markus Schweigstein, aus der Tasche gezogen. Neuenhaus kannte ihn aus dem Klinikum Köln. Er genoss einen hervorragenden Ruf, obwohl er kein klassischer Mediziner war. Seine Technik hatte jedoch schnell überzeugt und nicht wenige Ärzte zogen Schweigstein gerne zur Therapie hinzu, insbesondere dann, wenn es um die Schmerzbehandlung von Patienten ging. Schweigstein war in der Lage, das sogenannte Schmerzgedächtnis zu löschen. Selbst bei hoffnungslosen Fällen war seine Methode erfolgreich.

Es hatte Neuenhaus zwar einige Mühe gekostet, seinen Sponsor von der Einbindung des Hypnotiseurs in seine klinische Studie zu überzeugen, aber am Ende hatte das Gewinnstreben gesiegt. Jetzt konnte man zusätzlich zum Anti-Stress-Nahrungsergänzungsmittel noch eine Hypnose-CD mit anbieten, die so überteuert war, dass sich das Ganze für seinen Sponsor hervorragend rechnete. Aber das war Neuenhaus egal. Er interessierte sich nicht für die monetären Aspekte seiner Forschung. Sein Ziel war es, etwas Einzigartiges zu schaffen. Er wollte den Erfolg und dieser war jetzt zum Greifen nahe. Seine Probandin Nummer eins reagierte positiv auf die Hypnose und zeigte erste Reaktionen. Genauso hatte Dr. Neuenhaus es vorausberechnet. Jetzt konnte die nächste Phase seiner Studie starten. Er hatte bereits zwanzig Probandinnen ausgesucht, für die in den nächsten Wochen teilstationäre Aufenthalte in der Klinik geplant waren. So konnte Neuenhaus seine Versuchspersonen den ganzen Tag beobachten und ihre Stressreaktionen genauestens analysieren. Jetzt musste er nur noch Gruppen bilden, die er jeweils mit einem Placebo, dem Originalmedikament und einer leichten Abwandlung behandeln würde. Aufgeregt schob Neuenhaus die randlose Brille hoch, während er akribisch die nächsten Schritte seiner Behandlung am PC plante.

...

Anna rief Bastians Namen im Traum, doch er sah durch sie hindurch, als wäre sie Luft. Dabei war er auf der Suche nach ihr. Lauthals schrie er ihren Namen in die Nacht und bemerkte nicht, dass sie direkt vor ihm stand. Tränen liefen über sein Gesicht und die Verzweiflung war ihm deutlich anzusehen. Es versetzte Anna einen Stich ins Herz, Bastian so leiden zu sehen. Sie verdankte ihm ihr Leben. Wäre Bastian nicht gewesen, hätte der Nachahmer des Puzzlemörders sie vor ein paar Monaten geschnappt. Der Puzzlemörder selbst hatte vor über fünfhundert Jahren sein Unwesen getrieben und wurde von den Einheimischen so genannt, weil er sich ein grausames Muster ausgedacht hatte, nach dem er junge Frauen ermordete. Auch Anna stand auf seiner Liste, doch Bastian hatte sie rechtzeitig gewarnt. Ihre beste Freundin Emily hielt sie für verrückt, aber Anna war sich sicher, Bastian begegnet zu sein. Er war ihr Beschützer, und auch wenn sie eine Zeitspanne von über fünfhundert Jahren trennte, spürte Anna, dass es eine tiefe Verbindung zwischen ihnen gab, die jeder logischen Erklärung entbehrte. Sie war Bankerin. Fakten und Zahlen prägten ihr Leben und für Träumereien hatte sie eigentlich wenig Sinn. Doch Bastian Mühlenberg besuchte sie in ihren Träumen und er fühlte sich so real an, dass sie manchmal tatsächlich an ihrem Verstand zweifelte. Sie wusste, dass Bastian Mühlenberg in der Vergangenheit gelebt hatte und an eine Andere vergeben war, doch das blendete sie aus. In der Welt, in der sie ihm begegnete, gab es nur sie beide. Bastian war genau der Typ Mann, in den sie sich einfach verlieben musste. Groß und muskulös gebaut. Blondes Strubbelhaar und ein feines Gesicht mit eleganten hohen Wangenknochen, die Annas Herz höher schlagen ließen. Seine braunen Augen waren so tief, dass sie sich vollkommen darin verlieren konnte. Was würde sie dafür geben, diesen Mann in ihrem Leben zu haben!

Sie strich ihm sanft durchs Haar, während er weiter ihren Namen rief und nach ihr suchte. Warum nur konnte er sie nicht mehr sehen? Sie rüttelte an seinen Schultern und mit einem Mal sah er sie an. Doch irgendetwas hatte sich an ihm verändert. Er sah älter aus. Nein, es war etwas anderes. Seine Haare. Er hatte eine neue Frisur. Erschrocken öffnete Anna die Augen und fuhr hoch. Sie war alleine in ihrem Schlafzimmer und der Vollmond schien hell durch das Fenster. Erschöpft betrachtete sie ihre fahle Haut, die durch das Mondlicht blutleer wirkte. War der Vollmond schuld an ihrem schlechten Traum? Die Augen fielen Anna zu und sanft glitt sie wieder in den Schlaf. Bastian Mühlenberg kehrte in dieser Nacht nicht mehr zu ihr zurück.

...

Oliver Bergmann stand mit seinem Partner Klaus Gruber vor der Gaststätte »Altes Zollhaus«. Sie waren in dieser Woche schon zum zweiten Mal hier. Eine der Kellnerinnen, die Oliver unbedingt sprechen wollte, war krank gewesen. Oliver kramte sein Notizbuch hervor und schlug den Namen nach. Saskia Heinermann. Sie hatte genau an dem Abend gekellnert, an dem Torsten Schniewald ermordet worden war. Da sie vom Wirt und den anderen Kellnern nichts Brauchbares erfahren hatten, malte sich Oliver bei ihr schon größere Chancen aus. Es war noch früh am Abend und die Kneipe mit Sicherheit noch leer. Prüfend warf er einen Blick auf seine Armbanduhr. Hoffentlich war Frau Heinermann schon da. Er öffnete die Tür und ließ Klaus den Vortritt. Über seine Schulter hinweg erblickte Oliver eine attraktive Blondine mit üppigen Rundungen. Sie war damit beschäftigt, die Tische abzuwischen und bemerkte sie zunächst nicht. Gerade als Oliver sie ansprechen wollte, klingelte sein Handy. Die Nummer im Display ließ zu dieser Uhrzeit nichts Gutes verheißen. Sein Chef Hans Steuermark war am anderen Ende der Leitung. Oliver holte tief Luft und hob ab.

»Bergmann, wo sind Sie?« Die Stimme klang scharf wie ein Rasiermesser.

»In Zons. Wir versuchen, Zeugen im Fall Schniewald zu finden.« Oliver bemühte sich, seiner Stimme einen ruhigen Klang zu geben.

»Das wird warten müssen. Fahren Sie sofort in das Industriegebiet am Wahler Berg an der B9. Ich habe Ihnen bereits eine SMS mit der genauen Adresse geschickt. In einer alten Industriehalle ist eine verstümmelte Leiche gefunden worden. Machen Sie sich auf einen schlimmen Anblick gefasst. Der Schädel des Leichnams ist vollständig zertrümmert worden. Frau Scholten habe ich bereits informiert. Sie ist unterwegs.«

»Wer hat die Leiche gefunden?«, fragte Oliver und fixierte dabei die blonde Kellnerin, die sich nach einem kurzen Blickwechsel wieder ihrer Arbeit zugewandt hatte.

»Das ist das Interessante. Es war ein anonymer Anrufer in der Notfallzentrale.«

Ohne auch nur ein einziges Wort im »Alten Zollhaus« zu verlieren, verließen Oliver und Klaus das Lokal und machten sich auf den Weg zum Tatort.

VIII.

Vor fünfhundert Jahren

Angewidert drehte Bastian den Kopf weg. Er spürte, wie sich sein Mageninhalt den Weg in die Mundhöhle bahnte. So etwas hatte er noch nie gesehen. Vor ihm lag ein zerfetzter Leichnam. Der Kopf war vollkommen zertrümmert. Knochensplitter lagen herum und die Hirnmasse war überall verteilt. Vom Gesicht des Toten war nichts übriggeblieben außer einer blutigen breiigen Masse, die allenfalls erahnen ließ, worum es sich handelte. Der Körper des Mannes, soviel schloss Bastian aus den Resten der Kleidung, hatte ebenfalls einiges abbekommen. Der Brustkorb war eingetreten und einige Rippen ragten kahl aus dem mit Blut gefüllten Krater heraus. Die linke Körperhälfte war regelrecht in den Boden gestampft worden. Der Arm lag abgetrennt, aber dafür unversehrt einen guten halben Meter vom Rest des Körpers entfernt. Die Hand umklammerte den Gurt einer Ledertasche, die recht wertvoll aussah und ebenfalls unbeschädigt war.

Bastian zückte sein Notizbuch und skizzierte die Lage des Toten detailliert. Dies tat er immer, damit er sich im Nachhinein an alles erinnern konnte. Manchmal legte man zu Beginn eines Falles die falschen Schwerpunkte und ließ sich von irreführenden Spuren ablenken. Dann war Bastians Notizbuch ein neutraler Ratgeber, der die Fakten von Anfang an aufzeichnete und Bastian einen Schritt zurück in eine andere

Richtung erlaubte.

Rundherum um den Leichenfund war das Erdreich aufgewühlt und zertrampelt. Bastian schnipste mit dem Finger und bedeutete Wernhart, parallel zu ihm die Spuren in Richtung Norden abzulaufen. Es war der Weg nach Stürzelberg. Je weiter sie sich von der Leiche entfernten, desto klarer waren die Radspuren einer Kutsche und die Hufe zweier Pferde zu erkennen.

»Er wurde von der Kutsche und den Zugpferden niedergetrampelt.« Bastian ging in die Knie, um die Spuren genauer zu betrachten.

»Seht, die Hufspuren sind sehr deutlich. Nur gut, dass es nicht geregnet hat.« Wernhart fuhr mit den Fingern den Rand der Abdrücke nach. »Das waren riesige Rösser. Warum ist der Mann der Kutsche nicht ausgewichen. Er hätte sie doch kommen sehen müssen?«

An Wernharts Frage war etwas Wahres dran. Bastian runzelte nachdenklich die Stirn. Der Weg zwischen Zons und Stürzelberg war stark bewandert. Ein Handelsreisender hatte sie in den frühen Morgenstunden alarmiert, als er genau auf dieser Strecke den Toten fand. Lange konnte die Leiche dort nicht gelegen haben. Es war abends schon lange hell und die Stadttore wurden erst mit Einbruch der Dämmerung geschlossen. Bastian konnte sich nicht vorstellen, dass jemand bei Licht an dem Leichnam vorbeikutschiert war. Das bedeutete, dass der Mann entweder mitten in der Nacht oder am frühen Morgen niedergetrampelt worden war. Doch warum war er unter die Räder der Kutsche geraten? Der Weg war breit genug und es wäre gerade an dieser Stelle kein Problem gewesen, auszuweichen. Bastian ging zu dem Punkt zurück, wo der Tote lag. Leider war der Boden nicht besonders weich und so konnte er keinerlei Fußabdrücke entdecken.

»Wisst Ihr schon, wer der Tote ist?« Die Stimme riss Bastian aus seinen Gedanken. Der Arzt Josef Hesemann, den Bastian hatte rufen lassen, beugte sich über den Leichnam und zupfte an den Resten der Kleidung herum.

»Nein.« Bastian zuckte mit den Achseln. »Sein Gesicht ist völlig entstellt. Wenn ihn niemand sucht, werden wir es vielleicht nie herausfinden.«

Josef stocherte weiter in der breiigen Masse des zertrümmerten Schädels herum. »Die Pferdehufe haben ihn mehrfach getroffen. Wäre er einfach nur unter die Räder der Kutsche geraten, hätte er vielleicht ein oder zwei Tritte abbekommen. Aber sein Schädel ist komplett zermatscht.« Josef fuhr sich nachdenklich durch die Haare. »Wenn Ihr mich fragt, wurde er absichtlich mit den Hufen malträtiert.«

»Er hätte sich einfach in die Büsche flüchten können.« Wernhart deutete mit einem Kopfnicken auf den Wegesrand, der dicht mit Buschwerk bewachsen war. Josef nickte und zückte ein scharfes Messer. Behutsam und ohne die kleinste Gefühlsregung schnitt er die Körpermitte des Toten auf. Bastian brach bei diesem Anblick kalter Schweiß aus. Er beschloss, lieber die Ledertasche des Toten zu durchsuchen, statt Josef weiter beim Sezieren der Leiche zuzusehen. Der Mann trug Kleidung aus recht einfachem groben Stoff, wie es nur die Ärmsten taten. Die wertvoll gearbeitete Ledertasche passte nicht dazu. Mit einiger Mühe löste Bastian den Riemen aus der blutleeren, kalten Hand. Die Finger waren dick und von grober Hornhaut überzogen. Die Nägel waren krankhaft gelb verfärbt und keiner der Finger war beringt.

»Lassen sich die Finger leicht aufbiegen?« Josef unterbrach seine Arbeit und richtete die Augen auf Bastian.

»Nein, so gut wie gar nicht. Warum?«, gab dieser zurück.

»Rigor mortis oder auch die Totenstarre setzt ein paar

Stunden nach dem Tod ein und verschwindet erst wieder nach gut einem Tag.« Josef fuhr damit fort, den Toten aufzuschneiden. »Demnach ist er noch keinen ganzen Tag tot, wohl aber schon mehrere Stunden.«

Bastian erinnerte sich an den blauen Stofffetzen, den Josef aus der Faust der toten Martha geborgen hatte. Der Arzt hatte einen ganzen Tag warten müssen, bis sich die Totenstarre löste und er die Faust öffnen konnte.

»Könnt Ihr genauer eingrenzen, ob er letzte Nacht oder im Morgengrauen gestorben ist?« Jetzt war es Bastian, der innehielt und Josef anblickte. Dieser schüttelte den Kopf.

»Das Blut ist trocken und braun verfärbt. Das bedeutet, dass er schon einige Stunden tot ist. Der Körper ist so zerfetzt, dass mir auch die Totenflecken keine Auskunft geben können. Normalerweise lassen sie sich wenige Stunden nach Eintritt des Todes noch mit dem Daumen wegdrücken. Aber die Haut ist fast überall verwundet, sodass ich nicht viel erkennen kann.« Josef schüttelte abermals den Kopf. »Nein, ich kann Euch leider nicht genauer sagen, wann es passiert ist.«

Bastian gab sich mit der Antwort zufrieden. Er würde ohnehin die Stadtwache noch genauestens befragen und herausfinden, wer seit letzter Nacht das Feldtor im Westen passiert hatte. Dieses Stadttor führte auf die Weggabelung nach Stürzelberg. An eine Kutsche mit zwei Pferden würde sich jeder Soldat erinnern können, denn solche Fuhrwerke gab es nicht alle Tage. Außerdem war heute Sonntag und somit konnte es nicht allzu viele Besucher geben.

Bastian öffnete die Ledertasche und wurde enttäuscht. Sie war vollkommen leer. Nichts, was Aufschluss über die Identität des Toten oder seine Absichten hätte geben können. Er hatte noch nicht einmal den Mord an Martha aufgeklärt und nun stand er bereits vor dem nächsten Rätsel. Während Martha mit Sicherheit ertränkt worden war, war jetzt nicht einmal klar, ob es sich um einen tödlichen Unfall oder um Mord handelte. Das Einzige, was bisher für Letzteres sprach, war der völlig zertrümmerte Schädel des Toten, der mehrere offenbar absichtlich platzierte Pferdetritte abbekommen hatte.

»Das ist merkwürdig.« Josefs Stimme ließ Bastian aufhorchen. »Ich habe seinen Magen aufgeschnitten und dies hier gefunden.« Er hob seinen Zeigefinger in die Luft. Der Finger war schwarz.

»Was hat das zu bedeuten?«, fragte Bastian aufgeregt.

»Das weiß ich auch noch nicht. Aber diese Substanz erinnert mich an etwas.« Der Arzt setzte ein nachdenkliches Gesicht auf. »Der Magen ist fast leer. Nur vergorene Weinreste und diese schwarze Substanz ...« Josef hielt den Zeigefinger unter die Nase und roch an der dunklen Masse, die ölig auf seiner Haut klebte.

»Modrig«, brummelte er in sich hinein. »Habt Ihr an dem unverletzten Arm blaue Flecken entdeckt? Irgendetwas, was darauf hindeutet, dass ihn jemand festgehalten oder vor die Kutsche gestoßen hat?«

Bastian betrachtete das abgetrennte Glied und schüttelte den Kopf. Die Haut wies keinerlei Gewaltspuren auf.

Der Arzt dachte angestrengt nach. Eine verheißungsvolle Stille trat ein, die weder Bastian noch Wernhart durchbrechen wollte. Josef war dabei, etwas Wichtiges herauszufinden. Bastian konnte es dem Arzt regelrecht ansehen. Und so hielt er inne und ließ die Frühlingssonne auf seine noch winterblasse Haut scheinen. Für einen kurzen Moment schloss er die Augen. Eine Stimme drang in sein Ohr und flüsterte etwas. Bastian benötigte eine Weile, bis er begriff, was die Stimme sagte. *Der Bote.* Plötzlich fiel ihm wieder ein, dass August von einem Boten gesprochen hatte. In seinem Hirn blitzten die

Verbindungen auf, die sich mit einem Mal zusammenfügten. Er starrte auf die leere Tasche. Wer führte schon eine leere Tasche mit sich? Jemand, der noch etwas abholen wollte oder bereits etwas abgegeben hatte. Nur ein Bote transportierte Dinge von einem Ort zum anderen. Aus diesem Grund war die Tasche des Mannes leer. Vor ihm könnte der Bote liegen, von dem August gesprochen hatte.

»Laudanum«, platzte Josef plötzlich heraus. »Ich erinnere mich wieder.« Er hielt seinen Zeigefinger abermals in die Luft. Vor langer Zeit hatte er in einem Kloster gelernt, wie dieses Mittel hergestellt wurde. Fast hatte er es vergessen, aber dieser einzigartige modrige Geruch hatte die Erinnerung wieder freigesetzt.

»Was ist das?, fragte Wernhart.

»Es stillt Schmerzen und ...«, Josef machte eine bedeutungsvolle Pause, »es trübt die Sinne.«

»Deshalb ist er der Kutsche nicht ausgewichen«, vollendete Bastian Josefs Satz. »Er war berauscht.«

...

Hugo von Spanheim kochte vor Wut. Mit hochrotem Kopf hielt er ein Säckchen mit Gulden in der rechten Hand. Das Gewicht war viel leichter als sonst. Schuld daran war sein Bote, der sich an der letzten Lieferung vergriffen hatte. Voller Wut warf er das Säckchen gegen die Wand. Klirrend rollten die Münzen über den Boden, doch Hugo schenkte ihnen keine Beachtung. Stattdessen drehte er sich um und kraulte dem schwarzen Gaul die buschige Mähne. Wenigstens auf ihn war Verlass. Es würde noch Tage dauern, bis das neue Elixier fertiggestellt war, und bis dahin musste er auf die Hälfte der ausgehandelten Gulden verzichten.

Hugo hatte den Verlust des Elixiers sofort bemerkt, als er die Tonrohre geleert hatte. Die Methode war einfach, der Bote steckte das Elixier auf der Innenseite der Stadtmauer in die Rohre und Hugo holte es von der anderen Seite wieder heraus. Ein in der Mauer verborgenes Fallrohr sorgte dafür, dass das Elixier weich und sicher in einem mit Stroh ausgefüllten Hohlraum landete, der sich ungefähr einen Meter über Kopfhöhe befand. Der Vorteil war, dass Hugo die Stadt auf diese Weise nicht betreten musste, um an das Elixier heranzukommen. Damit kein Verdacht auf ihn fiel, verbrachte er die Nächte, in denen Lieferungen fällig waren, im nahegelegenen Kloster Knechtsteden. Das Kloster war mit dem Pferd in einer halben Stunde gut erreichbar. Niemand würde auf die Idee kommen, dass er diese Strecke zurücklegte, nur um des Nachts nach Zons zurückzukehren.

Die große schwarze Kutsche war neu. Hugo hatte sie erst vor kurzem gekauft, samt der wunderschönen schwarzen Pferde. Das Geschlecht der von Spanheims besaß in der Gegend einige Ländereien und so war es für Hugo kein Problem gewesen, das Gefährt auf dem Hof einer seiner Cousinen unterzubringen. Das Gehöft war nur einen Katzensprung vom Kloster entfernt und Hugo konnte es Tag und Nacht betreten. Dieses Recht gehörte zum Familienkodex und sollte die Macht und den Reichtum seiner Sippe bewahren. Familien, deren Mitglieder sich gegenseitig bekämpften, waren früher oder später dem Untergang geweiht. Die Geschichte hatte dies immer wieder bestätigt und die von Spanheims wollten einem solchen Schicksal um jeden Preis entgehen.

Als Hugo den Verlust des Elixiers bemerkte, war ihm klar geworden, dass der Bote sterben musste. Es schien nur eine

Erklärung für die verlorenen Flaschen zu geben. Der Bote hatte sie getrunken. Mit der Suchtwirkung des Elixiers war jede Zuverlässigkeit dahin. Der Bote würde mit jeder neuen Lieferung in Versuchung geraten, denn das Mittel war viel stärker als Wein. Es löste einen so starken Rausch aus, dass die Abhängigkeit schon nach dem Genuss eines einzigen Fläschchens einsetzte. Nur gut betuchte Herrschaften konnten sich diese Sucht auf Dauer leisten. Hugo schüttelte den Kopf. Er hätte den Boten für klüger gehalten. Abermals streichelte er über den langen, glänzenden Hals des massigen schwarzen Pferdes. Der Gaul schnaubte genüsslich und blähte die Nüstern.

Hugo hatte dem Boten außer sich vor Wut an der Weggabelung nach Stürzelberg aufgelauert. Es gehörte zu seinen Stärken, immer einen Schritt voraus zu sein. Bevor er den Mann mit Botendiensten für sich beauftragte, hatte er ihn wochenlang beobachtet. Er kannte jede seiner Gewohnheiten und so wusste von Spanheim auch, welchen Heimweg der Bote wählen würde. Die Morgendämmerung war bereits angebrochen, als sein Opfer an der Weggabelung auftauchte. Der Mann war anscheinend völlig im Rausch und ließ sich einfach überfahren. Viel zu einfach. Es hatte Hugos Wut nicht befriedigt und so hatte er den Schädel des Boten mit seinem Gaul so lange malträtiert, bis nichts als blutiger Brei übrig geblieben war. Erst dann konnte von Spanheim aufatmen.

Doch jetzt kam die Wut zurück. Ihm fehlte die Hälfte des Elixiers und einen neuen Boten musste er auch besorgen. Verzweifelt rieb er sich über das stoppelige Kinn. Eigentlich hätte der Bote bei der Menge an Rauschmittel auf der Stelle tot sein müssen. Er konnte nicht alles getrunken haben. Hugo hatte die Leiche gründlich durchsucht, aber die Ledertasche war leer gewesen. Ein Schauer fuhr ihm über den Rücken. Hatte der

Mann ihn etwa betrogen? Er musste dem verschwundenen Elixier auf den Grund gehen.

»Komm Schwarzer, wir müssen zurück.« Aufmunternd klopfte er dem Pferd auf den Rücken und löste die Riemen von der Kutsche. Das Gefährt war jetzt zu auffällig. Er würde auf dem Rücken des schwarzen Rosses zurück nach Zons reiten und die Kutsche zurücklassen.

...

»Seid gegrüßt!« Hugo von Spanheim drosselte sein Pferd und ließ es auf der Stelle tanzen. Es war erschöpft von dem schnellen, pausenlosen Ritt. Zunächst hatte Hugo gehofft, dass der tote Bote noch unentdeckt geblieben war und er ihn noch einmal gründlich durchsuchen konnte. Schließlich war heute Sonntag und es dürften nicht viele Besucher auf dem Weg nach Zons sein. Doch als er an der Weggablung ankam, an der er dem Boten aufgelauert hatte, wurde er enttäuscht. Bastian Mühlenberg hatte die Hälfte des Weges bereits mit Reisigzweigen abgesperrt. Die Überreste des Boten waren längst auf einen Holzkarren geladen. Der Arzt Josef Hesemann stand über die Leiche gebeugt und machte sich an den Beinkleidern zu schaffen. Wernhart Tilmanns stand neben ihm und setzte ein grimmiges Gesicht auf, als er Hugo erblickte.

»Was ist geschehen?«, fragte Hugo scheinheilig.

Bastian Mühlenberg richtete sich zu voller Größe auf. Er war ein beeindruckender Hüne mit klugen braunen Augen, die nun auf ihn gerichtet waren und scheinbar direkt in sein Innerstes blickten. Unmerklich zuckte Hugo zusammen.

»Ein Unfall.« Bastian räusperte sich. »Woher des Weges?«

»Ich komme direkt aus dem Kloster Knechtsteden. Ihr wisst doch, dass ich mich ab und zu dorthin zurückziehe, um unserem Herrn näher zu sein.« Hugo bemühte sich um eine feste, arglose Stimme. Doch ein leichtes Zittern konnte er nicht verhindern. Schnell biss er die Zähne zusammen.

Eine unangenehme Pause entstand. Bastians Augen musterten ihn und blieben schließlich an seinem Pferd hängen.

»Euer Ross scheint erschöpft für eine so kurze Strecke.« Er trat näher und tätschelte den Hals des Tieres. Dann schwieg er und blickte Hugo an.

»Ich hatte es eilig und wollte die Morgenmesse von Pfarrer Johannes nicht verpassen«, log Hugo. Er spürte, wie ihm die Hitze in die Wangen schoss.

»Gibt es im Kloster keine Morgenmessen?« Bastian ließ nicht locker.

»Ich hatte es Pfarrer Johannes versprochen. Er ist ein alter Mann und für jede Hilfe dankbar.« Bei der Erwähnung des Pfarrers huschte ein warmer Ausdruck über Bastians Gesicht. Die Antwort schien ihm zu genügen.

»Ist Euch auf Eurem Weg eine Kutsche mit zwei Pferden begegnet?«

Hugos Augen weiteten sich entsetzt. Wie kam Bastian nur auf diese Frage? Hatte ihn etwa jemand beobachtet? Nervös kratzte er sich am Ohr.

»Nein. Heute ist Sonntag. Ich bin auf meinem Weg niemandem begegnet.« Dies war noch nicht einmal eine Lüge, trotzdem spürte Hugo, wie die Unsicherheit immer mehr in ihm hochstieg. Er umklammerte die Zügel seines Pferdes so fest, dass die Fingerknöchel weiß hervortraten. Erst als er Bastians Blick bemerkte, der seine Körperreaktionen genau zu beobachten schien, ließ er locker.

»Ich habe etwas gefunden.« Die Stimme des Arztes unterbrach die eingetretene Stille. Bevor Josef weiterreden konnte, schnitt Bastian ihm das Wort ab. »Darüber können wir gleich reden.«

Der Arzt hob verdutzt den Kopf und hielt inne. Dann nickte er und arbeitete schweigend weiter. Hugo stöhnte innerlich auf. Was auch immer der Arzt gefunden hatte, er konnte es nicht erkennen. Unmerklich drückte er seine Knie in die Seite des Pferdes und wollte ein paar Schritte näher an den Leichnam herankommen, doch Bastian ergriff die Zügel und führte sein Pferd weit um die Fundstelle herum.

»Ich möchte Euch nicht länger aufhalten, mein Freund.« Bastians Stimme hatte einen versöhnlichen Klang angenommen. »Bestellt Pfarrer Johannes die herzlichsten Grüße von mir.« Mit diesen Worten gab er dem Gaul einen Klaps auf das Hinterteil, worauf dieser in leichten Trab verfiel. Hugo hatte keine Gelegenheit, auch nur einen Blick auf den Fund des Arztes zu werfen. Sein Herz pochte bis zum Hals. Wenigstens ging Bastian Mühlenberg offenbar von einem Unfall aus. Wenn er ihm jedoch auf die Schliche kam, würde Hugo den Rest seines Daseins im Juddeturm fristen müssen. Wenn es ein Beweisstück gab, das ihn belastete, musste er es in die Hände bekommen und er wusste auch schon wie.

...

Verwundert blickte Bastian Hugo von Spanheim hinterher. Pfarrer Johannes hielt große Stücke auf ihn, doch Bastian mochte den Kerl nicht. Er stank nach Eitelkeit und Reichtum. Und so, wie er jetzt davonstob, hatte Bastian das Gefühl, dass etwas ganz und gar nicht mit ihm stimmte. Er konnte es nicht beschreiben, doch eine innere Stimme sagte Bastian, dass von Spanheim log. Deshalb wollte Bastian ihn in dem Glauben lassen, dass der Tote durch einen Unfall umgekommen war. Von Spanheims Pferd schien völlig erschöpft, genau wie er selbst. Und erst die Neugier in seinem Blick, als Josef etwas an der Leiche entdeckt hatte.

»Was habt Ihr gefunden, Josef?« Bastian richtete seine Konzentration wieder auf den unbekannten Toten.

»Einen Ring.« Der Arzt hielt einen zierlichen Silberring in die Luft. »Ich habe ihn in seiner Tasche gefunden.«

Bastian nahm den Ring in die Hand und betrachtete ihn. Er war nicht besonders wertvoll. Die grob gehauene Inschrift war kaum zu entziffern. Bastian kniff die Augen zusammen und versuchte, die Buchstaben zu entschlüsseln. Mehr als ein großes M konnte er nicht erkennen. Da der Ring sehr zierlich und von geringem Durchmesser war, musste er einer Frau gehören. Die abgenutzte Inschrift sprach dafür, dass der Ring lange Zeit am Finger seiner Besitzerin gesteckt hatte.

»Ist das alles, was er bei sich trug?« Die Frage war im Grunde überflüssig, da Bastian die Antwort längst kannte.

Der Arzt nickte und deckte den Leichnam mit einem groben Leinentuch ab. Die Untersuchung war abgeschlossen und Bastian hatte mehrere wichtige Punkte, die er weiterverfolgen musste. Zunächst musste er herausfinden, wer dieser Mann überhaupt war. Dann stellte sich die Frage, woher das Rauschmittel in seinem Magen stammte. Was hatte der Mann in seiner leeren Ledertasche transportiert und wer hatte ihn mit einer Kutsche und zwei Pferden niedergetrampelt? Der letzte Punkt auf Bastians Liste war der zierliche Silberring. Wer war die Besitzerin? Er würde Pfarrer Johannes danach fragen.

...

Pfarrer Johannes hatte sein Sonntagsgewand übergeworfen. Es war wertvoller als die übliche Kleidung, die er in der Woche trug. Die zahlreichen Verzierungen auf der hellen Seide verliehen dem Gewand einen überirdischen, warmen Glanz. Diese Wirkung spiegelte sich in den andächtigen Gesichtern der Zonser Bürger, die gerade die Kirche verließen, als Bastian eintrat. Geduldig wartete er, bis sich die schwere Kirchentür hinter dem letzten Besucher schloss. Als Johannes ihn erblickte, erhellte ein strahlendes Lächeln sein Gesicht. Der Pfarrer war ein kleiner, rundlicher Mann, der trotz seines Gewichtes und erheblichen Alters immer noch flink auf den Beinen war. Bastian bewunderte die Kraft, die er ausstrahlte. Er liebte Johannes wie einen Vater. Der Pfarrer hatte ihm viel beigebracht und ihm manchen wertvollen Hinweis bei seinen Ermittlungen gegeben. Sie teilten einige Geheimnisse, die der Erzbischof von Saarwerden tief im Herzen von Zons verborgen hatte und die nie das Tageslicht erblicken durften. Es erfüllte Bastian mit Stolz, dass Johannes ihm so viel Vertrauen schenkte.

»Schön, Euch zu sehen, mein Sohn.« Johannes schloss Bastian in die Arme und drückte ihm einen flüchtigen Kuss auf die Wange. Bastian erwiderte die Geste und genoss die wohlige Geborgenheit, die von der Berührung ausging. Obwohl er mittlerweile ein gestandener Mann war, fühlte er sich jedes Mal wieder wie ein kleiner Junge, sobald er den Geruch und die Nähe des Pfarrers spürte. Es waren uralte und schöne Kindheitsbilder, die in ihm hochkamen und ihn daran erinnerten, wie nah sich die beiden standen.

Pfarrer Johannes führte ihn in die verborgene kleine Kammer am Ende der Kirche. Bastian wusste genau, was sich hinter diesen harmlos aussehenden Wänden verbarg. Deutlich leuchteten die drei Schlüssel der St.-Sebastianus-Schützenbruderschaft vor seinem inneren Auge auf. Doch das war bereits Geschichte und der Sichelmörder stellte längst keine Gefahr mehr für Zons dar. Bastian kramte in seiner Tasche nach dem zierlichen Silberring, den er bei der unbekannten zertrampelten Leiche gefunden hatte.

»Kennt Ihr diesen Ring?« Bastian wusste, dass Johannes ein hervorragendes Gedächtnis hatte. Er konnte noch Tage später aufzählen, was die Leute zu seinen Predigten für Gewänder trugen. Als Bastian noch klein war, hatte Johannes manchmal ein Spiel daraus gemacht. Stundenlang schwelgten die beiden in Erinnerungen und ordneten haargenau die Kleidung den einzelnen Kirchgängern zu. Wenn jemand wusste, wem dieser Ring gehörte, dann Pfarrer Johannes.

Der alte Pfarrer setzte sich an den kargen Holztisch, der an der rechten Wand der kleinen Kammer stand. Auf dem Tisch lag ein rundes Glas, so gebogen, dass es Gegenstände vergrößern konnte. Johannes hielt das Glas direkt über den Ring und betrachtete ihn. Dann schloss er die Augen. Bastian gab keinen Mucks von sich. Er kannte die Spielregeln und wusste, dass der andere jetzt einige Augenblicke Zeit brauchte, in denen er nicht gestört werden durfte. Vorsichtig atmete er ein, bemüht, Johannes nicht zu stören. Sein Herz pochte laut gegen den Brustkorb. Wenn er wüsste, zu wem dieser Ring gehörte, wäre er einen ganzen Schritt weiter.

Ohne Vorwarnung sagte Johannes plötzlich: »Martha«. Seine Worte hallten an der hohen Decke wider und ließen Bastians Anspannung ins Unermessliche steigen. Es gab drei Frauen mit dem Vornamen Martha in Zons.

»Meint Ihr Martha Hatzfeld?«

»Ja, woher habt Ihr den Ring? Sie trug ihn jeden Tag.« Der Pfarrer gab Bastian das Schmuckstück zurück. Aufgeregt verstaute dieser den Ring in seiner Tasche. Er gehörte also

Martha Hatzfeld, jener Martha, die im Burggraben ertränkt worden war. Vielleicht war das die Spur zu ihrem Mörder.

»Ich habe ihn im Wams eines toten Mannes gefunden.«

Johannes hob erstaunt die Augenbrauen. »Lieber Bastian, wovon sprecht Ihr?«

»Auf dem Feldweg nach Stürzelberg ist ein Mann von einer Kutsche mit zwei Pferden zu Tode getrampelt worden. Wernhart, der Arzt und ich waren schon am frühen Morgen bei der Leiche.« Bastian schilderte Johannes ausführlich die Geschehnisse. Nur die Sache mit August und dem Boten ließ er vorerst weg. August war zu gefährlich und Bastian wollte ihn nicht unnötig reizen. Außerdem würde Pfarrer Johannes sicher mit August sprechen wollen. Für ihn war er ein verlorenes Schaf, das zurück in die Herde gehörte.

»Also könnte der Mann Marthas Mörder sein?« Glasklar, wie Bastian es von Johannes gewohnt war, zog dieser den richtigen Schluss.

IX.

Gegenwart

Die halb zerfallene Halle stand mitten auf einem Feld aus brüchigen Betonplatten. Hoch am Himmel stach die Frühlingssonne und staute die Hitze an den alten Mauern. Der Boden war so aufgeheizt, dass Oliver fast das Gummi unter seinen Schuhen schmelzen spürte. Zumindest fühlte er, wie die unerträgliche Hitze seine Füße, die immer noch in Boots und Socken steckten, zum Schwitzen brachte. Am liebsten wäre er sofort in seinen klimatisierten Dienstwagen zurückgekehrt. Klaus schienen die Temperaturen nichts auszumachen. Er hatte bereits den Eingang der Halle erreicht und wartete ungeduldig.

Oliver schob die Sonnenbrille den Nasenrücken hinauf und musterte die Halle. Das Dach war aus einfachem Wellblech und dürfte beim nächsten großen Sturm hinüber sein. Die Wände wirkten etwas solider. Sie waren immerhin aus Steinen gemauert und bestanden nicht aus den labilen Fertigteilen, die gerne für derartige Bauten genutzt wurden. Der Platz war von einem baufälligen Metallzaun umrandet. Ein altes Schild, das nur noch an einem Haken baumelte, hatte Oliver verraten, dass sie sich auf dem ehemaligen Gelände eines Logistikunternehmens befanden. Davon gab es viele in dieser Gegend und sie verschwanden häufig wieder genauso schnell, wie sie gekommen waren. Das Ergebnis waren riesige leerstehende Flächen, für die sich meist kein neuer Investor fand. Erst wenn die Städte große Subventionen anboten, ließ sich der eine oder andere auf ein finanzielles Wagnis ein.

Wer Müll oder gar einen Leichnam loswerden wollte, war an solchen Orten genau richtig. Ein rotes Band sperrte den Eingang der Halle ab. Der Polizist, der eigentlich hier hätte stehen sollen, kam gerade aus einer Nische hervor. Seine Finger fummelten am Reißverschluss der Hose herum und Oliver ignorierte die Tatsache, dass der Mann sich offenbar soeben erleichtert hatte. Ohne ihm die Hand zu reichen, begrüßte er ihn mit einem Kopfnicken.

»Ist die Spurensicherung schon eingetroffen?« Der Mann gähnte und schüttelte den Kopf.

»Nein, nur mein Partner ist in der Halle und passt auf, dass sich die Ratten nicht an den Überresten vergehen. Stinkt mächtig da drin.« Er verzog demonstrativ das Gesicht. Dann fischte er ein Aufnahmegerät aus seiner Tasche und reichte es Oliver. »Das soll ich Ihnen geben. Ist ein Mitschnitt des anonymen Anrufers, der die Leiche gemeldet hat.«

Oliver schaltete das Gerät an. Rauschen ertönte, gefolgt von einem langen Piepton. Eine tiefe Frauenstimme begrüßte den Anrufer, dann herrschte sekundenlang Stille. Eine verzerrte Roboterstimme erklang am anderen Ende der Leitung.

»Es liegt eine Leiche im Industriegebiet am Wahler Berg in der Nähe der B9 kurz vor Zons.« Ein lautes Klicken beendete die Aufnahme und das Gerät verstummte.

»Das ist alles?« Klaus' Stimme klang ungläubig. »Wer hat denn daraufhin ein Team hierher geschickt?«

Oliver nickte. Es gab täglich etliche Verrückte, die die Notrufzentrale belästigten und Verbrechen meldeten, die gar nicht geschehen waren.

»Die Stimmanalyse hat die Priorität auf rot gesetzt«, antwortete der Polizist. »Die haben ein Pilotprojekt gestartet und testen die Software einer niederländischen Firma. Das Programm analysiert die Stimme des Anrufers und kann erkennen, wie dringlich der Notruf ist. Gleichzeitig ermittelt es Wahrscheinlichkeiten für den Wahrheitsgehalt der Aussagen. Bisher hatten wir eine Trefferquote von über neunzig Prozent.« Obwohl dies ein großer Erfolg war, wischte sich der Mann genervt die Schweißperlen von der Stirn. »Allerdings haben wir jetzt viel mehr Einsätze als vorher«, fügte er erklärend hinzu, als er die fragenden Gesichter von Oliver und Klaus bemerkte. Dann hob er das Absperrband hoch und ließ die beiden eintreten.

Das Innere der Halle lag im Halbdunkel. Durch die Löcher im Dach und in den Wänden drang reichlich Sonnenlicht ein, welches den Flachdachbau aufheizte. Oliver schätzte die Temperatur auf mindestens dreißig Grad Celsius. Der Geruch war unerträglich. Instinktiv griff Oliver in die Tasche und zog ein Tuch hervor. Klaus, der geistesgegenwärtig Mentholsalbe eingesteckt hatte, reichte ihm die Dose. Der süßlich schwere Geruch des Todes strömte trotz der Schutzmaßnahmen weiter unaufhörlich in Olivers Nase und legte innerhalb weniger Sekunden sämtliche Geruchs- und Geschmacksnerven lahm. Oliver versuchte, so flach wie möglich zu atmen. Hitze und Gestank waren jedoch nichts im Vergleich zu dem Anblick, der sich ihnen am Ende der Halle, dort wo sowohl die Wände als auch das Dach noch intakt waren, bot.

Dieser Haufen aus undifferenziertem Fleisch und blutiger Haut sollte ein Mensch gewesen sein?

»Oh mein Gott, wie krank ist das denn?« Klaus' Stimme zitterte deutlich.

Oliver konnte den Blick kaum abwenden. Er bemerkte die zerrissene Jeans und die Turnschuhe des Opfers. Die

Schuhe waren recht groß und maßen nach Olivers Schätzung ungefähr die Größe fünfundvierzig. Demnach handelte es sich wohl um eine männliche Leiche. Der Tote lag auf dem Rücken. Ein Arm war vollkommen abgetrennt und lag ein Stück von der Leiche entfernt. Spuren von Tierfraß waren bereits zu erkennen. Der Brustkorb war in der Mitte eingedrückt und zersplitterte Rippenknochen ragten hervor. Doch das Schlimmste war der Schädel oder das, was davon übrig war. Lediglich die Lage der breiigen Masse aus Knochen, Fleisch, Haut und Haaren deutete darauf hin, dass sich an dieser Stelle der Kopf befand.

Oliver musste seinen Magen beruhigen. So etwas hatte er noch nie gesehen. Ohne in die umliegenden Blutspritzer zu treten, brachte er einen halben Meter Abstand zwischen sich und die Leiche. Dann starrte er auf die Wand und atmete bewusst langsam. Ein erster Würgereiz drückte bereits Säure in seinen Rachen und er schluckte heftig. Jetzt nur nicht übergeben. Sein Chef Hans Steuermark hatte ihn zwar vorgewarnt, aber auf einen solchen Anblick war Oliver trotzdem nicht vorbereitet gewesen. Mit welcher abseitigen Grausamkeit musste der Täter vorgegangen sein? Es hatte ihm nicht genügt, den Mann zu töten. Er hatte sein Opfer regelrecht zerstampft.

Klaus, der sich ebenfalls vom Leichnam entfernt hatte, deutete mit dem Finger auf das Rad eines Wagens, das hinter einer Trennwand hervorlugte.

»Ich glaube, da ist Blut dran«, sagte er und schaltete seine Taschenlampe ein. Ein greller Lichtstrahl durchschnitt das Halbdunkel und gab den Blick auf verschiedene Holzwagen frei. Staub wirbelte in großen Flocken durch die Luft, als Klaus näher herantrat und sich so weit nach unten bückte, dass seine Nase fast das Rad berührte.

»Lass mich mal einen Blick darauf werfen.« Oliver wusste,

dass Klaus nicht besonders gut sehen konnte. Seine Eitelkeit hinderte ihn jedoch daran, endlich eine Brille zu tragen. Olivers Sehkraft war hingegen hervorragend, und noch bevor er einen halben Meter an das Rad herangetreten war, entdeckte er dunkle Blutflecken, die überall auf dem Holzkarren versprenkelt waren. Das Gefährt wirkte antik, war jedoch stabil gebaut. Es musste Tonnen wiegen. Augenblicklich dämmerte es Oliver, wie der Mann so zugerichtet worden war. Der Karren musste mehrfach über ihn hinweggerollt sein. Das erklärte den abgetrennten Arm und den eingedrückten Oberkörper. Gerade als er sich die Frage stellte, was mit dem Kopf des Opfers passiert war, hielt Klaus einen riesigen Vorschlaghammer in die Luft. Der Hammer triefte vor Blut. Oliver wandte sich ab.

Sein Blick fiel auf einen massigen Wassertank, der gegenüber dem Holzkarren nur unweit der Leiche in einer Nische stand. Über dem Tank führten Wasserleitungen an der Wand entlang, die relativ neu aussahen. In Kopfhöhe war ein Fenster eingelassen, das mit einer dicken Schicht Silikon isoliert war. Der Tank selbst wirkte wie ein ausrangierter Behälter aus einem überdimensionalen Chemielabor. Die Außenhülle war verdreckt und rostig. Ein Flaschenzug mit einem großen Fleischerhaken diente offensichtlich als Hebevorrichtung, um den Deckel des Tanks zu erreichen, der auf der Oberseite des zwei Meter hohen Behälters eingelassen war. Interessiert trat Oliver näher und blickte durch das milchige Fenster. Wozu zum Teufel diente dieses Ding?

Er hatte keine Antwort auf diese Frage. Klaus, der ihm gefolgt war, schien ebenfalls ahnungslos.

»Sieht nicht so aus, als ob das Ding vor kurzem noch benutzt worden wäre.«

»Es erinnert mich an das Tauchtraining bei der NASA

vor zwanzig Jahren. Damals wurde die Bewegung in Schwerelosigkeit in solchen Tanks trainiert.«

Oliver schüttelte den Kopf. »Es könnte ebenso ein Behälter aus der Pharmaindustrie oder der Landwirtschaft sein.«

Klaus zuckte mit den Schultern. »Lass uns probieren, ob das Ding noch funktioniert.« Mit diesen Worten drehte er den roten Wasserhahn auf, der hinter dem Tank an der Wand angebracht war. Zunächst war nur das Rauschen in der Leitung zu hören. Gespannt stellte Oliver sich auf die Zehenspitzen und beobachtete das Innere des Tanks. Nichts. Es war keine Veränderung zu erkennen. Gerade als er sich wegdrehen wollte, sah er den sich kräuselnden Wasserrand, der sich langsam am Rand des Tanks in die Höhe schob. Das Wasser drang nicht von oben in den Tank ein, wie Oliver es erwartet hatte, sondern es strömte glucksend durch ein dünnes Rohr von unten in den Tank. Olivers Augen weiteten sich. Das Ding funktionierte also noch!

...

Saskia saß in einer Gartenlaube außerhalb von Zons und schluchzte sich die Seele aus dem Leib. Mit Mühe hatte sie Nils in den Kindergarten gebracht und sich dann in die alte Holzhütte ihres Großvaters geflüchtet. Es war ein einfacher Schrebergarten, nichts Besonderes, doch Saskia liebte diesen Ort. Schon als kleines Mädchen hatte sie hier zwischen den duftenden Rosenfeldern inmitten des Chaos Ruhe und Frieden gefunden. Ihr Großvater war einer der wenigen Menschen gewesen, die sie wirklich verstanden hatten. Leider war er schon vor etlichen Jahren gestorben und dieser Ort war bis auf ein paar alte Fotos alles, was Saskia von ihm geblieben war. Sie war lange nicht mehr hier gewesen. Doch nachdem sie die ganze Nacht von den immer gleichen grausamen Bildern verfolgt worden war, die sie einfach nicht aus ihrem Kopf bekam, hatte sie es nicht länger ausgehalten und war an diesen Ort geflüchtet.

Sie hatte die Hypnosestunde bei Dr. Neuenhaus sausen lassen und war direkt vom Kindergarten hierher gefahren. Dicke Tränen liefen ihr über das Gesicht und der Brustkorb hob und senkte sich, als hätte sie gerade einen Tausend-Meter-Lauf hingelegt. Torsten Schniewald verfolgte sie auf Schritt und Tritt. Sobald sie die Augen schloss, schaute er sie an. Vorwurfsvoll, so, als ob sie die Schuld an seinem Tod trug. Schluchzend griff sie in den Rucksack, den sie immer bei sich trug, und warf einen Blick auf die letzten Seiten ihres Tagesbuches. Sie wollte sich noch einmal vergewissern, dass sie nichts mit seinem Tod zu tun hatte, doch die Zeilen konnten ihr Gewissen nicht erleichtern, im Gegenteil. Dort stand: »Er starb, weil ich mich selbst retten wollte.«

Die Erinnerung überrollte sie mit voller Wucht. Schon spürte sie wieder den nassen, zuckenden Körper des Mannes unter sich, mit dem sie gerade noch geschlafen hatte. Sekunden später verschwand Schniewalds Gesicht und an seine Stelle trat ein weiterer Mann. Der Mann ohne Kopf. Zitternd öffnete Saskia die Augen, um den grauenvollen Anblick des Todes zu verscheuchen, der hoch oben auf einer Kutsche saß und den Schädel des Mannes mit den Hufen seiner Pferde zermalmte. Hatte sie diesen Mann in den Tod gestoßen? Saskias Finger kribbelten. Ihr Verstand versuchte, die Wahrheit zu kaschieren, doch ihr Herz log nicht. Sie konnte den warmen Körper spüren, kurz bevor sie ihn auf die Straße stieß. Ihre Augen spiegelten seinen letzten Blick wider, der tot in den

Frühlingshimmel starrte, kurz bevor der Kopf von den Hufen zerschmettert wurde.

Wieder und wieder spulten sich die Bilder in einer Endlosschleife ab und Saskia war einfach nicht in der Lage, sie anzuhalten. Sie riss das Fenster auf und atmete tief ein. Lieblicher Rosenduft drang in ihre Nase und für einen winzigen Moment sprang ihr zermarterter Geist zurück in die Vergangenheit, als ihr Großvater noch lebte. Er war seit dem frühen Krebstod ihrer Mutter zur wichtigsten Bezugsperson in ihrem Leben geworden.

»Du hast zu viele dunkle Fantasien, mein Kleines. Hütte dich vor den Flügeln der Angst. Auf ihnen lauert das Verderben. Wende Dich doch auch einmal den schönen Dingen des Lebens zu.« Das waren seine Worte zu jedem der kindlichen Bilder, die sie für ihn malte. Ihre düsteren Kunstwerke waren gezeichnet von Verlustängsten und der Hoffnungslosigkeit, die der Tod ihrer Mutter in Saskias Leben gebracht hatte. Geblieben war eine tiefe Leere, die weder ihr Großvater noch Pascal zu füllen vermochten. Von ihrem Vater ganz zu schweigen. Alles, was ihn interessierte, war das Familienimperium. Deshalb war Pascal adoptiert worden. Zur Sicherheit, weil Saskia das einzige Kind war und noch dazu ein Mädchen. Sollte ihr etwas zustoßen, konnte Pascal ihren Platz einnehmen. Warum ihr Vater sie nach der unehelichen Geburt von Nils nicht enterbt hatte, war Saskia bis zum heutigen Tag ein Rätsel. Wahrscheinlich war er irgendwann trotz allem zu der Überzeugung gelangt, dass Blut am Ende doch dicker war als das Band zu einem adoptierten Kind. Oder der unstete Lebenswandel Pascals hatte ihren Vater zur Besinnung gebracht. Saskia wusste es nicht. Wahrscheinlich würde sie es nie erfahren. Die Wirkung des Rosenduftes verblasste und die schrecklichen Bilder kämpften sich erneut in Saskias Bewusstsein. Sie waren hartnäckig wie Hyänen, die einen Kadaver rochen. Saskia schloss das Fenster und ließ sich aufs Bett fallen. Vielleicht hätte sie die Hypnosestunde nicht ausfallen lassen dürfen. In letzter Zeit taten ihr die Stunden mit Dr. Neuenhaus und dem Hypnotiseur Markus Schweigstein gut. Dr. Neuenhaus hatte sicher auf sie gewartet und war jetzt enttäuscht von ihr. Vielleicht hätte er es geschafft, den schrecklichen Bildern in ihrem Kopf ein Ende zu bereiten. *Oder er hätte dich durchschaut und entdeckt, dass du eine Mörderin bist!*, fügte eine garstige Stimme in ihrem Inneren hinzu. Saskia schrie laut auf und fiel erneut in einen heftigen Weinkrampf.

Das Knarren der verzogenen alten Holztür ließ sie hochschrecken. Da war jemand! Jemand, der sie beobachtete, der die Wahrheit kannte. Starr vor Schreck hielt sie die Luft an. Schritte bewegten sich durch den Flur auf ihr Zimmer zu. Saskia ballte die Hände zu Fäusten und wagte nicht, sich zu rühren. Die Zimmertür öffnete sich mit einem gehässigen Ratschen und von Angst überwältigt schloss sie die Augen. Die Schritte kamen nicht näher. Eine unheilvolle Stille trat ein. Saskia war unfähig, die Augen zu öffnen, und verharrte in stummer Erwartung vor dem Grauen an der Tür.

»Ich wollte dich nicht erschrecken.« Pascals Stimme war kaum mehr als ein Flüstern.

Langsam und unsicher öffnete Saskia die Augen einen Spalt. Stand dort wirklich Pascal oder war dies eine neue Sinnestäuschung?

»Pascal?«

»Ja, ich bin es.« Schnell kam er ein paar Schritte näher und legte schützend den Arm um sie.

»Was machst du hier?« Die Erleichterung trieb Saskia erneut die Tränen in die Augen.

Pascal zuckte mit den Schultern. »Ich war in der Nähe und habe das offene Fenster gesehen.«

Pascal lebte in Köln. Was ihn bis hierher in den kleinen Garten ihres Großvaters getrieben hatte, war Saskia zwar nicht klar, aber sie war froh über seine Anwesenheit. Er war ihr großer Bruder und Beschützer, den sie in ihrer momentanen Gefühlslage mehr denn je brauchte. Saskias Handy vibrierte auf dem Fensterbrett. Sie warf einen kurzen Blick auf das Display und beschloss, den Anruf nicht anzunehmen. Sie würde Dr. Neuenhaus später zurückrufen.

»Sag mir, was mit dir los ist in letzter Zeit. Du wirkst ziemlich durcheinander.«

Saskia schüttelte den Kopf. »Nichts, nur diese furchtbaren Albträume.«

»Albträume? Was für Albträume denn?« Pascals fürsorgliche Stimme brachte Saskia fast zum Reden, aber eine innere Stimme hielt sie dennoch davon ab, ihm die ganze Wahrheit zu sagen.

»Ich weiß auch nicht«, log sie. »Wahrscheinlich ist es nur mein entwürdigender Kontostand und die anstehenden Abbuchungen, die mich so fertig machen.«

Pascal legte die Stirn in Falten und erwiderte einen Augenblick lang nichts. Dann fuhr er sich nervös übers Haar und biss sich auf die Unterlippe, bevor er wieder den hypnotisierenden Blick aufsetzte, den Saskia nur allzu gut kannte. »Hast du denn noch kein Geld für die Teilnahme an dieser klinischen Studie bekommen?«

»Nein, das Geld gibt es erst am Ende, wenn alles abgeschlossen ist. Das habe ich dir doch schon erzählt.«

»Ach ja, stimmt.« Pascals bohrender Blick verstärkte sich. »Dann ruf unseren Vater doch endlich mal wieder an. Für dich ist es einfacher. Mit mir will er anscheinend gar nichts mehr zu tun haben.«

Saskia machte eine abwehrende Geste. »Für mich soll das leicht sein? Was soll ich ihm denn sagen? Und aus welchem Grund sollte er mir helfen?«

»Du bist seine einzige leibliche Tochter. Ist das nicht Grund genug?« Pascal schnurrte wie ein Kater und versuchte, die greifbar schlechte Stimmung in der Luft zu verscheuchen. Doch es war bereits zu spät. Saskia sah rot. Sie wollte nicht immer und immer wieder dasselbe Thema mit ihm diskutieren. Sie kannte seine Geldnöte, doch die waren nicht ihr Problem. Sie hatte ihm mehr als genügend Geld geliehen und saß mittlerweile selbst in der Patsche. Sie warf Pascal einen harten Blick zu, der ihn sichtbar zusammenzucken ließ.

»Hör zu, Pascal. Ich kenne deine Probleme nicht. Aber ich hatte dir versprochen, Emily deine Geschichte zu geben, damit sie diese der Zeitung anbieten kann. Das habe ich getan.«

»Und?« Die plötzliche Spannung in seinen Augen brachte Saskia fast zum Lachen.

»Sie hat ihr gefallen«, erwiderte sie schlicht und machte eine Pause. »Du sollst sie anrufen und ...«, sie beugte sich zu Pascal vor. »Du bekommst einen Vorschuss von zweihundert Euro.«

»Zweihundert Euro? Das ist nicht besonders viel.« Die Hoffnung in Pascals Augen erlosch wie eine Kerze, die ausgeblasen wurde, noch bevor sie richtig gebrannt hatte. Er biss sich auf die Lippen und setzte ein zermürbtes Lächeln auf.

»Danke, Schwesterherz. Aber ...«

Saskias Handy vibrierte erneut. Die Nummer wurde nicht angezeigt, da es sich um einen anonymen Anrufer handelte. Heimlich musterte sie Pascal, der bereits zu einem neuen Redeschwall anhob. Nein, das konnte sie jetzt nicht ertragen.

Dann lieber ein Telefonat mit wem auch immer. Ohne Pascal zu Wort kommen zu lassen, hob sie ab.

...

»Es ist eine wirklich gute Geschichte.«

Anna nahm einen großen Schluck Kaffee und blickte Emily ungläubig an.

»Bist du sicher?«

»Ja, absolut. Sieh doch selbst.« Mit diesen Worten legte sie einen Stapel Papier auf den Tisch. Anna überflog die ersten Zeilen. Sie kannte Saskias Stiefbruder nur aus Erzählungen und das genügte ihr vollkommen. Er war eine labile Spielerpersönlichkeit, auf die man sich nicht verlassen konnte. Ständig jagte er dem großen Geld hinterher, ohne jemals zum Erfolg zu kommen. Saskia konnte bei ihm einfach nicht »Nein« sagen und half ihm permanent aus der Klemme. Emily hatte Saskia mehrfach Geld leihen müssen, weil ihr Pascal die letzten Ersparnisse abgeschwatzt hatte. Anna konnte sich noch gut an die langen Abende erinnern, an denen sie und Emily versucht hatten, Saskia zur Vernunft zu bringen. Anna schüttelte den Kopf. Sie war Bankerin und sie kannte diese Persönlichkeiten zur Genüge. Das Beste war, man hielt sich von ihnen fern.

Dass ausgerechnet Emily ihm jetzt auch auf den Leim zu gehen drohte, machte Anna fassungslos. Gut, sie musste zugestehen, dass die erste Seite nicht schlecht geschrieben war. Trotzdem gab es einfach Menschen, mit denen man nicht zusammenarbeiten sollte. Früher oder später endete sonst alles im Chaos.

»Es klingt nicht uninteressant. Aber du suchst dir besser jemanden, auf den du dich verlassen kannst, Emily.« Anna zupfte sich nervös am Ohrläppchen, als sie Emilys Widerstand bemerkte.

»Wusstest du, wie Laudanum hergestellt wird?« In Emilys Stimme schwang Faszination. Mit dem Zeigefinger tippte sie auf einen schwarz eingerahmten Exkurs. »Ich habe es nicht gewusst und dass, obwohl ich in meinem letzten Artikel über Spiele und Rauschsucht im Mittelalter berichtet hatte.« Versonnen fuhr sie sich mit der Zunge über die Unterlippe. »Weißt du, Anna, mir fehlte der medizinische Aspekt bisher vollkommen. Ich kann weder zur Herstellung noch zu den chemischen und biologischen Reaktionen im menschlichen Körper allzu viel beitragen und genau diese Lücke könnte Pascal Heinermann schließen.«

»Er hat sein Medizinstudium doch noch nicht einmal abgeschlossen. Wie willst du wissen, ob seine Ausführungen fachlich überhaupt korrekt sind?«, konterte Anna. Doch Emily schien ihre Worte nicht mehr zu hören. Ihr Blick war in die Ferne geschweift und in diesem Augenblick begriff Anna, dass sie sich längst entschieden hatte.

...

Die Apparaturen stießen heißen Dampf aus. Ein Piepen ertönte, danach erfüllte ein surrendes Geräusch das weiß geflieste Labor, das sich im unteren Geschoss des Klinikums befand. Dr. Neuenhaus spürte, wie sein Hemd am Körper klebte. Markus Schweigstein stand direkt neben ihm. Er wischte sich Schweißtropfen von der Stirn. Ihm schien es nicht viel besser zu gehen. Das Surren schwoll zu einem unheilvollen Kreischen an. Der Zeiger auf dem Gerät schlug voll aus, und gerade als er den roten Bereich erreichte, erklang ein weiterer Piepton und die Schleuder stand mit einem Mal still.

»So, das sollte reichen.« Die Männerstimme klang brüchig. Ein molliger Mittvierziger mit strähnigen langen Haaren, die zu einem Zopf zusammengebunden waren, öffnete die Zentrifuge und holte einen Korb mit Laborröhrchen heraus.

»Ich habe Ihnen drei Rezepturen gemischt.« Der Laborant deutete mit dem Kopf auf drei Tabletts, die sorgsam nebeneinander aufgereiht waren. Dr. Neuenhaus trat näher heran. Auf jedem Tablett befanden sich Boxen mit runden, weißen Tabletten. Sie waren nicht größer als eine Aspirin, nur ohne Kerbe in der Mitte. Fein säuberlich beschriftete Aufkleber kennzeichneten die unterschiedlichen Sorten. Auf dem linken Tablett befanden sich die Placebos, in der Mitte das Originalmedikament und rechts die Abwandlung. Die Boxen auf dem rechten Tablett waren mit roten Aufklebern versehen. Das Originial-Nahrungsergänzungsmittel, welches im Mittelpunkt der klinischen Stress-Studie stand, trug gelbe Etiketten und die Placebos schlichte weiße Aufkleber. Nur anhand der Farbe waren die Medikamente zu unterscheiden.

»Die mit der roten Markierung musste ich zweimal herstellen. Im ersten Versuch haben die Bindestoffe nicht funktioniert. Ich musste die Konzentration fast verdoppeln.« Der Laborant warf Neuenhaus einen vielsagenden Blick zu. Neuenhaus legte die Stirn in Falten. Er selbst hatte die Mischung zwar noch nicht ausprobiert, aber die Rezeptur sollte eigentlich mit den vorgeschriebenen Mischungsverhältnissen funktionieren.

»Haben Sie das Pulver fein genug gerieben?« Seine Frage

produzierte einen beleidigten Ausdruck auf dem Gesicht des Laboranten.

»Ich mache diesen Job seit mehr als zwanzig Jahren, Dr. Neuenhaus. Sie können sich auf mich verlassen.« Er drückte ihm einen Computerausdruck mit der neuen Mischung in die Hand. »Hier können Sie die Abwandlungen genau erkennen.« Mit diesen Worten wandte er sich wieder der Zentrifuge zu und füllte sie mit neuen Röhrchen, die diesmal eine bräunliche Flüssigkeit enthielten. Als er das Gerät anschaltete, erfüllte wieder ein Surren den ganzen Raum. Der Laborant nahm davon keine Notiz und ging, ohne Dr. Neuenhaus oder seinem Begleiter weitere Beachtung zu schenken, in einen kleinen Nebenraum. Mit einem leisen Klicken fiel die Tür ins Schloss.

Dr. Neuenhaus kannte diesen Raum. Dort war es noch heißer, weil es kein Fenster gab. Er verspürte keinen Drang, dem Laboranten zu folgen. Zwar hatte er einen kurzen Moment darüber nachgedacht, sich zu entschuldigen. Aber dort war es eindeutig zu heiß. Beim nächsten Besuch würde er sicher noch genug Gelegenheiten haben.

»Nehmen Sie die beiden Tabletts dort?« Er deutete auf die weißen und gelben Aufkleber. Der Hypnotiseur Markus Schweigstein nickte. Gerade als Neuenhaus das Tablett mit den roten Markierungen hochheben wollte, klingelte sein Handy. Auf dem Display leuchtete Saskias Heinermanns Nummer auf. Sie war nicht zur letzten Sitzung erschienen und er war besorgt, dass sie die Studie abrechen wollte. Ihr Anruf ließ ihn hoffen, dass es nicht so war. Endlich, dachte er erleichtert und hob ab.

...

Oliver Bergmann stand vor der Gaststätte »Altes Zoll haus«, als sein Telefon klingelte. Es war die Nummer der Zentrale. Er drückte auf die grüne Taste.

»Bergmann.«

»Ja, Meier hier aus dem Rechercheteam. Ich habe Neuigkeiten im Fall Torsten Schniewald.«

Oliver hob die Augenbrauen und machte einen Schritt zurück. Ihm steckte immer noch der Anblick des Mannes mit dem zertrümmerten Schädel in den Knochen. Der scheußliche Geruch klebte an seinen Schleimhäuten und jedes Mal, wenn seine Gedanken abschweiften, sah er plötzlich den Toten vor sich. Hoffentlich hörte er jetzt ein paar gute Neuigkeiten. Sein Chef Hans Steuermark saß ihm längst im Nacken. Die nächste Pressekonferenz stand kurz bevor und bisher hatten sie keine wirklichen Fortschritte gemacht. Steuermark war ein herzensguter Mensch mit scharfem Verstand, aber für seine Geduld war er nicht gerade bekannt. Er verlangte sich selbst und seinem Team Höchstleistungen ab und eine Ermittlung, in der mehrere Tage Stillstand herrschte, war für ihn undenkbar. Der Druck war derweil so groß, dass Oliver und Klaus sich aufgeteilt hatten. Klaus wartete auf die Ergebnisse der Obduktion und fasste die bisherigen Fakten in einem Bericht zusammen, während Oliver sich auf den Weg gemacht hatte, um mit Saskia Heinermann zu sprechen. Sie war vermutlich eine der Letzten - vielleicht sogar die letzte Person - die Torsten Schniewald lebendig gesehen hatte.

Mit tiefer Stimme fragte Oliver: »Ja, was sind das denn für Neuigkeiten?«

»Die angebliche Geliebte von Torsten Schniewald hat sich gemeldet. Sie behauptet, dass in seiner Wohnung Geld fehlt.«

Oliver notierte sich den Namen und die Adresse. Wie vom Donner gerührt legte er auf.

...

Saskia Heinermann war viel größer, als Oliver sie in Erinnerung hatte. Sie brachte es auf gute 1,80 Meter. Wie bei seinem letzten Besuch war sie damit beschäftigt, Tische abzuwischen und die Kneipe auf den bevorstehenden Abend vorzubereiten, als Oliver eintrat. Obwohl er am liebsten das Gespräch mit der plötzlich aufgetauchten Geliebten von Torsten Schniewald vorgezogen hätte, war er bei seinem ursprünglichen Plan geblieben. Er musste seine Neugier zügeln und zunächst die wesentlichen Spuren abarbeiten. Das war das A und O der Polizeiarbeit - die Priorisierung der Vorgehensweise und die Konzentration auf die wichtigsten Aspekte. Wer hinter jedem Hinweis mit der gleichen Energie hinterherlief, ohne sauber die entscheidenden Spuren abgeschlossen zu haben, der hatte am Ende nur eine riesige Liste mit offenen Punkten zustande gebracht. Allerdings ohne wirklich einen Schritt vorangekommen zu sein.

Saskia Heinermann hatte ihn bemerkt und lächelte ihn an. Obwohl sie das eine oder andere Kilo zu viel auf den Hüften hatte, war sie ohne Zweifel attraktiv. Sie wirkte müde und abgekämpft. Oliver hatte sich zuvor über sie erkundigt. Sie war alleinerziehende Mutter eines kleinen Jungen und die Spuren dieser Herkulesaufgabe sah man ihr deutlich an.

»Was kann ich für Sie tun?« Ihre leicht rauchige, fast sinnlich anmutende Stimme erfüllte den Raum.

Oliver zückte seine Marke und wies sich aus. Saskia Heinermanns Augen weiteten sich einen Augenblick zu lange und Oliver hatte plötzlich das Gefühl, dass diese Frau eine entscheidende Rolle im Fall Torsten Schniewald spielen könnte. Er beschloss, seine Taktik anzupassen.

»Wissen Sie, warum ich hier bin?«

Die Blondine errötete auf der Stelle.

»Nein. Ähm, wieso sollte ich das wissen?« Die Lüge sprang Oliver förmlich ins Gesicht.

»Nun ja, Sie lesen doch die Zeitung, oder?« Er zwinkerte ihr zu und versuchte, sie mit seiner tiefen, beruhigenden Stimme zu locken.

Saskia kratzte sich nervös am Hinterkopf. Ihr Blick wanderte hektisch von einer Seite zu anderen. Oliver musste unwillkürlich lächeln. Sie war keine gute Lügnerin.

»Ja«, hob sie schließlich zögerlich an. »Ich vermute mal, dass sie wegen des toten Stadtrates hier sind.«

Oliver fragte sich, ob sie den Namen des Mannes bewusst vermied. Die Situation war ihr jedenfalls sichtlich unangenehm. Er lächelte breit.

»Ja, das ist richtig. Wann haben Sie ihn denn zuletzt gesehen?« Er zückte seinen Notizblock und blickte sie erwartungsvoll an.

Sie ließ den Lappen fallen, mit dem sie gerade noch die Tische abgewischt hatte, und nahm auf einem Hocker am Tresen Platz.

»Nun ja, da muss ich nachdenken.« Sie sah Oliver jetzt direkt an. »Ich war in letzter Zeit recht oft hier.« Saskia reckte sich mit einem Mal hoch und griff hinter den Tresen. Geschickt holte sie einen Tischkalender hervor und begann, angestrengt darin zu blättern.

»Hier muss es gewesen sein.« Sie tippte mit dem Finger auf den Mittwoch in der letzten Woche. Oliver spürte, wie sein Herz einen Takt schneller schlug. Hatte er es doch gewusst. Schniewald war nach seiner Ankunft am Flughafen Düsseldorf weder in seine Wohnung noch in sein Büro zurückgekehrt, sondern direkt ins »Alte Zollhaus« gefahren.

»War er öfter hier?«

»Nein, ich habe ihn zum ersten Mal hier gesehen. Ich bin natürlich nicht jeden Abend hier. Da müssten Sie mit meinen Kollegen sprechen.«

Oliver kritzelte es etwas in sein Notizbuch.

»Wie lange war er an dem besagten Mittwoch hier?«

»Er kam so gegen acht Uhr abends und ist bis kurz nach Mitternacht geblieben.«

»Waren noch andere Gäste hier?«

»Anfangs ja ...«, Saskia zögerte. »Aber er war der letzte Gast. Ist mit mir zusammen raus, als ich geschlossen habe.«

Das wollte Oliver genauer wissen. »Waren Sie zum Schluss mit ihm allein? Keine anderen Kollegen mehr oder Gäste?«

Saskia nickte.

»Und wie sind sie beide auseinandergegangen?«

Saskia lief rot an und zögerte abermals. »Ich habe die Tür abgeschlossen und bin nach Hause gegangen, genau wie er auch. Vor der Tür haben wir uns getrennt.« Oliver traute ihrer Aussage nicht. Sie wirkte fürchterlich angespannt. Wieder kritzelte er in sein Notizbuch. »Entsinnen Sie sich, ob er nervös war an jenem Abend?«

Saskia schüttelte den Kopf.

»Hat er mit jemandem gesprochen oder telefoniert?«

Abermals erntete Oliver ein Kopfschütteln.

»Sind Ihnen ansonsten irgendwelche Besonderheiten aufgefallen?« Oliver erahnte die Antwort schon, bevor sie kam. Abermals schüttelte Saskia Heinermann den Kopf. Er stellte noch ein paar weitere harmlose Fragen über Torsten Schniewald und beobachtete dabei genau Saskias Körpersprache.

Stumm registrierte er, wie sie nervös von einem Fuß auf den anderen trat und dabei unaufhörlich an ihrem Ringfinger herum spielte. Sie hatte etwas zu verbergen, da war Oliver sich ganz sicher. Einen kurzen Moment überlegte er, sie stärker unter Druck zu setzen und vielleicht zu einem Gespräch ins Polizeirevier einzuladen, doch dann entschied er sich anders. Er würde sie observieren lassen. Die Sachlage sollte für einen richterlichen Beschluss ausreichen. Mit etwas Glück gelangte er so schneller zu neuen Erkenntnissen. Oliver klappte sein Notizbuch zu und verabschiedete sich. Saskia Heinermann war die Erleichterung über das Ende des Gespräches deutlich anzusehen. Als Nächstes würde Oliver mit der plötzlich aufgetauchten Geliebten Schniewalds sprechen. Und dann war da noch der zweite Leichenfund, der unbedingt identifiziert werden musste. Oliver hatte alle Hände voll zu tun.

X.

Vor fünfhundert Jahren

Bastian drehte den zierlichen Silberring und betrachtete die kaum lesbare Inschrift. Ein großes M wie Martha war der einzige Buchstabe, der noch deutlich erkennbar war. Der Ring gehörte also der ermordeten Martha Hatzfeld, der Stiefmutter der Zwillingsbrüder Christan und August. Dankbar lächelte er dem alten Pfarrer zu, der gerade dabei war, das kostbare Sonntagsgewand abzulegen. Ohne seine Hilfe hätte er lange nach der Besitzerin des Ringes suchen können. Als Johannes Bastians Blick bemerkte, zwinkerte er ihm zu.

»Ich weiß, dieses Gewand sieht edel aus, aber es ist mir viel zu unbequem und zu heiß darunter.«

Bastian registrierte die glühendroten Wangen des Pfarrers und nickte versonnen. Er musste herausfinden, wer der Mann mit dem zertrümmerten Kopf war. Zu schade, dass sein Gesicht durch die Pferdetritte bis zur Unkenntlichkeit entstellt war. Das Einzige, was er bisher von ihm wusste, war, dass er mit großer Wahrscheinlichkeit Marthas Mörder war. Wie sonst hätte er in den Besitz ihres Ringes kommen können? Und dieser Mann war vermutlich auch der Bote, von dem August ständig sprach. Doch was genau überbrachte er bei seinen Botengängen und warum hatte er Martha getötet? Hatte sie ihn vielleicht beobachtet und ein Geheimnis herausgefunden, für das sie mit dem Leben bezahlen musste? Bastian kratzte sich nachdenklich am Hinterkopf. Das wäre zumindest eine denkbare Erklärung.

»Johannes, seid Ihr eigentlich alleine hier?« Bastian schoss plötzlich die Erinnerung an Hugo von Spanheim durch den Kopf. Hatte von Spanheim, der ihm am Fundort der Leiche entgegenkam, nicht erwähnt, dass er auf dem Weg zu Pfarrer Johannes war, um ihm bei der Sonntagsmesse behilflich zu sein? Bastian konnte ihn nirgendwo entdecken. Johannes' Blick sprach Bände. Er wusste offensichtlich nicht, worauf Bastian hinaus wollte. Deshalb ergänzte er seine Frage. »Hugo von Spanheim. Ist er nicht hier?«

Erstaunt schüttelte Johannes den Kopf.

»Er ist im Kloster Knechtsteden und ich erwarte ihn nicht vor Mitte nächster Woche zurück.«

In Bastians Kopf schrillte eine Alarmglocke. Hatte er es doch geahnt, dass mit diesem Kerl etwas nicht stimmte. Das vor Erschöpfung schweißnasse Pferd, die zögerlichen Antworten und die Tatsache, dass er an einem Sonntagmorgen unterwegs war, das alles passte nicht ins Bild. Hugo von Spanheim verschwieg etwas.

»Ich habe ihn heute Morgen an der Weggabelung nach Stürzelberg getroffen. Er erzählte mir, dass er auf dem Weg zu Euch sei. Er wollte Euch bei der Morgenmesse unterstützen.«

Pfarrer Johannes blickte Bastian aus großen Augen an. Nach einer Weile sagte er: »Dann lasst uns doch in seinem Zimmer nachsehen.«

»Das ist eine gute Idee«, erwiderte Bastian.

Die Unterkunft befand sich in einem Nebenhaus der St. Martinus Kirche. Durch einen niedrigen Gang an der Westseite gelangte man über eine schmale hölzerne Wendeltreppe, die bei jedem Schritt heftig knarrte, dorthin.

Bastians Herz schlug bis zum Hals, je näher sie der

Unterkunft kamen. Er hatte ein merkwürdiges Gefühl in der Magengegend, welches noch verstärkt wurde, als er die Tür auftrat und einen leeren Raum vorfand. Hugo von Spanheim war nicht da. Sein Bett war unberührt und die Wäsche lag fein säuberlich gefaltet auf der dicken Bettdecke. Angestrengt dachte Bastian nach. Er hatte die Nacht also nicht hier verbracht. Genauso hatte Hugo es auch erzählt und Pfarrer Johannes bestätigte diese Aussage. Vielleicht war er also tatsächlich im Kloster Knechtsteden gewesen. Doch warum war er früher als geplant zurückgekommen? Und noch viel wichtiger war die Frage: Wo war er jetzt?

...

Hugo hatte sich hinter einem Mauervorsprung geduckt. Nachdem er Bastian Mühlenberg am Morgen begegnet war, hatte er keine Zeit verloren. In Windeseile war er nach Zons hineingeritten, hatte sein schwarzes Ross versorgt und sich dann sofort zum Haus des Arztes begeben. Er musste unbedingt herausfinden, was Josef Hesemann an der Leiche des toten Boten gefunden hatte. Die Hälfte des Elixiers war verschwunden. Er musste die fehlenden Fläschchen unbedingt wiederfinden und jegliche Spur zu sich selbst verwischen. Niemand durfte erfahren, dass er dieses Rauschmittel herstellte und Geschäfte im ganzen Land damit machte. Es war zu ärgerlich, dass der Bote außer Kontrolle geraten war.

Es bereitete Hugo keine Schwierigkeiten, unentdeckt bis zur Grünwaldstraße vorzudringen. Die Gassen waren um diese Uhrzeit menschenleer, weil sich fast ganz Zons in der St. Martinus Kirche zur Morgenmesse eingefunden hatte. Hugo war sich allerdings nicht sicher, ob sich auch der Arzt im Gotteshaus befand. Die Antwort ließ nicht lange auf sich warten. Aus dem Haus des Arztes drangen merkwürdige Geräusche an sein Ohr. Er konnte die Töne zunächst nicht zuordnen. Schleifgeräusche wurden von dumpfem Stöhnen unterbrochen. Dann herrschte für einen Moment Stille, bis alles wieder von vorne losging.

Vorsichtig pirschte sich Hugo an die Hintertür des Hauses heran. Er trug eine schwarze Kutte und hatte die Kapuze für alle Fälle tief ins Gesicht gezogen. Sollte ihn jemand beobachten, würde er nicht mehr als einen neugierigen Mönch sehen, der seine Ohren an die Tür eines fremden Hauses presste. Wenn Josefs Behausung der üblichen Bauweise entsprach, musste sich hinter der Pforte ein Innenhof befinden. Ganz deutlich drangen jetzt die Geräusche an Hugos Ohr. Das Holz war an einigen Stellen morsch und bedurfte einer dringenden Reparatur. Hugo machte sich diesen Umstand zunutze und kratzte vorsichtig die morschen Holzreste heraus. Er hatte Glück und entdeckte ein kleines Astloch, welches ihm einen Blick ins Innere des Hofes gestattete.

Was er dort sah, ließ ihn für einen Moment erstarren. Der Arzt hievte gerade mit Wernharts Hilfe den toten Körper des Boten auf einen groben Holztisch, der in der Mitte etliche Vertiefungen aufwies. Die beiden wollten den Leichnam offensichtlich unversehrt lassen und stöhnten vor Anstrengung, als sie den Toten Stück für Stück mit Hilfe eines schrägen Brettes und einer Seilwinde nach oben zogen. Das erklärte die merkwürdigen Geräusche, die Hugo zunächst nicht hatte zuordnen können. Hugo trieb der Anblick des fahlen und zermarterten Körpers Schweißperlen auf die Stirn. Ein Blick in das blasse und leicht grünliche Gesicht Wernharts verriet Hugo, dass es ihm ebenso erging. Er legte kurz den

Kopf in den Nacken und holte tief Luft. Der frische Sauerstoff vertrieb das beklemmende Gefühl. Jemanden vom hohen Bock einer Kutsche aus zu töten war doch etwas anderes als aus nächster Nähe dem Tod gegenüberzustehen. Als Hugo wieder durch das Astloch spähte, war Wernhart verschwunden. Josef Hesemann hatte den Leichnam vollständig von der Kleidung befreit. Geschickt goss er nun Flüssigkeit über die Haut, die erst in die Vertiefungen des Tisches und anschließend durch Löcher in einen großen Holztrog floss, der unter dem Tisch stand. Während die Flüssigkeit anfangs klar wie Wasser war, nahm sie am Ende, wenn sie vom Tisch in den Trog floss, eine rötlich bräunliche Verfärbung an.

Hugo drückte sein Auge dicht an das Guckloch, um den Rest des Hofes besser betrachten zu können. Die Tür gab unmerklich nach und er bemerkte erstaunt, dass sie nicht verschlossen war. Vorsichtig drückte er weiter gegen das Holz, welches lautlos nachgab. Als der Spalt breit genug war, schlüpfte er mit angehaltenem Atem und eingezogenem Bauch hindurch. Josef war so auf seine Arbeit konzentriert, dass er ihn nicht bemerkte. Lautlos wie ein Schatten schlich Hugo sich zu den Kleiderresten. Gleich daneben lag die Ledertasche, die er dem Boten für seine Dienste zur Verfügung gestellt hatte. Behutsam ergriff er den Riemen und zog sie langsam zu sich heran. Das Leder schleifte über den Boden und für einen Moment befürchtete Hugo, der Arzt könnte ihn bemerken. Doch Josef stand immer noch mit dem Rücken zu ihm vor dem Leichnam, ohne sich auch nur einen Zentimeter zu rühren.

Hugo ergriff die Tasche und öffnete sie. Sie war leer. Entmutigt ließ er das Leder fallen und machte sich über die Kleidungsreste her. Nichts. Nirgendwo konnte er das Elixier oder wenigstens einen Hinweis darauf entdecken. Verdammt, wo sollte er nur danach suchen? Er war sich sicher, dass Josef etwas sehr Wichtiges bei dem Leichnam gefunden hatte. Sonst hätte Bastian Mühlenberg ihm nicht den Mund verboten. Was, wenn nicht das Elixier, konnte der Arzt schon gefunden haben? Für Hugo gab es keine andere Erklärung. Er schloss die Augen und dachte nach. Vielleicht hatte der Arzt das Elixier irgendwo anders aufbewahrt? Er musste es herausfinden.

Rasch zog er die Kapuze tiefer ins Gesicht und zückte einen scharfen Dolch, den er im Schaft seines Stiefels aufbewahrte. Er war nur wenige Schritte von Josef Hesemann entfernt, der immer noch völlig vertieft in seine Arbeit war. Hugo schlich sich vorsichtig an. Gerade als er zum Angriff ansetzen wollte, erregte eine offene Tür, die direkt ins Haus führte, seine Aufmerksamkeit. Er maß den Abstand mit den Augen ab. Mit fünf großen Schritten könnte er dort sein und das Innere des Hauses nach dem Elixier durchsuchen. Der Arzt war immer noch ganz in seinem Element und hatte die Welt um sich herum ausgeblendet. Hugo traf eine Entscheidung und lief auf Zehenspitzen quer über den Hof. Flink wie ein Wiesel schlüpfte er durch die Tür.

Im Inneren des Hauses war es dunkel und seine Augen mussten sich zunächst an die neue Umgebung gewöhnen. Blind lief er ein paar Schritte, bis sein Fuß auf einen festen Gegenstand stieß und er stehenblieb. Noch bevor er das Hindernis erfassen konnte, spürte Hugo eine scharfe Klinge an seiner Kehle. Sein Herz setzte für einen Moment aus und eisige Kälte fuhr in seine Knochen. Die heisere Stimme, die dicht an seinem Ohr flüsterte, konnte er nur schwer verstehen.

»Was habt Ihr hier zu suchen?«

...

August genoss die Arbeit des Arztes. Er hatte schon immer viel von Josef Hesemann gehalten. Die Präzision, mit der er die Schnitte im Bauchraum setzte und die einzelnen Organe unversehrt herausschnitt - sofern sie das Überrollen der Kutsche und die Hufschläge überstanden hatten - war für August wahre Kunst. Nichts auf der Welt erregte ihn so sehr wie die Macht über Leben und Tod. Natürlich war es im Gegensatz zu seinem Zwillingsbruder Christan eher die dunkle Seite des Todes, die ihn magisch anzog. Leben war zunächst jedem gegeben, doch den Zeitpunkt des Todes konnten sich die meisten nicht aussuchen. Es sei denn, sie beherrschten die Kunst des Tötens. Er bewunderte den Arzt, weil er mit den Funktionen des menschlichen Körpers vertraut war. Er wusste genau, welcher Grad der Zerstörung lediglich Schmerzen verursachte und ab wann der Tod eintrat.

August beobachtete den Arzt seit langem und hatte mittlerweile einiges gelernt. Josef legte nicht viel Wert auf den Zustand seines Hauses und so waren ihm die Veränderungen, die August auf seinem Dachboden vorgenommen hatte, nicht aufgefallen. August hatte sich seit Wochen dort unbemerkt einquartiert. Es machte ihm Spaß, dem Arzt zuzusehen und es befriedigte seine Gelüste. Josefs Frau und die kleine, süße Tochter waren oft ein paar Häuser weiter zu Besuch bei Verwandten. Wahrscheinlich schlug Josefs Beruf den beiden aufs Gemüt und sie nutzten jede Gelegenheit zur Flucht. Das war im Grunde kein Wunder. Denn wenn August den Innenhof betrachtete, konnte er nichts finden, was das weibliche Geschlecht auch nur annähernd angesprochen hätte. Selbst wenn Josef keine Leichenbeschau durchführte, hing der Geruch des Todes in der Luft und die schweren Gerätschaften, die er für seine Arbeit benötigte, konnten schwachen Gemütern wahrlich das Blut in den Adern gefrieren lassen.

Zunächst war er sehr ärgerlich auf Bastian Mühlenberg gewesen. Mit Mühe hatte August in Erfahrung gebracht, dass der Bote zuletzt mit seiner Stiefmutter gesehen worden war. Er hatte herausfinden wollen, ob der Mann Marthas Mörder kannte oder gar selbst der Täter war. Mühlenberg sollte ihm den Mann beschaffen. August hätte die Wahrheit aus ihm herausgeholt. Ein aufgeregtes Prickeln lief über seine Haut, als er an die Foltermethoden dachte, die er sich für solche Fälle zurechtgelegt hatte. Doch Mühlenberg hatte den Boten für unbedeutsam gehalten und seinen Hinweis missverstanden. Jetzt war der Mann tot und damit für ihn nutzlos. Die Vorstellung, die der Arzt Josef Hesemann ihm gerade bot, entschädigte ihn jedoch für seinen Ärger. Außerdem hatte August bereits eine neue Fährte ausgemacht, auf die er Bastian Mühlenberg locken konnte. Es bereitete ihm Spaß, den Burschen für sich laufen zu lassen. August zog gerne die Fäden im Hintergrund und ließ Menschen für sich agieren, ohne dass diese auch nur das Geringste davon ahnten.

Augusts Augen verfolgten gerade wie gebannt die geschickten Hände des Arztes, als er im Augenwinkel eine Bewegung wahrnahm. Eine Mönchsgestalt in einer schwarzen Kutte schlich sich an Josef heran. Das Gesicht konnte er nicht erkennen, da die Kapuze den ganzen Kopf bedeckte. August stutzte einen Moment, dann fasste er sich und nahm einen Stein in die Hand. Gerade wollte er ihn in den Innenhof hinabwerfen, um den Arzt zu warnen, als die Gestalt innehielt und plötzlich im Haus verschwand.

August beeilte sich, die Treppen hinabzustürzen. Er musste die Gestalt aufhalten.

...

Wernhart presste die Klinge an die Kehle des Unbekannten. Er hatte sich ins Innere des Hauses geflüchtet, weil ihm die Tätigkeit des Arztes einfach zu nahe ging. Sein Magen rebellierte beim Anblick toter und verstümmelter Menschen. Sobald Josef ihn rief, würde er ihm wieder behilflich sein. Bis dahin jedoch verharrte er lieber in der Stube und schonte sein Gemüt. Er starrte gerade Löcher in die Luft, als eine dunkle Gestalt plötzlich in die Stube huschte und mitten im Raum stehenblieb. Wernhart zögerte nicht lange, schlich sich von hinten an und hielt dem Eindringling seinen Dolch an die Kehle.

»Was habt Ihr hier zu suchen?«, stieß er heiser hervor.

Doch noch bevor er die Kapuze des Mannes herunterreißen konnte, legte sich plötzlich eine Schlinge um seinen Hals und schnürte ihm unerbittlich die Luft ab. Was zur Hölle war hier los? Irritiert trat er mit dem Fuß nach hinten aus. Der Schlag ging ins Leere. Dafür zog sich die Schlinge noch enger zusammen und schnitt in die Haut seines Halses. Heißer Atem blies in Wernharts Nacken.

»Lasst ihn laufen und folgt ihm. Wenn ihr ihn jetzt stellt, habt Ihr wenig von seinem Schweigen.«

Die Stimme kam Wernhart irgendwie bekannt vor. Verzweifelt versuchte er sich zu erinnern, doch es wollte ihm nicht gelingen. Immer noch presste er seinen Dolch an die Kehle des Unbekannten in der schwarzen Kutte. Der Mann stand wie zur Salzsäule erstarrt vor ihm. Wernharts Gedanken wirbelten wild umher. Sein Verstand versuchte zu begreifen, was der Angreifer hinter ihm gerade gesagt hatte. Die Schlinge lockerte sich etwas.

»Ich sage Euch, lasst ihn laufen und seht, wohin er Euch führt. Ihr könnt ihn später immer noch stellen.« Die Stimme drang jetzt so dicht an sein Ohr, dass er die Lippen des

Angreifers auf seiner Ohrmuschel spüren konnte. »Habt Ihr mich verstanden, Wernhart?«

Der Schock durchzuckte seine Glieder. Der Mann mit der Schlinge kannte also seinen Namen. Vielleicht sollte ich tun, was er sagt, fuhr es Wernhart durch den Kopf. Wenn er den Unbekannten verfolgte, führte er ihn vielleicht auf eine vielsagende Spur. Bisher hatten sie weder Marthas Mörder dingfest machen können, noch kannten sie die Identität des Mannes mit dem zerschmetterten Schädel. Wenn Wernhart bei den Ermittlungen einen Schritt vorankäme, wäre Bastian Mühlenberg sicherlich stolz auf ihn. Außerdem hatte er noch immer eine Schlinge um den Hals. Was würde passieren, wenn er nicht von dem Eindringling in der schwarzen Kutte abließ?

Langsam ließ Wernhart den Dolch sinken und gab dem Mann vor sich einen kräftigen Tritt.

»Verschwindet!«

Die schwarze Gestalt ließ sich das nicht zweimal sagen und stolperte aufgeregt über den Dielenboden. Blindlings lief sie an der Wand entlang und versuchte den Ausgang zu finden. Sie brauchte mehrere Versuche, bis es ihr endlich gelang. Die Tür schlug zu und Wernhart drehte sich um. Der Angreifer hinter ihm war verschwunden. Die lockere Schlinge um seinen Hals war der einzige verbliebene Beweis seiner Existenz. *Folgt ihm!* Die Dringlichkeit der Worte brachte Wernhart in Schwung. Er musste den Mann in der schwarzen Kutte einholen.

...

Bastians Gedanken kreisten um Hugo von Spanheim. Er hatte halb Zons nach ihm abgesucht, aber ihn nirgendwo entdecken können. Sein schwarzer Gaul stand gut versorgt im Stall. Das war Bastians einziger Anhaltspunkt. Hugo war hier gewesen. Doch wohin war er dann gegangen? Bastian hatte etliche Bürger befragt, doch alle waren bei der Sonntagsmesse in der St. Martinus Kirche gewesen. Niemand hatte Hugo von Spanheim an diesem Morgen gesehen.

Obwohl es nicht seine Art war, gab Bastian seinen Plan vorerst auf. Er verschwendete zu viel Zeit mit dieser Suche. Von Spanheim musste früher oder später von selbst wieder auftauchen, und dann würde er ihn zur Rede stellen. Bastian hatte sich auf einen Mauervorsprung gesetzt und blätterte nun aufmerksam in seinem Notizbuch. Er musste noch einmal ganz von vorne anfangen, wenn er weiterkommen wollte.

Im Geiste ging er zu jener Nacht zurück, in der er auf den Boten gestoßen war. August hatte ihn zur südlichen Stadtmauer geschickt. »Ihr habt den Boten verpasst!« Der Satz fuhr jäh durch Bastians Kopf. Stück für Stück ging er die nächtlichen Ereignisse noch einmal durch. Er erinnerte sich genau, wie er fast über den Betrunkenen gestürzt war. Der Mann hatte mitten auf der Straße gelegen. Bastian sah das grobe Leinengewand vor sich, das ihn von den wohlhabenden Bürgern unterschied. Er hatte unverständliche Worte gelallt und dann war Bastian gegen etwas getreten. Ein klirrender Gegenstand war über die Pflastersteine gerollt und Bastian hatte ihn aus Versehen zertreten.

Hatte der Bote Glas transportiert? Oder war das Glas gar ein Behältnis für irgendetwas gewesen? Josef Hesemann hatte in seinem Magen ein Rauschmittel gefunden. War das vielleicht der Inhalt des Gefäßes gewesen? In Bastians Kopf überstürzten sich die Gedanken und er versuchte, die losen Enden zusammenzufügen. Währenddessen klappte er das Notizbuch versonnen immer wieder auf und zu.

Sein Blick blieb ganz plötzlich an der Zeichnung einer Frau hängen. Er hatte sie vor einigen Monaten aus dem Gedächtnis angefertigt. Große Augen, lange lockige Haare und ein schwanengleicher, schlanker Hals ließen Bastians Kehle vor Sehnsucht austrocknen. Anna. Ihr Name schwebte in der Luft und hüllte ihn sanft ein. Wo bist du nur, dachte er traurig. Die letzten Nächte waren einsam gewesen, ohne ihren Besuch in seinen Träumen. Bastian wusste, dass sie aus zwei verschiedenen Welten stammten und er hatte sich damit zufriedengegeben, sie in seinen Träumen zu besitzen. Doch seit der Geburt seiner Tochter hatten sich die beiden Welten verändert. Es war, als würde sich der Zugang zu Annas Welt immer weiter verschließen und ihm den Weg zu ihr versperren. Bastian seufzte. Ihm wurde schwer ums Herz und eine einzelne Träne lief, ohne dass er es verhindern konnte, über seine Wange. Anna! Er liebkoste ihren Namen, während seine Lippen tonlos jeden einzelnen Buchstaben nachformten. Kurz bevor ihn die Sehnsucht übermannte, schlug er das Buch zu. Er musste seine Fälle lösen. Wenn sein Kopf wieder klar war, dann würden auch seine Träume zurückkommen. Entschlossen sprang Bastian auf und machte sich auf den Weg zur Südmauer. Vielleicht konnte er die Glassplitter finden und rekonstruieren.

...

Wernhart presste sich flach gegen die Stadtmauer. Es war helllichter Tag und ein einziger Blick des Mannes vor ihm würde genügen, um ihn zu entdecken. Nachdem der Unbekannte aus Josefs Haus gestürzt war, hatte er sich bis in die Schloßstraße geflüchtet und anschließend auf einer Holzbank um Atem gerungen. Einen Moment lang war Wernhart sich sicher gewesen, dass der Mann von einem Herzstillstand niedergestreckt werden würde. Aus sicherer Entfernung hatte er beobachtet, wie sich der Brustkorb des Mannes heftig hob und senkte und er dabei immer mehr in sich zusammensank. Erst nach einer schieren Ewigkeit hatte er sich beruhigt und die Atmung nahm ein normales Ausmaß an. Wernhart konnte den Unbekannten noch immer nicht erkennen, da die Kapuze tief ins Gesicht gezogen war. Schwarze Kutten waren in Zons nicht unüblich. Die St.-Sebastianus-Schützenbruderschaft trug solche Umhänge ebenso wie die vielen Mönche, die oft in der Stadt unterwegs waren. Wernhart musste auf einen geeigneten Augenblick warten, um den Mann zu stellen. Noch immer fragte er sich, wer ihm die Schlinge um den Hals gelegt hatte. Er spürte, dass er kurz davor war, sich daran zu erinnern, wem die Stimme gehörte, die ihm so bekannt erschienen war. Das heißere Flüstern spukte in seinem Kopf herum, doch noch wollte die Wahrheit nicht an die Oberfläche seines Bewusstseins vordringen.

Der Mann erhob sich und ging weiter in Richtung Süden. Aus der Schloßstraße bog er in Richtung Juddeturm ab. Er überquerte den Zwinger und blieb vor der südlichen Stadtmauer stehen. Fünfzig Meter weiter befand sich das Südtor und Wernhart vermutete, dass der Fremde aus der Stadt flüchten wollte. Doch er irrte sich. Der Mann eilte am Südtor vorbei und blieb vor einem der hölzernen Wehrgänge stehen. Dann blickte er sich unvermittelt um. Wernhart konnte sich gerade noch ducken. Um ein Haar hätte der Fremde ihn entdeckt.

Der Wind blähte die schwarze Kutte des Mannes auf, als er die Stufen zum Wehrgang erklomm. Die ganze Stadtmauer war mit solchen Wehrgängen ausgestattet. Zum Teil waren sie aus Ziegelsteinen gemauert, ansonsten aus stabilem Holz errichtet. Der Mann blickte sich jetzt immer wieder um, als wollte er einen Verfolger abschütteln. Wernharts Herz schlug wild. Er spürte, dass er kurz vor einer wichtigen Entdeckung stand. Am liebsten wäre Wernhart dem Mann die Stufen hinaufgefolgt. Die Angst, im letzten Moment noch entdeckt zu werden, hielt ihn zurück.

Der Mann lief den Wehrgang mehrmals auf und ab. Er ist auf der Suche nach irgendetwas, dachte Wernhart, während er sich unterhalb des Wehrgangs verbarg. Durch die Holzdielen waren nicht viel mehr als die Stiefel des Unbekannten zu erkennen. Die Schritte entfernten sich und Wernhart drückte an der Stadtmauer entlang, den Mann unmittelbar über sich. Sandkörner und anderer Dreck rieselten auf Wernharts Gesicht hinab. Instinktiv schloss er die Augen und schüttelte den Schmutz ab. Als er wieder nach oben blickte, waren die Stiefel nach wie vor über ihm. Der Fremde bewegte sich nicht mehr, aber Wernhart konnte hören, wie er an den Steinen der Stadtmauer kratzte. Wozu sollte das gut sein? Dort gab es nichts als von Tuffstein aufgelockerte Basaltstelen und einige Auslassungen in der Mauer, die als Schießscharten dienten. Wernhart vernahm ein deutliches Klicken. Es hörte sich wie ein Mechanismus an, den er aus dem Glockenturm der Kirche kannte. Er musste näher herankommen, um zu sehen, was der Fremde dort oben trieb.

XI.

Gegenwart

Der altmodische Mechanismus klackte und gab nur zögerlich den Blick auf den Inhalt der Truhe preis. Sie musste das Schloss bei nächster Gelegenheit ölen, damit es nicht kaputt ging. Liebevoll strich sie über die reichen Verzierungen, die in das alte Holz geschnitzt waren. Saskia hatte sich nach der Befragung durch Oliver Bergmann erneut in das Gartenhäuschen ihres verstorbenen Großvaters zurückgezogen. Nils schlief bereits tief und fest. Sie hatte eine Nachbarin gebeten, nach ihm zu schauen. Obwohl er im Schlaf gar nicht mitbekommen würde, dass sie wieder einmal nicht da war, nagte das schlechte Gewissen an ihr. Sie ließ ihren Sohn viel zu oft alleine.

Doch jetzt musste sie erst einmal ihre Gedanken zur Ruhe bringen. Bergmann hatte sie verunsichert. Er war die ganze Zeit über freundlich gewesen, doch etwas in seinen stahlblauen Augen hatte Saskia misstrauisch gemacht. Das wissende Funkeln, das mehrfach in ihnen aufgeflackert war, beunruhigte sie. Da sie Pascal nicht anrufen wollte und ihr auch sonst niemand einfiel, mit dem sie hätte sprechen können, war sie kurzerhand hierher gekommen. Sicher, sie hätte Dr. Neuenhaus anrufen können. Er hatte ihr seine private Handynummer gegeben, offenbar aus Angst, sie könnte endgültig aus seiner Studie aussteigen. Saskia lächelte unwillkürlich. Ob er für jede seiner Patientinnen die private Handynummer herausrückte, nur weil sie einmal nicht erschienen waren? Vielleicht empfand er ja doch mehr für sie, als es auf den ersten Blick den Anschein hatte. Ob er wusste, dass Saskia ihn unheimlich attraktiv fand?

Sie seufzte und hob den Deckel der Truhe weiter an. Ihr Blick fiel auf die Unordnung, die sich vor ihr ausbreitete. Merkwürdig, dachte sie und stocherte in den alten Sachen herum. Normalerweise lagen die Schriften ihres Großvaters ordentlich gestapelt auf der linken Seite in der Truhe. Rechts befanden sich verschiedenste Utensilien, angefangen von einer alten mechanischen Uhr bis hin zu den Tintenfässern und Karten, die Auskunft über die Landverteilung und die Verlagerung des Rheins im Mittelalter gaben. Saskia hatte lange nicht begriffen, warum beispielsweise der Zollturm in Zons nicht direkt am Rheinufer lag. Eines Tages hatte ihr Großvater die Karten hervorgeholt und ihr gezeigt, wie sich der Lauf des Flussbetts in den letzten fünfhundert Jahren verändert hatte. Staunend hatte sie festgestellt, dass das Wasser sich mittlerweile fast fünfhundert Meter von der östlichen Stadtmauer entfernt hatte.

Saskias Großvater war Historiker gewesen und hatte viel Zeit mit dem Aufbau des Stadtarchivs in Zons verbracht. Er beherrschte viele alte Schriften aus dem Effeff und hatte die Tagebücher von wichtigen Zeitzeugen ins Hochdeutsche übersetzt. Wer die Geschichte von Zons im Internet aufrief, der stieß früher oder später auf seinen Namen. Saskia nahm ein braunes Lederbuch in die Hand. Es war eines ihrer Lieblingsbücher und als Teenager, nachdem ihr Großvater entschieden hatte, dass sie alt genug war, hatte er ihr daraus vorgelesen. Sie hatten an derselben Stelle gesessen, an der Saskia jetzt saß. Nur ein kleines Teelicht hatte den Raum erhellt, während ihr Großvater mit tiefer Stimme von den gruseligen Zonser Morden aus dem Mittelalter erzählte. Ein Lächeln huschte bei der Erinnerung über Saskias Gesicht. Sie löschte das Licht und zündete ein Teelicht an. Die Geister der Vergangenheit flogen auf sie zu und trugen sie zurück in eine andere Zeit, in der sie sich nicht so einsam wie jetzt gefühlt hatte. Schatten huschten flackernd über die Wände und mit einem Mal konnte sie ihren Großvater sehen. Er saß ganz dicht neben ihr und leckte sich über die rauen Lippen, während er unablässig aus dem ledernen Buch vorlas. Sie hörte seine Stimme und die beruhigende Vertrautheit lullte sie warm und herzlich ein.

Saskia wühlte weiter in der Kiste. Irgendwo ganz unten musste noch ein gemeinsames Foto von ihr und ihrem Großvater vergraben sein. Aber das Foto war nicht da. Abermals wunderte sie sich über die Unordnung in der Truhe. Ob Pascal hier seine Finger im Spiel hatte? Schnell suchte sie nach einer dunkelgrünen Schachtel, in der sich wertvolle alte Münzen befanden. Panik durchfuhr sie, als sie nicht sofort darauf stieß. Hoffentlich hatte Pascal sie nicht zu Geld gemacht. Ihr Finger blieb an einer Ecke hängen. Gott sei Dank! Die Schachtel war noch da. Saskia überprüfte den Inhalt. Er war vollständig. Erleichtert atmete sie auf. Aus einem Buch lugte ein heller Zipfel hervor. Saskia zog daran. Erfreut stellte sie fest, dass es sich um das Foto handelte. Sie legte es auf ihren Bauch und schloss die Augen.

Fünf Minuten später war Saskia tief und fest eingeschlafen.

...

Oliver Bergmann stand mit seinem Partner Klaus vor einem aufwendig sanierten Altbau am Neusser Stadtpark. Es war eine der besten Wohngegenden in Neuss. Das Haus besaß fünf Etagen mit insgesamt zehn Wohneinheiten. Die alte Stadtvilla war mit weißem Putz modernisiert worden. In regelmäßigen Abständen hatte der Architekt die alten roten Backsteinziegel freiliegen lassen. Dies verlieh dem Haus eine altehrwürdige Anmut gemischt mit den klaren Linien der Moderne. Oliver seufzte. Mit seinem Dienstgrad konnte er sich in diesem Viertel nicht einmal einen Keller leisten. Er drehte sich um und bewunderte den alten Baumbestand des Stadtparks. Wer in einer dieser Wohnungen lebte, gehörte mindestens der oberen Mittelschicht an. Bis zum Stadtzentrum waren es nur wenige Gehminuten und der Park schenkte der Gegend Ruhe und ein Stückchen Natur inmitten der Steinwüste, die in der heutigen Zeit viele Stadtkerne prägte.

Erst jetzt bemerkte Oliver das rote Absperrband, das schlaff im Wind hin und her wehte. Dahinter lagen, zu einem Haufen aufgetürmt, abgebrochene Baumstämme und Äste, deren Blätter mittlerweile ausgetrocknet und braun herabhingen. Vor einigen Wochen, am Pfingstwochenende hatte es in der Umgebung von Düsseldorf und Neuss ein heftiges Unwetter gegeben. Orkanböen des Sturms »Ela« mit Geschwindigkeiten von bis zu 144 Kilometer pro Stunde hatten sechs Tote und einige Verletzte gefordert. In den Tagen nach dem Sturm war der öffentliche Straßenverkehr komplett lahmgelegt gewesen. Die Aufräumarbeiten würden noch Monate andauern.

Oliver überflog die Klingelschilder und drückte schließlich den Knopf, auf dem der Name Martina Bettenstein stand. Er wartete auf die Stimme aus der Gegensprechanlage. Sie blieb stumm. Stattdessen ertönte sofort der Türsummer und öffnete die schwere Eichenpforte. Eine zierliche Brünette mit rotgeweinten Augen erwartete sie in der dritten Etage des Hauses. Oliver und Klaus wiesen sich aus. Sie nannten ihre Namen und Dienstgrade. Die Frau ließ sie schweigend eintreten. Ohne ein Wort führte Martina Bettenstein sie ins Wohnzimmer. Oliver staunte nicht schlecht über den riesigen Raum mit bodentiefen Fenstern und einem wundervollen Blick auf den Stadtpark.

»Darf ich Ihnen etwas zu trinken oder eine Zigarette anbieten?«

»Nein, danke.« Oliver hatte auf der Couch Platz genommen und Klaus sich auf einem eleganten Ohrensessel platziert. Martina Bettenstein nestelte nervös an einer Zigarettenschachtel und zündete sich schließlich eine Zigarette an. »Ich darf doch?« Sie blickte fragend auf die beiden Kriminalkommissare.

»Natürlich. Es ist ja schließlich Ihre Wohnung«, erwiderte Oliver und lächelte. Die Brünette nahm einen tiefen Zug und setzte sich dann auf die andere Ecke der Couch. Sie hatte ein recht hübsches Gesicht mit großen nussbraunen Augen und vollen Lippen. Das Make-up war dezent aufgetragen und die Lippen mit einem Hauch Gloss bedeckt. Ihre Finger waren manikürt und dunkelrot lackiert. Oliver wartete ab, bis sie einen weiteren Zug aus ihrer Zigarette genommen hatte, und begann dann mit der Befragung. Zunächst nahm er die Personalien auf und befragte Martina Bettenstein nach ihrer Beziehung zu Torsten Schniewald. Sie gab an, bereits mehrere Monate mit ihm liiert gewesen zu sein. Sie standen kurz vor der Verlobung und die Hochzeit sollte ebenfalls nicht mehr allzu lange warten. Bettenstein schluchzte, als sie davon erzählte, und Oliver musterte sie mitleidig. Die Zigarette war aufgeraucht und die zarten, zitternden Finger der Frau flatterten nervös hin und her, als suchten sie irgendetwas, um sich daran festzuklammern. Oliver stoppte ihre ausladenden Schilderungen über die Zeit, in der sie Torsten Schniewald kennengelernt hatte, und kam auf den Punkt.

»Sie haben gesagt, dass in der Wohnung von Torsten Schniewald Geld fehlt.«

»Ja, das ist richtig. Er hatte einen Safe im Schlafzimmer hinter dem großen Gemälde. Wir haben jeden Monat ungefähr zweitausend Euro hineingelegt. In der Zwischenzeit hat sich eine Summe von zwanzigtausend Euro angesammelt.« Sie machte eine Pause, um ihren Worten mehr Bedeutung zu verleihen.

»Ich habe vor zwei Tagen nachgesehen und der Safe war leer«, fuhr sie fort.

»Die Wohnung war versiegelt. Wie sind sie dort hineingekommen?«, fragte Oliver, obwohl er sich die Antwort denken konnte.

Martina Bettensteins Gesicht lief rot an und sie wich Olivers Blick aus, als sie antwortete: »Es war nur ein kleines Siegel angebracht. Ich habe einen Schlüssel und ich dachte, es ist nicht weiter schlimm.«

»Ein polizeiliches Siegel darf nicht einfach abgerissen werden. Das könnte sie teuer zu stehen kommen.«

Die Frau senkte reumütig den Kopf. »Wissen Sie, die Hälfte des Geldes gehört mir und ich wollte es einfach wiederhaben, bevor ich große Erklärungen abgeben muss.« Es entstand eine kurze Pause, dann fügte sie hinzu: »Es tut mir leid.«

Oliver ließ die Sache vorerst auf sich beruhen. Seine Abteilung war für solche Delikte ohnehin nicht zuständig. Aber er würde den Vorfall weiterleiten müssen. Glücklicherweise hatte die Spurensicherung ihre Arbeit bereits getan und alle relevanten Informationen dokumentiert. Oliver wusste, dass sich ein Safe in der Wohnung befand. Sie standen in Kontakt mit dem Hersteller, der den Code für die Öffnung übermitteln sollte. Der Hersteller hatte sich allerdings quer gestellt und Klaus hatte daraufhin einen richterlichen Beschluss erwirkt. Im Grunde hatte Martina Bettenstein ihnen einen ganzen Batzen Arbeit abgenommen.

»Können Sie beweisen, dass sich die Summe in dem Safe befand?«

Sie schüttelte den Kopf. »Ich habe ein paar handschriftliche Aufzeichnungen. Wir haben jeden Monat die Summe fortgeschrieben. Aber ein Beweis ist das sicherlich nicht.« Sie hielt Oliver ein Papier hin, auf dem fein säuberlich die Daten und dazugehörigen Beträge notiert waren. Oliver warf einen flüchtigen Blick auf den Zettel. Er glaubte ihr.

»Woher wollen Sie wissen, dass Torsten Schniewald den Safe vor seinem Tod nicht selbst geleert hat?« Olivers Frage traf Martina Bettenstein wie ein Schlag in die Magengrube. Ihre Augen weiteten sich unwillkürlich und der Schock über die Vorstellung, hintergangen worden zu sein, stand ihr deutlich ins Gesicht geschrieben.

»Ich weiß nicht ...« Ihre Stimme klang plötzlich zerbrechlich. »Nein, das glaube ich nicht.«

»Nun, zumindest ist diese Summe auf keinem seiner Konten aufgetaucht«, mischte sich Klaus ein, der sichtlich mit der trauernden Martina Bettenstein mitfühlte. Sie hob den Kopf in seine Richtung und ein flüchtiges Lächeln erhellte für Sekunden ihr Gesicht.

»Warum ist er an jenem Mittwochabend nicht zu Ihnen gekommen?«

Das Lächeln erstarb. Martina Bettenstein strich sich über den leicht gewölbten Bauch. »Ich bin schwanger. Wir haben nicht aufgepasst und er war sehr wütend auf mich.«

Oliver schnalzte mit der Zunge. Martina Bettenstein lieferte ihm möglicherweise gerade das zweite Motiv für einen Mord. Erst das Geld und jetzt die ungewollte Schwangerschaft. Er betrachtete sie erneut. Ob sie trotz ihrer zierlichen Figur in der Lage war, einen nassen Leichnam aus einer Badewanne zu hieven? Im Augenwinkel bemerkte er, dass Klaus den Kopf schüttelte. Offensichtlich hatte er Olivers Gedanken erraten. Nein. Oliver seufzte. Die Frau war viel zu zart. Ihre Trauer schien echt. Enttäuscht erhob er sich. Die Wahrscheinlichkeit, dass sie in den Mord verstrickt war, ging gegen null. Das Gespräch hatte sie nicht im Geringsten weitergebracht. Er würde sich auf Saskia Heinermann konzentrieren müssen. Im Moment lieferte sie die einzige brauchbare Spur.

...

Oliver staunte nicht schlecht. Das Rechercheteam hatte die Aussage von Martina Bettenstein bestätigt. Schniewald hatte regelmäßig größere Summen Bargeld abgehoben. Es war relativ exakt nachzuvollziehen, dass er monatlich jeweils tausend Euro beiseitegelegt hatte. Der Beginn der Abhebungen ließ sich ziemlich genau auf den Anfang der Liebesbeziehung zwischen ihm und Bettenstein eingrenzen. Darüber hinaus hatten sie inzwischen den Taxifahrer ermittelt, der Schniewald am fraglichen Abend in die Gaststätte »Zum alten Zollhaus« gefahren hatte. Der Mann hatte Schniewald auf dem Foto wiedererkannt und ausgesagt, dass er allein unterwegs gewesen war. Egal, wie Oliver die Fakten drehte, die Spur endete immer bei Saskia Heinermann. Deshalb hatte sein Chef Hans Steuermark, der dringend einen Fortschritt in den Ermittlungen benötigte, die Observierung von Saskia Heinermann genehmigt und alle notwendigen Formalitäten erledigt, um einen richterlichen Beschluss zu erwirken. Trotzdem ging Oliver in der Täterfrage nach wie vor von einem Mann aus. Er konnte sich nicht vorstellen, dass Heinermann als Täterin in Frage kam. Dafür erschien sie ihm nicht abgebrüht genug und außerdem fehlte ganz eindeutig das Tatmotiv. Aber vielleicht konnte sie ihn zu einer wichtigen Spur führen. Oliver war sich sicher, dass sie etwas verbarg.

Ingrid Scholten hatte unterdessen die Ergebnisse der Blutanalyse des Opfers zur Verfügung gestellt. Schniewald hatte an dem Abend erhebliche Mengen Alkohol zu sich genommen. Außerdem waren Spuren eines Opiumgemischs in seinem Blut gefunden worden. Offensichtlich hatte Schniewald die ungewollte Schwangerschaft seiner Freundin so sehr zugesetzt, dass er sich am fraglichen Abend die volle Dröhnung gegeben hatte. Opium wurde in der heutigen Medizin nur noch sehr selten, beispielsweise bei chronischen Durchfällen, eingesetzt. In der Drogenproduktion spielte es eine bedeutendere Rolle. Opium war der Grundstoff für die Heroinherstellung. Heroin ließ sich in allen möglichen Varianten beschaffen. Das Opiumgemisch allerdings war nicht so leicht zu bekommen. Mit etwas Glück konnten sie den Beschaffungsweg zurückverfolgen.

Die Tatsache, dass auch das zweite Opfer Spuren desselben Opiumgemischs im Blut gehabt hatte, ließ eine Alarmglocke in Olivers Kopf schrillen. Das war eine bedeutende Gemeinsamkeit. Bisher hatte Oliver zwischen den beiden Leichenfunden keinerlei Zusammenhang gesehen, aber die Blutanalyse gab ihm zu denken. Sollten sie es hier mit ein und demselben Killer zu tun haben, der gerne extravagante Tötungsarten exerzierte und seine Opfer mit Drogen ruhigstellte?

Angewidert schüttelte er das Bild des Mannes mit dem zertrümmerten Kopf ab. Die Vermisstenstelle hatte den fünfundvierzigjährigen Mann identifizieren können. Er war verheiratet und hatte zwei kleine Kinder. Nichts brachte ihn mit dem Konsum von Drogen in Verbindung. Er hatte eine blütenweiße Weste. Nicht mehr als ein paar Strafzettel. Peter Groehn, so hieß der Tote, hatte ein absolutes Durchschnittsleben geführt. Seine Frau hatte ihn nur Stunden nach seinem Verschwinden als vermisst gemeldet und der Polizei Haare ihres Mannes zur Verfügung gestellt. Oliver hielt das Ergebnis der DNS-Analyse in den Händen, welches nur Minuten zuvor durch das Faxgerät gerattert war. Es gab keinen Zweifel mehr an der Identität des Mannes.

Oliver wurde es schwer ums Herz. Er konnte das Gespräch mit Frau Groehn nicht mehr lange hinausschieben. Er würde ihr die Nachricht vom gewaltsamen Tod ihres Mannes überbringen müssen.

...

Anna konnte diesen Typen nicht ausstehen. Vielleicht lag das an der katastrophalen Nacht, die hinter ihr lag. Sie war völlig übermüdet und hatte kaum Schlaf gefunden. Bastian Mühlenberg war ihr nicht aus dem Kopf gegangen. Sie hatte wie so oft von ihm geträumt. Hatte sich rücklings an ihn herangeschlichen, um ihn zu überraschen. Doch als er sich umdrehte, sah er erneut anders aus als sonst. Es war zweifellos immer noch Bastian Mühlenberg, doch es war, als hätte er einen Zeitsprung in die Gegenwart gemacht. Sein Oberkörper war weit weniger muskulös, als Anna ihn in Erinnerung hatte. Stattdessen trug er ein gebügeltes weißes Oberhemd, an dem die obersten Knöpfe geöffnet waren. Seine Haare waren immer noch strubbelig, aber modern geschnitten und die Haut war weit weniger sonnengebräunt. Er sah aus wie einer dieser Bürohengste, die ihr täglich in der Bank begegneten. Anna war völlig verwirrt. Sie konnte sich die Bedeutung dieser Veränderung einfach nicht erklären. Was war nur los mit ihr? Drehte sie jetzt völlig durch?

»Ist alles in Ordnung mit dir?« Emilys Stimme holte sie augenblicklich in die Gegenwart zurück. Eigentlich war Anna spontan zu Emily gefahren, weil sie die Bilder der letzten Nacht abschütteln wollte. Die Anwesenheit von Pascal Heinermann, der sich dort auf Emilys Couch fläzte, hatte ihre Laune aber nur noch mehr verschlechtert. Emily hatte Pascal zu sich eingeladen, um die nächste Reportage vorzubereiten. Anna warf ihm einen feindseligen Blick zu, den er mit einem lässigen Augenzwinkern abtat. Der Mistkerl wusste genau, was sie von ihm hielt.

Annas erster Impuls war es, auf der Stelle wieder zu verschwinden. Doch eine Stimme in ihrem Inneren ließ sie zögern. Vielleicht war es besser, Emily zur Seite zu stehen. Im Gegensatz zu ihr war Emily schon immer sehr gutgläubig gewesen und Anna wollte um jeden Preis verhindern, dass Pascal ihr schadete. Sie kannte solche Typen in- und auswendig. Es waren unstete Persönlichkeiten, die aus reinem Egoismus heraus ihre Mitmenschen manipulierten und sie dazu brachten, sie immer wieder zu unterstützen. Am Anfang ihrer Bankkarriere, als ihre Menschenkenntnis weit weniger ausgeprägt war als heute, war Anna einige Male auf solche Typen hereingefallen. Sie hatten ihre Kredite nie zurückgezahlt und Annas Bonus war zusammengeschrumpft wie ein Ballon, aus dem die Luft entwich. Irgendwann hatte sie gelernt, zwischen echter Freundlichkeit und aufgesetztem Charme zu unterscheiden. Sie war sich ganz sicher, dass Pascal zu der schlechten Sorte von Charmeuren gehörte.

»Ja, es ist alles in Ordnung. Ich wollte einfach nur spontan vorbeischauen«, knurrte Anna. Emily bemerkte die Spannung nicht, die sich im Raum wie dicke Luft breitgemacht hatte. Sie hob die Hände und zeigte begeistert auf Pascal.

»Sieh nur, Anna. Wir wollen in den nächsten Wochen meine Artikel durch medizinische Exkurse ergänzen. Wusstest du, dass der Hauptbestandteil des mittelalterlichen Laudanums aus Mohnpflanzen gewonnen wird? Heute bezeichnen wir diese Droge als Opium, aus dem Heroin hergestellt wird. In der Medizin wurde Opium früher auch als Schmerzmittel angewandt.«

Anna stöhnte innerlich. Emilys Wangen waren vor Begeisterung gerötet. Obwohl sie ihrer Freundin ungern in die Quere kam, konnte sie sich die nächste Frage nicht verkneifen.

»Du bezahlst ihn aber erst, wenn er seine Arbeit vollständig beendet hat?« Stille trat ein und Anna fügte mit beißendem Unterton hinzu: »Vorausgesetzt, dass dir die Artikel auch gefallen.«

Emily war für einen Moment sprachlos. Offenbar war ihr erst jetzt Annas Widerwillen aufgefallen. Pascal füllte die Stille, die erneut eingetreten war.

»Ich habe einen kleinen Vorschuss von zweihundert Euro erhalten und natürlich bekomme ich erst dann mehr Geld, wenn Emily vollauf zufrieden ist.«

Er deutete auf die Wasserflasche auf dem Couchtisch und hob ein leeres Glas. »Darf ich dir etwas Wasser einschenken?«

Anna platzte vor Wut fast der Kragen. Dieser Kerl war einfach aalglatt. Verkrampft nickte sie, setzte sich und nahm das Wasserglas entgegen. Wie in Trance verfolgte sie das Gespräch zwischen Emily und Pascal, unfähig, auch nur ein weiteres Wort zu sagen. Pascals Ideen erschienen auf den ersten Blick nicht abwegig, doch Anna konnte ihre Zweifel nicht beiseiteschieben. Auch wenn sie nicht mehr gegen seine Anwesenheit ankämpfte, würde sie so lange hier sitzen bleiben, bis er endlich gegangen war.

...

Hans Steuermarks Augen funkelten. Wie immer, wenn er erregt war, lief er vor seinem Schreibtisch auf und ab. Die Laufspuren, die sich bereits in den weichen Flausch seines Teppichs eingegraben hatten, waren nicht zu übersehen. Er war ein großer, hagerer Mann mit dunklen Adleraugen, die aus einem scharf geschnittenen Gesicht mit überaus intelligenten Zügen schauten. Er leitete das Kriminalkommissariat seit etlichen Jahren und hatte in dieser Zeit schon viele Grausamkeiten gesehen. Das Foto des Toten mit dem zertrümmerten Kopf schnürte Steuermarks Magen allerdings zu einem einzigen Knoten zusammen. Wie krank musste ein Täter sein, der sich so etwas ausdachte? Heutzutage gab es eine Vielzahl von Mordinstrumenten, die schnell und präzise töteten. Wenn der Mörder den Mann einfach zerquetschen wollte, hätte er ihn vor einen Zug werfen oder von einem Hochhaus stoßen können. Das wäre einfacher gewesen und zudem auch wesentlich schneller gegangen. Aber offenbar hatte der Täter genau das Gegenteil im Sinn gehabt.

Steuermarks Finger arbeiteten sich durch den Stapel der Tatortfotos. Als er den großen Wassertank erblickte, hielt er inne.

»Was ist das?«, fragte er Oliver Bergmann, der gleich neben seinem Partner Gruber saß und sich gedankenverloren das Kinn rieb.

»Bergmann?«

Der warnende Unterton in Steuermarks Stimme ließ Oliver aufschrecken. Er dachte gerade über eine Sache nach, die ihm einfach keine Ruhe ließ. Die Abteilung, die für Stimmanalysen zuständig war, hatte sich vor ein paar Minuten gemeldet. Bei dem Anrufer, der die Notfallzentrale über den toten Mann in der Industriehalle informiert hatte, handelte es sich um eine weibliche Stimme. Oliver hatte daraufhin sofort mit Ingrid Scholten telefoniert. Keiner von beiden konnte sich eine weibliche Täterin vorstellen. Natürlich, den Motor des Karrens, mit dem das Opfer regelrecht zermalmt worden war, hätte theoretisch auch eine Frau bedienen können. Aber das Tatmuster sprach eindeutig für einen Mann. Das weibliche Geschlecht tötete eher heimtückisch, beispielsweise mit Gift oder im Schlaf. In vielen Fällen stifteten Frauen Männer zur Umsetzung der Tat an. In jedem Fall töteten sie meist schnell und ließen ihre Opfer nicht lange leiden. Der Grund hierfür lag in der unterschiedlichen Motivation. Während männliche Täter oft Macht ausüben und ihre Opfer vernichten wollten, töteten Frauen eher, um sich oder andere vor Unterdrückung oder Gewalt zu schützen. Für sie war der Mord in den meisten Fällen ein Befreiungsschlag gegen die Dominanz, der sie ausgesetzt waren, und die sich anders nicht beenden ließ. Dass der Anrufer eine Frau gewesen war, irritierte Oliver.

Steuermark starrte ihn ungeduldig an, und Oliver holte tief Luft.

»Das ist ein Wassertank. Wir wissen noch nicht, inwieweit er mit dem Mord in Zusammenhang steht. Er ist jedenfalls voll funktionstüchtig und war noch vor kurzem in Betrieb. Unsere Techniker gehen davon aus, dass der Tank innerhalb der letzten zwei Tage genutzt worden ist.«

»Was ist das für ein Fenster?« Steuermark tippte mit dem Finger auf eine Vergrößerung. Oliver zuckte mit den Schultern. Er hatte lange über die Funktion des Tankes nachgegrübelt, aber bisher war ihm keine Idee gekommen. Steuermark runzelte nachdenklich die Stirn.

»Irgendwo habe ich so etwas schon einmal gesehen.« Eine Pause entstand, in der niemand etwas sagte.

»Ich kann mich nicht entsinnen.« Steuermark machte eine Notiz. »Ich denke darüber nach.« Er nahm das nächste Foto in die Hand.

»Das ist der Wagen, mit dem das Opfer so zugerichtet wurde?«

»Ja. Ingrid Scholten geht davon aus, dass der Täter circa zehn Mal vor- und zurückgefahren ist. Dabei wurde der Arm vollständig vom Körper abgetrennt. Der Kopf wurde mit einem Vorschlaghammer zertrümmert. Das Opfer war bis zu diesem Zeitpunkt noch am Leben. Wir haben Spuren von Opium in seinem Blut gefunden. Es kann sein, dass der Mann während seiner Ermordung nicht allzu viele Schmerzen erlitten hat.« Zumindest hoffe ich das, fügte Oliver in Gedanken hinzu.

»Hat die Befragung seiner Witwe irgendetwas ergeben?« Bereits der Tonfall von Steuermarks Stimme machte deutlich, dass er nicht davon ausging.

Oliver schüttelte den Kopf. Claudia Groehn hatte die Nachricht vom Tod ihres Mannes völlig geschockt aufgenommen. Sie konnte keinerlei hilfreiche Details liefern. Auch zu der Frage nach dem Rauschmittel, das im Blut ihres Mannes gefunden worden war, konnte sie nichts beitragen. Groehn hatte ein absolutes Durchschnittsleben geführt. Sein Leben tickte in der immer gleichen Routine. Man konnte die Uhr danach stellen, wann er morgens aufstand und am Abend zu Bett ging. Er hatte keine Feinde und keinen aufregenden Job. Warum ausgerechnet dieser Mann Opfer dieses grausamen Verbrechens geworden war, konnte sich bisher niemand erklären.

»Haben Sie den Besitzer der Lagerhalle ermittelt?« Steuermark ließ nicht locker. Sie hatten immer noch keinen Tatverdächtigen im Fall Schniewald und jetzt tauchte der nächste Tote auf.

Oliver nickte. »Ja. Die Firma ist pleite. Die Halle steht seit fast drei Jahren leer.«

»Aber der Wassertank ...«

Klaus Gruber fiel Steuermark sofort ins Wort. »Ich habe das überprüft. Das Wasser wird durch eine eigene Pumpe in die Halle geleitet und die Stromversorgung läuft über Solarzellen. Die Anlage ist noch intakt. Jeder hätte sie einfach und ohne Kosten benutzen können.«

Steuermark blieb stehen und raufte sich die Haare. »Aber es muss doch irgendeine Spur geben!«

»Der Anrufer in der Notfallzentrale war eine Frau«, platzte es aus Oliver heraus. Die ganze Zeit hatte er sich nach der Bedeutung dieser Nachricht gefragt. In diesem Moment war ihm etwas Wichtiges eingefallen.

»Ingrid Scholten konnte anhand der Spuren am Badewannenrand in Schniewalds Wohnung feststellen, dass dort eine Hebevorrichtung angebracht war, mit der man den toten Körper aus der Badewanne ziehen konnte. Von dort aus wurde die Leiche mit großer Wahrscheinlichkeit auf einen Ledersessel mit Rollen gehievt und anschließend auf dem Bett im Schlafzimmer abgeladen.« Oliver machte eine Pause und blickte in die erstaunten Gesichter. »Mit diesen Hilfsmitteln war nicht sehr viel körperliche Kraft erforderlich, um die Leiche vom Bad ins Schlafzimmer zu transportieren. Es könnte also genauso gut eine weibliche Täterin gewesen sein«, schloss er seine Überlegungen ab.

»Aber das Täterprofil weist doch recht eindeutig auf einen Mann hin, und was soll der Mord an Schniewald mit dem an Peter Groehn zu tun haben?« Klaus warf Oliver einen verständnislosen Blick zu.

»Eine Frau hat uns zu Peter Groehns Leiche geführt und eine Frau könnte auch Torsten Schniewald auf dem Gewissen haben. Dazu kommt, dass beide Opfer die gleiche Substanz im Blut hatten. Ingrid Scholten schwört, dass es sich um die exakt gleiche Dosis Opium handelt. Wir können nicht ausschließen, dass es sich bei den beiden Morden um ein und denselben Täter handelt.« Oliver wusste, dass er einen Treffer gelandet hatte. In Steuermarks Büro herrschte Schweigen.

...

Er zog sich die verschwitzte Fahrradkleidung aus und warf sie achtlos in die Ecke. Dann lief er zu seinem Computer und gab das Passwort ein. Innerhalb weniger Sekunden erschien das Bild seiner Königin auf dem Bildschirm. Ein Lächeln schlich sich in sein Gesicht. Alles lief perfekt. Er hatte die Kontrolle zurückgewonnen und war wieder im Spiel. Seine Figuren agierten, ohne es auch nur zu ahnen, genauso, wie er es von langer Hand geplant hatte. Es war ein heißer Tag gewesen und er war erschöpft. Doch der Einsatz hatte sich gelohnt. Sein Blick fiel auf das marmorne Schachbrett. Er hielt kurz inne und dachte nach. Dann schob er lässig die Königin auf ein schwarzes Feld, das sich unmittelbar vor dem weißen König befand. Es konnte nichts mehr schiefgehen. Egal welchen Zug der Gegenspieler auch unternahm. Das Spiel war besiegelt.

»Schachmatt«, sagte er und lief nackt ins Bad, um zu duschen.

XII.

Vor fünfhundert Jahren

Was trieb der Fremde dort oben? Noch immer stand Wernhart unter dem Wehrgang an der südlichen Stadtmauer, während sich oben die Gestalt in der schwarzen Kutte zu schaffen machte. Wernhart spitzte die Ohren. Erneut hörte er ein Klicken, gefolgt von einem kurzen Schleifton. Wernhart kniff die Augen zusammen und versuchte, mehr zu erkennen, doch von dieser Stelle aus war das schlicht unmöglich. Er musste näher an den Mann herankommen. Als Mitglied der Stadtwache war Wernhart mit dem Aufbau der Stadtmauer vertraut. Sie bestand im unteren Teil aus schwarzen Basaltsteinen, die weiter oben durch Ziegelsteine abgelöst wurden. Dort gab es nichts, was diese merkwürdigen Geräusche hätte verursachen können. Bei seinen Dienstgängen an der Südmauer war er hunderte Male an dieser Stelle vorbeigelaufen und ihm war nie etwas aufgefallen. Doch wie sollte er näher an den Kuttenträger herankommen, ohne aufzufallen? Wernhart grübelte. Sollte er lieber abwarten, bis der Mann sich wieder entfernte? Aber dann lief er Gefahr, die Ursache des Geräusches niemals herauszufinden. Er könnte ihn einfach stellen und ihn anschließend im Juddeturm verhören. Er war in das Haus von Josef Hesemann eingedrungen. Das genügte bereits, um ihn vor ein Schöffengericht zu stellen.

Eine heisere Stimme hallte durch Wernharts Kopf. *Ver-*

folgt ihn! Instinktiv griff er sich an den Hals. Noch immer spürte er die Schlinge, die der Angreifer ihm hinterrücks um den Hals gelegt hatte. Wernhart seufzte. Wenn er herausfinden wollte, was der Kuttenträger dort oben trieb, musste er sich unentdeckt an ihn heranschleichen. Es gab keine andere Möglichkeit. Er blickte sich um. Im Abstand von ungefähr fünfzig Metern führten Treppen zum Wehrgang hinauf. Dieser Weg war ihm jedoch versperrt, da der Fremde ihn sofort sehen würde. Wernhart hielt sich die Hand über die Augen und schätzte die Maße der Holzkonstruktion ab, auf deren schweren Holzbalken der Wehrgang ruhte. Es gab im unteren Bereich keine Querbalken. Er würde eine Höhe von über zwei Metern überbrücken müssen. Mit den Oberarmen konnte er sich an den Außenpfosten nach oben ziehen. Das würde eine Menge Kraft kosten und Wernhart musste zudem extrem leise sein. Das kleinste Geräusch würde ihn verraten.

Er holte tief Luft und spuckte in die Hände. Langsam zog er sich einen halben Meter nach oben und verschränkte dann seine Oberschenkel um den dicken Holzpfosten. Er griff weiter nach oben und zog sich erneut hoch. Das Holz war nur grob geschlagen. Splitter ragten scharf aus dem Pfosten hervor, drangen durch die Haut in sein Fleisch ein und verursachten höllische Schmerzen. Wernhart biss die Zähne zusammen. Er bewegte sich langsam und atmete flach. Die Hälfte der Strecke war bereits geschafft. Wernhart spürte, dass die Kraft seiner Oberarme langsam nachließ. Ein Zittern lief durch seine Muskeln. Der Fremde hatte sich immer noch keinen Zentimeter bewegt. In regelmäßigen Abständen erklang das vertraute Klicken, dessen Ursache Wernhart unbedingt ergründen wollte. Er blickte nach oben. Noch zwei, drei Züge. Dort oben war der ersehnte Querbalken, auf dem er vorerst Halt finden würde. Erneut spannte er die Muskeln seiner

Oberarme an und zog sich hoch. Schweißperlen rannten über die Stirn bis ins Auge, und Wernhart blinzelte. Er hatte sein Ziel im Visier und kämpfte sich die restlichen Zentimeter empor. Mit einem letzten Klimmzug hievte er sich auf den Querbalken. Der Fremde hatte einen Schritt zur Seite gemacht und nestelte weiter an den Steinen der Stadtmauer herum. Wernhart ergriff das äußere Ende der Holzdielen, die den Boden des Wehrganges bildeten, und zog sich schräg nach oben. Er hing jetzt quer unter den Holzdielen und schob sich so weit nach vorne, dass sein Kopf über den Boden hinausragte und seine Augen in das Innere des Wehrgangs blicken konnten. Die Muskeln seiner Oberarme zitterten erbärmlich, die Handflächen waren von Splittern übersät, doch Wernhart spürte längst keinen Schmerz mehr. Seine ganze Aufmerksamkeit war auf das gerichtet, was der Unbekannte dort tat.

Zunächst hatte er Schwierigkeiten, die Geräusche zuzuordnen. Der Fremde griff in die Stadtmauer hinein, als gäbe es dort Löcher. Tatsächlich schob der Mann einen offensichtlich lockeren Stein beiseite und griff dann in die Öffnung hinein. Seine Finger bewegten sich und in diesem Moment machte es Klick. Die Hand wurde nach hinten gezogen und gab den Blick auf das Innere einer runden Öffnung, vielmehr ein Tonrohr, frei. Wernhart stockte der Atem. Wie war es möglich, dass er all die Jahre nichts davon geahnt hatte?

Der Unbekannte in der schwarzen Kutte holte ein leeres Glasgefäß aus dem Rohr. Ein verärgertes Grunzen entfuhr seiner Kehle, als er das Glas in die Luft hielt. Er schüttelte es, als könne er nicht glauben, dass es leer war. Der Fremde stieß einen Fluch aus und verstaute das Glas in der Innentasche seiner Kutte. Wernharts Oberarme zitterten jetzt so stark, dass er befürchtete den Halt zu verlieren und in die Tiefe zu stürzen. Er beobachtete denselben Vorgang ein weiteres Mal. Wieder löste der Fremde den geheimnisvollen Mechanismus aus. Zuerst lockerte er einen Stein und griff dann in die Lücke hinein. Er drehte und zerrte so lange, bis die Öffnung des nächsten Rohres freilag. Auch in diesem Rohr befanden sich kleine Glasfläschchen, die allesamt leer waren. Der Unbekannte war mittlerweile so wütend, dass er sich kaum noch Mühe gab, seine Flüche zu unterdrücken. Was immer er in den geheimnisvollen Rohren der Stadtmauer verborgen hielt, es war nicht das, was er erwartet hatte.

Der Ruf einer Bachstelze schreckte Wernhart auf. Er ließ sich auf den Querbalken sinken und entspannte seine Oberarme. Der Ruf ertönte erneut. Verdutzt blickte Wernhart sich um. Nichts. Er ließ den Blick schweifen und blieb an einem blonden Haarschopf hängen, der hinter einer Tonne hervorlugte. Die Bachstelze stieß erneut ihren Lockruf aus und diesmal deutete Wernhart das Zeichen richtig. Bastian Mühlenberg hatte sich angeschlichen. Der Ruf der Bachstelze war ihr Erkennungssignal während der Nachtwache. Wernhart stieß denselben Laut aus und ließ sich langsam am Pfosten hinuntergleiten. Er hatte genug gesehen.

...

Bastian traute seinen Augen nicht. Er hatte sich zur südlichen Stadtmauer begeben, um nach Glasscherben aus jener Nacht, als er den Trunkenbold dort aufgeschreckt hatte, zu suchen. Er wusste zwar nicht, ob ihn das wirklich weiterbrachte, aber es war zumindest eine Spur, die er bisher außer Acht gelassen hatte. Wenn der Tote tatsächlich der Bote gewesen war, den er für August finden sollte, dann musste er etwas transportiert haben, und das Glas konnte möglicherweise der Schlüssel sein. Als Bastian sich der südlichen Stadtmauer näherte, staunte er nicht schlecht. Hoch über seinem Kopf hing Wernhart, der sich wie ein Akrobat am Boden des Wehrgangs festhielt. Er stemmte die Füße gegen den oberen Querbalken und krallte sich mit den Händen am Ende der Bodendielen fest. Sein Körper hing fast waagerecht in der Luft. Selbst aus der Entfernung konnte Bastian erkennen, dass Wernhart vor Anstrengung am ganzen Körper zitterte. Er folgte Wernharts Blick und erkannte eine dunkle Gestalt, die sich an der Mauer zu schaffen machte. Sein Verstand schaltete schnell und er duckte sich hinter einer Tonne, die ihm Sichtschutz bot. Er konnte sehen, dass Wernhart es nicht mehr lange dort oben aushalten würde.

Flink benetzte er seine Lippen und stieß das Erkennungssignal der Nachtwache aus. Es war der Ruf einer Bachstelze. Der Ton war so angelegt, dass er eine Nuance tiefer war als das Original. Nur ein Mitglied der Zonser Stadtwache kannte diesen winzigen Unterschied. Wernhart erstarrte, blickte dann in Bastians Richtung und ließ sich langsam am Holzpfosten des Wehrgangs hinabgleiten.

Auf Zehenspitzen lief er in Bastians Richtung. Seine Augen waren weit aufgerissen und der Körper schweißüberströmt. Bastian konnte Blut an Wernharts Händen sehen.

»Wer ist das dort oben?«, flüsterte Bastian.

»Ich weiß es nicht.« Wernharts Lungen pumpten und seine Stimme zitterte. »Oben in der Stadtmauer gibt es einen geheimen Mechanismus. Ich habe es genau beobachtet.« Wernhart fuchtelte mit den Händen und nahm schließlich einen Stock zur Hand. Im Sand malte er auf, was er gesehen hatte.

»Der Fremde hat kleine Glasflaschen aus den Rohren

geholt und ich bin mir sicher, dass er wütend war, weil er sie allesamt leer vorfand«, schloss Wernhart seine Ausführungen ab.

Bastian hatte stumm zugehört und dachte angestrengt nach. Dann erhob er sich und ging ein paar Schritte zu der Stelle, an der er den betrunkenen Mann gefunden hatte. Die Glasscherben waren tief in den Sand getreten und jemand, der nicht danach suchte, hätte sie nicht bemerkt. Aber Bastian sah sie auf den ersten Blick. Vorsichtig grub er mit den Fingern danach und zog schließlich eine größere Scherbe hervor.

»Meinst du, das könnte einmal eine Flasche gewesen sein?«

Wernhart ergriff die Scherbe und nickte.

»Ja, ich bin mir sicher. Woher wusstest du ...?«

Bastian winkte ab. »Wir müssen herausfinden, wer der Mann dort oben ist.« Mit dem Finger zeigte er auf die schwarze Gestalt, die sich jetzt in Richtung der Treppen bewegte. Sie kam ihm merkwürdig bekannt vor. Der Gang und die arrogante Körperhaltung. Sein Verstand ratterte. Sollte das etwa Hugo von Spanheim sein?

Der Fremde hatte die Kapuze so tief ins Gesicht gezogen, dass Bastian den Mann nicht identifizieren konnte. Ohne einen weiteren Blick auf die Glasscherben zu werfen, verstaute er sie im Wams und schlich dem Unbekannten hinterher, der inzwischen den Boden erreicht hatte. Wernhart war dicht hinter ihm. Es war helllichter Tag. Deshalb mussten sie großen Abstand wahren, um nicht entdeckt zu werden. Der Fremde blickte sich immer wieder nervös um.

»Bastian Mühlenberg! Wie gut, dass ich Euch treffe.« Die tiefe Stimme durchschnitt urplötzlich die Stille und Bastian blieb wie zu einer Salzsäule erstarrt stehen. Entsetzt registrierte er, wie der Mann in der schwarzen Kutte sich umdrehte, ihn erblickte und die Beine in die Hand nahm. Noch bevor Bastian sich besinnen konnte, war Wernhart dem Mann bereits hinterhergestürzt.

Reinhard Nolden, der Bruderälteste, näherte sich aus Richtung des Juddeturms und blieb verdutzt stehen. Mit großen Augen betrachtete er die Szene, die sich vor ihm abspielte. Dann schlug er entsetzt die Hand vor den Mund.

»Wer war das? Ich wollte Euch nicht in die Quere kommen.« Nolden verstummte und starrte Bastian an. »Es tut mir leid«, fügte er kleinlaut hinzu.

Bastians Erstarrung löste sich nur langsam. Verdammt, dachte er, Wernhart wird den Fremden nicht bekommen. Sie hatten sich weit zurückfallen lassen, um nicht entdeckt zu werden. Wenn der Unbekannte einigermaßen schnell laufen konnte, hatte Wernhart keine Chance. Wütend stampfte Bastian mit dem Fuß auf. Als er in das Gesicht des Bruderältesten sah, verrauchte die Wut so schnell, wie sie gekommen war. Am helllichten Tag konnte Nolden schließlich nicht ahnen, dass sie sich gerade auf einer Verfolgungsjagd befanden. Etwas in Noldens Blick ließ Bastian aufhorchen. Noch bevor er die Frage stellen konnte, schoss es aus dem Bruderältesten heraus.

»Ich weiß, wer der Mann mit dem zertrümmerten Kopf war.«

...

Hugo rannte um sein Leben. Um ein Haar hätte die Stadtwache ihn erwischt. Der Riemen seiner Tasche, die er unter dem Wams versteckt hielt, hatte sich während der Flucht gelöst und es waren einige Fläschchen des Elixiers herausgepurzelt. Hugo hatte keine Zeit gehabt, die Flaschen aufzusammeln. Ein Soldat der Stadtwache verfolgte ihn. Der Kerl lief so schnell, dass Hugo alle Kraft zusammennehmen musste, um ihm zu entkommen. Er konnte nur hoffen, dass niemand die Spuren bemerkte und er später Gelegenheit haben würde, sie zu beseitigen. Wie ein Wahnsinniger war er am Südtor vorbeigerannt und hatte sich in die nächste Gasse gestürzt, um so dem Blick seines Verfolgers zu entgehen. In Windeseile hatte er sich von seiner schwarzen Kutte befreit und sie achtlos am Straßenrand liegenlassen. Völlig außer Atem lief Hugo weiter bis zum Feldtor und rannte dann in die Freiheit hinaus. Der Abstand zu seinem Verfolger hatte sich zwar verringert, er war jedoch immer noch groß genug, um ihn abzuschütteln. Hugo hastete über das große Feld und flüchtete sich dann zwischen die ersten Bäume, die am Rande des Wäldchens vor Zons standen. Mit letzter Willenskraft schaffte er es in den Wald hinein und ließ sich mit rasselndem Atem gegen einen dicken Eichenstamm sinken. Sein Herz raste derart, dass er befürchtete, es könnte vor Anstrengung aussetzen. Sein Kopf war leer. Glühende Hitze brannte auf seinen Wangen und er brauchte eine halbe Ewigkeit, bis sich sein Körper wieder erholt hatte.

Erschöpft griff er in seine Tasche und zählte die verbliebenen Glasflaschen. Verdammt! Er hatte mindestens fünf Flaschen verloren. Hektisch tastete er nach dem blauen Schutztuch. Er trug es immer bei sich, damit sich der schwarze Schimmelpilz, den er für die Herstellung des Laudanums benötigte, nicht in seinen Lungen einnistete. Er wusste, dass die Sporen giftig waren. Doch nur durch die Veredelung mit dieser Zutat konnte das Elixier die volle Rauschwirkung entfalten. Er hatte lange an der Mixtur herumexperimentiert, bis er die richtige Mischung herausgefunden hatte. Wütend stieß er die Tasche beiseite. Das Tuch war ebenso verloren wie die

Hälfte der Flaschen. Viel wichtiger als der Verlust war das Verwischen seiner Spuren. Wenn Bastian Mühlenberg ihn erwischte, konnte er das Geschäft mit dem Rauschmittel vergessen und würde stattdessen die restlichen Jahre seines Lebens im Juddeturm verbringen.

Hugo kratzte sich am Kopf. Es gab noch eine zweite dringende Angelegenheit, die er erledigen musste. Es gab einen Mitwisser, jemanden, den der Bote eingeweiht und der die Hälfte seines Elixiers gestohlen hatte. Eigentlich hätte der Bote die Flaschen so weit in die Tonrohre hineinschieben müssen, bis sie durch das Fallrohr ins Stroh auf der anderen Seite der Mauer gefallen wären. Doch er hatte sie am vorderen Rand liegen lassen, damit jemand anderes sie leeren konnte. Wer immer es gewesen war, Hugo musste ihn finden! Und er hatte auch schon eine Idee, wo er mit der Suche anfangen würde.

...

Die Grube war tief genug. Keuchend setzte der Mann die Schaufel ab. Mit den Augen nahm er nochmals Maß. Ein zufriedenes Lächeln huschte über sein Gesicht. Niemand würde ihm je auf die Schliche kommen. Natürlich, irgendwann bemerkten sie das Verschwinden des Elixiers, aber der Verdacht würde nicht auf ihn, sondern auf den Boten fallen. Ein Ast knackte in der Nähe und ängstlich hielt er inne. Wurde er verfolgt? Er schüttelte den Kopf. Nein. Das konnte nicht sein. Diese Stelle im Wald war absolut menschenleer. Niemand wagte sich so weit ins Dickicht vor. Hier draußen hausten hungrige Wölfe, und wer sich nicht auskannte, fiel ihnen leicht zum Opfer. Natürlich war die Gefahr zu dieser Jahreszeit geringer als sonst. Es war Frühling. Überall schlüpften die Jungtiere aus den Leibern ihrer Mütter und stellten eine leichte Beute dar. Im Winter war die Nahrung rar und jeder Mensch, der seinen Dunst in den Wind stellte, war ein potenzielles Opfer dieser Raubtiere. Aber auch im Frühling, gerade so weit draußen in der Wildnis, war es nicht ungefährlich. Er indes kannte sich bestens aus. Seit er ein kleiner Junge gewesen war, wilderten sie in den Wäldern. Bisher hatte sie keiner der Wildhüter erwischt. Es war verboten, im Wald zu jagen. Doch der Hunger trieb die Familie dazu, und wenn man bescheiden blieb, fiel es nicht weiter auf.

Wieder knackte ein Ast und diesmal unterbrach er seine Arbeit. Er kauerte sich hinter einen dicken Baumstamm und verharrte die nächsten Minuten regungslos, die Augen starr aufs Dickicht gerichtet. Nichts. Die jungen, hellgrünen Blätter der uralten Laubbäume rauschten sanft im Wind. Ab und zu trällerte ein Vogel. In regelmäßigen Abständen verdunkelten die Wolken die Sonne, um sie kurz darauf wieder freizugeben. Die Schatten des Waldes tanzten und konnten einem unerfahrenen Auge vorgaukeln, lebendig zu sein. Doch er konnte keine Menschenseele entdecken. Er war alleine. Trotzdem blieb das ungute Gefühl in seiner Magengrube und er beeilte sich, das Elixier zu vergraben. Er hatte es in einen Tonkrug umgefüllt. Die Glasflaschen waren ihm zu zerbrechlich erschienen und er wollte sichergehen, dass das Rauschmittel unversehrt bei seinem Auftraggeber ankam. Im Geiste zählte er die Gulden, die ihm dieses Geschäft einbringen würde. Die Vorstellung verdrängte das schlechte Gefühl und zauberte ein Lächeln auf sein bärtiges Gesicht. Er schnappte die Schaufel, lud sie über die Schulter und machte sich gutgelaunt auf den Heimweg.

...

Bastian starrte den Bruderältesten ungläubig an. Woher wollte dieser Mann wissen, wer der Tote mit dem zertrümmerten Schädel war? Und warum sollte Reinhold Nolden ihm plötzlich behilflich sein? Bastian erinnerte sich nur allzu gut an die Münzfälscherei, die Nolden bis vor ein paar Monaten betrieben hatte. Der Bruderälteste hatte ihn lange an der Nase herumgeführt, bis Bastian ihm endgültig auf die Schliche gekommen war. Bastian verzog misstrauisch das Gesicht und wartete.

»Er heißt Georg Schimmelpfennig und stammt aus Stürzelberg«, hob der Bruderälteste schließlich an. »Mein Weib hat ihn ab und an in ihre Dienste genommen. Er konnte schnell laufen, war einigermaßen zuverlässig und hat etliche Botendienste für sie verrichtet.« Als Bastian immer noch schwieg, fügte er hinzu: »Ihr wisst doch, dass die Stickereien meines Eheweibes sich großer Beliebtheit erfreuen?«

Bastian nickte mechanisch, ohne zu antworten. Der Bruderälteste räusperte sich und ignorierte das Schweigen.

»Mein Weib hat heute Morgen unseren persönlichen Dienstboten zu Georg Schimmelpfennig gesandt. Er war nicht wie vereinbart erschienen, und da sie einen wichtigen Auftraggeber beliefern musste, wollte sie ihn an seinen Auftrag erinnern. Doch der Dienstbote hat nur Schimmelpfennigs Bruder angetroffen.« Reinhard Nolden holte tief Luft und kam zum Ende. »Er war selbst auf der Suche nach seinem Bruder. Er ist seit zwei Tagen verschwunden.«

»Und woher wollt Ihr nun wissen, dass der Tote und dieser Georg Schimmelpfennig ein und dieselbe Person sind?« In Bastians Stimme klang Zweifel.

»Nun«, hob der Bruderälteste erneut an. »Sein Bruder hat die Ledertasche und die Kleidung wiedererkannt.«

In Bastians Kopf überschlugen sich die Gedanken. Wie konnte der Bruder von Schimmelpfennig die Habseligkeiten des Toten erkannt haben? Noch bevor Bastian erneut fragen konnte, schob der Bruderälteste die Erklärung hinterher.

»Ihr kennt doch mein Eheweib. Klatsch und Tratsch erfährt sie immer zuerst. Sie wusste von dem Toten und auch, dass Josef Hesemann ihn untersucht hat. Nachdem sie eins und eins zusammengezählt hatte und die Vermutung nahelag, dass Schimmelpfennig der Tote sein könnte, hat sie seinen Bruder ins Haus des Arztes geschleppt.« Nolden lachte bitter auf. »Ihr könnt Euch ja vorstellen, dass der sich anfangs mit Händen und Füßen gewehrt hat, doch in solchen Angelegenheiten kennt mein Weib keine Gnade.«

»Es ist also sicher«, schloss Bastian leise. Die Bilder der ertrunkenen Martha kamen in ihm hoch und lasteten schwer auf seiner Seele. Er verdrängte sie für den Moment und warf Nolden einen prüfenden Blick zu.

»So hört mir zu, Bastian Mühlenberg. Ich weiß, dass wir in der Vergangenheit einige Schwierigkeiten hatten. Ich war in den letzten Monaten sehr oft bei Pfarrer Johannes und er hat viel für mein Seelenheil getan. Ich habe mich verändert. Ich stehe Euch gerne zur Seite. Ich verstehe, dass es Euch schwerfällt, aber Ihr könnt mir vertrauen.« Nolden erwiderte Bastians Blick offenherzig.

»Also gut, dann lasst uns zu Josef gehen. Ich will selber mit Schimmelpfennigs Bruder sprechen.«

...

Wernhart war völlig außer Atem. Zwar hatte er, als der Bruderälteste Reinhard Nolden Bastians Namen lauthals rief, sofort reagiert und war mit voller Kraft losgelaufen. Aber der Unbekannte in der schwarzen Kutte hatte einfach zu viel Vorsprung und schon in der nächsten Gasse hatte er ihn verloren. Instinktiv war er bis zur Schloßstraße weitergelaufen, doch der Mann in der schwarzen Kutte war verschwunden. Wernhart fluchte und lief abermals die Strecke ab, die der Fremde genommen haben könnte. Mit etwas Glück versteckte er sich hinter einem Mauervorsprung und Wernhart bekam die Gelegenheit, ihn dingfest zu machen. Doch die Gassen waren voller Menschen und niemand hatte den Fremden bemerkt. Gerade als er aufgeben und zurück zu Bastian laufen wollte, stolperte er beinahe über die schwarze Kutte, die wie ein Haufen Abfall am Straßenrand lag. Er hob sie auf. Es gab keinen Zweifel. Der Mann hatte seinen Umhang abgestreift.

Wernhart lief die Strecke abermals ab und entdeckte nicht weit von der Stelle entfernt, an der er die Kutte gefunden hatte, eine Glasflasche. Weitere vier solcher Behältnisse lagen in einem Umkreis von wenigen Metern darum verstreut. Wernhart sammelte sie ein und setzte seinen Weg fort. Der Fund, der ihn an der nächsten Häuserecke erwartete, ließ seinen Atem stocken. Er blieb ein paar Meter vor dem Tuch stehen, das sich leicht im Wind auf und ab bewegte. Wie hatte er das bei seinem ersten Rundgang übersehen können? Wernhart umkreiste das Objekt wie ein Tier, das er erlegen wollte. Sein Herz hämmerte laut gegen die Rippen, während sich die Bruchstücke der bisherigen Ermittlungsergebnisse in seinem Kopf wie ein Bild zusammensetzten.

Dort vor ihm lag ein blaues Stofftuch. Es war fein gewebt und glitzerte fast wie Seide in der Frühlingssonne, die sich langsam zum Abendhimmel herabsenkte. Wernhart war sich sicher, dass es derselbe Stoff war, der sich in der vom Tod erstarrten Faust der armen Martha gefunden hatte. Er kniete nieder und ergriff den blauen Stoff. Das Tuch flatterte in seiner Hand und wisperte, so, als wollte es Wernhart seine Geschichte erzählen. Hatte er tatsächlich gerade den Mörder von Martha verfolgt und ihn laufenlassen?

XIII.

Gegenwart

Sollten sie sich die ganze Zeit auf ein falsches Täterprofil konzentriert haben? Hatten sie dadurch dem wahren Mörder oder vielmehr der Mörderin unter Umständen einen Vorsprung verschafft, den sie vielleicht nie mehr würden aufholen können? Olivers letzter Satz hing wie eine dicke Rauchwolke in der Luft und egal wie sehr man den Kopf zur Seite drehte, man musste den Rauch einatmen und die Worte, die im Raum standen, inhalieren.

»Sie sagen also, es könnte sich bei den beiden Morden um ein und denselben Täter handeln und wir könnten es in diesem Fall mit einer Frau zu tun haben?« Steuermark wiederholte Olivers Worte ungläubig.

»Aber das kann nicht sein. Ich kann ja nachvollziehen, dass das Opium im Blut beider Opfer den Schluss auf einen einzigen Täter zulässt, aber dass es sich um eine Frau handeln soll?« Klaus schüttelte nachdenklich den Kopf.

»Ich sage ja nicht, dass es eine Frau sein muss. Aber wir können im Moment nicht ausschließen, dass es so sein könnte. Immerhin haben wir eine weibliche Stimme, die uns zur zweiten Leiche geführt hat. Und der Mörder von Torsten Schniewald hat vermutlich eine Hebevorrichtung benutzt, um den Toten von der Badewanne ins Schlafzimmer zu transportieren. Der nötige Kraftaufwand hätte auch von einer Frau aufgebracht werden können. Ich möchte nur verhindern, dass wir eine mögliche Spur außer Acht lassen.« Oliver war sich der Tatsache bewusst, dass er durchaus falsch liegen konnte. Aber wenn man die Fakten objektiv auf den Tisch legte, musste man zwangsläufig zu diesem Schluss kommen und die Suche auf mögliche weibliche Täter ausdehnen.

»Ich muss Ihnen recht geben, Bergmann.« Steuermark unterbrach Klaus Gruber, der gerade neue Zweifel an Olivers These aufwerfen wollte. »Es will zwar nicht so wirklich in meinen Kopf, aber wir können es nicht ausschließen und sollten aus diesem Grund das Täterprofil anpassen.«

Steuermark warf demonstrativ einen Blick auf die Uhr. »So meine Herren, die nächste Pressekonferenz wartet. Noch immer haben wir keine vorzeigbaren Ergebnisse. Ich kann die Meute heute sicherlich noch ein letztes Mal vertrösten, aber ich brauche langsam handfeste Ergebnisse. Finden Sie heraus, was es mit diesem Wassertank auf sich hat, suchen Sie das Geld, das angeblich aus Schniewalds Safe verschwunden ist und ...«, er schnappte sein Jackett und lief Richtung Bürotür, »observieren Sie diese Frau.« Er blieb kurz stehen und überlegte. »Wie war ihr Name gleich noch einmal?«

»Saskia Heinermann«, ergänzte Oliver, kurz bevor Steuermark aus dem Türrahmen verschwand und die Tür mit lautem Knall zuflog.

...

»Nun nimm es schon. Es gehört dir!« Pascals Stimme schnurrte wie die eines Kätzchens. Er hatte ein ganzes Bündel mit Hunderteuroscheinen in der Hand und hielt dieses so vor

Saskia hin, als handelte es sich dabei um das Leckerli für einen Schoßhund. Saskia zögerte. Wo um alles in der Welt hat er plötzlich so viel Geld her?, schoss es ihr jetzt schon zum fünften Mal durch den Kopf. Sie hatte keine Erklärung.

»Wie viel hast du für deine Reportage von Emily bekommen?«, fragte sie zweifelnd.

»Das weißt du doch, Schwesterherz. Es waren nur zweihundert Euro Vorschuss. Ich habe einen anderen Weg gefunden und vor allem wollte ich dir nicht mehr zumuten, unseren Vater um Hilfe zu bitten.« Er beugte sich zu Saskia vor und hauchte ihr einen Kuss auf die Wange.

»Also bitte, Schwesterherz. Jetzt nimm das Geld. Ich weiß, dass du es gut gebrauchen kannst. Außerdem ist es sowieso nur eine Rückzahlung.«

Saskia zweifelte. Er hatte recht, sie brauchte im Moment jeden Cent. Seit sie ihren Job in der Buchhaltung der kleinen Spedition verloren hatte, war es wirklich knapp. Das Geld für die Teilnahme an der medizinischen Studie von Dr. Neuenhaus würde sie erst nach deren Abschluss bekommen. Und das konnte noch dauern. Trotzdem traute sie Pascal nicht über den Weg.

»Sag mir erst, woher du das Geld hast.« Mit fester Stimme bestand Saskia auf einer Erklärung.

Pascal seufzte. »Was habe ich nur verbrochen, dass du so streng zu mir bist?« Er strich Saskia zärtlich über die Wange.

»Ich hatte noch Ersparnisse übrig. Sozusagen den allerletzten Notgroschen für Katastrophenfälle. Und jetzt, wo ich den Job bei deiner Freundin Emily ergattert habe und sie eine längerfristige Zusammenarbeit mit mir plant, habe ich mich dazu entschlossen, dir dein Geld zurückzugeben.« Er blickte sie treuherzig an. »Schließlich sitze ich jetzt nicht mehr auf dem Trockenen und da wäre es doch nicht fair, dich in deiner

Situation leiden zu lassen.«

Saskia brauchte ein paar Sekunden, um zu realisieren, was Pascal da eben gesagt hatte. Wütend fauchte sie: »Soll das etwa heißen, du sitzt die ganze Zeit auf diesem Haufen Geld herum?«

Pascals Gesicht lief rot an, er hielt den Blick gesenkt und schwieg.

»Antworte mir gefälligst.« Saskia spürte, wie die Wut in ihr hochkochte und sie langsam außer Kontrolle geriet. Monatelang hatte er sie mit seinen verdammten Geldsorgen genervt. Sie immer wieder auf Emily und ihren Vater angesprochen und erst jetzt rückte er mit der Wahrheit heraus und wollte ihr weismachen, dass die ganzen Sorgen nur vorgetäuscht waren? Sie glaubte ihm kein Wort. Vor ihr lag die stattliche Summe von knapp zwanzigtausend Euro. Pascal studierte immer noch Medizin. Schon die Hälfte des Geldes hätte ausgereicht, um ihn ein ganzes Jahr lang zu ernähren.

Pascal zuckte mit den Schultern. »Also gut, ich hatte eine Glückssträhne und habe gewonnen. Ist dir diese Antwort lieber?«

Saskia zuckte bei dem Unterton seiner Stimme, in der fast so etwas wie Hass mitschwang, unwillkürlich zusammen. Irritiert sah sie ihn an und erwiderte nichts. Ein unheilvolles Schweigen breitete sich aus. Schließlich stand Saskia auf und warf Pascal das Bündel mit den Geldscheinen in den Schoß.

»Ich will es nicht. Leg es als Notgroschen zurück oder tu sonst was damit. Mit erspieltem Geld will ich nichts zu tun haben.« Sie ging zur Wohnungstür und öffnete sie demonstrativ. Pascal war blass geworden und hatte ein zerknirschtes Gesicht aufgesetzt.

»Du kannst es dir jederzeit anders überlegen«, hauchte er ihr im Türrahmen zu und verschwand.

...

Mit einem gewaltigen Klacken schloss sich der schwere Deckel des Floating-Tanks. Der Behälter war ungefähr eineinhalb Meter hoch und zwei Meter lang, von weißem Plastik umhüllt und sah aus wie ein misslungenes Ufo, das versehentlich nicht plattgedrückt worden war. Die Halogenstrahler, die in regelmäßigen Abständen auf der Hülle angebracht waren, verstärkten diesen Eindruck.

»Und Sie glauben, dass das funktioniert?«, fragte Dr. Neuenhaus skeptisch. Sein Magen hatte sich bei der Vorstellung, in diesen Tank eingeschlossen zu sein, zusammengezogen. Er litt zwar nicht unter Klaustrophobie, hatte aber Anflüge davon. Ein ungewohntes Gefühl kroch bei diesen Gedanken kalt in ihm hoch. Er horchte in sich hinein und stellte erstaunt fest, dass es ein Hauch von Angst sein musste.

Markus Schweigstein stand mit dem Laboranten ein paar Schritte hinter Neuenhaus und diskutierte eifrig die neue Methode.

»Aber sicher doch. Sie können es selbst ausprobieren.«

Dr. Neuenhaus schüttelte entsetzt den Kopf. »Nein, danke.«

»Es funktioniert im Grunde genommen wie ein Verstärker. Der amerikanische Neurologe Dr. John C. Lilly hat diesen Tank in den Fünfzigerjahren entwickelt, um störende Umwelteinflüsse auszublenden. Er hat in diesen Isolationstanks etliche Selbstversuche mit LSD und anderen Drogen durchgeführt, um die verschiedenen menschlichen Bewusstseinsebenen zu erforschen.«

Schweigstein machte eine kurze Pause und korrigierte etwas auf dem Zettel, den der Laborant ihm schweigend hingehalten hatte. Dann fuhr er fort: »Heute werden diese Tanks sogar in Wellness-Hotels eingesetzt. Das konzentrierte Salzwasser lässt den menschlichen Körper an der Oberfläche treiben und vermittelt ein Gefühl von Schwerelosigkeit. Der Stress fällt von einem ab wie die Blätter von den Bäumen im Herbst.«

Er hielt inne und trat näher an Dr. Neuenhaus heran.

»Sie sehen mitgenommen aus. Wollen Sie wirklich nicht ein paar Minuten entspannen? Das Wasser ist frisch.« Schweigstein zwinkerte Neuenhaus aufmunternd zu.

»Nein, danke. Das sagte ich doch schon.« Neuenhaus lief zu einem kleinen, weißen Waschbecken an der Wand und sah in den Spiegel. Schweigstein hatte recht. Er sah vollkommen erschöpft aus. Seine Haut wirkte aschfahl, die Haare waren stumpf und selbst seine Brille konnte die dunklen Augenränder nicht kaschieren.

»Jetzt erklären Sie mir doch bitte noch einmal die Wirkungsweise. Mein Sponsor sitzt mir wahrhaftig im Nacken und wir beide wollen doch, dass die Studie erfolgreich wird.« Neuenhaus drehte sich wieder um und blickte den Hypnotiseur erwartungsvoll an.

»Also gut. Lassen Sie mich das kurz erklären.« Schweigstein kletterte hinter den Tank und öffnete den schweren Deckel. Dann griff er hinein und zog ein Paar rote Kopfhörer heraus.

»Diese Kopfhörer sind wasserdicht und werden während der kompletten Hypnosesitzung von den Probanden getragen. Die ganze Sitzung findet in diesem Floating-Tank statt. Das Wasser und die Isolation von sämtlichen Umwelteinflüssen verstärkt die Hypnosewirkung um ein Vielfaches.«

Schweigstein deutete auf seinen Monitor und fuhr fort: »Wir führen unsere Stressmessungen wie gewohnt durch. Hautleitfähigkeit, Blutdruck, Herzfrequenz, Bluttemperatur. Da wir wissen, dass sich die Hypnosewirkung im Floating-Tank verstärkt, können wir genau ermitteln, um wie viel Prozent wir den Wirkstoffgehalt unseres Medikamentes erhöhen müssen, um den gleichen Entspannungszustand auch ohne Floating-Tank und Hypnose zu erreichen. Wir können die Länge der Hypnose variieren und sind somit in der Lage, die Dosierung exakt auf den gewünschten Grad der Entspannung anzupassen.« Er verstummte und warf die Kopfhörer zurück in den Tank.

Das laute Knacken, welches das Schließen des Deckels verkündete, ließ Dr. Neuenhaus erneut einen Schauer über den Rücken laufen. Trotzdem fühlte er sich nach Schweigsteins Ausführungen wesentlich entspannter als noch vor ein paar Minuten. Das Verfahren hörte sich vielversprechend an. Er blickte auf die Uhr. Die erste Probandin musste jeden Augenblick hier sein.

»In fünf Minuten können wir mit unserem Experiment beginnen.«

...

Saskia war auf dem Weg zu ihrer Hypnosestunde. Wie an jedem Tag in dieser Woche lief sie auf dem kurzen Fußweg zu ihrem Auto an dem kleinen Kiosk an der Ecke vorbei und kaufte die aktuelle Tageszeitung. Der Inhaber, ein älterer Herr mit fahlem Gesicht und eingefallenen unrasierten Wangen, grüßte sie freundlich. Als er ihr das Wechselgeld zurückgab, fielen Saskia die dicken schwarzen Ränder unter seinen Fingernägeln auf. Unwillkürlich zuckte sie zurück und wischte sich anschließend unauffällig die Hände am Hosenbund ab. Wie viel mochte der alte Mann mit seinem Kiosk im Monat wohl verdienen?, schoss es ihr durch den Kopf. Besonders viel konnte es nicht sein, wenn man sich den Zustand des Kiosks genauer betrachtete. Aber es war sicherlich mehr, als Saskia im Moment in der Tasche hatte.

Ihr kleiner Sohn war heute Morgen erneut mit Bauchkrämpfen aufgewacht. Saskia hatte Nils dreißig Minuten lang ein in der Mikrowelle aufgeheiztes Körnerkissen auf den Bauch gelegt, danach war es besser geworden. Sie blickte auf die Uhr. Es war spät und sie musste sich beeilen, wenn sie pünktlich zu Dr. Neuenhaus kommen wollte.

Wie im Autopilot-Modus fuhr sie den Schlenker zum Kindergarten und gab Nils bei der ersten Erzieherin ab, die ihr über den Weg lief. Zurück im Auto, fiel ihr Blick auf den Beifahrersitz, auf dem die noch ungelesene Tageszeitung lag. Bisher hatte Saskia jeden Tag nach dem tödlichen Verkehrsunfall gesucht. Jedes Mal, wenn sie keine Nachricht gefunden hatte, atmete sie erleichtert auf. Zwar hatte eine Nachbarin ihr eine plausible Erklärung für den schrecklichen Vorfall auf der Deichstraße geliefert, der mit einem Leichenwagen, begleitet von Blaulichtern der Polizei, geendet hatte. Doch Saskia wurde noch immer von den schrecklichen Bildern in ihrem Kopf verfolgt. Sie konnte den Mann mit dem zertrümmerten Kopf einfach nicht ausblenden. Wenn sie der Nachbarin Glauben schenkte, hatte ein alter Mann, ein paar Häuser weiter die Straße hinauf, einen Herzinfarkt erlitten. Er war erst einen Tag später von seiner Tochter gefunden worden und jede Hilfe kam zu spät.

Auf der einen Seite war Saskia heilfroh, dass es offenbar

keinen Verkehrsunfall gegeben hatte, andererseits zweifelte sie an ihrem Verstand. Die Erinnerung an den Unfall, die sie verfolgte, war so realistisch, dass es kaum einen Zweifel an ihrer Wahrhaftigkeit geben konnte. Tief in ihrem Innersten spürte sie auch, dass sie es war, die den Mann vor das Auto gestoßen hatte.

Leichte Nervosität machte sich in ihr breit, als sie die Tageszeitung aufschlug. Sie überflog die aktuellen Meldungen. Das Auto des Bürgermeisters war direkt vor seinem Haus angezündet worden. Die Feuerwehr hatte gute Arbeit geleistet und den Brand so eingedämmt, dass er nicht auf die Nachbarautos übergegriffen hatte. Eine andere Meldung beschrieb die Folgen des Orkans »Ela«, der am Pfingstmontag die ganze Region übel zugerichtet hatte, und dann, ganz am Ende der dritten Seite prangte eine Schlagzeile, die Saskia das Blut in den Adern gefrieren ließ.

»Übel zugerichteter Leichnam mit zertrümmertem Kopf in alter Industriehalle gefunden.«

Der Artikel war kurz und wenig aussagekräftig. Ein unbekannter männlicher Toter war von einem ebenso unbekannten Täter brutal verstümmelt worden. Es war keine Rede von einem Verkehrsunfall. Weder ein Auto noch eine Kutsche mit Pferden wurde erwähnt. Saskias Hände zitterten, als sie umblätterte, um zu kontrollieren, ob der Artikel auf der nächsten Seite fortgeführt wurde. Nichts. Nur diese drei Zeilen. Obwohl es nichts zu bedeuten haben musste, überzog plötzlich eine Gänsehaut ihren Körper. Sie schauderte. Saskia überflog die Zeilen ein weiteres Mal und fragte sich fieberhaft, ob dieser Tote etwas mit ihren Erinnerungen zu tun haben konnte. Es gab nur eine einzige Gemeinsamkeit zwischen dem beschriebenen Verbrechen und den Bildern in Saskias Kopf. Den zertrümmerten Schädel. Wieder sah sie die riesigen schwarzen Pferdehufe vor sich, die den Kopf des Mannes in vollem Galopp trafen und sein Gesicht zu einer breiigen Masse zertrampelten. Angst kroch an Saskia hoch und ihre Nackenhaare richteten sich auf.

Hektisch drehte sie den Autoschlüssel und trat aufs Gas. Sie musste hier weg. Weg von diesem Parkplatz, der viel zu belebt war. Sie floh vor den Augen der Zonser, von denen sie sich dabei beobachtet fühlte, wie sie mit hochrotem Kopf auf die Hauptstraße einbog. Ihre Fahrt führte sie unmittelbar an den Rheinauen entlang. Zwischen zwei großen Kornfeldern hielt sie an. Sie trat so heftig aufs Gas, dass ihr Kopf nach vorne geschleudert und das kleine Frühstück, dass sie im Magen hatte, mit einem bitteren Geschmack in die Mundhöhle katapultiert wurde. Hoch oben am Himmel kreisten Raubvögel. Sie zogen majestätisch ihre Kreise auf der Suche nach Beute. Saskia kurbelte das Seitenfenster herunter und lehnte den Kopf aus dem Wagen. Mit den Augen fixierte sie die Greifvögel. Es waren große Tiere mit einer Flügelspannweite von über einem Meter. Das Ende der Schwingen erinnerte sie an lange Finger. Einer der Habichte schoss plötzlich vom Himmel hinunter. Pfeilgleich tauchte er in das Kornfeld ein. Wie ein kalter Hauch wehte das Kreischen des Beutetieres zu Saskia hinüber. In dem Schrei lag das ganze Entsetzen über den vom Himmel gefallenen Tod.

Saskias Angst steigerte sich ins Unermessliche. Trotz der eisigen Kälte, die sich in ihrem Innersten ausbreitete, tropften Schweißperlen von ihrer Stirn auf den Unterarm. Mit einer fahrigen Bewegung wischte sie die Tropfen weg und schloss die Augen. Sofort waren die Bilder wieder da und entsetzt riss sie die Lider weit auf. Statt des blauen Frühlingshimmels mit den kreisenden Habichten sah sie die Bilder der Vergangenheit vor sich. Sie fühlte und sah, wie der Stadtrat Torsten Schniewald zwischen ihren Schenkeln ertrank. Sie presste mit aller Macht sein Gesicht unter Wasser. Die Luft ging ihm aus und als er starb, war sein Gesicht zu einer angstverzerrten Maske erstarrt. Wie in einem Hollywoodfilm wurde sogleich die nächste Szene eingeblendet. Autos hupten, Reifen quietschten und Saskia stieß den Mann, der ihr im Weg stand und sie vom rettenden Bürgersteig trennte, mit aller Kraft auf die Straße. Eine Stimme schrie in ihrem Inneren auf. Es war die Stimme der Schuld, die sie auf sich geladen hatte, um sich selbst zu retten. Ihr Bewusstsein wollte diese Stimme nicht zulassen. Es hatte doch gar keinen Verkehrsunfall gegeben. Sie hatte nur geträumt. Es war einzig und allein der Stress, der ihrem Verstand einen Streich spielte und sie glauben machte, eine Mörderin zu sein. »Bist du dir da sicher?«, rief die Stimme der Schuld und spulte erneut die grausamen Bilder ab. Saskias Schläfen pochten heiß. Grelle Blitze zuckten durch ihr Blickfeld und stachen wie Nadeln in ihr Hirn. Ihre Sinne explodierten und sie wusste nicht mehr, was sie sah oder auch nicht sah. Sie konnte nicht mehr denken. Nur ein einziges Gefühl dominierte ihren verwirrten Geist. Angst. Dann wurde es dunkel. Auf den Flügeln der Angst schwebte sie ohnmächtig davon. Hinauf in einen schwarzen Himmel, an dem es keine Sonne mehr gab.

...

Schwerelosigkeit. Nichts. Kein Licht, keine Kälte oder Wärme. Nichts, was die Unendlichkeit stören konnte. War sie tot?

Ein rhythmisches Klacken durchbrach die Stille und löste

eine wellenartige Bewegung aus, die ihren Körper sanft hin- und herwiegte. Plötzlich durchdrang ein Lichtschimmer die dunkle Schwerelosigkeit. Saskia öffnete ängstlich die Augen.

»Geht es Ihnen gut?« Dr. Neuenhaus' Stimme klang sanft. Sein Gesicht schwebte unmittelbar über ihrem. Ein Hauch seines Aftershaves wehte zu ihr hinunter und drang wie belebender Sauerstoff in ihre Nase ein. Er reichte ihr die Hand, doch sie wusste im ersten Moment nichts damit anzufangen. Die Angst umklammerte sie immer noch wie eine Spinne und ließ nur allmählich von ihr ab. Saskia blickte nach oben. Sie befand sich in einem geschlossenen, weiß gefliesten Raum. Der blaue Frühlingshimmel mit den kreisenden Habichten hatte sich aufgelöst.

»Wie bin ich hierhergekommen?«, fragte sie atemlos. Ihr Hals war ausgetrocknet und ihre Stimme klang so rau, als hätte sie ein Reibeisen verschluckt.

Dr. Neuenhaus hob verwundert die linke Augenbraue in die Höhe. »Können Sie sich denn nicht erinnern?«

Saskias Kehle zog sich bei seiner Frage zusammen und plötzlich musste die ganze Angst und der Druck, der sich in ihr aufgebaut hatte, hinaus. Ihre Augen füllten sich mit Tränen. Sie schluchzte heftig und ihr Körper begann zu zittern.

»Schon gut. Jetzt kommen Sie erst einmal heraus.« Dr. Neuenhaus half ihr auf. Erst jetzt bemerkte Saskia, dass sie sich in einem Floating-Tank befand. Sie war bis auf den Bikini nackt. Ihr fehlte jede Erinnerung daran, wie sie hierher gekommen war. Sie blickte sich in dem relativ kleinen Raum um. An einem Tisch saß Markus Schweigstein, der Hypnotiseur. Vor ihm lagen ein Mikrophon und ein Paar Kopfhörer. Automatisch fuhr ihre Hand zum Ohr und erstaunt stellte sie fest, dass sie die gleichen Kopfhörer trug. Schweigstein kritzelte etwas auf ein Formular, das vor ihm lag. Seine Miene wirkte konzentriert und er richtete die Augen starr auf das Papier, so als wäre Saskia gar nicht anwesend. Dr. Neuenhaus legte ihr ein großes Handtuch um die Schultern. Einen Moment lang drückte er sie dabei an sich. Länger als notwendig, dachte Saskia. Sie hob den Kopf und sah ihn an. Er lächelte und die Wärme, die er ausstrahlte, sprang auf sie über und beruhigte sie ein wenig.

»Ich denke, sie hatten eine Art Albtraum unter der Hypnose.« Schweigstein hatte unerwartet seine Arbeit unterbrochen und richtete seine ganze Aufmerksamkeit auf Saskia.

»Ich musste die Hypnose abbrechen. Wahrscheinlich habe ich ein falsches Schlüsselwort verwendet und Ihnen so einen schlechten Traum beschert. Können Sie sich an irgendetwas erinnern?«

Saskia starrte Schweigstein an und reagierte nicht.

»Das tut mir wirklich leid. Es ist eine neue Phase in unserer Studie. Frau Heinermann, ich versprechen Ihnen, das kommt nicht wieder vor.« Dr. Neuenhaus strich über ihre Unterarme. Sein Gesicht wirkte zerknirscht.

Saskia schwieg noch immer. Was hätte sie auch sagen sollen? Dass sie von Greifvögeln unter einem blauen Frühlingshimmel geträumt hatte und zudem völlig in Angst aufgelöst war, weil sie zwei Männer hatte sterben sehen?

»Es war wahrscheinlich einfach zu hektisch.« Neuenhaus stieß ein nervöses Lachen aus. »Sie waren zu spät und abgehetzt. Ihr Stresslevel war einfach wahnsinnig hoch. Wir sollten die Stunde das nächste Mal verschieben, falls Ihr Sohn wieder Bauchkrämpfe hat.«

Erstaunt registrierte Saskia, dass Neuenhaus über Nils' Krämpfe Bescheid wusste. Sie hatte einen vollständigen Filmriss. Für sie war die Zeit in dem Moment stehengeblieben, als sie mit dem Auto zwischen den Feldern an den Rheinauen angehalten hatte. Plötzlich kroch erneut die Angst in ihr hoch. Ob die beiden Ärzte sehen konnten, was sie gesehen hatte? Wussten sie von den Morden? Hatte Saskia unter dem Einfluss der Hypnose geredet? Dinge erzählt, die jetzt auf dem Rekorder abgespeichert waren, der während der Behandlung die ganze Zeit mitlief und jedes ihrer Worte aufzeichnete? Sie holte tief Luft und starrte in die Gesichter der beiden Männer, die immer noch auf ihre Reaktion warteten. Was würde Dr. Neuenhaus nur von ihr denken, wenn er wüsste, dass sie vielleicht für den Tod zweier Menschen verantwortlich war? Würde er sie dann immer noch mit diesem warmen Lächeln bedenken, das ihr Herz jedes Mal höher schlagen ließ? Sie musste sich endlich zusammennehmen. Saskia reckte den Oberkörper und ließ noch einmal tief Luft in die Lungen einströmen.

Schließlich antwortete sie mit vibrierender Stimme. »Danke. Es ist alles in Ordnung. Ich denke, es lag an diesem Ding.« Mit dem Finger deutete sie auf den weißen Tank, der hinter ihr stand. Der immer noch geöffnete Deckel erinnerte sie an ein Monstrum mit weit aufgerissenem Maul. Schnell schüttelte sie diesen Gedanken ab und lief an den beiden verdutzten Ärzten vorbei in die Umkleidekabine.

...

Auf dem Weg nach Hause fiel Saskias Blick erneut auf die Tageszeitung, die immer noch auf dem Beifahrersitz lag. Diesmal war sie an den Ecken zerknüllt. Der kurze Artikel über den Mann mit dem zertrümmerten Kopf lag oben auf. Automatisch lenkte Saskia den Wagen auf die Landstraße B9. Ihr

Unterbewusstsein lotste sie durch das Industriegebiet, in dem die Leiche gefunden worden war. Vor einer der verlassenen Hallen drosselte sie das Tempo. Ein langes Absperrband verriet ihr, dass sie am richtigen Ort war. Die Halle kam ihr merkwürdig bekannt vor. Sie wusste nur nicht mehr, woher.

Saskia stoppte den Wagen und stieg aus. Das Gebäude wirkte menschenleer. Einzig das im Wind wirbelnde Absperrband täuschte Leben vor. Vorsichtig beobachtete sie den Eingang. Saskia hatte vermutet, dass Polizisten das Gelände bewachten, doch bis auf ein dickes Siegel am Hallentor konnte sie keinerlei Zeichen polizeilicher Anwesenheit bemerken. Mit unsicheren Schritten näherte sie sich dem baufälligen Gebäude, auf dem sich ein einfaches Wellblechdach befand. Obwohl die Sonne schien, wirkte der Ort düster und strömte eine Traurigkeit aus, die Saskia das Herz schwer werden ließ. War sie schon einmal hier gewesen?

Sie griff sich an die Schläfen, die kühl unter ihren Fingerkuppen pochten. Ihr Kopf war ruhig und die schrecklichen Bilder, die sie so oft heimsuchten, blieben verschwunden. Bewusst versuchte sie, die grausamen Visionen aus ihrem Unterbewusstsein hervorzulocken. Sie schloss die Augen und dachte an die riesigen Pferdehufe, die den Schädel des Mannes zertrümmert hatten. Nichts.

Saskia ging noch ein wenig näher an die Halle heran. Das Gebäude blickte sie düster an. Stumm warnte es sie, auch nur einen weiteren Schritt näherzukommen, doch die Eingangstür zog Saskia an wie ein Magnet. Sie wollte wissen, ob sie etwas mit dem Mord zu tun hatte. Unmittelbar vor der Tür, hielt sie inne. Sollte sie das polizeiliche Siegel wirklich aufbrechen und in die Halle eindringen? Mit einem Mal schnürte sich ihre Kehle zusammen. Was, wenn sich herausstellte, dass sie wirklich mit dem Mord zu tun hatte? Saskia zögerte. Dann drehte sie sich um und lief so schnell sie die Füße trugen zurück zu ihrem Wagen.

...

Oliver Bergman war wütend. Er hatte den Bericht über den toten Mann mit dem zertrümmerten Kopf in der Tageszeitung entdeckt und fragte sich, wo die undichte Stelle im Polizeirevier war. So lief das immer, wenn zu viele Abteilungen involviert waren. Man konnte noch so oft darauf hinweisen, dass die Informationen vertraulich zu behandeln waren. Irgendjemand achtete nicht auf diese Ansage oder wollte sich wichtig tun - schon war es passiert. Es war einfach unverantwortlich, das Dienstgeheimnis derart zu verletzen. Gereizt warf er die Tageszeitung in die Ecke. Gerade als er aufstehen und die Zeitung wieder aufheben wollte, stürmte Klaus mit hochrotem Kopf und dem Handy am Ohr ins Büro.

»Ich habe unglaubliche Neuigkeiten. Der Observierungstrupp hat Saskia Heinermann vor der Industriehalle gesichtet, in der wir die Leiche von Peter Groehn entdeckt haben.«

Oliver zuckte ungläubig zusammen.

»Was?«

»Ja, Sportsfreund. Du hast richtig gehört. Diese Frau verbirgt etwas vor uns. Wir sollten sie uns auf der Stelle schnappen.«

XIV.

Vor fünfhundert Jahren

Der Weg zu Josef Hesemanns Haus führte Bastian quer durch Zons. Der Arzt wohnte fast neben der St. Martinus Kirche, die sich genau im Zentrum der Stadt befand. Reinhard Nolden begleitete ihn auf seinem Weg. Bastian hatte zwar keinerlei Beweise, aber die Tatsache, dass der Bruderälteste während seiner Ermittlungen jetzt schon zum zweiten Mal in Erscheinung trat, ließ ihn misstrauisch werden. Wenn er die Fakten, die bisher vorlagen, betrachtete, gab es zwei Punkte, die Nolden unmittelbar mit den beiden Verbrechen in Verbindung brachten. Er war zusammen mit Lodewich Jansen, einem Bediensteten des Hafenmeisters, der Letzte gewesen, der Martha am Abend des Geburtstagsfestes von Pfarrer Johannes lebend gesehen hatte. Und jetzt tauchte er aus heiterem Himmel auf, ruinierte die Verfolgung des verdächtigen Kuttenträgers und gab vor, zu wissen, wer der Mann mit dem zertrümmerten Schädel war.

Bastian drehte unauffällig den Kopf zur Seite und betrachtete den Bruderältesten. Auch er trug eine schwarze Kutte, die typische Bekleidung der St.-Sebastianus-Schützenbruderschaft. Vielleicht war Nolden nur aufgetaucht, um zu verhindern, dass Bastian und Wernhart den Unbekannten ergriffen, der sich an der Südmauer zu schaffen gemacht hatte. Aber nein, das wäre viel zu auffällig gewesen. Die Bruderschaft agierte doch meist bei Nacht. Noch einmal musterte Bastian seinen schweigenden Begleiter. Das Alter stand ihm deutlich ins Gesicht geschrieben. Feine Fältchen liefen quer über seine Wangen und vertieften sich um Augen und Mund. Die einst dunklen Haare waren von Grau durchzogen. Nolden bemerkte Bastians Blick.

»Noch eine Gasse und Ihr könnt Euch selbst von der Richtigkeit meiner Worte überzeugen. Ich habe Josef Hesemann gebeten, Schimmelpfennigs Bruder bis zu Eurem Eintreffen aufzuhalten.«

Bastian nickte zögerlich, erwiderte jedoch nichts. Erst als sie am Haus des Arztes angelangt waren, unterbrach er das Schweigen.

»Lasst mich vorangehen und haltet Euch im Hintergrund.«

Nolden gewährte ihm den Vortritt. Als Bastian das Haus betrat, kam ihm Josef bereits entgegen.

»Habt Ihr Wernhart gesehen? Er ist einfach ohne ein Wort des Abschieds verschwunden.«

»Macht Euch keine Sorgen, mein Freund. Er wird sicher bald wieder zurück sein.«

Der Arzt führte sie in den Innenhof. Der Leichnam war mit Leinentüchern bedeckt, genauso wie die Werkzeuge, die Josef für die Leichenbeschau verwendete. In einer Ecke saß ein blasser Mann mittleren Alters. Er trug einfache Kleidung. Die Haare waren zerzaust, unter den Augen hatte er dunkle Ringe. Die Lippen waren spröde und die Hände grob und von gelber Hornhaut überzogen. Eine breite Narbe verlief vom Mundwinkel des Mannes bis zum Ohr und die braunen Augen blickten nervös zwischen Bastian, dem Arzt und dem Bruderältesten hin und her.

»Mein Name ist Bastian Mühlenberg und das hier ist

Reinhard Nolden, nennt uns Euren Namen und erklärt Eure Verbindung zu dem Toten.« Bastian sprach mit fester Stimme und der Mann schrak merklich zusammen. Die Zonser Stadtwache hatte einen hervorragenden Ruf und war für ihre gut ausgebildeten Soldaten bekannt. Bastians hünenhafte Erscheinung und die tiefe Stimme schüchterten so manchen Mitbürger ein.

»Ich heiße Bernhard Schimmelpfennig.« Die Augen des Mannes waren an Bastian hängengeblieben. »Der Tote ist mein Bruder, Georg Schimmelpfennig. Er ist in der letzten Nacht nicht nach Hause gekommen und ...«, er deutete mit dem Finger auf den Bruderältesten, »sein Weib hat mich hierher holen lassen.«

Bernhard Schimmelpfennig war noch blasser geworden. Sein Kehlkopf bewegte sich heftig auf und ab. Bastian konnte erkennen, dass er nur mit Mühe die Tränen zurückhielt.

Bernhard hielt sich die Hände vor das Gesicht. »Ich habe einen so schrecklichen Anblick mein Lebtag noch nicht gesehen. Der Teufel muss ihn so zugerichtet haben. Keine Seele Gottes wäre zu einer solchen Tat fähig.« Seine Stimme zitterte. Verzweifelt wischte er sich mit dem Handrücken über die Augen. »Mein Bruder war alles, was ich hatte.« Bernhard sank in sich zusammen. Sein grobes Antlitz wirkte plötzlich zerbrechlich. Die Trauer des Mannes schien echt. Nur die Augen, die jetzt wieder nervös hin- und herblickten, machten Bastian stutzig. Das war ein typisches Anzeichen dafür, dass der Mann nicht die ganze Wahrheit gesagt hatte.

»Könnt Ihr uns irgendetwas erzählen, was uns hilft, seinen Mörder zu fassen?«, hakte Bastian nach.

Bernhards Augen wurden noch unruhiger und er stotterte: »Nein, ich kann Euch leider nicht mehr sagen.«

»Hatte er irgendwelche Feinde oder gab es jemanden, mit

dem er sich nicht gut verstand?« Bastian bohrte sich langsam tiefer.

»Wir sind arme Leute und wir erledigen Botendienste, da sind wir gut beraten, immer freundlich zu sein.« Bernhard schüttelte den Kopf. »Nein, wir sind mit allen gut ausgekommen.«

»Welche Botendienste hat Georg denn zuletzt erledigt?«

Unmerklich weiteten sich Bernhards Augen und Bastian wusste, dass er ins Schwarze getroffen hatte.

»Der letzte Botendienst war für sein Weib.« Wieder zeigte Bernhard mit dem Finger auf den Bruderältesten.

»Es gab doch bestimmt noch andere Aufträge, die ihn ab und an nach Zons geführt haben?« So einfach wollte Bastian den Mann nicht davonkommen lassen. Er wusste, dass Bernhard ihm nicht die Wahrheit sagen wollte. Sobald Wernhart zurückkam, würden sie den Kerl beobachten.

»Wir haben nicht alles gemeinsam erledigt. Ich kann Euch nicht mehr sagen«, erwiderte Bernhard jetzt ausweichend.

Bastian ließ es dabei bewenden. Er würde mehr herausfinden, wenn er den Mann laufen ließ und ihm folgte. Mit einem Kopfnicken bedeutete er Bernhard, dass er verschwinden sollte.

...

Das blasse Gesicht und die grünen Augen, die von dunkelbraunen Haaren gerahmt waren, verliehen dem Burschen eine jugendliche Ausstrahlung. Er wirkte recht klug und zuverlässig. Hugo von Spanheim betrachtete den Mann ausgiebig. Er hatte keine Zeit gehabt, in der Vergangenheit des jungen

Mannes zu graben oder sich aussagekräftige Referenzen einzuholen. Aber er brauchte dringend einen neuen Boten. Seine Auftraggeber warteten auf das Elixier, und wenn er nicht bald lieferte, dann würden sie das Laudanum zukünftig bei jemand anderem bestellen. Zwar verfügte Hugo über eine einzigartige Rezeptur, aber die Sucht seiner Auftraggeber musste gestillt werden. Da kam jeder Nachschub recht, auch wenn die Qualität der anderen Lieferanten mit seinem Elixier nicht mithalten konnte.

Ihm gefiel der junge Mann. Kurzerhand nahm er ihn in seine Dienste. Er drückte ihm ein paar Weißpfennige Vorschuss in die Hand und verabredete sich in zwei Tagen mit ihm. Bis dahin war er in der Lage, neues Elixier herzustellen und so Gott wollte, würde er auch das gestohlene Laudanum bis zu diesem Zeitpunkt wiedergefunden haben. Die Abendsonne hatte sich bereits herabgesenkt und Hugo beschloss, zu handeln. Er sattelte sein schwarzes Schlachtross und verließ Zons durch das Feldtor. Die Luft war immer noch herrlich warm und die zahlreichen Frühlingsblumen auf den Feldern verströmten einen wunderbaren Duft. Hugo nahm die Natur in sich auf und fühlte sich großartig. Erst als er an der Weggabelung nach Stürzelberg angelangt war, verflüchtigte sich seine Hochstimmung. Auch in der Dämmerung waren die Spuren der Kutsche noch deutlich zu erkennen. An einigen Stellen war die Erde dunkelrot gefärbt. Die Erinnerung an seinen untreuen Boten ließ die Wut in Hugo aufkochen. Dieser Mistkerl hatte ihn hintergangen. Den Tod hatte er verdient. Ohne einen Gedanken der Reue gab Hugo dem Pferd die Sporen und ritt im hohen Tempo nach Stürzelberg. Am Ortseingang drosselte er die Geschwindigkeit. Er band sein Pferd an einen Baum und ging zu Fuß weiter. Vor dem Haus von Georg Schimmelpfennig blieb er stehen und trommelte ohne zu

Zögern gegen die brüchige Holztür.

»Macht auf! Ich muss Euch sprechen!«

Hinter der Tür waren schlurfende Schritte zu vernehmen. Die Tür öffnete sich langsam. Ein müdes Gesicht erschien. Als Bernhard Schimmelpfennig seinen nächtlichen Besucher erkannte, verzogen sich seine Mundwinkel nach unten. Mit zittrigen Händen zog er die Tür weiter auf und ließ Hugo von Spanheim eintreten.

»Wo ist das Elixier?« platzte es ohne Umschweife aus Hugo heraus. »Ich weiß, dass Ihr beide gemeinsame Sache gemacht habt. Es ist immer dasselbe, wenn man sich mit Euch stinkendem Gesindel einlässt. Man füttert Euch durch und anschließend glaubt Ihr, stark genug zu sein, Euch gegen den eigenen Herrn zu stellen. Haltet Ihr Euch wirklich für so geschickt, dass Ihr es ernsthaft mit mir aufnehmen könntet?« Hugo hatte sich in Rage geredet. Aus seinen Mundwinkeln troff weißer Schaum. Die funkelnden Augen traten weit aus den Höhlen hervor. Außer sich vor Wut zog er seinen Dolch und hielt ihn Bernhard vor das Gesicht. »Euer Bruder hat für seine Untreue bereits mit dem Leben bezahlt! Wollt Ihr ihm sofort in die Hölle folgen?«

Bernhard schlotterte am ganzen Körper. »Ich weiß nichts, bitte lasst mich gehen.«

Hugos Stimme donnerte durch die dunkle Stube. »Was soll das heißen, Ihr wisst nichts! Wo ist mein Elixier?« Hugo stieß Bernhard sein Knie mit aller Gewalt in den Unterleib. Mit einem Schrei sank Bernhard zu Boden.

»Ihr sagt mir jetzt sofort, wo mein Elixier ist.«

»Ich habe es nicht!«

»Ich glaube Euch kein Wort.« Hugo riss Bernhard nach oben und schlug ihm die Faust ins Gesicht. Zähne knirschten. Blut und Speichel spritzten Hugo in die Augen. Angewidert wischte er sich mit dem Ärmel trocken und schlug erneut zu. Diesmal traf er Bernhard an der Schläfe. Der Schlag war fest und brachte den Mann sofort zu Fall. Röchelnd und bewusstlos blieb Schimmelpfennig am Boden liegen. Doch Hugo war das ganz egal. Wütend trat er dem Besinnungslosen in die Seiten. So schnell würde er nicht aufgeben. Ob ohnmächtig oder nicht, er würde die Wahrheit aus diesem Taugenichts herausprügeln.

...

»Pssst. Seid leise!« zischte Bastian. Wernhart war hinter ihm über einen Stein gestolpert und polternd zu Boden gegangen. Die Nacht war rabenschwarz. Eine dicke Wolkendecke hatte sich am Himmel ausgebreitet. Nur vereinzelte Lücken ließen ab und an das Mondlicht hindurch. Sie hatten die Fackeln kurz vor Stürzelberg gelöscht und waren halb blind durch die Dunkelheit bis zu Bernhard Schimmelpfennigs Haus gestolpert. Pfarrer Johannes hatte ihnen eine Karte von Stürzelberg gezeigt. Der Lageplan stammte aus einem Fundus an Karten, der seit der Gründung der Stadt Zons von Pfarrer zu Pfarrer weitergegeben wurde. Die Karten beschrieben das Umland zwischen Düsseldorf und Köln. Das dünne und vergilbte Pergament war von Mönchen des Klosters Brauweiler sorgfältig mit schwarzer Tusche bemalt worden. Das Kloster stellte seit mehr als hundert Jahren den Pfarrer in Zons. Auch Johannes war in diesem Kloster aufgewachsen.

Sie hatten den Weg, den sie bis zu Schimmelpfennigs Haus nehmen mussten, vorher auswendig gelernt. Bastian glaubte, dass Bernhard mehr über seinen Bruder wusste, als er zugegeben hatte. Sein Bauchgefühl sagte ihm, dass er eine vielversprechende Spur verfolgte. In Gedanken fasste er die bisherigen Ermittlungsergebnisse zusammen. Spätestens seit Wernhart von seiner Verfolgungsjagd zurückgekehrt war, bestand für Bastian keinerlei Zweifel mehr. Die weggeworfene schwarze Kutte, die leeren Glasflaschen und dann noch das blaue Tuch, dass der Unbekannte auf seiner Flucht verloren hatte, und das jenem in der Hand der toten Martha so sehr glich: Wer immer dieser Mann war, er hatte etwas mit Marthas Tod zu tun. Mit einem Schaudern erinnerte sich Bastian an die totenstarren, kalten Finger. Der Arzt Josef Hesemann hatte einen ganzen Tag abwarten müssen, bis er die Faust öffnen und das blaue Tuch sichern konnte.

Bastian hatte Mühe, seine Gedanken zu ordnen. Als Marthas Mörder kamen zwei Männer in Frage. Zum einen der tote Georg Schimmelpfennig, der Marthas Ring bei sich getragen hatte, und zum anderen der Unbekannte in der schwarzen Kutte, dessen Körperhaltung Bastian an Hugo von Spanheim erinnerte. Hugo war bislang nicht wieder aufgetaucht. Bastian hatte Pfarrer Johannes gebeten, ihn aufzuhalten, sobald er in der St. Martinus Kirche erschien.

Doch es gab noch eine andere große Frage, die Bastian keine Ruhe ließ. Was hatte der Fremde in Josefs Haus gewollt? Und wer war der Mann gewesen, der Wernhart im Haus des Arztes davon abgehalten hatte, den Kuttenträger dingfest zu machen? Es war ein furchtbares Chaos von verschiedenen Spuren, die sich allesamt verliefen und sich einfach nicht zusammenfügen lassen wollten. Wernhart war die Stimme seines Angreifers bekannt vorgekommen. Er hatte eine raue, junge Männerstimme beschrieben, und just in diesem Moment war das Gesicht von August vor Bastians innerem Auge erschienen. Bastian hatte seinen Verdacht jedoch für sich behalten. Die Nacht, in der August ihm in seinem Schlafgemach aufgelauert hatte, war ihm bedrohlich in Erinnerung geblieben. Er wollte seine Familie keiner weiteren Gefahr aussetzen. August war unberechenbar und Bastian wusste, dass er keine Gnade kannte.

Ein Kieselstein knirschte unter Bastians Füßen und brachte den Strom seiner Gedanken für einen Moment zum Stillstand. Er musste sich jetzt sammeln und auf Bernhard Schimmelpfennig konzentrieren. Es war wichtig, dass er einen Schritt nach dem anderen machte und sich nicht von dem Chaos entmutigen ließ. Bastian schüttelte sich, als könne er so dem Durcheinander in seinem Kopf eine Ordnung aufzwingen. Er versuchte mit aller Macht, seinen Geist auf die vor ihm liegende Aufgabe zu konzentrieren.

Sie hatten sich extra bei Nacht angeschlichen, um Bernhard Schimmelpfennig auf frischer Tat zu ertappen. Bastian vermutete, dass er noch in dieser Nacht aufbrechen würde, um sein Geheimnis in Sicherheit zu bringen. Alles, was sie tun mussten, war vor seinem Haus zu lauern und ihm unauffällig zu folgen, sobald er es verließ.

Bastian gab Wernhart ein Zeichen, sich auf die Rückseite des Hauses zu begeben. Er wollte verhindern, dass Schimmelpfennig sich ungesehen davonschleichen konnte. Wernhart verschwand und Bastian bezog in einer dunklen Nische auf der anderen Straßenseite Posten. Von hier aus hatte er einen hervorragenden Blick auf Schimmelpfennigs Haus. Selbst wenn Bernhard sich durch eines der Seitenfenster hinausstehlen sollte, Bastian würde es von seinem Beobachtungsposten aus nicht entgehen. Die Nacht hatte gerade erst begonnen und er rechnete mit einer Wartezeit von ein oder zwei Stunden. Es war zu schade, dass er kein Feuer anzünden durfte. Sonst hätte er die Zeit nutzen und sein Notizbuch abermals studieren können. Bastian hatte zwischenzeitlich etliche Anhaltspunkte, die er dringend in die richtige Reihenfolge bringen musste. Dafür waren seine Notizen ein wichtiges Hilfsmittel, das ihm immer wieder kostbare Dienste geleistet hatte. Seufzend lehnt er den Kopf rücklings an die Wand und kniff die Augen zusammen. Im Geiste ging er die verschiedenen Vorfälle durch, die sich seit dem Geburtstagsfest von Pfarrer Johannes ereignet hatten. Er grübelte und grübelte, doch er konnte die Dinge einfach nicht richtig greifen. Wie Nebelschwaden verflüchtigten sich seine Überlegungen, noch ehe sie richtig ausgereift waren. Die Luft war trotz der Nachtkälte angenehm warm und die Müdigkeit schlich sich an Bastian heran.

Noch immer herrschten Stille und Dunkelheit in Bernhards Haus. Als Bastian merkte, dass ihm bald endgültig die Augen zufallen würden, richtete er sich auf. Auf Zehenspitzen schlich er um das Haus herum und rief leise nach Wernhart.

»Wernhart, wo bist du?«

Eine Hand legte sich auf Bastians Schulter und er zuckte zusammen.

»Was machst du hier?«, flüsterte Wernhart.

»Ich bin mir nicht sicher, wie lange wir noch warten sollen. Es ist so still in dem verdammten Haus, dass ich mich frage, ob der Kerl überhaupt da ist.«

»Ich habe auch keinen einzigen Laut vernommen«, pflichtete Wernhart ihm bei.

»Lass uns an der Hintertür nachsehen. Vielleicht steht sie offen.« Noch bevor Bastian die Worte ausgesprochen hatte, machte er ein paar Schritte auf das Haus zu. Er tastete die grobe Holztür ab, bis er schließlich einen kleinen Haken entdeckte, der die Tür an der Seite verriegelte. Die Tür knarrte und quietschte, ließ sich jedoch problemlos öffnen. Bastian trat ein und verharrte einige Momente in der Dunkelheit. Erst nach und nach passten sich seine Augen den neuen Lichtverhältnissen an und wurden der unterschiedlichen Konturen des Hauses gewahr. Den Umrissen nach zu urteilen, befand er sich in der Küche. Links in der Ecke entdeckte er einen Holzstapel, der den Nachschub für die Feuerstelle bildete, die sich auf der gegenüberliegenden Seite des Raumes befand. Ein grober Holztisch stand in der Mitte, rechts und links davon zwei Stühle. Die Brüder hatten hier offensichtlich alleine gelebt. Bastian erspähte einen Durchgang rechts hinter dem Tisch. Er tastete sich vorwärts. Dahinter musste sich die Stube befinden, in der er auch die Betten vermutete. Das Haus war nicht besonders groß und hatte nur ein einziges Geschoss. Da die Brüder nicht reich waren, konnten sie sich, wie die meisten Bürger ihrer Schicht, kein eigenes Schlafgemach leisten, und mussten mit einer Stube und einer Küche auskommen.

Im Inneren der Stube war es noch dunkler. Die Fensterläden waren verschlossen und ließen nur durch die schlecht vernagelten Ritzen ein wenig Mondlicht hinein. Bastian strengte seine Augen an, nahm den Raum jedoch nur schemenhaft wahr. Mit der Hüfte stieß er schmerzhaft gegen etwas Hartes, was sich bei näherem Befühlen als Tischkante herausstellte. Der Laut hätte Bernhard eigentlich aus dem Schlaf reißen müssen, doch es war totenstill und nichts regte sich. Bastian entdeckte die Betten, die an der Wand neben dem Fenster standen. Mit schnellen Schritten näherte er sich dem ersten Bett und tastete nach Schimmelpfennig. Er war sich nicht sicher, ob er sich am Kopf- oder Fußende befand, und war daher auf alles gefasst. Doch seine Hände griffen ins Leere. Eilig hastete Bastian zum anderen Bett. Seine Schritte hallten laut durch die Stube, doch das war ihm mittlerweile egal. Bernhard hatte ihn mit Sicherheit schon gehört, als er gegen den Tisch gestoßen war. Als er das zweite Bett abgesucht hatte, stellte Bastian mit klopfendem Herzen fest, dass es ebenfalls leer war.

»Wernhart, zünde die Fackel an!« Sein Befehl gellte durch die Nachtstille, während er sich zum Eingang begab und ihn verstellte. Wernhart sicherte den Hinterausgang. Ein paar Augenblicke später flackerte ein Feuerschein in der Stube auf. Die Möbelstücke warfen gruselige Schatten, die zitternd durch den Raum tanzten. Mit einem einzigen Blick hatte Bastian die Situation erfasst. Das Haus war leer und Bernhard verschwunden.

»Verdammt!« Bastian fluchte lauthals. »Wir haben ihn verpasst.«

Wernhart kam ein paar Schritte näher und leuchtete den Boden ab.

»Das glaube ich nicht«, erwiderte er und deutete auf ein paar frische Blutflecken, die auf dem Boden verschmiert waren.

...

»Ihr könnt ruhig tief einatmen, elender Mistkerl.« Die kalte Stimme zischte durch das dunkle Gewölbe und hallte von den hohen Decken wider.

»Ich habe etwas für Eure Ohren. Die Luft in diesem Teil des Ganges ist absolut tödlich. Ich gebe Euch vielleicht noch drei oder vier Stunden, danach sind Eure Lungen von Schimmel verseucht und der Tod wird Euch in spätestens zehn Wochen unter die Erde gebracht haben.« Hugo von Spanheim machte eine kurze Pause und ließ seine Worte auf Bernhard wirken.

»Eure Lungen werden von innen zerfressen und können die Atemluft nicht mehr aufnehmen. Es ist fast so, als würdet ihr ertrinken. Mit dem einzigen Unterschied, dass es um ein Vielfaches länger dauert. Es ist ein sehr qualvoller Tod, wenn Ihr mich fragt.«

Bernhard, der an Armen und Beinen mit Eisenringen an die Wand geschlagen war, schwieg. Sein Kopf hing immer noch schlaff herunter. Das Doppelkinn vergrub sich an der Brust, doch Hugo wusste, dass der Kerl die Ohnmacht längst überwunden hatte und ihn hören konnte. Er bemerkte es an seiner Atmung, die schneller und tiefer wurde, nachdem er ihm die Fesseln angelegt hatte.

»Nun, mein lieber Bernhard Schimmelpfennig. Eure Täuschung ist nicht besonders gut gelungen. Ein Blinder kann sehen, dass das Bewusstsein in Euren Körper zurückgekehrt ist.«

Hugo zückte seinen Dolch und trennte mit langsamen Bewegungen Bernhards Wams auf. »Ihr befindet Euch übrigens an einem geheimen Ort. Die Anzahl der Menschen, die diese Stätte kennen, dürfte weniger als eine Handvoll ausmachen. Falls ihr Euch also Chancen auf Hilfe ausrechnet ...« Hugo hauchte die letzten Sätze heiser in Bernhards Ohr: »Ich kann Euch beruhigen. Wir sind ganz unter uns.«

Bernhard schwieg noch immer. Nach einer Weile fuhr Hugo fort.

»Nun gut, mein Freund. Ich gebe Euch ein paar Minuten, um darüber nachzudenken, ob Ihr reden wollt oder nicht.« Er klopfte Bernhard fast freundschaftlich auf die Schulter und lächelte finster.

»Wenn ich wiederkomme, werde ich die Gerätschaften, die genau zu Euren Füßen liegen, benutzen, um Euer Schweigen zu brechen. Ihr könnt Sie Euch ja schon einmal ansehen.

Ich mache Euch Licht.« Mit diesen Worten zündete Hugo von Spanheim eine Fackel an und stieß ein kehliges Lachen aus. Abermals klopfte er Bernhard Schimmelpfennig auf die Schultern und verließ dann mit hallenden Schritten das Gewölbe. Sein gurgelndes Lachen hallte noch lange, nachdem Hugo gegangen war, düster von den Wänden wider.

XV.

Gegenwart

Anna sah den zusammengeschlagenen Mann, der an Armen und Beinen angekettet war. Ein zweiter Mann stand vor ihm und schlitzte dem Gefangenen die Kleider auf. Seine Stimme dröhnte durch das finstere Labyrinth unter Zons. Anna träumte. Ihre Haare klebten schweißnass am Kopf und sie wälzte sich unentwegt im Bett hin und her. Plötzlich war Anna alleine mit dem gefesselten Mann in der Dunkelheit gefangen. Sie hielt verzweifelt Ausschau nach Bastian Mühlenberg, der sie schon einmal aus diesem Labyrinth gerettet hatte. Sie hatte Angst, zu sterben, falls der dunkle Mann zurückkehrte und sie immer noch dort unten gefangen war. In ihrer Verzweiflung sog sie heftig Sauerstoff in ihre Lungen ein, die in dem fauligen, stinkenden Gewölbe nahezu implodierten. Sie schnappte nach Luft wie eine Ertrinkende. Der üble Gestank schnitt wie ein scharfes Messer in ihre Atemwege und der Sauerstoffmangel ließ Anna taumeln. Ehe sie sich versah, sank sie schwindelig vor dem anderen Mann zu Boden. Ihr Bewusstsein löste sich und kreiste an der Gewölbedecke. Mit einem Mal konnte Anna sich selbst von oben sehen. Fassungslos betrachtete sie ihren krampfenden Körper, der sich im Todeskampf wand. Immer wieder öffnete sie den Mund und wollte Luft holen, doch es drang kein Sauerstoff mehr in ihre Lungen ein. Ihr Herz pumpte mit donnernden Schlägen das Blut durch den Körper, der langsam aber sicher zu ersticken drohte. Ihr Geist flog immer höher, und gerade als er sich endgültig von ihrem Körper lösen wollte, hallten Schritte durch das dunkle Gemäuer. Im letzten Augenblick sah sie einen blonden Haarschopf, der sich durch die Dunkelheit kämpfte und auf sie zustürzte. Ihr Retter richtete den Kopf nach oben und blickte sie aus einem Gesicht an, das Bastian Mühlenberg zum Verwechseln ähnlich sah. Doch er war es nicht. Anna stieß einen erstickten Schrei aus und wachte schweißgebadet auf.

...

»Wiederhole das bitte noch einmal.« Oliver konnte es nicht fassen. Sein Partner Klaus stand mit dem Handy in der Hand vor ihm und hob die Augenbrauen an.

»Saskia Heinermann wurde vor zehn Minuten vor der alten Fabrikhalle beobachtet, in der wir den ermordeten Peter Groehn gefunden haben.«

»Verdammt Klaus, hättest du nicht gestern mit dieser Neuigkeit kommen können?« Oliver bückte sich und hob die Tageszeitung auf, die er gerade wütend auf den Boden geworfen hatte. Ohne ein weiteres Wort legte er sie auf den Schreibtisch und nahm einen gelben Textmarker in die Hand. Mit einem großen Kringel markierte den kurzen Artikel, der von einer grausam zugerichteten Leiche im Industriegebiet berichtete, und tippte mit dem Finger darauf.

Klaus runzelte die Stirn und überflog die Zeilen.

»Das gibt es doch gar nicht. Wie kommt dieser Artikel in die Presse?«

»Das wüsste ich auch gerne.« Olivers Lippen hatten sich zu zwei dünnen Strichen verzogen. Er war stinksauer und konnte seine Gefühle kaum im Zaum halten. Am liebsten hätte er laut geschrien oder irgendetwas zerstört. Ohne den Artikel in der Zeitung hätten sie jetzt eine echte Verdächtige. Aber so konnte Saskia Heinermanns Auftauchen auch ein bloßer Zufall sein. Das Industriegebiet war nicht besonders groß und nach Erscheinen des Zeitungsartikels würden sich bestimmt noch weitere Schaulustige einfinden, die einen Blick auf die Industriehalle werfen wollten. Die langen Absperrbänder der Polizei, die schon von weitem sichtbar waren, erleichterten jedem Neugierigen die Suche nach dem Fundort.

»Wissen wir, ob sich noch andere Schaulustige an der Halle herumgetrieben haben?«

Klaus, der immer noch sein Handy ans Ohr hielt, wiederholte die Frage, damit der Mitarbeiter des Observierungsteams sie verstehen konnte. Nach ein paar Sekunden antwortete er: »Nein, es wurden keine weiteren Personen vor der Halle gesichtet.«

Klaus legte auf und fügte hinzu: »Sie sind allerdings auch längst weitergefahren und setzen die Observierung von Saskia Heinermann fort. An der Fabrikhalle ist sie kurz aus ihrem Wagen ausgestiegen, bis zum Eingang gelaufen und hat dann kehrt gemacht. Gerade in diesem Moment holt sie ihren Sohn aus dem Kindergarten ab. Sollen wir den Fundort von einer Streife bewachen lassen?«

Oliver runzelte die Stirn. Es war unwahrscheinlich, dass der Mörder dort noch einmal auftauchen würde. Er hatte keinen konkreten Anlass und war sich unsicher, ob Hans Steuermark eine derart aufwendige Überwachung freigeben würde. Nach einer Weile schüttelte er den Kopf.

»Nein, das macht keinen Sinn. Wir müssen uns auf das

Umfeld von Saskia Heinermann konzentrieren. Ich habe gerade eine E-Mail von unserem Rechercheteam erhalten. Wir sollten uns den Sachstand kurz berichten lassen.«

...

Anna war spät dran. Sie hatte einen wichtigen Kundentermin, den sie auf keinen Fall verpassen durfte. Müde rieb sie sich die Augen und schluckte hektisch ihren Morgenkaffee hinunter. Die Nacht war eine einzige Katastrophe gewesen und sie fühlte sich wie gerädert. Noch immer hatte sie einen faulen, muffigen Geschmack im Mund, der auch nach dem Zähneputzen nicht verschwinden wollte. Der Gestank des Labyrinths aus ihrem Traum jagte ihr einen kalten Schauer über den Rücken. Sie konnte sich ihre Träume oder vielmehr Albträume in der letzten Zeit nicht erklären. Sie hatte in der Düsseldorfer Bank, in der sie seit einigen Jahren arbeitete, momentan nicht sehr viel Stress. Der hohe Arbeitsaufwand, der immer zum Jahresanfang anfiel, war geschafft, und sie steuerten auf das Sommerloch zu, welches noch mehr Ruhe versprach. Es gab nur zwei Punkte auf Annas Agenda, die ihr Sorgen bereiteten. Der erste war Bastian Mühlenberg, der auf merkwürdige Art und Weise aus ihren Träumen verschwunden war. Der zweite Punkt hieß Pascal Heinermann. Ihr wurde schon übel, wenn sie nur an seinen Namen dachte. Immer dann, wenn Anna mit Emily sprechen oder sich mit ihr treffen wollte, funkte Pascal dazwischen. Er hatte in den letzten Tagen mehrere Ausarbeitungen über mittelalterliche Heilkunst, Schmerzmittel und die Herstellung von Rauschgiften entworfen und Emily war beinahe euphorisch. Sie traf sich jeden Tag mit Pascal und hatte kein anderes Thema mehr als ihren neuen Artikel, der in den nächsten Wochen in der Rheinischen Post erscheinen sollte.

Anna fühlte sich ausgeschlossen. Was jedoch viel schwerer wog, war das schlechte Bauchgefühl, das Pascal bei ihr hinterließ. Sie ahnte, dass er nicht ehrlich war und sie wollte nicht, dass Emily so viel Zeit mit diesem Taugenichts verbrachte. Die Distanz, die in den letzten Tagen zwischen ihr und Emily entstanden war, hinterließ einen bitteren Beigeschmack auf ihrer Zunge. Anna empfand Einsamkeit. Selbst nachts gelang es ihr nicht mehr, sich in eine heile Welt zu flüchten.

Es klingelte an der Tür und sie schrak zusammen. Ein erneuter Blick auf die Uhr zeigte ihr, dass ihr weniger als zehn Minuten Zeit bis zum Aufbruch blieben. Danach würde sie zu spät kommen und das konnte sie sich nicht erlauben. Genervt spähte sie durch den Türspion. Ihr Magen verkrampfte sich unwillkürlich, als sie den Besucher erkannte, der lässig am Türrahmen lehnte. Sie riss die Tür auf und funkelte Pascal Heinermann wütend an.

»Was willst du hier?«, platzte sie ohne Begrüßung heraus.

Pascal senkte unterwürfig den Kopf und schenkte ihr dann ein charmantes Lächeln.

»Hör mal Anna, ich wollte mich bei dir entschuldigen.«

»Entschuldigen?« Anna war baff. »Warum solltest du dich bei mir entschuldigen?«

»Naja, ich glaube, wir hatten keinen guten Start und das wollte ich wieder gut machen.«

In Annas Kopf überschlugen sich die Gedanken. Eine rote Alarmlampe leuchtete auf.

»Woher hast du überhaupt meine Adresse?«

Er zuckte mit den Schultern. »Steht im Telefonbuch.«

Anna schwieg. Er hatte recht, ihre Adresse stand im Telefonbuch.

»Hör zu. Ich weiß, dass du mich in schlechter Erinnerung hast, weil ich mir ab und an Geld von meiner Schwester geliehen habe.« Er grinste schief. »Du bist Bankerin und da kommt so etwas verständlicherweise nicht gut an. Naja ...«

Er zögerte, als müsse er über den nächsten Satz erst nachdenken. »Ich möchte nur, dass du weißt, dass ich Emily nicht um Geld bitten werde. Ich komme alleine gut zurecht und will ihr wirklich nur helfen.« Er schluckte und sein Adamsapfel bewegte sich ruckartig nach unten. »Ich möchte mein Leben langsam auf festen Grund stellen. Bin ja nicht mehr der Jüngste und die Reportagen machen mir wirklich viel Spaß. Ich könnte mir gut vorstellen, öfter mal Artikel zu schreiben oder Recherchearbeiten zu erledigen. Du weißt schon ...« Er hielt inne und blickte Anna an. Doch die schwieg weiterhin.

»Also Emily merkt, dass du von unserer Zusammenarbeit nicht besonders begeistert bist und ich habe das Gefühl, es belastet sie. Vielleicht kannst du mir einfach eine Chance geben?« Pascal senkte den Blick und schwieg jetzt ebenfalls. In Annas Kopf wirbelten die Gedanken. Sie wusste nicht, was sie erwidern sollte. Alles, was sie fühlte, war tiefes Misstrauen. Pascals Worte waren nett gewählt, doch letztendlich war er wahrscheinlich nur hier, um seine eigenen Ziele zu verfolgen. Sie blickte auf die Uhr. Ihr blieben noch zwei Minuten. Sie starrte Pascal an, der immer noch den Kopf gesenkt hielt. So, wie er dort stand, wirkte er wie ein reumütiger kleiner Junge. Annas Herz machte einen Sprung, doch ihr Verstand blieb hart.

»Hör zu, Pascal. Es tut mir leid. Ich muss jetzt wirklich los. Ich verstehe, was du mir sagen willst und ich weiß das ehrlich zu schätzen. Vielleicht reden wir ein anderes Mal weiter.«

Sie ließ die Tür offen stehen und ging in den Flur. Dort schnappte sie sich ihre Handtasche und einen leichten Mantel. Mit ein paar Schritten war sie bei ihren High Heels angekommen. Elegant schlüpfte sie hinein, warf einen letzten Blick in den Spiegel, der über einer kleinen Kommode im Flur hing und ging dann an Pascal vorbei aus der Tür. Pascal hatte sich nicht gerührt. Anna klopfte ihm zum Abschied auf die Schulter, zog die Wohnungstür zu und lief hastig die Treppe hinab.

...

Das Büro des Rechercheteams befand sich eine Etage über den Büros der Kriminalkommissare. Es war ein lautes Großraumbüro mit hässlichen Neonleuchten an der Decke und vergilbten Wänden. Der Teppichboden war alt und abgewetzt, doch auch im neuen Zustand hätte die dunkelgraue Farbe des Bodenbelages nicht viel mehr Charme verströmen können. Die Schreibtische bestanden nicht aus Holz, sondern aus einem beigefarbenen Plastikwerkstoff und die Tischbeine waren einfache, unlackierte Metallrohre, die sich kaum vom Grau des Bodens abhoben. Jeder Tisch war mit einem Bildschirm ausgerüstet. Auch die PCs und die restliche Ausstattung entsprachen dem neuesten Stand der Technik.

Als Oliver und Klaus eintraten, sank der Geräuschpegel. Ein älterer Mitarbeiter namens Rolf Zielke erhob sich und bot den beiden einen Platz auf zwei leeren Stühlen an.

»Setzen Sie sich doch. Ich habe schon alles vorbereitet.« Der Mann rückte seine Brille zurecht und wühlte anschließend in den Papierstapeln auf seinem Schreibtisch herum. Als er die richtigen Unterlagen gefunden hatte, nahm er ebenfalls Platz.

»Wir haben das Umfeld von Saskia Heinermann durchleuchtet. Ich nehme an, die persönlichen Fakten sind Ihnen bekannt?« Rolf Zielke blickte fragend in die Runde.

Oliver nickte. »Ja, die sind uns bekannt. Es handelt sich um eine fünfundzwanzig Jahre alte Frau mit einem Sohn namens Nils. Saskia Heinermann lebt in Zons, in der Deichstraße, und arbeitet als Kellnerin im ›Alten Zollhaus‹. Sie ist ca. 1,80 Meter groß und kräftig gebaut.«

»Das ist richtig. Ich habe noch weitere Details recherchiert. Sie hat einen drei Jahre älteren Stiefbruder namens Pascal. Er wurde von der Familie adoptiert, als Saskia fünf Jahre alt war. Der Vater, Wolfgang Heinermann, ist der Inhaber einer bekannten mittelständischen Firmengruppe, die chemische Grundstoffe für die Pharmaindustrie herstellt. Er hat die Firma von seinem Vater geerbt und klein angefangen. Innerhalb von nur zehn Jahren hat er ein ganzes Firmenimperium aufgebaut.« Zielke machte eine Pause und blätterte durch die Unterlagen.

»Ich habe mich erkundigt. Saskia Heinermann ist die designierte Nachfolgerin für die Firmengruppe. Bisher gibt es jedoch keine Pläne, wann Wolfgang Heinermann die Firma übergeben wird. Er ist jetzt fünfundsechzig Jahre alt und erfreut sich bester Gesundheit. Die Mutter starb übrigens vor zehn Jahren an Krebs. Es gab noch einen Großvater väterlicherseits, der im Haus der Heinermanns lebte. Er ist vor drei Jahren verstorben.«

Erneut unterbrach Rolf Zielke seine Ausführungen und zog ein weiteres Blatt aus seinem Stapel. Er überflog die Seite und fuhr dann fort: »Saskia Heinermann hat einen fünf Jahre alten unehelichen Sohn. Wolfgang Heinermann hat seit der Geburt nur noch selten Kontakt zu seiner Tochter. Eine Angestellte hat mir anvertraut, dass das Kind zu einem Familienzerwürfnis geführt hat. Wolfgang Heinermann ist sehr konservativ und wollte ein unehelich gezeugtes Kind in seiner Familie nicht akzeptieren. Seit dem Bruch schlägt sich Saskia Heinermann ohne große finanzielle Unterstützung von ihrem Vater durch. Sie hat ihr Journalismusstudium früh abgebrochen, danach gab es ein paar Gelegenheitsjobs. Nichts Großartiges. Sie hat keinen festen Freund.« Rolf Zielke beendete seine Ausführungen und blickte in die Runde. Offensichtlich wartete er auf Fragen.

»Haben Sie die Konten von Saskia Heinermann bereits überprüft?«, fragte Oliver prompt.

Zielke verneinte: »Ohne richterlichen Beschluss kommen wir nicht an die Kontobewegungen heran. Ich habe mit ihrem Chef in der Kneipe gesprochen, er behauptet, dass sie immer ziemlich knapp bei Kasse ist und schon des Öfteren nach einem Vorschuss gefragt hat.«

Eine junge Frau erhob sich von ihrem Schreibtisch und steckte Rolf Zielke ein neues Blatt Papier zu. Dieser runzelte die Stirn und überflog die Seite.

»Das Überwachungsteam hat gerade den Bericht fertiggestellt. Wollen Sie ihn haben oder sollen wir die wichtigsten Punkte für sie aufarbeiten?«

Oliver streckte die Hand aus. Er wollte den Bericht selbst lesen. Er bedankte sich bei Zielke und lief gemeinsam mit Klaus zurück in sein Büro. Dort angekommen begann er, den Report zu überfliegen.

Saskia Heinermann brachte ihren Sohn offensichtlich jeden Tag in den Kindergarten. Danach erledigte sie diverse Besorgungen, war dann gegen Mittag wieder zu Hause und verbrachte dort zwei bis drei Stunden. Am frühen Nachmittag holte sie ihren Sohn aus dem Kindergarten ab und zwischen sieben und acht Uhr abends begab sie sich in die Gaststätte

»Zum alten Zollhaus«, um ihrem Job als Kellnerin nachzugehen. Die Schicht endete gegen Mitternacht, je nachdem, wie viele Gäste noch anwesend waren. Der Tagesablauf erschien ziemlich eintönig. Es gab nur zwei Punkte, die außerhalb der normalen Routine abliefen und Olivers Aufmerksamkeit erregten. Zum einen fuhr sie zwei bis drei Mal in der Woche in eine Klinik nach Köln. Dort wurde sie von einem gewissen Dr. Neuenhaus behandelt. Zum anderen war sie innerhalb der letzten Tage mehrmals in einen Schrebergarten gefahren, der offenbar ihrem Großvater gehört hatte. Die Uhrzeiten, zu denen sie den Garten aufgesucht hatte, variierten erheblich. Sie hatte sich jedes Mal in das kleine Gartenhäuschen zurückgezogen, ohne einen einzigen Handschlag am Wildwuchs zu tun, der laut Angaben des Observierungsteams im Garten vorherrschte. Oliver runzelte die Stirn und überlegte. Es dauerte eine Weile, bis er seine Gedanken geordnet hatte. Dann sagte er zu Klaus: »Ich will mir dieses Gartenhaus selbst ansehen und wir sollten mit Dr. Neuenhaus über Saskia Heinermann sprechen.«

…

Nervös betrachtete Saskia sich im Spiegel. Die dunklen Ringe unter ihren Augen waren alte Bekannte. Sie griff zur Puderdose und überschminkte die Stellen, so gut es ging. Anschließend versuchte sie, die blonden Haarsträhnen in Form zu bringen, die am Hinterkopf in alle Richtungen abstanden. Mit einer Portion extra starkem Haargel schaffte sie es, die widerspenstigen Strähnen zu bändigen. Sie warf ihrem Spiegelbild einen letzten, prüfenden Blick zu und ging dann zurück ins Wohnzimmer. Ihre Handtasche lag auf dem Tisch, genau wie ihr Handy. Saskia spürte, dass ihr Herz raste. Sie konnte sich nicht erinnern, wann ihr Vater sie das letzte Mal angerufen hatte. Und plötzlich, nach all den Monaten, meldete er sich wie aus heiterem Himmel bei ihr und wollte sie sehen. Natürlich sollte sie alleine kommen, ohne Nils. Im ersten Moment war eine Welle des Zorns durch ihren Körper gegangen. Was konnte der Kleine dafür, dass sie nicht mehr mit dem Vater des Kindes zusammen war? Konnte ihr Vater nicht endlich akzeptieren, dass Nils sein einziges Enkelkind war? Es war doch völlig egal, ob er aus einer Ehe oder einer losen Beziehung stammte. Nils war ihr Kind. Genügte das nicht?

Doch eine kindliche Stimme in ihrem Inneren hatte den Zorn unterdrückt. Das kleine Mädchen in ihr wollte seinen Vater sehen. Den Mann, um dessen Zuneigung es sein ganzes Leben lang gekämpft hatte. Dem es stets hatte gefallen wollen. Für den es Dinge tat, die ihm selbst gar nicht so wichtig waren, die zuweilen sogar langweilten. Dazu gehörten die Klavierstunden oder der Malunterricht. Ein einziges Lächeln ihres Vaters machte Saskia glücklich. Ihr Vater hatte sie vergöttert, als sie noch ein Kind war, doch der Preis dafür war hoch gewesen. Er hatte eine jähzornige Persönlichkeit, und wenn etwas nicht nach seinem Kopf ging, rastete er regelmäßig aus. Als kleines Mädchen konnte Saskia seine Stimmungsschwankungen nicht gut abschätzen und erntete nur allzu oft Schläge, weil sie die Situation nicht begriff und sich anders verhielt, als es von ihr erwartet wurde. Sie hasste ihn für seine Ungerechtigkeit und umso mehr liebte sie ihn für jede Aufmerksamkeit, die er ihr in guten Zeiten zuteilwerden ließ. Doch seit ihrer ungewollten Schwangerschaft hatte er kein gutes Haar mehr an ihr gelassen. Er hatte verlangt, dass sie das

Kind abtrieb. Wochenlang quälte er sie mit Erniedrigungen, die sie dazu bewegen sollten. Als sie Nils trotzdem zur Welt brachte, hörten die Beschimpfungen auf, und ein Schleier des Schweigens breitete sich zwischen ihnen aus. Der Kontakt brach fast vollständig ab, und das hatte Saskia zutiefst verletzt. Sein Anruf ließ ihre Gefühle Achterbahn fahren. Was wollte er nur so plötzlich von ihr?

Saskia ergriff das Handy und ließ es in der Handtasche verschwinden. Wenn sie mehr Vorbereitungszeit gehabt hätte, wäre sie noch schnell in einen Spirituosenladen gefahren und hätte einen guten, rauchigen Whiskey, das Lieblingsgetränk ihres Vaters, gekauft. Aber ihr blieb keine Zeit. Nervös und durcheinander machte sie sich auf den Weg.

...

Alles sah wie immer aus. Das große gusseiserne Tor, das ein bekannter Kunstschmied von Hand gefertigt hatte. Der lange Kiesweg, der durch eine Allee mit alten Eichenbäumen führte und schließlich das Rondell, das mit bunten Blumen bestückt, jedem Besucher ein herzliches und zugleich exquisites Willkommen bereitete. Saskia hielt vor dem Rondell inne und ließ den Anblick auf sich wirken. Es war Jahre her, dass sie zuletzt ihr Zuhause betreten hatte. All die schönen Kindheitserinnerungen strömten mit einem Mal auf sie ein. Ihr wurde warm ums Herz. Im Geist sah sie Pascal als kleinen Jungen quer durch eines der bunten Blumenbeete stürmen. Ihre aufgeregte Mutter verfolgte den Wirbelsturm, darauf bedacht, die zarten Pflänzchen vor den wilden Jungenfüßen zu retten. Saskias Mutter war eine außergewöhnlich schöne

Frau mit langen blonden Haaren und großen blauen Augen gewesen. Ihr Vater hatte sie vergöttert, genauso wie er es mit Saskia getan hatte. Als junges Mädchen war sie ihrer Mutter wie aus dem Gesicht geschnitten gewesen. Erst als Nils' Vater in Saskias Leben getreten und die Nächte von Alkoholexzessen geprägt waren, wich ihr strahlendes Antlitz einer blassen, abgelebten Erscheinung. Der Alkohol schwemmte nach und nach ihren jugendlichen Körper auf und fast unmerklich überschritt sie die Gewichtsgrenze, die sie von einer zierlichen Schönheit zu einer eher molligen Person werden ließ. Saskia schüttelte die Gedanken ab und fuhr weiter auf das Rondell zu.

Noch bevor sie auf den ihr zugewiesenen Parkplatz zusteuern konnte, öffnete sich die schwere Haustür und ihr Stiefbruder Pascal stürmte mit vor Zorn gerötetem Gesicht die Stufen hinunter. Als er Saskias Wagen erkannte, blieb er abrupt stehen und rannte dann auf sie zu. Saskia kurbelte die Fensterscheibe an der Fahrerseite herunter.

»Hi Saskia, du brauchst dort nicht hineinzugehen. Erspare dir diesen Anblick. Unser alter Herr ist total durchgeknallt.« Pascals Stimme überschlug sich nahezu und Saskia hatte Mühe, ihm zu folgen.

»Was ist denn passiert?«

»Er hat eine Neue.« Der Satz platzte mit einer solchen Wut aus Pascal heraus, dass Saskia der Atem stockte. Verwirrt versuchte sie, den Inhalt seiner Worte zu begreifen.

»Was soll das bedeuten: eine Neue?«

»Ganz einfach. Sobald du durch diese Tür gehst, wird dir die neue Verlobte unseres Vaters entgegenkommen. Sie ist übrigens nur ein paar Jahre älter als du. Die Hochzeit ist in zwei Wochen geplant und nebenbei bemerkt, sie planen auch Nachwuchs. Dein Erbe kannst du dir also weitgehend abschminken!« Pascal war außer sich.

Saskia benötigte einige Sekunden, bis sie seine Neuigkeiten verarbeitet hatte. Deshalb also hatte ihr Vater sie so dringend sprechen wollen - weil die Hochzeit schon in zwei Wochen stattfinden sollte.

»Ist sie nett?« Eine bessere Frage fiel Saskia nicht ein.

»Ob sie nett ist? Spielt das eine Rolle?« Pascal schüttelte entrüstet den Kopf. »Die Frau ist eine Heiratsschwindlerin. Das ist doch ganz klar. Welche junge Frau lässt sich denn auf einen alten Knacker ein, wenn nicht wegen des Geldes. Verdammt Saskia, jetzt denk doch mal nach.« Seine Augen waren weit aufgerissen und kamen immer näher.

»Es ist doch nur eine Frage der Zeit, bis er uns beide enterbt und seine neue Flamme und ihren Nachwuchs ans Steuer lässt«, fügte er hinzu.

In Saskias Kopf schwirrten die Gedanken wie ein wild gewordener Bienenschwarm herum. Sie wusste nicht, was sie antworten sollte. Pascal starrte sie wütend an. Er konnte offensichtlich nicht begreifen, warum sie nicht auf der Stelle kehrt machte und ihrem Vater für immer den Rücken zuwandte. Er redete wie verrückt auf sie ein. Doch seine Worte prallten an ihr ab wie Hagelkörner an einer Glasscheibe. Sie blickte auf seinen Mund, der sich mit jedem Wort öffnete und wieder schloss. Seine weißen Zähne blitzten ab und an auf. Manchmal konnte sie auch seine rote Zunge sehen. Sie starrte ihn an und blieb stumm in ihrem Wagen sitzen. Aus dem Augenwinkel nahm sie wahr, wie sich die Haustür abermals öffnete und ihr Vater in Begleitung einer blonden Frau, die wie seine Assistentin aussah, herauskam. Die Frau hatte lange, lockige Haare. Ein viel zu kurzes Kleid schmiegte sich eng an ihre Hüften und das Gesicht war auffällig geschminkt. Die roten Lippen erinnerten Saskia an den Clown aus Stephen Kings Horrorfilm »Es«. Saskia drehte den Kopf weg. Sie befürchtete, dass die Frau ihre Lippen öffnen und sie die spitzen Wolfszähne erblicken würde, die sie schon im Kino in Angst und Schrecken versetzt hatten. Sie hörte, wie ihr Vater ihren Namen rief. Doch sie konnte ihn nicht ansehen, weil neben ihm die Frau mit den Clownslippen stand. Stattdessen blickte sie in Pascals Gesicht, das eine merkwürdig dunkelrote Farbe angenommen hatte. Er schrie sie an, doch sie konnte ihn nicht mehr hören. Ein dumpfes Rauschen hatte sich in Saskias Kopf ausgebreitet. Es war, als ob sie in einem schwarzen Loch gefangen war, das alle Stimmen verschluckte. Pascal riss sich von ihrem Wagen los und rannte auf ihren Vater zu. Er rammte ihn an der Schulter. Ihr Vater wankte. Die Clownsfrau klappte den roten Mund auf und stieß einen Schrei aus, den Saskia nicht mehr hören, sondern nur sehen konnte. Ihre Zähne waren weiß und kein bisschen spitz. Verwundert fasste Saskia sich an die Schläfen und presste mit aller Kraft die Finger darauf.

Pascal lief die Treppen hinauf und ins Haus hinein. In diesem Moment löste Saskia ihren Sicherheitsgurt aus der Halterung, öffnete die Wagentür und stürmte hinterher. Sie streifte die Clownsfrau mit den runden Zähnen, ignorierte die wilde Gestik ihres Vaters und lief auf die Haustür zu. Gerade als sie die Klinke herunterdrücken wollte, öffnete sich die Tür und Pascal hastete wieder hinaus, eine Jacke über dem Arm. Er blickte sie flüchtig an und rannte dann auf das Rondell zu, vorbei an ihrem Vater und seiner neuen Frau.

Saskia blieb auf der Schwelle stehen, unfähig, auch nur einen einzigen Gedanken zustande zu bringen. Dann drehte sie sich mechanisch um und trat ins Haus. Das Rauschen in ihrem Kopf war unerträglich. Grelle Blitze schränkten ihr Blickfeld ein und schwächten ihr Bewusstsein so sehr, dass sie einer Ohnmacht nahe war. Mit letzter Kraft rannte sie in die

Küche. Sie brauchte dringend ein Glas Wasser. Sie öffnete den Schrank, doch dort waren keine Gläser. Die Ordnung hatte sich geändert. Weiße Porzellanteller in verschiedenen Größen stapelten sich ordentlich übereinander. Die kleinen Teller sahen aus wie große Augen, die sie unentwegt anstarrten. Saskia blinzelte zweimal, um das Bild zu verscheuchen. Sie drehte den Kopf zum Fenster. Durch die Gardinen fiel Sonnenlicht in die Küche. Die Sonne stand hoch am wolkenlosen Himmel und malte ein löchriges Muster auf die Küchenplatte. Wie ein langer Finger aus grellem Licht streckte sie sich durch die Maserung der Gardine und zeigte auf Saskias Stirn. Ich sehe dich! Und ich weiß was du getan hast! Die Stimme durchbrach das Rauschen und verurteilte sie mit der Strenge eines Richters. Entsetzt wandte Saskia sich vom Fenster ab.

Die Clownsfrau war in die Küche gekommen. Sie hatte die Hände an die Brust gehoben. Ihre roten Lippen bewegten sich wie die eines Karpfens. Unverständliches Blubbern drang aus ihrem Mund. Zusammenhanglose Geräusche, die es nicht vermochten, sich zu einem sinnvollen Wort zu formieren. Aus der Nähe war das Gesicht gar nicht mehr so hübsch. Die Augen waren dick mit schwarzem Lidschatten umrandet und blickten Saskia stumpf wie Kohlestücke an. Doch was Saskia am allermeisten hasste, waren die dicken roten Lippen. Die Frau wankte plötzlich einen Schritt auf sie zu. Saskia trat automatisch zurück und stieß mit den Hüftknochen an den Küchentisch. Ihre Hände tasteten nach Halt. Ihr Brustkorb zog sich zusammen. Sie fühlte sich von der Clownsfrau bedroht, die einfach nicht von ihr ablassen wollte. Sie kam immer näher und Saskias Hände suchten verzweifelt Halt am Küchentisch. Stattdessen landete ihre rechte Hand an einem Messerblock. Fünf oder sechs scharfe Fleischmesser steckten darin. Ihre Mutter hatte sie oft benutzt. Ehe Saskia sich versah, hatte sie eines der Messer in der Hand. Die Clownsfrau kam unaufhörlich näher. Sie fuchtelte mit den Händen in der Luft herum, als wolle sie einen Tanz aufführen. Es war eine absurde Szene, die sich da vor Saskias Augen abspielte und auf die sich ihr Verstand keinen Reim machen konnte. Die Frau hatte riesige Hände und packte sie an den Oberarmen. Das Schrillen in Saskias Kopf wurde unerträglich. Ihre Gehirnmasse drohte zu explodieren. Sie spürte den Griff der Frau an ihrem Bizeps. Die Berührung war kaum zu ertragen. Sie löste eine Panikwelle in Saskia aus. Adrenalin strömte durch ihre Blutbahnen und ihr Hirn gab den Befehl zur Gegenwehr. Unkontrolliert holte sie aus und stach zu.

Endlich stolperte die Clownsfrau einen Schritt zurück. Ihr roter Mund war zu einem Schrei verzerrt. Das Messer steckte in ihrer rechten Brust und tränkte das helle Kleid mit dunklem Rot. Die Klinge ragte ein gutes Stück heraus. Sie sitzt nicht tief genug, schrie eine Stimme in Saskias Kopf. Automatisch ging ihre Hand zum Messerschaft und zog die Klinge heraus. Mit einer 90-Grad-Drehung rammte sie das Messer erneut in die Brust der Clownsfrau. Diesmal konnte sie spüren, wie es zwischen zwei Rippenknochen hindurch tief im Brustkorb versank. Die Frau rollte die stumpfen Augen nach oben. Es war nur noch das Weiß inmitten ihres dicken schwarzen Lidschattens zu erkennen. Saskia hatte die Hand immer noch am Messer und spürte, wie das Gewicht der Frau sich wankend dagegen lehnte. Sie drückte die Klinge noch ein wenig tiefer in den Brustkorb hinein. Blut sickerte aus der Wunde und tropfte auf den Küchenboden. Endlich sank die Frau zu Boden und blieb regungslos liegen. Wie in Trance zog Saskia das Messer aus ihrer Brust und lehnte sich schwer atmend gegen den Küchentisch. Ein ohrenbetäubender Schrei ließ sie erneut zusammenzucken.

Saskias Vater stürzte auf sie zu. Er schenkte dem blutigen Messer in ihrer Hand keine Beachtung. Erst, als es in seinen Bauchraum eingedrungen war, sendeten seine Nervenzellen unverwandt ein Schmerzsignal in die Gehirnzentrale und er bemerkte die scharfe Klinge. Ungläubig taumelte er zurück und presste die Hände auf die klaffende Wunde. Das Messer hatte sich aus dem weichen Fleisch seines Bauchraumes gelöst und lag sicher in Saskias Hand, bereit, erneut in den angeschlagenen Körper einzudringen. Saskias Hände zitterten. Es war wie ein Blutrausch, der seinen Tribut forderte. Sie leckte sich die trockenen Lippen. Die Begierde, erneut das Schneiden der Klinge in lebendigem Fleisch zu spüren, war übergroß. Auch die kindliche Stimme in ihrem Inneren konnte das Monster in ihr nicht mehr zurückhalten. Sie riss den Mund zu einem Schrei auf, holte aus und stieß das Messer abermals in die Eingeweide ihres Vaters. Sie genoss den Stoß, die Kraft, die dahintersteckte, und das warme Blut, das über ihre Hände lief. Die ganze Wut, die Jahre der Zurückweisung, alles steckte sie in diesen letzten Stoß, der ihren Vater in sich zusammensacken ließ. Erst als sie in sein Gesicht blickte, die verständnislosen Augen sah und den Schmerz, der in ihnen aufschrie, erwachte sie aus ihrem Blutrausch.

Plötzlich war alles um sie herum in Schwärze getaucht. Die Sonne, die eben noch durch die Gardinen geschienen hatte, war verschwunden. Sie befand sich im Nirgendwo und schwebte durch das Nichts. Die Sirenen in ihrem Kopf schwiegen. Nur das dumpfe Pochen ihres Herzens durchdrang die plötzliche Stille. Ihr Blut wallte durch die Adern, während ihre Gedanken stillstanden. Es gab nur ein einziges Bild, das sich vor ihrem inneren Auge aufbaute. Der Schmerz, den es verursachte, krallte sich mit Eisenklingen in ihren Eingeweiden fest. So fest, als wolle er Saskia nie wieder loslassen. Die

Liebe, die sie im letzten Moment in den Augen ihres Vaters gesehen hatte, ließ sie das Geschehene auf der Stelle bereuen. Tränen traten in ihre Augen und sie wünschte, sie könnte die Zeit zurückdrehen. Das Messer weglegen und die Rachsucht verhindern, die sie in diese Lage gebracht hatte. Doch es war längst zu spät. Keine Macht der Welt konnte die Toten zum Leben erwecken. Und niemand würde ihr je vergeben.

Ein Klacken ließ Saskia aufschrecken. Sie hob die Hände und registrierte die Nässe, die sie umgab. Sie leckte einen Finger ab. Er schmeckte salzig. Dem Klacken folgte ein Surren oder vielmehr ein Schaben. Es war direkt über ihrem Kopf. Sie versuchte, das Dunkel zu durchdringen und die Geräusche zuzuordnen, als schlagartig die Sonne ihre Finger durch die Finsternis streckte. Das Licht war mit einem Mal überall.

»Wie geht es Ihnen?«

Saskia kannte diese Stimme. Erstaunt stellte sie fest, dass sie sich im Floating-Tank befand.

XVI.

Vor fünfhundert Jahren

Bastian lauschte dem leisen Klacken. Er lehnte sich gemütlich zurück und nahm einen Schluck Rotwein. Pfarrer Johannes machte sich an dem Mechanismus, der in der Kirchenwand der kleinen Nebenkammer versteckt lag, zu schaffen. Noch ein Klick und Bastian wusste, dass Johannes das Geheimfach geöffnet hatte. Der Pfarrer murmelte etwas Unverständliches vor sich hin. Bastian registrierte die Laute nur halbherzig. Er war mit seinen Gedanken ganz woanders. Vor zwei Nächten hatte er mit Wernhart die gesamte Umgebung des Hauses der Gebrüder Schimmelpfennig abgesucht. Bernhard war wie vom Erdboden verschluckt und bisher nicht mehr aufgetaucht. Niemand hatte ihn gesehen und keine Menschenseele vermisste ihn.

Die Blutspuren, die sie überall auf dem Boden seiner Hütte gefunden hatten, verloren sich innerhalb weniger Meter. Da Schimmelpfennig an einer belebten Straße in Stürzelberg wohnte, gab es etliche Fußspuren vor dem Haus, die jegliche Suche aussichtslos machten. Bastian brauchte irgendeinen Impuls, der es ihm ermöglichte, die Fährte wieder aufzunehmen. Zuerst wollte er mit Hugo von Spanheim sprechen, verwarf den Gedanken jedoch. Von Spanheim war am Morgen nach Schimmelpfennigs Verschwinden in der St. Martinus Kirche erschienen und hatte, als wenn nichts gewesen wäre, Pfarrer Johannes bei seinen heiligen Pflichten unterstützt. Bastian war sich sicher, dass Hugo von Spanheim ihm niemals freiwillig sein Geheimnis preisgeben würde. Dafür müsste er ihn schon in eine Falle locken. Außerdem hatte er keinen Beweis dafür, dass der Fremde in der schwarzen Kutte wirklich von Spanheim gewesen war. Nachdem Bastian diese Möglichkeit verworfen hatte, wartete er auf ein Lebenszeichen von August. Er hatte fest damit gerechnet, dass dieser ihm erneut auflauern würde. Doch er irrte sich. Weder in der ersten noch in der zweiten Nacht war August aufgetaucht. Bastian besaß zwar etliche Beweisstücke, von dem blauen Tuch angefangen bis hin zu den Glasflaschen aus den geheimen Rohren an der Südseite der Stadtmauer, aber der Kreis der lebenden Personen, die in die beiden Morde verwickelt sein könnten, schrumpfte immer mehr zusammen.

Wie so oft, wenn Bastian nicht mehr weiterwusste, hatte er sich zu Pfarrer Johannes gesellt. Ein gutes Glas Rotwein und die klugen Gedanken seines Ziehvaters würden Bastian vielleicht den richtigen Anstoß geben. Der Pfarrer war seit jeher sein Lehrer und Ratgeber gewesen und gemeinsam hatten sie schon etliche Rätsel gelöst.

»Hier haben wir es.«

Bastian schreckte aus seinen Gedanken hoch. Johannes hatte die alten Karten aus dem Geheimfach in der Wand bugsiert und breitete das Pergament auf dem Tisch aus. Mit dicken Kerzenstümpfen beschwerte er die Ecken des welligen Papiers, damit es sich nicht wieder zusammenrollen konnte. Er fuhr mit dem Finger über die Linien und runzelte nachdenklich die Stirn.

»Martha ist hier tot im Burggraben aufgefunden worden.« Johannes markierte die Stelle mit einer Silbermünze.

»Mein Geburtstagsfest hat an dieser Stelle stattgefunden

und Marthas Haus befindet sich genau hier, in der Wendelstraße kurz hinter dem Feldtor.« Er versah die Stellen ebenfalls mit je einer Silbermünze.

Bastian lehnte sich über die Karte. »Sie ist also nicht direkt nach Hause gelaufen, sondern weiter bis zur Südmauer gegangen.« Seine Finger vollzogen den möglichen Weg Marthas auf dem Pergament nach.

»Ich denke, Martha hat dasselbe beobachtet, was auch Wernhart bei seiner Verfolgung des Fremden in der schwarzen Kutte gesehen hat. Ihr Mörder hat sich an den geheimen Rohren in der Südmauer zu schaffen gemacht.«

Pfarrer Johannes nickte. »Die Frage ist nur, hat er die Flaschen hineingelegt oder herausgeholt?«

Bastian nippte an seinem Rotwein. »Josef Hesemann hat die Scherben, die ich bei dem Betrunkenen gefunden habe und auch die leeren Flaschen, die Wernhart von seiner Verfolgung zurückgebracht hat, untersucht. Sie wiesen alle Spuren des Elixiers auf.« Er machte eine Pause und dachte nach.

»Georg Schimmelpfennig trug eine leere Ledertasche bei sich. Er muss also die Flaschen in der Wand verstaut haben.«

»Und der Fremde war außer sich, weil die Flaschen leer waren, als er sie aus dem Versteck holte. Jemand muss sie umgefüllt haben«, folgerte Johannes.

»Ja, und ich glaube, dieser jemand ist der Bruder von Georg. Es muss Bernhard Schimmelpfennig gewesen sein. Vielleicht wollte er sich etwas dazuverdienen.«

Johannes nickte. »Der Kuttenträger hat vermutlich genau dasselbe gedacht. Er wollte sein Elixier zurück und hat Bernhard Schimmelpfennig in seinem Haus überfallen. Das erklärt die Blutflecken und sein Verschwinden.«

»Glaubt Ihr, er hat Bernhard gezwungen, ihm das Elixier auszuhändigen?«

Der Pfarrer nickte. »Und ich glaube zudem, dass Schimmelpfennig das Laudanum nicht in seinem Haus versteckt hatte, sonst hättet Ihr ihn dort aufgefunden. Tot oder lebendig«, fügte er hinzu.

Bastian grübelte. Nach einer Weile sagte er: »Georg Schimmelpfennig trug Marthas Ring bei sich. Bis zu dem Augenblick, in dem Wernhart mit diesem blauen Tuch auftauchte, war ich sicher, dass er es war, der Martha im Burggraben ertränkt hat.« Bastian zerrte das Tuch aus seinem Wams und reichte es Pfarrer Johannes.

»Martha hatte einen blauen Stofffetzen in ihrer Faust, als wir sie gefunden haben. Es ist derselbe Stoff«, fügte er erklärend hinzu.

»Hm, ich denke, Georg Schimmelpfennig hat Martha ermordet, weil sie ihn beobachtet und die geheimen Rohre in der Südmauer entdeckt hat. Er konnte sich keine Zeugen leisten.« Johannes deutete auf das Tuch.

»Dieses Tuch ist unversehrt. Der Stofffetzen in Marthas Hand muss demzufolge von einem anderen Tuch stammen. Es mag derselbe Stoff sein, aber es gibt offensichtlich mehrere solcher Tücher.«

Bastian nickte versonnen. Pfarrer Johannes untersuchte das Tuch und hielt es dicht vor sein Gesicht.

»Es riecht merkwürdig. Nach alter, verfaulter Luft.« Er nahm erneut einen tiefen Atemzug. »Oder noch nach etwas anderem.« Johannes überlegte angestrengt.

»Es erinnert mich an Schimmel«, stellte er dann fest. Er stand auf und holte ein dickes Lederbuch aus dem Schrank. Es wirkte verstaubt. So als wäre es jahrelang nicht geöffnet worden.

»Lasst mich einmal sehen. Dies hier sind die Schriften eines bekannten Heilkundigen. Eigentlich Ketzerwissen.«

Pfarrer Johannes hob bedeutungsvoll die Brauen. Dann öffnete er die Seiten und suchte nach dem Wort Schimmel. Das Buch erklärte die Wirkungsweisen von Pflanzen und beschrieb die Zusammensetzung von Salben, Tinkturen und Heiltränken. Nach einer Weile hielt sein Finger inne.

»Hier haben wir es. Schimmel kann Rauschzustände auslösen, ist jedoch schädlich für die Lungen.«

Bastian dachte über die Worte des Pfarrers nach. Dann kam ihm eine Idee.

»Dann könnte das blaue Tuch als Schutz vor den Ausdünstungen des Schimmels gedient haben?«

Johannes nickte. »Richtig, das könnte so sein. Ich frage mich vielmehr, an welchem Ort dieser Schimmelpilz am besten gedeihen kann.« Er rieb sich angestrengt die Stirn. »Hm ... Es müsste ein dunkler, feuchter Ort sein. Die Luft muss stillstehen und darf nicht von Winden gestört werden.«

Bastian sah den Pfarrer entgeistert an. Es gab nur einen Ort in Zons, der die Bedingungen erfüllte, die Johannes gerade aufgezählt hatte.

Das unterirdische Labyrinth.

...

Bernhards Atem rasselte. Die Ursache lag weniger in der tatsächlichen Bedrohung, sondern vielmehr in den Worten Hugo von Spanheims, die sich tief in die Windungen seines Gehirns eingebrannt hatten. Er hatte bereits jedes Zeitgefühl verloren und wusste nicht, wie lange er die giftige Luft schon eingeatmet hatte. Er konnte sich nur allzu deutlich an von Spanheims Worte erinnern. Drei oder vier Stunden genügten, um ihn dem Tode zu weihen. Anfangs hatte er versucht, flach zu atmen. Er wollte möglichst wenig von der tödlichen Luft in seine Lungen pumpen. Doch er war im Stehen an Armen und Beinen gefesselt und die Anstrengung forderte ihren Tribut, genauso wie die Todesangst, die sein Herz schneller schlagen ließ. Seine Lungen verlangten nach Sauerstoff. Nach einer Weile war das Verlangen stärker als alles andere geworden und Bernhard hatte begonnen, tief in die Lungen zu atmen. Zunächst konnte er nichts Gefährliches feststellen, doch sein Kopf malte sich die schlimmsten Folgen aus. Er hatte Lungenkranke gesehen, die wochenlang Blut husteten und die zum Schluss blau im Gesicht waren. Als sie starben, wurden ihre Körper von heftigen Krämpfen geschüttelt und das Weiß der Augäpfel ragte weit aus ihren Augenhöhlen heraus. Bernhard ahnte, was auf ihn zukam und allein die Vorstellung löste eine solche Angst in ihm aus, dass ihm mit der Zeit das Einatmen immer schwerer fiel. Sein Atem rasselte wie die Ketten an seinen Gliedmaßen, sobald er versuchte, sich zu bewegen.

Die Eisenringe schnürten tief in seine Gelenke ein. Jeder Versuch, sich zu befreien, schlug fehl. Hugo von Spanheim hatte ganze Arbeit geleistet. Die Fesseln gaben nicht einen Zentimeter nach. Bernhard betrachtete die Folterinstrumente, die Hugo ihm vor die Füße geworfen hatte. Eine gusseiserne Zange mit scharfen Zähnen lag dort und eine Maske, an deren Innenseite spitze Nägel herausragten. Jedes einzelne Werkzeug konnte einem Menschen unendliche Schmerzen zufügen, ohne ihn sofort zu töten. Bernhard Schimmelpfennig saß in der Falle. Wenn er seinem Peiniger den Ort verriet, an dem er das Elixier im Wald vergraben hatte, würde er ebenso sterben, wie wenn er schwieg. Die einzige Wahl, die ihm blieb, war die Art des Todes und die damit verbundenen Qualen, die ihm zuteilwerden würden. Wenn er Hugo von Spanheim in sein

Geheimnis einweihte, blieb ihm die Folter mit hoher Gewissheit erspart. Nur dann würde er auch wertvolle Zeit verlieren. Zeit, in der ihm vielleicht doch noch jemand zu Hilfe eilen könnte. Bernhard sah sich um. Er kannte diesen Ort nicht. Wenn er Hugo Glauben schenkte, würde ihn hier sowieso niemand finden.

Fußtritte hallten durch das dunkle Gewölbe und Bernhards Herz krampfte sich ängstlich zusammen. Er musste eine Entscheidung fällen, ehe es zu spät war.

…

Der Mann, der auf ihn zukam, war nicht Hugo von Spanheim. Die Erkenntnis traf Bernhard Schimmelpfennig wie ein Schlag ins Gesicht. Es war nur ein kurzer Moment gewesen, in dem die Kapuze den Blick auf smaragdgrüne Augen freigegeben hatte. Der Fremde war unmittelbar vor Bernhard stehengeblieben. Im ersten Moment hatte er gehofft, der Mann würde ihn erlösen. Doch der Unbekannte stand einfach nur da und betrachtete ihn im Licht der Fackel, die Hugo von Spanheim angezündet hatte, damit Bernhard einen Blick auf die Folterinstrumente werfen konnte.

»Wer seid Ihr?«, krächzte er heiser.

Keine Antwort.

»Bitte helft mir«, platzte es jetzt aus Bernhard heraus. Seine Stimme hatte einen erschöpften, bettelnden Unterton angenommen.

Der Fremde rührte sich nicht.

»Verdammt, was wollt Ihr von mir? Warum helft Ihr mir nicht?«

Immer noch Schweigen.

Bernhard Schimmelpfennig schluchzte. Die Angst hatte sich in seinen Eingeweiden festgebissen und er war viel zu erschöpft, um nur einen einzigen klaren Gedanken fassen zu können.

Der Fremde reagierte nicht auf sein Flehen. Stumm schritt er das verwinkelte Gewölbe ab und starrte auf die Felswand, an welcher der schwarze Schimmelpilz emporwuchs. Immer noch schweigend wandte er sich zum Gehen.

»Bitte, so gebt mir doch wenigstens etwas Wasser.« Bernhards Stimme hatte sich zu einem Winseln verzerrt.

Der Mann blieb stehen. Plötzlich wirbelte er herum, und ehe Bernhard sich versah, hatte er die Öffnung eines Lederschlauchs an den Lippen, aus dem kühler Wein in seinen Mund floss. Gierig schluckte er die Flüssigkeit hinunter.

»Tragt Ihr die Schuld am Tod von Martha Hatzfeld?« Die Stimme des Unbekannten hallte an den Gewölbewänden wider.

Bernhard Schimmelpfennig hielt mit dem Trinken inne und starrte in das namenlose Gesicht, das aufgrund der Kapuze im Dunkeln lag und nicht erkennbar war. Die Frage überraschte ihn. War dieser Mann etwa nicht hinter dem kostbaren Elixier her? Verwirrt schüttelte er den Kopf.

»Nein ...« Seine Antwort klang zögerlich. Der Fremde riss den Weinschlauch von seinen Lippen und baute sich bedrohlich vor ihm auf.

»Es war mein Bruder. Sie hat ihn beobachtet, wie er das Elixier in der Stadtmauer versteckte.«

»Und Ihr habt Martha nicht geholfen?« Die Stimme zischte so scharf, dass sie Bernhard fast den Atem abschnürte.

»Ich ...« er stotterte. »Ich bin davongelaufen.«

Schweigen. Die Worte hingen schwer wie Blei in der Luft.

Der Fremde rührte sich nicht.

»Bitte helft mir hier heraus«, flehte Bernhard nach einer Weile erneut.

»Ihr verdient meine Hilfe nicht«, erwiderte der Unbekannte. Mit hallenden Schritten entfernte er sich von Bernhard und überließ ihn seinem Schicksal.

...

»Hier muss es sein.« Bastian zerrte an dem schweren Tor, das jedoch kein Stückchen nachgab. Er hatte den Zugang vor einigen Monaten versiegelt. Es gab nur wenige Menschen, die von dem geheimen Labyrinth unter Zons wussten, das der Erzbischof von Saarwerden bei der Errichtung der Stadt hatte anlegen lassen. Die Keller der Häuser waren allesamt miteinander verbunden. Wer sich nicht auskannte, konnte sich leicht in diesem Irrgarten verlaufen. Doch das Labyrinth lag noch eine ganze Ebene tiefer. Bastian kannte nur diesen einen Zugang, der sich an der Außenseite der Südmauer befand. Der Eingang schien nach wie vor fest versiegelt zu sein.

Bastian hatte Wernhart mitnehmen wollen, doch Pfarrer Johannes hatte ihm davon abgeraten. Je mehr Mitwisser in dieses Geheimnis eingeweiht waren, desto schwieriger war es, dieses auch zu wahren. Deshalb war Bastian alleine losgegangen. Wenn sich Hugo von Spanheim oder irgendjemand anders im Labyrinth zu schaffen machte, würde Bastian ihn auftreiben. Abermals zog er kräftig an der Pforte. Sie gab knarrend nach. Ein muffiger Geruch schlug Bastian entgegen. Er trat in den düsteren Gang ein und zündete seine Fackel an. Dann schloss er das Tor, ging in die Hocke und leuchtete den

Boden ab. Der Untergrund war steinig, selbst wenn sich jemand Zutritt verschafft hatte, würde er keine Fußabtritte hinterlassen. Wer den Zugang kannte, der konnte ihn mit einiger Mühe selbst öffnen. Bastian musste vorsichtig sein. Er blieb in der Hocke und lauschte.

Das Labyrinth hatte sein eigenes Innenleben. Ein Lufthauch säuselte um Bastians Kopf und aus der Ferne nahm er den Schrei einer Fledermaus wahr. Das Feuer seiner Fackel tanzte wild auf den Gewölbewänden. Es war ein gespenstischer Anblick von Licht und Schatten. Lange schwarze Finger schossen auf Bastian zu. Ein Gewirr aus scharfen Krallen drohte ihn zu erwürgen, doch im letzten Moment jagten grellrote Lichtstrahlen quer durch das Schwarz und lösten die bedrohlichen Bilder kurz vor Bastians Gesicht auf. Er hielt den Atem an. Dann richtete er sich auf und zog mit klopfendem Herzen sein Kurzschwert. Er kannte dieses Labyrinth. Sein ältester Bruder Heinrich war in einem der düsteren Gewölbe ums Leben gekommen. Trauer überfiel Bastian bei der Erinnerung. Sie schnürte ihm die Kehle zu und er musste schlucken. Schnell schüttelte er die Gedanken ab und konzentrierte sich auf die Gegenwart. Pfarrer Johannes hatte ihm drei Punkte auf der Karte markiert, an der die Luft im Labyrinth stillstand. Die vielen Gänge verliefen nicht nur kreuz und quer, sondern variierten auch in der Höhe. Dies war der Grund, warum die Luft in den meisten Teilen des Gewölbes nicht stillstand und ständig wie ein unruhiger Geist von einem Gang zum nächsten eilte. Schimmelpilze konnten jedoch nur in stehender Luft gedeihen. Bastian rief sich den ersten Punkt ins Gedächtnis. Dieser befand sich in der Nähe des Juddeturms. Er musste sich fünfzig Schritte in nördlicher Richtung bewegen und dann nach links abbiegen. Er befestigte ein dünnes Band an einem der Steine und rollte es ab. Für den Fall, dass er hier unten die Orientierung verlieren sollte, waren die Markierungen seine Rettung. Er bewegte sich lautlos durch die Gänge. An einigen Stellen musste er den Kopf einziehen. Seine Fackel warf den Lichtschein weit voraus und Bastian kam zügig vorwärts. Als er sich dem ersten Punkt näherte, verlangsamte er seine Schritte und lauschte angestrengt.

Nichts. Bastian schlich näher heran. Noch immer konnte er keine außergewöhnlichen Geräusche hören. Mit dem Fuß rutschte er plötzlich auf einem Kieselstein aus und genau in diesem Augenblick hörte er es. In Windeseile löschte er die Fackel und verharrte im Dunkeln. Da war es wieder. Ein Geräusch fast wie ein Klirren. Es erinnerte ihn an das Rasseln von Kerkerketten. Bastians Herz donnerte in der Brust. Vorsichtig schlich er näher heran. Als er sich auf den nächsten Quergang zubewegte, konnte er Lichtstrahlen erkennen. Pfarrer Johannes hatte recht behalten. Jemand war hier unten im Labyrinth. Bastians Körper vibrierte. Endlich hatte er eine Spur entdeckt. Das Kurzschwert fest in der Hand ging er immer weiter in den Feuerschein hinein. Wieder hörte er das Kettenrasseln, und da war noch etwas anderes. Es war ein Schnaufen oder vielmehr ein Röcheln.

Er duckte sich hinter einem Felsbrocken und spähte in das Gewölbe hinein. Es war genau die Stelle, die Johannes als erste Möglichkeit markiert hatte. Sein Blickwinkel war ungünstig. Er konnte nicht bis zur gegenüberliegenden Wand sehen. Alles was Bastian erkannte, war eine Fackel, deren spärliches Licht einen Teil des Raumes erleuchtete und ein paar Gegenstände, die auf dem Boden verstreut lagen. Er blinzelte und versuchte, die Objekte zu identifizieren. Sein Atem stockte, als ihm klar wurde, dass es sich um Folterinstrumente handelte. Erneut vernahm er ein Röcheln. Bastian blickte kurz hinter sich. Er wollte sichergehen, dass er nicht rücklings angegriffen wurde. Dann schlich er sich dichter an einen Mauervorsprung heran, hinter dem sich ein größerer Raum befand. So dicht, dass er schließlich um die Ecke schauen konnte. Der Anblick, der sich ihm jetzt bot, ließ das Blut in seinen Adern gefrieren. Instinktiv bekreuzigte er sich.

Dort an der Wand hing Bernhard Schimmelpfennig. Er war mit Armen und Beinen stehend an der Wand gefesselt und sein Körper blutete aus mehreren Wunden. Die Augen waren verquollen, die Lippen blutig geschlagen. Er röchelte leise. Sein Körper war so geschwächt, dass ihm das Atmen schwerfiel. Bastian sah einen sterbenden Mann vor sich. Er musste sich beeilen. Mit zwei Schritten war er bei Bernhard angelangt. Dieser öffnete kurz die Augen, doch sein Blick war in weite Ferne gerichtet. Er registrierte Bastian kaum.

»Bernhard, wer hat Euch das angetan?«, fragte Bastian.

Keine Antwort. Nur ein gurgelndes Röcheln stieg aus Bernhards Kehle auf.

Bastian führte einen Wasserschlauch an Bernhards Lippen und benetzte sie.

»Bernhard, sagt mir, wer das getan hat«, wiederholte Bastian eindringlich.

Bernhards entrückter Blick verschwand für einen kurzen Moment. Er sah Bastian an und ein Funke des Erkennens huschte über sein Gesicht. Er riss die Augen auf und versuchte die Hände zu bewegen. Die Ketten hinderten ihn daran. Dann öffnete er die Lippen und versuchte ein Wort zu formen.

»Wald«, flüsterte er.

»Was? Habt ihr Wald gesagt?« Bastian hielt sein Ohr an die Lippen des Sterbenden.

Dieser nickte und röchelte erneut: »Wald ... unter der ältesten Eiche ...«

Bastian war nicht sicher, ob er Bernhard richtig verstanden hatte. Hastig wiederholte er seine Worte: »Im Wald unter der ältesten Eiche? Meint Ihr den Wald zwischen Zons und Stürzelberg?«

Keine Antwort. Nicht einmal mehr ein Röcheln.

»Bernhard, meint Ihr den Stürzelberger Wald?« Bastian schüttelte Bernhard, doch sein Körper hatte jegliche Spannung verloren. Die Augen waren nach oben verdreht und seine Lippen erschlafft. Bernhard atmete nicht mehr.

»Bernhard! Antwortet mir!« Bastian rüttelte ihn erneut. Doch es war zwecklos. Bernhard Schimmelpfennig war tot.

...

Eine Stunde zuvor

Alles würde gut werden! Hugo von Spanheim atmete tief durch. Das Blatt hatte sich fast gewendet. Sein neuer Bote war zuverlässig am vereinbarten Treffpunkt erschienen und seine Auftraggeber würden bald zufriedengestellt sein. Pfarrer Johannes hatte ihn in der St. Martinus Kirche empfangen wie eh und je. Hugo war sich sicher, dass er keinen Argwohn hegte. Allein Bastian Mühlenberg hatte ihn kritisch beäugt, jedoch keine weiteren Fragen gestellt. Nur noch eine einzige Aufgabe lag vor Hugo, dann wäre die Welt wieder in Ordnung. Er lächelte grimmig. Er musste diesen Taugenichts von Bernhard Schimmelpfennig zum Reden bringen. Er wollte sein Elixier zurückhaben und er war sich sicher, dass Schimmelpfennig es irgendwo versteckt hielt.

Unbemerkt ging er von der St. Martinus Kirche, in deren

Nebenhaus er logierte, in Richtung Juddeturm. Es hatte ihn Monate gekostet, den Eingang zum Labyrinth zu finden. Hugo besaß geheime Schriften des Erzbischofs von Saarwerden, die er während seiner Zeit im Kloster vom Abt gestohlen hatte. Eigentlich war es seine Aufgabe, Abschriften anzufertigen, aber das Wissen erschien ihm zu kostbar, um es mit anderen zu teilen. Er hatte mehrere Kellergewölbe und auch die Gruft der St. Martinus Kirche nach einem Zugang durchsucht. Erst, als er völlig verzweifelt war und schon fast aufgeben wollte, träumte er eines Nachts von der Lösung. In den Schriften des Erzbischofs war eine Stelle beschrieben, die in einem tiefen Kellergewölbe verborgen war. Er hatte den kodierten Text des Erzbischofs falsch interpretiert. Er vermutete den Zugang zum Labyrinth im nördlichen Teil von Zons, doch er lag im Süden. Ein unauffälliges Zeichen am Rand des Textes, das Hugo zunächst nicht aufgefallen war, stand für eine Umkehrung. Es bedeutete, dass alle beschriebenen Orte sich genau auf der jeweils anderen Seite befanden. Wenn der Text des Erzbischofs vom Norden sprach, so war eigentlich der Süden gemeint. Hugo hatte sich mit dem neu gewonnenen Wissen ein weiteres Mal auf die Suche gemacht und etliche Kellergewölbe im Süden von Zons inspiziert. Im Keller eines unscheinbaren Haus in der Nähe des Juddeturms stieß er auf eine uralte Falltür, die verborgen unter einem losen Haufen Steine lag und durch einen engen, nach unten abfallenden Tunnel ins geheime Labyrinth führte. Niemand, der nicht danach suchte, hätte diesen Zugang entdecken können.

Als Hugo sich dem Haus näherte, blickte er sich prüfend um. Es war kein Mensch zu sehen. Über den Innenhof gelangte er unauffällig in ein leerstehendes Nebengebäude, dessen Keller mit dem Hauptkeller verbunden war. Hugo erreichte unbehelligt sein Ziel und öffnete die schwere Falltür.

Er kroch durch die niedrigen Gänge und kümmerte sich zunächst um die Ernte des schwarzen Schimmelpilzes. Er hatte ein blaues Schutztuch, von denen er eine ganze Kiste besaß, umgelegt und schabte vorsichtig den kostbaren Flaum von den feuchten Steinen. Der schwarze Schimmelpilz *Aspergillus niger* gedieh in diesen Gemäuern wirklich wunderbar. Der Flaum bedeckte die Wand fast lückenlos und fühlte sich fein und weich an. Bernhard stöhnte am anderen Ende des verwinkelten Gewölbes und flehte darum, verschont zu werden. Vielleicht würde Hugo das tun, andererseits hatte er jetzt einen neuen Boten und konnte keinen unnötigen Mitwisser gebrauchen. Er ging zu Bernhard und blickte ihn kalt an. Im Gegensatz zu seinem Bruder war er nicht berauscht. Er würde jeden Schmerz miterleben, den Hugo ihm zufügte. Er beendete die Ernte, verschloss das Tongefäß mit dem wertvollen Schimmel und trat vor Bernhard. Mit einem spitzen Dolch schnitt er ihm die Kleider vom Leib und genoss die Angst, die er dem Taugenichts zufügte. Bernhards Augen waren schreckgeweitet und sein Körper spannte sich an, sobald Hugo mit der Klinge über die nackte Haut strich.

»Bitte, ich tue alles, was Ihr wollt«, flehte Bernhard Schimmelpfennig.

Hugo hielt inne und dachte nach. Dann griff er nach der Zange und schlug sie Bernhard ins Gesicht. Blut spritzte warm über Hugos Hände und er wiederholte den Schlag von der anderen Seite. Erst dann stellte er seine Frage.

»Wo ist mein Elixier?«

»Wenn ich es Euch verrate, lasst Ihr mich dann gehen?«

Ein gehässiges Lachen kam über Hugos Lippen. Er blickte Bernhard tief in die Augen und fuhr mit der Zange über die rauen Lippen seines Opfers.

»Gewiss doch, mein Freund«, sagte er und trat einen

Schritt zurück.

Bernhard blinzelte.

»Erlöst mich von den Fesseln und ich zeige Euch die Stelle.«

Der nächste Schlag traf Bernhard so hart, dass er für einen Moment das Bewusstsein verlor. Ein Eimer mit kaltem Wasser holte ihn zurück.

»Ihr befindet Euch nicht in der Position, Forderungen zu stellen! Oder wollt Ihr so enden wie Euer jämmerlicher Bruder?«

Bernhard schüttelte heftig den Kopf.

»Bitte, lasst mich leben. Ich sage Euch alles, was ich weiß.« Seine Stimme klang unterwürfig. Hugo war davon so erregt, dass er am liebsten erneut zugeschlagen hätte. So ein feiger Hund, dachte er. Nicht einmal Manns genug, ein kostbares Geheimnis zu wahren. Ein Geheimnis, welches sein Leben retten könnte, wenn er es nicht zu früh preisgab. Aber der Taugenichts war so dumm wie sein Bruder, vielleicht sogar noch dümmer.

Hugo hielt sich zurück und sagte freundlicher: »Ich höre.«

»Ich habe es vergraben. In einem Tongefäß am Fuße der ältesten Eiche.«

Hugo runzelte die Stirn. Er wusste nicht, welche Eiche dieser Dummkopf meinte.

»Wo genau soll das sein?«

»In dem Wald, der an der Weggabelung nach Stürzelberg beginnt. Die Stelle liegt ziemlich genau in der Mitte.«

Hugo reichte es. Er hatte genug von diesem Taugenichts. Er nahm seinen Dolch und rammte ihn mit aller Kraft in Bernhards Eingeweide. Dieser schrie aus Leibeskräften. Doch das spornte Hugo nur weiter an. Er zog die blutige Klinge heraus und stach erneut zu. Als Bernhard nur noch röchelte, ließ er von ihm ab. Dann ergriff er den Tontopf mit dem Schimmel und verließ hastig das Labyrinth. Er hatte nur noch einen einzigen Gedanken im Kopf. Er wollte das Elixier finden.

XVII.

Gegenwart

Nachdem Saskia aus dem Floating-Tank gestiegen war, hatte sie sich sofort in die Umkleidekabine zurückgezogen. Ihr Herz raste. Adrenalin schoss noch immer in gewaltigen Mengen durch ihre Blutbahnen und brachte ihre Nerven zum Vibrieren. Sollte sie sich das wirklich alles nur eingebildet haben? Sie betrachtete ihre Hände und Unterarme. Alles sah völlig normal aus. Nicht ein einziger Kratzer war zu entdecken. Sie schüttelte sich und schlich sich dann lautlos an die Tür der Umkleidekabine. Aus dem Labor drangen die Stimmen von Dr. Neuenhaus und dem Hypnotiseur an ihr Ohr. Sie konnte die einzelnen Worte nicht verstehen, aber ihr Klang war ruhig und sachlich. Es steckte keinerlei Aufregung, Sorge oder gar Verwirrung in den Stimmen der Ärzte. Saskia ließ sich auf den Boden sinken und schlug die Hände vors Gesicht. Ob sie langsam verrückt wurde? Sie tastete nach ihrem Tagebuch und konnte es nicht finden. Wahrscheinlich hatte sie es im Gartenhaus ihres Großvaters liegen lassen. Verdammt. Sie konnte immer noch die Wut fühlen, mit der sie das Küchenmesser in den Körper ihres Vaters und den seiner neuen Frau gerammt hatte. Ihr Magen krampfte sich zusammen. Ihr war speiübel. Mit einem Mal fuhr sie hoch und rannte auf die Toilette. Sie übergab sich mehrmals. Völlig erschöpft blieb sie vor der Toilettenschüssel knien und legte den Kopf auf die Brille. Tränen liefen über ihr Gesicht. Angst und Verwirrung lagen zentnerschwer auf ihren Schultern und ließen Saskia in sich zusammenfallen. Sie war ein einziges Häufchen Elend.

Das Klopfen an der Tür schreckte sie auf.

»Ist alles in Ordnung mit Ihnen?«

Es war die Stimme von Dr. Neuenhaus.

Saskia zögerte und holte tief Luft. Dann richtete sie sich auf und drückte den Knopf der Toilettenspülung. Sie stand auf und benetzte Gesicht und Dekolleté mit kaltem Wasser. Anschließend öffnete sie die Toilettentür und steckte das Gesicht durch den Spalt.

»Alles in Ordnung. Mir ist nur ziemlich übel. Gab es irgendetwas Besonderes?« Sie versuchte, ihrer Stimme einen ruhigen und unschuldigen Klang zu verleihen.

Dr. Neuenhaus nahm ihr Kinn in die Hand und blickte prüfend in Saskias schweißnasses Gesicht. In seinen Augen las sie Besorgnis.

»Nun, die Session hat heute deutlich länger gedauert als üblich. Vielleicht hat ihr Gleichgewichtssinn unter dem langen Schweben im Salzwasser gelitten. So etwas kann vorkommen. Leiden Sie unter Seekrankheit?«

Saskia sah ihn mit großen Augen an. »Keine Ahnung. Ich war noch nie lange auf einem Schiff.«

»Oh, verstehe.« Neuenhaus schenkte ihr ein charmantes Lächeln. »Vielleicht begleiten Sie mich einmal, wenn die Studie abgeschlossen ist.«

Saskias Herzschlag setzte aus. Er mag mich, schoss es ihr durch den Kopf. Sie spürte, wie ihre Knie weich wurden bei dem Gedanken, mit Dr. Neuenhaus zusammen zu sein. Doch die Bilder in ihrem Kopf ließen jeden weiteren Gedanken absterben. Verdammt. Sie musste herausfinden, was passiert war. Sie musste mit Pascal sprechen.

»Das würde ich gerne tun«, antwortete sie schließlich und lächelte Dr. Neuenhaus an.

»Gut«, er zwinkerte ihr zu, »aber jetzt gehen Sie erst einmal nach Hause und ruhen sich aus. Ich bin auf das nächste Protokoll gespannt. Ich denke, heute könnten wir den Durchbruch geschafft haben. Ihre Vitalwerte sind hervorragend, Frau Heinermann. Ich wette, dass Sie mir bei unserem nächsten Treffen davon vorschwärmen werden, wie wohl und entspannt sie sich fühlen.« Seine blauen Augen strahlten sie durch die randlose Brille an. Er war genau der Typ Mann, mit dem Saskia gerne zusammen wäre. Er strahlte so viel Wärme und gleichzeitig Stärke aus, dass sie ihm am liebsten um den Hals gefallen wäre, wenn da nicht immer noch diese düsteren Bilder in ihrem Kopf herumspuken würden. Bilder, die aus ihr eine kaltblütige Mörderin machten und Gefühle in ihr erzeugten, die sie sich nicht erklären konnte. Gefühle, die sie am liebsten ignoriert hätte. Saskia schüttelte sich. Dann nahm sie all ihre Kraft zusammen, schenkte Dr. Neuenhaus erneut ein Lächeln und zog sich zurück in die Umkleidekabine.

...

Oliver näherte sich dem grauen Gebäude. Das Krankenhaus war ein riesiger Klotz aus den siebziger Jahren. Es gab nichts, was die trostlose Fassade aufgelockert hätte. Graue Fenster reihten sich glanzlos aneinander. Aus manchen von ihnen blickten Patienten hinunter auf den baumlosen Vorhof, der mit quadratischen Kieselplatten gepflastert war. Graue Steinkübel beherbergten mickrige Pflanzen, die bei weitem nicht genug Grün in die Betonwüste brachten. Klaus lief direkt neben ihm. Seine Sonnenbrille reflektierte das Licht. Er hatte heute Morgen in einem anderen Fall vor Gericht aussagen müssen.

Sie liefen auf die gläsernen Schiebetüren zu, die sich automatisch öffneten. Auf dem grauen Linoleumboden der düsteren Eingangshalle verliefen mehrere Linien, jede in einer anderen Farbe. Am Anfang der blauen Linie stand das fettgedruckte Wort »Anmeldung«. Daneben gab es noch eine rote Linie für die Röntgenabteilung und eine gelbe Linie, die in die Frauenklinik führte. Oliver folgte der blauen Markierung, die ihn quer durch den Eingangsbereich in eine Linkskurve führte. Eine Menschenmenge stand ordentlich aufgereiht in drei Schlangenlinien an einem weißen Tresen, hinter dem drei Schwestern in hellblauen Kitteln saßen. Oliver überholte die Wartenden und zog damit einige böse Blicke auf sich. Klaus folgte ihm und Oliver steuerte auf die Mitte des Tresens zu. Die Schwester hob die Augenbrauen anklagend in die Höhe, doch noch bevor sie den Mund öffnen konnte, hielt Oliver seinen Ausweis in die Luft. Ihr Unterkiefer klappte erschrocken zu. Oliver lächelte und erkundigte sich nach Dr. Joachim Neuenhaus. Die Schwester schickte die beiden in die dritte Etage in das Zimmer 385, in dem sich die Anmeldung für Dr. Neuenhaus‘ Sprechstunde befand. Oliver und Klaus nahmen den Fahrstuhl, der nach menschlichen Ausdünstungen und verbrauchter Luft stank. Innerhalb weniger Sekunden erreichten sie das Zimmer 385.

Eine ältere Frau mit hochgesteckten Haaren nahm sie in Empfang.

»Was kann ich für Sie tun?«, fragte sie freundlich, während sie mit dem Stift über die Termineintragungen für die nächste Stunde glitt.

»Guten Tag. Ich bin Kriminalkommissar Oliver Bergmann und das ist mein Partner Klaus Gruber. Wir möchten gerne mit Dr. Joachim Neuenhaus sprechen.«

Die Augen der Frau weiteten sich. Nervös pochte sie auf dem Terminkalender herum, bevor Sie zum Telefon griff und eine Taste drückte.

»Dr. Neuenhaus. Hier stehen zwei Beamte von der Kriminalpolizei. Sie wollen mit Ihnen sprechen.« Ihre Stimme zitterte leicht. Nach einer Weile öffnete sich die Tür am hinteren Ende des Raumes und ein hochgewachsener, kräftiger Mann mit randloser Brille bedeutete ihnen, einzutreten.

»Guten Tag. Ich bin Dr. Neuenhaus. Was kann ich für die Herren tun?« Er bot Oliver und Klaus je einen Stuhl vor seinem Schreibtisch an, hinter dem er gemächlich Platz nahm. Oliver wies sich aus und kam direkt zur Sache.

»Wir benötigen Informationen zu einer Ihrer Patientinnen. Ihr Name ist Saskia Heinermann.«

Dr. Neuenhaus hob erstaunt die Augenbrauen. »Nun, wie Sie sicher wissen, unterliegen alle Patientendaten der ärztlichen Schweigepflicht.« Er machte eine kurze Pause. »Ich bin mir daher nicht sicher, ob ich Ihnen weiterhelfen kann, oder verfügen Sie über einen richterlichen Beschluss?« Er lächelte.

Oliver schüttelte den Kopf.

»Nein, wir wollen lediglich ein paar allgemeine Informationen. Wir untersuchen routinemäßig das Umfeld aller Personen, die mit einem Mordfall in Verbindung stehen. Frau Heinermann hatte am Rande mit dem Opfer zu tun.«

Neuenhaus atmete aus. »Da bin ich aber erleichtert. Im ersten Moment haben Sie mir einen Schrecken eingejagt. Das heißt, Frau Heinermann ist wohlauf und sie steht auch nicht unter Verdacht, etwas Schreckliches getan zu haben.«

»Nein, wie gesagt, es ist reine Routine.« Oliver zückte sein Notizbuch und gab Neuenhaus damit zu verstehen, dass der

Smalltalk beendet war.

»Ja, also ... Ich kann Ihnen sagen, dass Frau Heinermann an einer meiner aktuellen klinischen Studien als Testperson mitwirkt. Alle Probandinnen haben eine Einverständniserklärung unterschrieben, wonach ich die Namen der Teilnehmer an meiner Studie veröffentlichen darf. Das schließt allerdings die Herausgabe von Einzelheiten und Behandlungserfolgen nicht mit ein.«

Dr. Neuenhaus erklärte die Studie und die Wirkungsweise seines Anti-Stress-Medikamentes. Während seiner Ausführungen schob er Oliver einen Zeitungsausschnitt hinüber, in dem die Studie und die Suche nach Probandinnen annonciert waren. Oliver überflog den Text.

»Das bedeutet, dass Frau Heinermann stark unter Stress steht?«, unterbrach er Neuenhaus' Ausführungen. Der Arzt stockte.

»Ja, das ist die Voraussetzung für die Mitwirkung an der Studie. Sonst ergäbe es ja keinen Sinn.« Er sah Oliver verunsichert an. »Hören Sie, Frau Heinermann zeigt keinerlei auffälliges Verhalten. Sie ist eine ganz normale, gestresste und alleinerziehende Mutter. Wie tausende andere auch ... Ich möchte sie nicht in irgendwelche Schwierigkeiten bringen.«

Oliver kritzelte etwas in sein Notizbuch.

»Nein, keine Sorge. Es ist, wie gesagt, reine Routine. Nach unseren Ermittlungen hat Frau Heinermann zweimal in der Woche einen Termin bei Ihnen?«

Neuenhaus nickte überrascht.

»Hat sie jeden Termin wahrgenommen oder hat sie die eine oder andere Untersuchung ausfallen lassen?«

Neuenhaus zögerte. »Nun, in der Regel ist sie erschienen. Wissen Sie, mit dem kleinen Jungen hat sie es nicht einfach.« Er seufzte. »Ich denke, zwei oder drei Mal hat sie abgesagt.«

»Können Sie uns genau sagen, wann sie nicht hier war?«

»Das habe ich leider nicht im Kopf. Fragen Sie doch beim Rausgehen meine Empfangsdame.« Neuenhaus zuckte bedauernd mit den Schultern. Oliver machte erneut eine Notiz. Dann ging sein Blick zu Klaus hinüber, der unauffällig den Kopf schüttelte. Offensichtlich hatte er keine weiteren Fragen.

»Vielen Dank, Dr. Neuenhaus. Das war es auch schon. Sollte Ihnen noch irgendetwas einfallen, was aus Ihrer Sicht bedeutsam ist, rufen Sie mich bitte an.« Er drückte Neuenhaus eine Visitenkarte in die Hand und wandte sich zum Gehen. Im Vorzimmer ließ er sich die Termine von Saskia Heinermann ausdrucken. Sie würden später überprüfen, ob die Daten in irgendeinem Zusammenhang mit den beiden Morden standen.

...

»Lass uns noch kurz zur Bank gehen. Dann lade ich dich auf ein großes Eis ein.« Pascals Augen strahlten. Saskia blickte auf die Uhr. Ein wenig Zeit blieb ihr noch, dann musste sie Nils aus dem Kindergarten holen. Sie war direkt nach dem schrecklichen Erlebnis bei Dr. Neuenhaus zu Pascal gefahren. Ursprünglich hatte sie ihn anrufen wollen, doch dann hatte sie beschlossen, persönlich mit ihm zu sprechen. Sie wollte sein Gesicht sehen und seine Reaktion auf ihre Fragen.

»Pascal, erinnerst du dich an den Besuch bei Vater?«, begann sie vorsichtig.

»Na und ob. Das war das schlimmste Erlebnis meines bisherigen Lebens«, erwiderte er, während er die gläserne Tür zur Bankfiliale aufdrückte. Saskia war ganz schwindelig vor Aufregung. Nur mit Mühe konnte sie ein Zittern unterdrücken.

»Ja, das stimmt«, gab sie kleinlaut zu. »Es war ein einziger Albtraum.«

»Ich kann die Neue nicht ausstehen. Am liebsten hätte ich sie so lange gewürgt, bis sie umgefallen wäre.« Pascal gab einen verächtlichen Laut von sich und schob sich an einer Warteschlange vorbei. Die meisten Bankbesucher standen vor einem Geldautomaten. Er wollte jedoch zum Schalter. Als er hinter einer älteren Dame haltmachte, stöhnte er.

»Das kann ja Stunden dauern.«

Die alte Dame durchsuchte die Tasche nach ihrem Sparbuch, wurde jedoch nicht fündig. Pascal kramte einen beachtlichen Stapel mit Geldscheinen hervor und gab sich keine Mühe, diesen zu verbergen. Der Mann, der hinter ihnen in der Reihe stand, bekam große Augen. Pascal zwinkerte ihm überschwänglich zu.

»Du solltest dich lieber auf mein Spielglück verlassen, Schwesterherz. Von unserem alten Herrn kannst du nichts mehr erwarten«, fuhr er dann fort.

»Weißt du noch, wie ich nach Hause gekommen bin?«, platzte Saskia plötzlich mit klopfendem Herzen dazwischen. Pascal hob verwundert die Brauen.

»Ist dir ganz schön nahe gegangen, oder? Erst dachte ich, es macht dir nicht das Geringste aus, dass unser Alter seine Assistentin oder wer auch immer sie ist, in sein Bett gezerrt hat.« Er machte eine obszöne Handbewegung. »Ich habe dich nach Hause gefahren, Schwesterherz.« Er blickte sie mitleidig an. »Ist alles in Ordnung mit dir?«

Saskia schossen vor Erleichterung die Tränen in die Augen. Sie schluckte. »Ja, alles in Ordnung«, hauchte sie und legte ihren Kopf auf Pascals Schulter. Als sie kurz die Augen schloss, fegten die Bilder ihres toten Vaters mit seiner neuen

Frau wie ein Wirbelsturm durch ihren Kopf. Saskia holte tief Luft. Alles nur Einbildung, dachte sie, während Pascal fürsorglich den Arm um sie legte. Was ihr entging, war der Blick ihres Stiefbruders, der in weite Ferne gerückt war.

...

Olivers Handy klingelte. Er blickte auf das Display, erkannte die Nummer des Observierungsteams und hob ab.

»Bergmann.«

»Wir haben vor ein paar Stunden beobachtet, wie Pascal Heinermann die stolze Summe von zehntausend Euro auf sein Konto eingezahlt hat. Ich dachte, ich gebe das noch kurz durch, bevor ich Feierabend mache. Der Bericht wird erst morgen Nachmittag fertig sein.«

Oliver stutzte und versuchte die Information zu verarbeiten. Das fiel ihm ziemlich schwer, da Emily ihren Kopf auf seinem Schoss platziert hatte und sein Körper von Testosteron überschwemmt war. Er schloss die Augen und verfluchte seinen Job für einen Moment. Dann holte er tief Luft, nahm vorsichtig Emilys Kopf hoch und hauchte ihr einen imaginären Kuss zu.

»Was soll das heißen, Sie haben Pascal Heinermann beobachtet?«, fragte er ohne seinen Blick von Emily abzuwenden. Irgendwo in seinem Hinterkopf schrillte eine Alarmglocke, als er ihre weit aufgerissenen Augen bemerkte.

Die Stimme am anderen Ende der Leitung erklärte Oliver den Vorfall. Sie hatten Saskia Heinermann observiert, als sie sich mit ihrem Stiefbruder getroffen und dieser das Geld auf sein Konto eingezahlt hatte. Der Polizeibeamte in Zivil war

Saskia und ihrem Bruder zu Fuß in die Bankfiliale gefolgt und hatte den Vorgang genau beobachtet. Ansonsten hatte es keine nennenswerten Vorkommnisse gegeben. Oliver bedankte sich und legte auf. Zehntausend Euro waren eine Menge Geld. Die Hälfte der Summe, die aus Torsten Schniewalds Wohnung verschwunden war. Konnte das ein bloßer Zufall sein?

»Ich kenne einen Pascal Heinermann.« Emily war die Überraschung deutlich ins Gesicht geschrieben. »Pascal schreibt für mich. Ist ihm etwas passiert?« Ihre Stimme klang atemlos.

Olivers Gehirn arbeitete auf Hochtouren. Sein Verstand realisierte erst Sekunden später Emilys Worte.

»Was?«, entfuhr es ihm. »Was hast du mit Pascal Heinermann zu tun?«

Emily sah ihn verstört an. »Er ist der Bruder einer ehemaligen Studienkollegin, Saskia Heinermann. Er studiert Medizin und unterstützt mich bei meiner neuen Reportage. Du weißt schon, zu Spielen und Rauschmitteln im Mittelalter.«

Sie erhob sich und blätterte in einem Papierstapel. Dann hielt sie Oliver ein paar der Seiten vor die Nase.

»Er hat zum Beispiel die Herstellung von Laudanum für mich beschrieben. Das ist eine Opiumtinktur, die im Mittelalter sowohl als Schmerzmittel aber auch als Droge eingesetzt wurde.«

Oliver riss ihr die Seiten aus der Hand. Er konnte nicht fassen, was Emily da erzählte. Hatten diese Informationen die ganze Zeit direkt vor seiner Nase gelegen und er hatte sie ignoriert? Warum wusste er nichts von dieser Zusammenarbeit? Wieso erzählte Emily ihm erst jetzt, dass sie Saskia Heinermann überhaupt kannte? Seine Fragen überstürzten sich. Oliver atmete tief durch. Dann gab er sich selbst die Antwort. Er hatte ihr gegenüber bisher kein einziges Wort über seinen neuen Fall verloren.

...

Anna brummte der Schädel. In der vergangenen Nacht hatte sie irgendwie kein Auge zugetan. Der Zusammenstoß mit Pascal lag ihr auf unerklärliche Weise schwer im Magen. Er war zwar sehr nett gewesen. Trotzdem beunruhigte sie sein plötzliches Auftauchen. Zum tausendsten Mal fragte sie sich, was er eigentlich von ihr wollte. Warum war es ihm so wichtig, was sie von ihm hielt? Sie hatte Emily nichts von dieser Begegnung erzählt. Sie wusste selbst nicht so recht, warum. Stattdessen hatte sie Saskia angerufen. Doch das Telefonat war fruchtlos verlaufen. Saskia schwärmte wie eh und je von ihrem Stiefbruder. Eine Stimme in ihrem Innern fragte sich, ob Oliver Bergmann die häufigen Treffen zwischen Emily und Pascal so einfach tolerierte? Ob er überhaupt davon wusste? Nur mit Mühe hatte Anna sich davon abhalten können, ihn anzurufen. In Emilys Augen wäre das glatt Hochverrat gewesen. Anna lief in ihrem Wohnzimmer auf und ab. Sie fühlte sich rastlos. Sie blieb vor einem Regal stehen. Diverse Unterlagen stapelten sich darauf zu einem formlosen Haufen. Ein mittelalterliches Porträt von Bastian Mühlenberg fiel ihr ins Auge. Es befand sich seit über einem Jahr in ihrem Besitz. Genauer gesagt, seit Anna fast dem Puzzlemörder in die Hände gefallen wäre. Zu diesem Zeitpunkt waren sie sich zum ersten Mal begegnet. Er war ihr so real erschienen, dass sie sich unsterblich in ihn verliebt hatte. Viel zu spät erst hatte sie begriffen, dass er nur in ihren Träumen zu existieren schien.

Gerade, als sie das Porträt hervorholen wollte, klingelte Annas Handy.

»Hi Anna, hier ist Emily. Ich habe eigentlich versprochen, es für mich zu behalten. Aber ich halte es keine Sekunde länger aus. Wusstest du, dass Saskia und Pascal von der Polizei beobachtet werden?«

»Was?« Anna stockte der Atem. Sie hatte doch gleich geahnt, dass mit Pascal etwas nicht stimmte.

...

Ingrid Scholten runzelte die Stirn. Sie überflog die Zeilen ein weiteres Mal und tippte etwas in ihren Computer ein.

»Schwer zu sagen«, seufzte sie anschließend. »Die Zusammensetzung ist sehr unspezifisch. Es könnte auch ein reiner Zufall sein. Im Internet gibt es tausende Rezepte für Opiumtinkturen.« Sie stoppte und warf Oliver einen verzagten Blick zu. »Ich kann es nicht mit Sicherheit sagen. Tut mir leid.«

»Schon gut. Es ist einfach nur ein merkwürdiger Zufall.« Oliver kratzte sich gedankenverloren am Kinn. »Erst die zehntausend Euro Bareinzahlung und dann das Grundwissen über Opiumtinkturen, deren Spuren wir rein zufällig bei beiden Opfern gefunden haben.«

Ingrid Scholten nickte. »Es ist sehr schwer, den Beschaffungsweg zurückzuverfolgen oder die exakte Zusammensetzung der Opiummixtur zu bestimmen. Es waren nur sehr geringe Mengen, die ich im Blut nachweisen konnte. Für eine umfangreiche Analyse reicht das leider nicht aus.« Sie zuckte mit den Schultern und gab Oliver die Ausdrucke zurück. Es handelte sich um Pascal Heinermanns Ausarbeitungen für

Emilys Reportage. Oliver hatte sie mitgenommen, als er völlig überstürzt Emilys Wohnung verlassen hatte. Er konnte seinen Chef Hans Steuermark davon überzeugen, die Observierung auf Pascal Heinermann auszuweiten. Auch der zuständige Richter hatte ohne zu zögern zugestimmt. Bisher konnten sie sich keinen Reim darauf machen, wie Pascal Heinermann an die gigantische Summe von zehntausend Euro gekommen war. Er studierte noch und bezog Bafög. Das Rechercheteam hatte zudem herausgefunden, dass Pascal ein Gelegenheitsspieler war. Er hatte Accounts bei allen großen Onlinespiele-Anbietern und die Spielbank Aachen hatte Pascals häufige Anwesenheit in den letzten drei Wochen bestätigt. Olivers Partner Klaus war auf dem Weg dorthin. Er wollte herausfinden, ob Pascal Heinermann die Geldsumme dort gewonnen hatte.

Oliver dankte Ingrid Scholten und verabschiedete sich. Er hatte noch etwas anderes vor.

....

Dreißig Minuten später stand er vor der Gartenlaube, in der sich Saskia Heinermann in den letzten Tagen des Öfteren aufgehalten hatte. Er haderte mit sich. Er hatte keinen Durchsuchungsbefehl. Doch die Tür der Gartenlaube war nicht verschlossen. Es juckte in seinen Fingern. Er musste sie einfach nur aufstoßen und wer weiß, was er dort drinnen vorfinden würde. Er schaute sich um. Die Gartensiedlung wirkte verlassen. Niemand war zu sehen. Er blickte auf die Uhr. Saskia Heinermann befand sich in Köln bei ihrem Arzt Dr. Neuenhaus. Das hatte das Observierungsteam vor fünf Minuten bestätigt. Oliver hatte also mehr als genug Zeit, um sich ungestört umzusehen. Er zögerte. Womöglich sollte er lieber weitere Beweise sammeln und dann einen Durchsuchungsbefehl erwirken. Das wäre zumindest die korrekte Vorgehensweise. Doch Olivers Instinkt ließ nicht locker. Sein Bauchgefühl sagte ihm, dass er nicht länger abwarten konnte. Hinter dieser Tür lag vielleicht der Schlüssel zu den beiden Morden. Er überlegte noch eine Weile, dann holte er tief Luft und trat entschlossen ein. Wenn er nichts fand, würde nie jemand etwas davon erfahren und wenn doch, würde er einen Weg finden und nachträglich einen Durchsuchungsbeschluss erwirken. Gefahr im Verzug, irgendetwas würde ihm schon einfallen.

Die Gartenlaube war nicht besonders groß. Sie bestand aus einer kleinen Küche, einem Flur und einem Wohnraum. Alte, verkommene Möbel, die wahrscheinlich nie ausgetauscht worden waren, sorgten für eine muffige, schäbige Atmosphäre. Oliver durchsuchte das alte Zeug, das überall herumlag, wurde jedoch nicht fündig. In einer hölzernen Kiste fand er verschiedene Karten und Notizbücher. Nichts, was er verwerten konnte. Erst als er sich schon wieder in Richtung Ausgang bewegte, fiel sein Blick auf ein Notizbuch, das halb unter ein Kopfkissen auf dem schmalen Bett gerutscht war. Neugierig blätterte Oliver durch die ersten Seiten. Es waren persönliche Notizen von Saskia Heinermann. Die ersten Einträge waren mehr als fünf Jahre alt. Sie beschrieben im Wesentlichen die Treffen mit dem Vater ihres Kindes. Offenbar war Saskia Heinermann sehr verliebt gewesen. Aus jeder Zeile ihrer Worte konnte Oliver die tiefen Gefühle spüren, die sie für einen gewissen Matthias empfunden hatte. Oliver spürte eine leichte Beklemmung, weil er in Saskias Intimsphäre herumspionierte, ohne dazu autorisiert zu sein. Seine Augen flogen über die Zeilen und in seinem Kopf formte sich das Bild einer jungen

Frau, die sich als alleinerziehende Mutter mühsam durchs Leben schlug. Nach einer Weile hatte er genug. Er blätterte bis zu den letzten Einträgen vor. Die Worte, die er dort las, brachten sein Herz zum Pochen. Er klappte das Buch zu und hastete zurück in seinen Wagen.

...

Niemand hob ab. Saskia hatte im Laufe des Tages immer wieder die Nummer ihres Vaters gewählt. Am Festnetztelefon meldete sich keiner und auf dem Handy sprang nach ein paar Freitönen die Mailbox an. Eigentlich wusste sie selbst nicht so genau, warum sie diese Nummern wählte. Nachdem Pascal ihr erzählt hatte, dass sie gemeinsam das Haus ihres Vaters verlassen hatten, war es ihr ein paar Stunden lang richtig gut gegangen. Sie war zutiefst erleichtert gewesen. Doch in der Nacht hatten die schrecklichen Bilder sie wieder eingeholt. Immer wieder starrten die toten Augen ihres Vaters sie kalt an und rissen sie unsanft aus dem Schlaf. Es fühlte sich so verdammt real an, dass sie sich einfach vergewissern musste, dass alles nur ihrer Fantasie entsprungen war.

Kurz entschlossen war Saskia in ihr Auto gestiegen und losgefahren. Doch je näher sie dem Anwesen ihres Vaters kam, desto größer wurden die Zweifel. Vielleicht sollte sie einfach kehrt machen und die ganze Geschichte abhaken. Warum genügte ihr Pascals Beteuerung nicht? Sie nahm den Fuß vom Gas und hielt am Straßenrand. Weshalb nur manövrierte sie sich selbst immer wieder in solche unangenehmen Situationen? Sie hatte doch schon genug mit sich selbst und ihrem kleinen Nils zu tun. Wieder schossen grausige Szenen durch ihren Kopf. »Nein!« Sie schrie kurz auf. Dann trat sie erneut aufs Gas. Sie musste Klarheit haben. Wenn ihr Vater sie rauswarf, zumindest erwartete sie diese Reaktion von ihm, wäre alles in Ordnung. Sie musste einfach ihr Stresslevel wieder auf ein normales Maß zurückfahren, dann würden auch diese Albträume endlich aufhören.

Und wenn nicht? Wenn niemand öffnete, oder noch schlimmer, wenn sich ihre Träume als wahr herausstellten? Was dann?, fragte eine gehässige Stimme in ihrem Kopf. Saskia schüttelte sich und stampfte auf das Gaspedal. Der Motor heulte gequält auf und sie schaltete einen Gang höher. Was dann? Sie zuckte mit den Schultern. Sie wusste es nicht. Sie blickte starr geradeaus und gab weiter Gas. Die Sonne schien hell am Himmel und Saskia blickte prüfend in den Rückspiegel. Die Nacht hatte Spuren auf ihrem Gesicht hinterlassen. Dunkle Ränder ließen ihre Augen tief in die Höhlen zurückfallen und machten sie etliche Jahre älter. Ihre Haare waren stumpf und hätten eine Wäsche vertragen können. Sie wandte den Blick ab und richtete die Augen wieder auf die schmale Landstraße. Sie hatte jetzt andere Sorgen als ihr Aussehen. Warum sollte sie sich auch auftakeln, nur weil sie ihrem Vater einen Besuch abstattete?

Nach einer Weile bog sie links ab und gelangte auf den Kiesweg, der am mit bunten Blumen bepflanzten Rondell endete. Alles sah aus wie immer. Das Haus strahlte warm in der hellen Frühlingssonne. Lichtstrahlen reflektierten sich an den großen Fensterscheiben und schimmerten fast wie Wasser. Saskia parkte ihren Wagen und stieg aus. Die Luft duftete nach Blumen und nach dem Wald, der direkt hinter dem Haus begann. Ihre Schuhe knirschten auf dem Kiesweg. Ein Steinchen verfing sich in den Ritzen ihrer Sohle und sie hielt inne. Auf einem Bein balancierend entfernte sie den Störenfried und lief dann weiter auf die Eingangstür zu. Das Schrillen der Türklingel störte den friedlichen Frühlingszauber für einen Augenblick. Saskia wartete. Mit pochendem Herzen lauschte sie auf die Schritte, die sich jeden Moment der Tür nähern mussten. Stille. Sie klingelte erneut, diesmal drückte sie den Knopf ein wenig länger. Nichts. Auch nach dem dritten Klingeln regte sich niemand. Saskia grübelte. Eigentlich war es nicht weiter verwunderlich, dass ihr keiner öffnete, schließlich waren auch ihre Anrufe ins Leere gegangen. Sie machte ein paar Schritte zur Seite und spähte durch ein Fenster. Alles sah ordentlich aus, wie immer. Keine Auffälligkeiten. Sie lief um das Haus herum zum Hintereingang. Er war verschlossen. Saskia rieb sich die Schläfen. Dann kam ihr eine Idee. Ihre Mutter hatte stets einen Ersatzschlüssel in einem der Blumenkübel versteckt. Sie tastete mit dem Fingern am Rand des riesigen Tontopfes entlang. Tatsächlich, der Schlüssel steckte immer noch an der Seite. Saskia zog ihn heraus und pustete die feuchte Erde ab. Dann schloss sie die Hintertür auf. Es war eine massive dunkle Holztür, die sich trotz ihres Gewichtes leichtgängig öffnen ließ. Ihr Vater hatte schon immer Wert auf Qualität gelegt. Sie ging hinein.

»Hallo, Vater?«

Keine Antwort.

Saskia lief durch das großzügige Wohnzimmer mit echtem Marmorboden und hoher, stuckverzierter Decke. Als sie sich der Küche näherte, nahm sie ein leises Summen war. Die Luft stand still und muffelte süßlich. Zögernd blieb sie stehen und lauschte. Eine düstere Vorahnung beschlich sie. Plötzlich stürmten all die schrecklichen Bilder ihres toten Vaters und seiner neuen Verlobten, der Clownsfrau, mit der Gewalt eines Bombenangriffs auf sie ein. Mit weichen Knien drückte sie die Klinke der Küchentür herunter.

Der Gestank war fürchterlich, doch das war nichts gegen den Anblick, der sich ihr bot. Saskia Herz raste. Sie schwitzte, gleichzeitig kroch eine eisige Kälte ihren Nacken hinauf. Dort unten auf dem Küchenboden lag ihr Vater. Fliegen saßen auf seinem Gesicht und schwirrten überall in der Küche herum. Die leeren Augen starrten Saskia anklagend an. Seine Hände waren über der Brust zusammengekrümmt. Es hatte fast den Anschein, als hätte er das Blut stoppen wollen, dass in Strömen aus den Stichwunden ausgetreten war und eine riesige Lache auf dem Küchenboden bildete. Die Clownsfrau lag etwas weiter abseits. Ihre Augen waren halb geschlossen und der Mund zu einem einzigen Schrei verzerrt. Saskia drehte sich weg. Ihr war speiübel. Sie würgte ein paar Mal und übergab sich schließlich in das Spülbecken. Mit zitternden Händen drehte sie den Wasserhahn auf und benetzte das Gesicht. Dann sank sie kraftlos auf den Boden. Der Geruch war bestialisch. Fliegen setzten sich auf ihre Haut und krabbelten über Saskia Arme und den Hals, doch sie hatte nicht die Kraft, sie zu verscheuchen. Wie gelähmt saß sie da und starrte auf die beiden Leichen. Das Wirrwarr in ihrem Kopf schwoll zu einem einzigen Angstschrei an. Was hatte sie nur getan? Ein Zittern ging durch ihren Körper und ihr Gehirn spulte permanent die Bilder ihrer Gräueltaten ab. Sie hatte ihren eigenen Vater auf dem Gewissen. Und drei weitere Menschen, die sie in den Tod getrieben hatte. Was würde jetzt aus ihr werden? Was geschah mit Nils? Angst kroch wie eine Schlange an ihr hoch und legte sich eng um ihren Hals. Tränen liefen über ihre Wangen. Ein kraftloses Schluchzen drang aus ihrer Kehle und Saskia fühlte, wie sich die Ohnmacht kalt und schwarz wie ein Schleier über sie legte. Sie wünschte sich, auf der Stelle zu sterben, doch der Tod wollte sie nicht erlösen. Der schwarze Schleier verflüchtigte sich und gab abermals den Blick auf die beiden Leichen frei. Klar und deutlich erkannte Saskia die Schuld, die sie auf sich geladen hatte. Sie war eine Mörderin. Ohne über die Konsequenzen nachzudenken, zog sie das Handy aus der Tasche und wählte 110. Eine Frauenstimme meldete sich am anderen Ende, und als Saskia antwortete, klang ihre Stimme mit einem Mal ruhig und gelassen.

»Guten Tag, mein Name ist Saskia Heinermann. Ich habe meinen Vater und drei weitere Menschen ermordet.«

XVIII.

Vor fünfhundert Jahren

Bastian starrte den toten Bernhard Schimmelpfennig an. Die letzten Worte des Mannes klangen noch in seinem Ohr. *»Unter der ältesten Eiche im Wald.«* Es gab viele Wälder rund um Zons. Welchen Wald hatte Bernhard nur gemeint? Und vor allem: Was sollte Bastian dort finden? Bastian seufzte und blickte sich um. An der gegenüberliegenden Wand entdeckte er schwarzen Flaum. Das musste der Schimmelpilz sein, den Pfarrer Johannes erwähnt hatte. Schnell zog er ein Tuch aus seinem Wams und bedeckte Nase und Mund. Johannes hatte ihn gewarnt. Schwarzer Schimmel verpestete die Luft und konnte zu einem schrecklichen Tod führen. So stand es in dem Buch des Heilkundigen geschrieben, das Johannes in der Kirche aufbewahrte. Auf einem Schemel, der links von Bastian stand, lagen mehrere blaue Stofftücher. Es war derselbe Stoff, den die tote Martha in ihrer Faust fest umklammert hatte. Auch in diesem Punkt behielt Pfarrer Johannes also recht. Es existierten mehrere blaue Tücher. Das schloss den Fremden in der schwarzen Kutte zwar nicht aus dem Kreis der Verdächtigen aus, aber der Ring, den Bastian in der Tasche des Boten gefunden hatte, bekam dadurch ein viel größeres Gewicht als Beweisstück. Es gab nur einen Ring, den Martha jeden Tag getragen hatte und den sie niemals freiwillig hergegeben hätte.

Bastian blickte sich weiter im Gewölbe um, konnte jedoch nichts Interessantes mehr entdecken. Er dachte kurz darüber nach, Bernhards Leichnam aus dem Labyrinth zu schleppen, entschied sich jedoch dagegen. Er durfte jetzt keine Zeit verlieren. Hier unten war es kühl, und er konnte Bernhard später noch bergen. Jetzt musste er erst einmal die Stelle im Wald finden, die Bernhard ihm genannt hatte. Kurzerhand entschied er sich für den Stürzelberger Wald. Der Entschluss lag nahe, denn dort hatten sie auch Schimmelpfennigs toten Bruder gefunden.

...

Hugo von Spanheim war verzweifelt. Er hatte bereits den dritten Anlauf genommen und war genau in die Mitte des Stürzelberger Waldes geritten. Doch dort wimmelte es nur so von Eichen. Er kannte die Gepflogenheiten der Landbevölkerung nicht und so war ihm nicht klar, was genau Bernhard Schimmelpfennig mit der ältesten Eiche gemeint hatte. Verdammt seid Ihr!, dachte Hugo. Er hätte diesen Taugenichts mit hierher schleppen sollen. Dann hätte er die richtige Stelle längst aus ihm herausgeprügelt. Hugo schnaubte verächtlich. Er gab seinem Pferd die Sporen und ritt im schnellen Galopp durch den Wald. Im Stillen zählte er die Schritte seines Gauls. Zumindest versuchte er, so die Orientierung zu wahren. Diesmal ritt er tiefer in den Wald hinein. Die Baumkronen hoch über seinem Kopf waren so dicht, dass kaum noch Licht hindurchdrang. Es war düster, und die vielen kahlen Äste, deren Blätter aufgrund der Dunkelheit nicht überlebt hatten, ließen das Herzstück des Waldes bedrohlich und unheilvoll erscheinen. Hugo ritt langsamer. Der Wald rauschte und ächzte im Wind. Einzelne Blätter fielen hinab. Zweige knackten. Hugo hatte eine Gänsehaut. Er war mutterseelenallein. Niemand würde ihn hier je finden. Schnell schob er die Angst beiseite. Er musste die Stelle finden. Wenn Bernhard den Tonkrug mit dem Elixier wirklich am Fuße einer Eiche vergraben hatte, musste es frische Spuren in der Erde geben. Hugo stieg vom Pferd. Vor ihm standen fünf uralte Eichen. Ihre Stämme hatten einen Durchmesser von gut einem Meter. Sie mussten mehr als einhundert Jahre alt sein. Schwarze Astlöcher starrten wie Augen auf Hugo von Spanheim herab, und erneut klammerte sich die Angst wie eine kalte Kralle um sein Herz. Hinter ihm knackte es im Unterholz. Erschrocken drehte Hugo sich um. Es war helllichter Tag, doch die Intensität des Lichtes glich mehr der Abenddämmerung, kurz bevor die Sonne sich endgültig schlafen legte. Hugo konnte Schatten sehen. Schatten über Schatten, die sich düster im Wind bewegten und auf ihn zuschwebten, um sich kurz darauf wieder ins Dickicht zu entfernen. Ein Hase oder irgendein anderes kleines Tier schreckte hoch und sprang raschelnd ins Unterholz. Hugo konnte das Tier nicht richtig erkennen, aber dafür hörte er die hektischen Bewegungen umso deutlicher. Sein Gaul schnaubte nervös. Alles an diesem Wald war unheimlich. Wäre er Bernhard gewesen, hätte er ebenfalls einen solchen Ort als Versteck gewählt. Niemand, der bei Verstand war, würde sich freiwillig hierher begeben.

Er ging auf die erste Eiche zu und betrachtete mit zusammengekniffenen Augen den Waldboden. Nichts. Gestrüpp wucherte am Fuße des Baumes und der Boden ringsherum schien vollkommen unberührt. Es gab keinerlei Spuren. Hugo ging zum nächsten Baum. Dort konnte er ebenfalls nichts entdecken. Die nächste Eiche ließ sein Herz höher schlagen. In den dicken Stamm war ein Kreis eingeritzt. Er reichte einmal um den ganzen Baumstamm herum.

Das muss die älteste Eiche sein, fuhr es Hugo durch den Kopf. Er lief einmal um den dicken Stamm herum. Die Stelle war offenkundig. Das dichte Gestrüpp war zertrampelt und herausgerissen. Nur ein paar Blätter bedeckten die bloße Erde notdürftig. Bernhard hatte sich nicht besonders viel Mühe gegeben, den lockeren Waldboden zu verdecken. Offensichtlich hatte er nicht damit gerechnet, dass jemand über das Loch stolpern könnte. Hugo pfiff seinen Gaul heran und griff nach der Schaufel, die er am Sattel befestigt hatte. Der Krug war nicht tief vergraben. Schon nach wenigen Minuten stieß er auf einen Widerstand. Hugo zitterte vor Freude. Vorsichtig schaufelte er mit den Händen die restliche Erde beiseite. Der Tonkrug war unversehrt. Behutsam nahm Hugo ihn heraus und öffnete ihn. Das Elixier roch muffig. Er atmete erleichtert auf. Wäre ihm ein fauliger Geruch in die Nase gestiegen, hätte er es nicht mehr verkaufen können. So jedoch wartete ein sattes Geschäft auf ihn. Hugo war in Hochstimmung. Er scharrte die Erde mit den Stiefeln zurück in das Loch und befestigte seine Schaufel wieder am Sattel. Dann bückte er sich und wollte den Krug mit dem Elixier hochheben. Doch ein schwarzer Stiefel hinderte ihn daran. Ehe er sich versah, bekam er einen Tritt in den Magen und krümmte sich vor Schmerzen zusammen.

»Wer seid Ihr?«, presste er mühsam hervor und richtete seinen Blick auf den Mann, der über ihn gebeugt stand.

»Euer Bote. Kennt Ihr mich nicht mehr?«

Hugo stockte der Atem. Was zum Teufel machte dieser Bursche hier? Eine düstere Vorahnung beschlich ihn und er tastete unauffällig nach dem Dolch in seinem Wams.

»Was wollt Ihr?«

Der Bote beugte sich dicht über ihn und zischte: »Habt Ihr denn keine neue Lieferung für mich?«

Ohne Vorwarnung zog Hugo den Dolch und stach zu. Seine Klinge schnitt seinem neuen Boten in den Oberarm. Dieser stieß einen überraschten Schrei aus und sprang einen Schritt zurück. Blut sickerte durch die Wunde und tränkte den Ärmel seines Wamses dunkelrot.

»Warum verfolgt Ihr mich? Seid Ihr des Wahnsinns?« Hugo versuchte, seine Angst hinter einer donnernden Stimme zu verbergen. Sein Gegenüber hatte sich wieder gefangen und grinste.

»Ihr habt wirklich keine Ahnung, wer ich bin?« Das Grinsen des Boten wurde immer breiter.

Hugo von Spanheim griff fester um seinen Dolch. Was wollte dieser Mann von ihm? Schnell machte er einen Ausfallschritt nach vorne und versuchte, seine Waffe in das Herz seines Gegenübers zu rammen. Er verfehlte das Ziel. Der Bote sprang im letzten Moment zur Seite und entging dem tödlichen Treffer. Mit der Stiefelspitze versetzte er Hugo einen kräftigen Tritt in die Magengrube und stürzte sich auf ihn. Eine Weile rangen sie miteinander. Hugo schaffte es nicht, den kräftigen Mann abzuwehren.

»Verdammt, wer seid Ihr! Was wollt Ihr?«, keuchte er abermals.

Er bekam keine Antwort. Stattdessen bohrte sich die Klinge eines scharfen Messers in seinen Hals. Entsetzt presste Hugo die Hand auf die Wunde. Er spürte, wie mit jedem Herzschlag warmes Blut aus seinem Hals schoss. Der Bote beugte sich dicht über ihn.

»Ich bin August Hatzfeld«, hauchte er und stieß die Klinge abermals in den sterbenden Körper.

Hugo von Spanheim riss ein letztes Mal die Augen auf.

Seine Lippen formten sich zu Worten, doch es kam kein Ton mehr aus seiner Kehle. Dann hauchte er sein Leben aus und fiel schlaff zur Seite.

...

Bastian war völlig außer Atmen. In Windeseile war er aus dem Labyrinth zurück an die Oberfläche gestiegen und hatte sein Pferd gesattelt. Die Sonne stand noch hoch am Himmel, und trotzdem hatte er das Gefühl, zu spät zu sein. Er gab dem Pferd die Sporen und preschte durch das Feldtor hinaus. Erst an der Weggabelung nach Stürzelberg ließ er die Zügel wieder locker. Genau an dieser Stelle begann der Wald. Bastians Blick fiel auf den Boden. Die Erde war an einigen Stellen immer noch aufgelockert und von rotbraunem Blut getränkt. Für einen winzigen Moment sah er den zertrümmerten Schädel des Boten Georg Schimmelpfennig erneut vor sich. Schnell suchten seine Augen ein neues Ziel und verdrängten die Gedanken an den geschändeten Leichnam. Er musste den Fremden in der schwarzen Kutte finden. Die blauen Tücher, die er tief unten im Labyrinth entdeckt hatte, wiesen eindeutig auf ihn hin. Schließlich hatte er ebensolche Tücher bei seiner Flucht vor Wernhart verloren. Und dieser Mann versteckte Elixier in geheimen Rohren, die sich mitten in der Stadtmauer befanden. Bastian zog den einzig möglichen Schluss daraus. Dieser Mann war derjenige, der das Elixier herstellte und auch verkaufte. Er hatte Bernhard Schimmelpfennig auf dem Gewissen und mit hoher Wahrscheinlichkeit auch seinen Bruder Georg, den Boten. Bastian kam die verdächtige Körperhaltung des Kuttenträgers in den Sinn. Ob es sich vielleicht doch um Hugo von Spanheim gehandelt hatte? Vielleicht hätte er ihn ansprechen oder zumindest von Wernhart beobachten lassen sollen. Er schüttelte den Gedanken ab. Wenn Hugo von Spanheim hinter den beiden Morden und dem Elixier steckte, würde Bastian es herausfinden. Er lenkte sein Pferd in den Wald hinein. Sofort verschwand das Sonnenlicht hinter den üppigen Baumkronen. Nur ab und an tänzelten vereinzelte Strahlen an den Baumstämmen herab. Allerdings verloren sie sich weit über Bastians Kopf und reichten nicht bis zum Boden. Dafür war das Blätterdach viel zu dicht. Die Temperatur war angenehm kühl. Der Schatten, der den ganzen Tag die Sonne fernhielt, wurde von leichtem Wind begleitet. Bastians Pferd nahm diesen Wechsel mit einem wohlwollenden Schnauben auf. Jeder Wald besaß einen sogenannten ältesten Baum. Pfarrer Johannes hatte ihm von dem Glauben der Landbevölkerung an die Magie erzählt, die der erste Baum, der sogenannte Vater eines jeden Waldes, besaß. Obwohl dieser Brauch langsam ausstarb, trug der jeweils älteste Baum auch heute noch einen eingeritzten Kreis in seinem Stamm. Dieser Kreis kennzeichnete gleichzeitig den Anfang und das Ende. Fiel der Baum, dann starb der Wald. Das zumindest glaubten die Bauern.

Bastian führte sein Pferd tiefer in den Wald hinein. Er musste bis ungefähr in die Mitte vordringen, um an die Stelle zu gelangen, die Bernhard Schimmelpfennig in den letzten Sekunden seines Lebens erwähnt hatte. Bastians Gaul trabte zielstrebig auf ein paar uralte Eichen zu, deren üppiges Blattwerk im Wind säuselte. Bastian musste nicht lange nach dem ältesten Baum suchen. Sofort erkannte er den Fremden in der schwarzen Kutte, der regungslos auf dem Waldboden lag. Es war ohne Zweifel der Mann, den Bastian zusammen mit Wernhart an der südlichen Stadtmauer beobachtet hatte. Bastian stieg ab und eilte - ohne sich umzusehen - zu dem am Boden Liegenden. Als er direkt vor ihm stand, kroch es kalt seinen Rücken hinauf. Die weit aufgerissenen, toten Augen Hugo von Spanheims starrten ihn anklagend an. *Ihr seid zu spät gekommen!* Geschockt ging Bastian einen Schritt rückwärts. Die Stimme dröhnte fortwährend in seinem Kopf. Entsetzt presste er die Hände an die Schläfen. Verdammt, er hatte von Anfang an geahnt, dass von Spanheim irgendwie in die Sache verwickelt war. Jetzt war auch er tot und Bastian würde vielleicht niemals die Wahrheit über Marthas Mörder und den der Gebrüder Schimmelpfennig herausfinden.

Er kniete nieder und bekreuzigte sich. Dann brummte er ein kurzes Gebet vor sich hin und schloss die Augen des Toten. Bastian hätte diesen Blick keine Minute länger ertragen können. Das Gesicht des Toten war weder zu einem Schrei verzerrt, noch wirkte es ängstlich. Bastian hatte den Eindruck, dass Hugo von Spanheim überrascht worden war. Ob er seinen Mörder gekannt hatte und nicht auf einen Angriff gefasst gewesen war? Hugos Lippen waren zu einem »Oh« geformt, die Hände an den Hals gepresst. Die Wunde war blutüberströmt. Bastian legte den Finger in die rote Flüssigkeit. Sie war noch warm und nicht geronnen. Er schätzte, dass das Leben vor nicht mehr als einer Stunde aus Hugos Körper gewichen war, vielleicht waren es auch nur Minuten. Bastian hatte den Mörder offenbar nur knapp verpasst. In einer Tasche fand Bastian ein ledernes Buch, das mit dem roten Familienwappen derer von Spanheim versiegelt war. Schnell blätterte er es durch. Sein Herz raste. Endlich hatte er es schwarz auf weiß. Hugo von Spanheim war tatsächlich für das Elixier verantwortlich. Das Lederbuch enthielt verschiedene Tagebucheintragungen und das Rezept für die Herstellung des Elixiers. Außerdem hatte Hugo von Spanheim genau Buch geführt über die Menge des Elixiers und die Goldgulden, die er mit dem Verkauf desselbigen einnahm. Bastian blätterte ungläubig weiter. Wie hatte von Spanheim das nur die ganze Zeit verheimlichen können? Bastian stoppte an jenem Datum, an dem Pfarrer Johannes sein Geburtstagsfest gegeben hatte und an dem die arme Martha im Burggraben ertränkt worden war. Doch er fand kein Geständnis, vielmehr äußerte sich Hugo wütend darüber, dass der Bote Georg Schimmelpfennig Teile des Elixiers entwendet hatte. Mit keinem einzigen Wort erwähnte er eine Begegnung mit Martha Hatzfeld.

Zunächst atmete Bastian erleichtert auf, doch bereits wenige Zeilen später gefror das Blut in seinen Adern. Hugo von Spanheim gestand wahrhaftig den Mord an seinem Boten. Es waren nur ein paar Zeilen, doch sie jagten Bastian kalte Schauer über den Rücken. *Dieser Taugenichts hat den Tod verdient!* Von Spanheim war ein habgieriger und kaltblütiger Mann gewesen, soviel stand für Bastian fest. Er hatte sie alle getäuscht. Vor allem Pfarrer Johannes. Die Erkenntnis brannte sich in Bastians Seele. Wütend klappte er das Buch zu. Er würde es der Bibliothek von Pfarrer Johannes anvertrauen.

In Hugos Taschen fand sich außerdem ein blutiges Tuch. Bastian betrachtete es nachdenklich. Vermutlich hing Bernhards Blut daran. Wenn sich diese Vermutung bewahrheitete, hätte Hugo von Spanheim die beiden Brüder auf dem Gewissen und damit eine ganze Familie ausgelöscht. Etwas weiter ab lag ein blutiger Dolch. Die Erde war an einer Stelle besonders aufgewühlt. Bastian trat mit dem Stiefel hinein und entdeckte das Loch. Es war leer. Ob Bernhard Schimmelpfennig an dieser Stelle das Elixier vergraben hatte? Doch wer war jetzt in seinem Besitz? Nachdenklich kratzte Bastian sich am Kopf. Irgendetwas hatte er übersehen. Abermals schlug er das Lederbuch auf und blätterte bis zur letzten beschriebenen Seite. Die Notiz war kurz und knapp. Es war nicht die Handschrift von Hugo, sondern die eines alten Bekannten:

»Bastian Mühlenberg, trefft mich um Mitternacht am Mühlenturm. August.«

Bastian fluchte laut. Verdammt. August war ihm erneut einen Schritt voraus. Wütend schlug er das Buch zu und sprang auf sein Pferd. Diesmal würde August ihm die ganze Wahrheit erzählen müssen. Wenn nicht, so würde Bastian ihn vor das Schöffengericht zerren, das schwor er sich ein für alle Mal.

...

Der Mond war nicht viel mehr als eine schmale Silbersichel am Horizont, die nur spärlich Licht spendete. In der Dunkelheit wirkte der Mühlenturm wie ein furchterregender Riese, der stumm den Südwesten der Stadt bewachte. Diesmal war Bastian vorbereitet. Wernhart bewachte seine Familie. Er hatte das Haus verbarrikadiert, um ganz sicherzugehen, dass August nicht wieder dort eindringen und seine Frau und seine Tochter bedrohen konnte. Nervös lief er vor dem Mühlenturm auf und ab.

August ließ tatsächlich nicht lange auf sich warten. Pünktlich um Mitternacht erschien er, in einen kostbaren dunkelroten Umhang gehüllt.

»Bastian Mühlenberg, wie ich sehe, habt Ihr meine Nachricht erhalten.«

»Das habe ich. Ich sollte Euch wegen des Mordes an Hugo von Spanheim in den Juddeturm sperren!«

Bastian ließ August keinen Moment aus den Augen. Dieser setzte eine erstaunte Miene auf.

»Wie kommt Ihr darauf, dass ich es war?«

Bastian lachte auf und zog das Notizbuch von Hugo aus seinem Wams.

»Nun, Ihr habt mir doch die Nachricht hinterlassen, nicht wahr?«

»Da habt Ihr durchaus recht. Aber es war Notwehr. Er griff mich an, als ich diesen Tonkrug von ihm haben wollte.« August öffnete seine Tasche und ließ Bastian einen Blick hineinwerfen.

»Zeigt ihn mir«, sagte Bastian und streckte die Hände aus.

»Ihr könnt ihn gerne öffnen. Einen Großteil des Elixiers habe ich bereits aufgebraucht.«

Bastian blickte August fragend an. »Was hat das zu bedeuten? Ihr habt das Elixier fast aufgebraucht?«

»Nun, Hugo von Spanheim brauchte einen neuen Boten, nachdem er seinen alten zertrampelt hatte. Ich bin der Glückliche, der in seine Dienste aufgenommen wurde.«

Bastian hob die Augenbrauen und ging einen Schritt auf August zu.

»Erzählt mir die ganze Geschichte! Und fangt doch einfach im Haus von Josef Hesemann an. An dem Tag, an dem Ihr Wernhart davon abgehalten habt, den Mann in der schwarzen Kutte zu stellen.«

August grinste. »Ihr seid ein kluger Mann, Bastian Mühlenberg. Ich bin beeindruckt.« Dann fuhr er fort. »Ich halte sehr viel von den Künsten Josef Hesemanns. Er ist wirklich ein ausgezeichneter Arzt. An jenem Tag drang plötzlich ein Fremder in Josefs Haus ein. Ich habe ihn beobachtet und beschlossen, dass es klüger wäre, ihn zu verfolgen.« Er machte eine Pause, um die Wirkung seiner Worte zu steigern.

»Dann bin ich Wernhart bis zu Stadtmauer gefolgt und

habe mich in einiger Entfernung auf die Lauer gelegt. Glücklicherweise führte die Flucht des Fremden direkt an meinem Versteck vorbei. Ich konnte unter der Kapuze das Gesicht unseres Freundes Hugo von Spanheim erkennen. Während ihr mit dem Bruderältesten verhandelt habt, habe ich mich an Hugos Fersen geheftet. Ich wurde sein neuer Bote und ich habe ihn beobachtet, als er Bernhard Schimmelpfennig überwältigt und ins Labyrinth verschleppt hat. Ich gehe davon aus, dass Ihr wisst, dass Hugo von Spanheim beide Brüder ermordet hat?«

Bastian nickte. »Nun, zumindest hat er den Mord an Georg Schimmelpfennig in seinem Tagebuch gestanden. Ich ahnte es allerdings schon länger. Schimmelpfennig war berauscht, als wir ihn fanden. Josef hat Reste des Elixiers in seinem Magen gefunden. Da Hugo von Spanheim das Elixier hergestellt hat, hatte er einen guten Grund, seinen untreuen Boten zum Schweigen zu bringen. Es liegt nicht fern, dass er auch Georgs Bruder, Bernhard Schimmelpfennig auf dem Gewissen hat. Zwar hat er dieses Geständnis nicht niedergeschrieben, aber Bernhard hat mich zu der Stelle im Wald geführt, als ich ihn fragte, wer ihn verwundet hat. Außerdem hatte Bernhard das Elixier gestohlen. Hugo hatte also ein klares Motiv.

Ich verstehe allerdings nicht, warum Ihr Euch in all diese Dinge einmischt. Ich dachte, Ihr wollt den Mörder Eurer Stiefmutter finden. Hättet Ihr mich erneut aufgesucht, hätte ich Euch dies hier geben können.«

Bastian zog einen schmalen Silberring aus der Tasche und hielt ihn August vor die Nase.

»Woher habt Ihr diesen Ring?« Für einen Moment wich Augusts Selbstherrlichkeit blankem Erstaunen. Anerkennend pfiff er durch die Zähne und streckte die Hand nach dem

Ring aus. Bastian umschloss das Schmuckstück mit seiner Faust und rückte es nicht heraus.

»Nun, ihr Mörder hat diesen Ring bei sich getragen. Ich verfüge leider nicht über mehr Beweise. Aber an dem Abend, als Martha von Pfarrer Johannes Geburtstagsfest nach Hause lief, ging sie weiter in Richtung Südmauer, wo sie Georg Schimmelpfennig dabei beobachtete, wie er das Elixier in der Stadtmauer versteckte. Dafür hat sie mit ihrem Leben bezahlt.«

Augusts Miene wirkte versteinert. »Ich habe mit seinem Bruder Bernhard gesprochen. Er war dabei und hat ihr nicht geholfen. Er ist wie ein Feigling davongelaufen.« August spuckte verächtlich aus. »Wisst Ihr, Bastian Mühlenberg, um ein Haar hätte ich ihn lebend aus dem Labyrinth und den Fängen Hugo von Spanheims befreit, aber ich konnte es nicht. Schließlich ist er mitschuldig an Marthas Tod. Er hätte ihr doch helfen können.«

»Warum habt Ihr Hugo von Spanheim ermordet?«, fragte Bastian abermals.

August zückte einen Ledersack und drückte ihn Bastian in die Hand.

»Deswegen«, erwiderte er. »Das Elixier ist eine kostbare Ware und als Hugos Bote kenne ich nun die Abnehmer und werde dieses überaus einträgliche Geschäft von nun an selbst in die Hand nehmen. Außerdem musste jemand für Marthas Tod bezahlen. Gebt dies hier meinem Zwillingsbruder. Das ist der Erlös, den ich mit dem Verkauf des Elixiers bisher erzielt habe. Doch erzählt ihm nicht von mir. Sein Herz ist zu weich für die Wahrheit.«

Bastian nahm den Lederbeutel entgegen.

»Ich kann Euch dennoch nicht einfach gehen lassen, August. Ihr habt Euch des Mordes schuldig gemacht. Ihr gehört vor ein Schöffengericht.«

»Was wollt Ihr? Hugo von Spanheim wäre wegen der Morde an den Gebrüdern Schimmelpfennig so oder so vor dem Scharfrichter gelandet. Was macht es für einen Unterschied, ob ich sein Richter bin oder jemand anderes?«

»Ihr seid nicht in dieses Amt berufen«, erwiderte Bastian.

»Ihr gabt mir einst ein Versprechen«, zischte August.

Bastian erinnerte sich nur allzu gut. August hatte ihm vor ein paar Monaten das Leben gerettet. Bastian war auf der Jagd nach dem Entführer seiner Frau um ein Haar in das tiefe Loch eines Kellergewölbes gestürzt. Mit letzter Kraft hatte er sich am Rand festgehalten, bis August ihm herausgeholfen hatte. Vorher aber hatte August ihm das Versprechen abgenommen, sein Leben zu schonen. Bastian war an dieses Versprechen gebunden. Es gab aber noch einen weiteren Grund, der dafür sprach, August laufen zu lassen. Er dachte an Christan, Augusts Zwillingsbruder. Wenn er August dem Henker übergab, wäre Christan ganz allein auf der Welt. Sein Zwillingsbruder war der letzte lebende Verwandte, der Christan geblieben war. Bastians Herz krampfte sich bei dieser Vorstellung zusammen. Das konnte er Christan unmöglich antun. Aber August hatte erneut gemordet. Dass Hugo selbst des Mordes schuldig war, ließ Augusts Schuld nicht minder schwer wiegen. Bastians Aufgabe war es, kriminelles Gesindel zu fassen. Er durfte August nicht gehen lassen. Allerdings durfte Bastian auch nicht vergessen, dass August ihm bei den Ermittlungen in diesen Mordfällen sehr geholfen hatte. Bastian blickte auf den dicken Verband, der sich an Augusts Oberarm befand.

»Woher habt Ihr diese Wunde?«

August legte die Hand auf das Leinentuch. »Ich sagte doch, Hugo von Spanheim hat mich angegriffen.«

Bastian grübelte. Wenn August Hugo tatsächlich aus Notwehr heraus getötet hatte, könnte Bastian ihn guten Gewissens laufen lassen. Doch so richtig glaubte er nicht daran.

»Nehmt den Tonkrug, er trägt die Initialen Hugo von Spanheims. Damit habt Ihr genügend Beweise, um Hugo von Spanheim als Mörder an den Pranger zu stellen.« Bastian nahm den Krug und betrachtete die Initialen, die auf dem Familienwappen derer von Spanheim prangten. Der Krug roch ganz eindeutig nach dem Elixier und überführte Hugo letztendlich des Mordes. Wäre August Bastian nicht in die Quere gekommen, hätte Bastian den Krug an der Stelle gefunden, die Bernhard Schimmelpfennig ihm kurz vor seinem Tod genannt hatte. Bastian hatte nach dem Mann gefragt, der Bernhard gefoltert hatte und der Krug war in der Tat Antwort genug. Nahm Bastian Wernharts Aussage über die Beobachtungen an der Stadtmauer hinzu, war klar, dass Bernhard das Elixier gestohlen hatte. Sicher würde Bastian auch noch die Kutsche finden, die Hugo von Spanheim für den Mord an seinem Boten benutzt hatte.

»Also gut«, brachte Bastian tonlos hervor. »Ich lasse Euch laufen, aber nur unter einer Bedingung. Ihr gebt mir das restliche Elixier und schwört, dass Ihr in Zukunft keine Geschäfte mehr damit macht. Ich werde das Laudanum unserem Arzt Josef Hesemann übergeben. Er kann viel Gutes damit tun, vor allem für Menschen mit großen Wunden und Schmerzen. Schlagt Ihr ein?«

August zögerte. »Ihr wisst doch, dass ich nicht dafür geschaffen bin, Gutes zu tun. Ich könnte Euch auf der Stelle töten. Warum sollte ich in diesen Handel einschlagen?«

»Weil Ihr keine andere Wahl habt. Außerdem habe ich Vorkehrungen getroffen. Ihr würdet die Stadtmauern nicht lebend verlassen, wenn Ihr Euch an mir oder meiner Familie vergeht.« Bastian hob dann den Lederbeutel mit den Gulden für Augusts Zwillingsbruder empor: »Außerdem schlagen offenbar zwei Herzen in Eurer Brust oder könnt Ihr mir erklären, warum Christans Wohl Euch kümmert?«

Augusts Miene versteinerte sich zunächst. Dann huschte eine Emotion über sein Gesicht, die Bastian nicht deuten konnte. »Ich überlasse Euch das Elixier. Es gibt genug andere Möglichkeiten für mich an Gulden zu kommen.« August wandte sich zum Gehen. Nach ein paar Schritten drehte er sich um und nahm eine Flasche mit schwarzem Elixier aus seiner Tasche.

»Die hier könnt Ihr jetzt schon haben.« Er warf sie Bastian zu.

»Was soll ich damit?«

»Nun, wenn Ihr sie wiedersehen wollt, könnte das Mittel möglicherweise sehr hilfreich sein.«

Bastian runzelte die Stirn.

»Was meint Ihr?«

August lachte. »Wisst Ihr denn nicht, dass Ihr im Schlaf sprecht? Ihr habt mir einiges erzählt in jener Nacht in Eurem Schlafgemach.«

Bastian war starr vor Schreck. Er wusste nicht, wie er reagieren sollte.

»Ich meine Eure Anna, diese Frau aus Euren Träumen, die Euch plötzlich nicht mehr erscheinen will. Nehmt das Elixier und vielleicht seht Ihr sie wieder.«

...

Bastian starrte die Decke seines Schlafgemachs an. Er hatte die ganze Nacht kein Auge zugetan. Die Begegnung mit

August hatte ihn aufgewühlt. Auf der einen Seite war August ein eiskalter Mörder und auf der anderen Seite sorgte er sich um seinen Zwillingsbruder. Bastian wurde einfach nicht schlau aus diesem Mann. Eines war sicher: Er hoffte, dass August in dieser Nacht endgültig aus Zons verschwunden war und nie wiederkehren würde. Bastian drehte sich zur Seite und griff unter sein Kopfkissen. Seine Finger ertasteten einen harten Gegenstand. Vorsichtig zog er ihn heraus und hielt die Flasche mit dem Elixier in den Händen. Er dachte an Anna. Sein Herz pochte. Seit Tagen hatte er nicht mehr von ihr geträumt. Ob ein einziger Tropfen tatsächlich Abhilfe schaffen konnte? Die Stimme der Vernunft warnte ihn vor den Folgen möglicher Wahnvorstellungen. Doch sein Herz konnte nicht anderes. Jeder Herzschlag rief ihren Namen. Anna ... Anna ... Anna. Bastian musste es einfach versuchen. Er öffnete das Fläschchen und benetzte seine Zunge mit wenigen Tropfen. Der muffige Geruch war ihm unbehaglich. Das Elixier brannte in seiner Mundhöhle und nach einigen Augenblicken spürte Bastian, wie sein Körper immer leichter wurde und schließlich durch das Schlafgemach zu schweben schien. Bastian grinste und schloss die Augen. Sein Herz machte einen Satz, als er die Frau vor sich sah, die er in seinen Träumen liebte. Sie saß in einem merkwürdigen Gefährt und stieß einen Fluch aus. Das Gefährt bewegte sich nicht. Anna schien darüber verärgert. Bastian hingegen wunderte sich. Wie sollte dieses Ding ohne Pferdegespann fahren? Dann sprang sie hinaus und lief einen schmalen Weg hinunter. Bastian folgte ihr. Plötzlich befanden sie sich in einem düsteren Tunnel. Treppen führten hinauf ins Licht. Anna nahm die Stufen in Windeseile. Bastian rief ihren Namen, doch seine Stimme wurde von einem gigantischen Dröhnen übertönt. Ein Gefährt aus Eisen kam am Treppenabsatz auf Bastian zu. Er rannte Anna hinterher und sah, wie sie in das Gefährt sprang. Erneut schrie er ihren Namen. Sie drehte sich um und erkannte ihn. Doch Bastian kam keinen Schritt mehr weiter. Das Ungetüm aus Eisen kreischte auf und hielt ihn von ihr fern. Er war wie gebannt. Aus dem Augenwinkel nahm er sein Spiegelbild wahr. Es war eine verzerrte Version seiner selbst. Sie ähnelte ihm auf gespenstische Weise und doch war es nicht sein echtes Spiegelbild. Es war nur ein Teil von ihm. Das Weinen seiner Tochter drang in Bastians Bewusstsein. Er sah sie und ihre Kinder und Kindeskinder und mit einem Mal erkannte er den Mann. Das war nicht sein Spiegelbild. Der Mann war ein Nachfahre von ihm.

Anna! Bastian fuhr hoch. In diesem Augenblick spürte er, dass er sie wahrscheinlich nie wieder sehen würde. Trotzdem huschte ein Lächeln über sein Gesicht. Ein Teil von ihm würde immer bei ihr sein. Mit diesem Gefühl von Gewissheit schlief Bastian friedlich ein.

XIX.

Gegenwart

Oliver drückte aufs Gaspedal. Das Tagebuch von Saskia Heinermann lag neben ihm auf dem Beifahrersitz. Immer wieder wählte er die Nummer von Klaus, doch die war seit mehr als zehn Minuten besetzt. Verdammt, mit wem telefonierte Klaus nur so lange? Oliver musste ihn dringend sprechen. Er hatte in Saskias Notizen gelesen, dass Torsten Schniewald ertrunken war. Zwar waren ihre Schilderungen ziemlich chaotisch, ja sie wirkten beinahe wie von einer Geisteskranken geschrieben, doch in der Öffentlichkeit war nicht bekannt, auf welche Weise der Stadtrat gestorben war. Nur wenige Mitarbeiter im Kriminalkommissariat kannten die wahre Todesursache. Außer ihnen konnte nur noch Schniewalds Mörder über diese Information verfügen. Oliver bremste abrupt vor einer roten Ampel. Wütend schlug er die Hand aufs Lenkrad und drückte erneut auf Wahlwiederholung. Endlich. Ein Freizeichen ertönte in der Leitung und nach wenigen Sekunden hob Klaus ab.

»Klaus, stell dir vor, ich habe Saskia Heinermanns Tagebuch gefunden. Es steht lauter wirres Zeug drin, aber eine Sache ist wichtig. Sie weiß, dass Schniewald ertrunken ist.«

Am anderen Ende der Leitung herrschte Schweigen.

»Klaus, bist du noch dran?«

»Ja, die Ereignisse scheinen sich zu überschlagen. Gerade

eben hatte ich die Notfallzentrale in der Leitung. Saskia Heinermann hat vor ein paar Minuten dort angerufen und den Mord an ihrem Vater und seiner Verlobten gestanden. Außerdem hat sie behauptet, dass auch die Ermordung des Stadtrats Torsten Schniewald und die von Peter Groehn auf ihr Konto gehen.«

»Was?« Oliver traute seinen Ohren nicht.

»Wir müssen sofort zum Tatort fahren. Sie ist gerade auf dem Anwesen ihres Vaters. Der Spurensicherung habe ich schon Bescheid gesagt.«

Oliver riss das Lenkrad herum.

»Ich kann in drei Minuten dort sein«, sagte er atemlos und legte auf.

...

Die vordere Haustür war verschlossen. Oliver hatte sich den Weg zum Hintereingang gebahnt und stand in einem riesigen Wohnzimmer, das vor Reichtum nur so strotzte. Der süßliche Geruch stieg ihm in die Nase und sein Magen verkrampfte sich automatisch. Er kannte ihn nur zu gut. Es war der Gestank nach Tod und Verwesung. Je weiter er ins Haus vordrang, umso intensiver wurde der Geruch. Oliver orientierte sich nach links, von wo die süßliche Wolke auf ihn zuwaberte wie giftiger Nebel. Er hörte ein Schluchzen und erkannte Saskia Heinermanns Stimme. Mit wenigen Schritten war er bei ihr in der Küche. Eiskalte Schauer überliefen ihn, als er die beiden Leichen erblickte. Aus ihren Gesichtern konnte Oliver immer noch das Erstaunen ablesen, dass sie im Augenblick des Todes empfunden hatten. Saskia Heinermann saß regungslos unter der Spüle. Zwar waren ihre Augen auf Oliver gerichtet, der Blick wirkte jedoch völlig entrückt. Saskia Heinermann stand ganz offensichtlich unter Schock.

»Frau Heinermann, können Sie mich verstehen?« Oliver beugte sich zu ihr hinunter und ergriff den rechten Arm. Saskia deutete ein Nicken an. Oliver zog sie nach oben und führte die kraftlose Frau aus der Küche hinaus. Dabei achtete er darauf, nicht in die Blutspritzer zu treten, die überall auf dem Boden verteilt waren. Er platzierte sie auf der Couch und nahm dann schweigend in einem Sessel gegenüber Platz. Ein Blick auf die Uhr verriet ihm, dass Klaus innerhalb der nächsten fünf Minuten eintreffen würde. Oliver wollte keine Zeit verlieren und zückte sein Notizbuch.

»Frau Heinermann, können Sie sagen, wie das passiert ist?«

Saskia hob den Kopf und sah Oliver an. Tränen schossen in ihre ohnehin schon geröteten Augen.

»Ich habe sie erstochen und ...« Sie stockte mitten im Satz. »Ich konnte mich zuerst nicht erinnern, doch jetzt sehe ich alles ganz deutlich vor mir.«

Oliver kritzelte in sein Notizbuch, während Saskia Heinermann ihm die Ereignisse näher brachte. Sie berichtete äußerst detailgetreu. Offensichtlich hatte sich jeder Schrei und jeder einzelne Messerstich tief in ihr Gedächtnis eingebrannt. Oliver betrachtete die Frau nachdenklich. Er hatte immer geahnt, dass sie etwas vor ihm verheimlichte, doch für eine Mörderin hatte er sie nicht gehalten. Es war seltsam, dass ihn seine Menschenkenntnis derart trog. Doch die Art und Weise, wie sie die Morde schilderte, fegte jeden Zweifel hinweg. So konnte nur jemand berichten, der auch tatsächlich dabei gewesen war. Genau innerhalb der erwarteten Zeit traf sein Partner Klaus ein. Er ging in die Küche und kam kreidebleich wieder heraus. Oliver drückte ihm Saskias Tagebuch in die Hand. Seine Gesichtsfarbe schwand vollends, als er den letzten Eintrag las. Er setzte sich in den Sessel neben Oliver.

»Beschreiben Sie uns doch einmal den Mord an Peter Groehn«, forderte er Saskia auf.

Abermals beschrieb Saskia haargenau, welche Verletzungen der Mann erlitten hatte. Zwischendurch massierte sie immer wieder die Schläfen, so als ob sie ihre Erinnerung schärfen musste, damit sie diese in die richtigen Worte kleiden konnte. Klaus wartete nicht länger auf das Ende ihrer Ausführungen. Er warf Oliver einen vielsagenden Blick zu. Das Haus wimmelte inzwischen von Mitarbeitern der Spurensicherung. Ingrid Scholten war mit einem großen Koffer in der Küche verschwunden. Vor dem Hintereingang hatten zwei Leichenwagen geparkt.

»Frau Saskia Heinermann, wir müssen Sie hiermit vorläufig festnehmen. Bitte folgen Sie uns aufs Revier. Dort werden wir diese Unterhaltung fortsetzen.«

...

»Ich beglückwünsche Sie, meine Herren!« Hans Steuermarks Adleraugen funkelten zufrieden. »Sie haben wirklich ganze Arbeit geleistet.« Seine Finger glitten über das Geständnis von Saskia Heinermann und machten unter ihrer Unterschrift halt. Er blätterte um und überflog den Bericht der Spurensicherung. Fingerabdrücke auf den Leichen, der Tatwaffe und überall in der Küche ließen keinen Zweifel an Saskias Schuld. Steuermark blickte seine beiden besten Kriminalkommissare an. Klaus Gruber, der Dienstältere, hatte sich lässig im

Stuhl zurückgelehnt. Die Körperhaltung von Oliver Bergmann wirkte angespannt. Seine Augen wanderten unablässig über die Unterlagen, als ob er nach irgendetwas suchte.

»Bergmann, haben Sie die Rolle von Pascal Heinermann im Zusammenhang mit den Morden aufgeklärt?«

Oliver nickte. Er hatte in den letzten Stunden einen detaillierten Zeitplan ausgearbeitet und die Alibis aller handelnden Personen überprüft. Pascal Heinermann hatte zumindest für den zweiten Mord an Peter Groehn ein hieb- und stichfestes Alibi. Er war zu diesem Zeitpunkt in der Spielbank Aachen gewesen und hatte tatsächlich zehntausend Euro gewonnen. Das war genau der Betrag, den er wenig später auf sein Bankkonto eingezahlt hatte. Mehrere Zeugen hatten seine Anwesenheit bestätigt. Das Kassenprotokoll der Spielbank hatte die Uhrzeit der Auszahlung festgehalten und außerdem war Pascal auf mehreren Videoaufnahmen zu sehen. Er war ohne jeden Zweifel nicht an dem Mord an Peter Groehn beteiligt gewesen. Da Ingrid Scholten bei allen vier Leichen dieselbe Opiumsubstanz im Blut identifiziert hatte, ging die Polizei von einem einzigen Täter aus. Pascal kam daher nicht mehr in Frage.

Oliver hatte neben Saskia Heinermanns Aufzeichnungen in der Gartenhütte ihres Großvaters auch alte Rezepte für die Herstellung von Opiummixturen entdeckt. Beide Geschwister verfügten also über Kenntnisse zur Herstellung dieser Substanz. Pascal hatte sogar seiner Freundin Emily dieses Wissen für ihre Reportage zur Verfügung gestellt. Trotzdem schied er als Täter aus. Dieses Wissen war nicht mehr als ein Indiz, welches durch sein Alibi und auch das fehlende Tatmotiv entkräftet wurde.

»Wir können nahezu ausschließen, dass Pascal Heinermann an den Morden beteiligt war«, antwortete Oliver schließlich.

»Saskia Heinermann hat alle Morde gestanden. Im Fall von Torsten Schniewald hat sie zugegeben, ihn in der Tatnacht in seine Wohnung begleitet zu haben.« Oliver fasste den Tathergang für Steuermark noch einmal zusammen. Saskia war mit zu Schniewald gegangen. Er hatte sie freiwillig in seine Wohnung gelassen, weshalb die Polizei im Nachhinein auch keinerlei Einbruchsspuren feststellen konnte. Sie hatten Sex und dann hatte sie das Gefühl, sie müsse ihn ertränken, um selbst am Leben zu bleiben. Sie erwähnte mehrfach, dass sie sich von Schniewald bedroht gefühlt und ihn deshalb so lange unter Wasser gedrückt hatte, bis er tot war. Warum sie geglaubt hatte, in Gefahr zu sein, konnte sie nicht mehr genau erklären. Aber sie hatte die Tat gestanden und sie wusste als Einzige neben den Mitarbeitern der Kriminalkommission, dass Schniewald ertrunken war. Zudem wurde die Hebevorrichtung, mit der die Leiche Schniewalds aus der Badewanne gehievt worden war, im Keller des Opfers gefunden. Der Keller stand offen und die Hebevorrichtung war über und über mit Fingerabdrücken von Saskia Heinermann bedeckt. Als weiteres handfestes Indiz kam hinzu, dass Heinermann nach allen bisherigen Erkenntnissen der letzte Mensch war, der Torsten Schniewald lebend gesehen hatte.

Ein ähnliches Muster zeigte sich im Fall von Peter Groehn. Auch hier hatte sie zugeschlagen, weil sie das Gefühl hatte, sich selbst retten zu müssen. Groehn war ein Zufallsopfer ohne persönliche Beziehung zu Saskia. Die Schilderungen von einem Auto und einer schwarzen Kutsche waren konfus, dennoch passten die Beschreibungen haargenau zu den Verletzungen und zum Zustand des Opfers. Nur der Mörder konnte über derartige Informationen verfügen. Im Falle ihres ermordeten Vaters und seiner neuen Frau war das Motiv eindeutig.

Zum einen ignorierte der Vater sie seit der Geburt ihres unehelichen Kindes und zum anderen stellte seine neue Frau eine erhebliche Bedrohung für Saskia Heinermanns Stellung im Familienimperium dar.

Der Polizeipsychologe hatte Heinermanns Erinnerungslücken dem starken Stress zugeschrieben, unter dem sie stand. Ihre Lebenssituation als alleinerziehende Mutter hatte sie einem enormen Druck ausgesetzt. Dies war auch der Grund, warum Dr. Neuenhaus Saskia in seine klinische Studie für ein Anti-Stress-Medikament aufgenommen hatte. Sie war eine nahezu perfekte Probandin.

Oliver beendete seine Ausführungen und schwieg. Nach einer Weile fügte er hinzu. »Trotzdem habe ich ein merkwürdiges Gefühl, als ob ich etwas Wichtiges übersehen hätte.«

Steuermark runzelte die Stirn und Klaus warf ihm einen genervten Blick zu. Für ihn war der Fall mit Saskia Heinermanns Geständnis abgeschlossen. Was wollten sie noch mehr?

»Die Opiummixtur ...«, begann Oliver zögerlich. »Sie hat keine Erinnerung daran. Und sie kann auch nicht erklären, wozu der Tank in der alten Fabrikhalle diente, in der wir Peter Groehn gefunden haben.«

Steuermark nickte. »Der Polizeipsychologe hat die Gedächtnislücken doch dem hohen Stresslevel und der posttraumatischen Belastungsstörung zugeschrieben, die die Morde ohne jede Frage bei ihr ausgelöst haben müssen. Unser Experte fand das überhaupt nicht merkwürdig, eher im Gegenteil. Warum zweifeln Sie daran? Sie selbst haben uns doch vor einigen Tagen die Augen geöffnet und erkannt, dass der Täter durchaus eine Frau sein könnte.« Seine Augen hefteten sich auf Oliver.

Dieser zuckte mit den Schultern. »Vielleicht ist mir ihr Geständnis in diesen Punkten einfach nur zu vage.«

In der Tat war Oliver ein Perfektionist, was die Lösung seiner Fälle anging. Er setzte die einzelnen Indizien und Spuren wie kleine Puzzleteile zusammen, bis sich ein ganzes Bild ergab. Er mochte keine Lücken in der Aufklärung. Eine Mörderin, die zwar gestanden hatte, aber nicht alle Puzzleteilchen an ihn auslieferte, war ihm suspekt. Außerdem traute er Saskia Heinermann die Morde aus irgendeinem unerklärlichen Grund nicht zu. Vielleicht lag es auch daran, dass sie Emilys Studienfreundin war. Er liebte Emily und hielt sie für einen absolut aufrichtigen Menschen. Wie sollte sie da mit einer Frau befreundet sein, die zu mehreren bestialischen Morden imstande war? Das passte für Oliver einfach nicht zusammen.

»Wenn Sie nichts dagegen haben, möchte ich noch einmal mit Frau Heinermann sprechen, bevor wir die Ermittlungen abschließen.«

Steuermark verzog seine Lippen zu zwei schmalen Strichen und blickte auf seine Uhr. Dann sagte er: »Sie haben vierundzwanzig Stunden, Bergmann. Morgen, genau um diese Uhrzeit findet die Pressekonferenz statt. Bis dahin sollten Sie ihre Zweifel entweder ausgeräumt oder ein für alle Mal begraben haben.«

...

Die Frau, die in Handschellen in den Verhörraum gebracht wurde, erkannte er fast nicht wieder. Über Nacht schien sie viel schmächtiger geworden zu sein. Die üppigen Rundungen waren unter einem unförmigen Oberteil verschwunden und der gebeugte Gang ließ Saskia Heinermann viel kleiner und zerbrechlicher erscheinen. Sie tat Oliver irgendwie leid.

»Guten Tag, Frau Heinermann, könnten Sie mir noch einige Fragen beantworten?«, begann er freundlich.

Ihre rastlosen Augen blieben an ihm hängen. Dann nickte sie unmerklich. Oliver räusperte sich.

»Mir ist noch nicht ganz klar, was es mit der Opiummixtur auf sich hatte«, begann er, darauf bedacht, langsam zu sprechen. »Können Sie sich daran erinnern, dass sie so etwas benutzt haben?«

Saskia Heinermann dachte nach. Ihre Hände glitten nach oben an den Kopf, angestrengt rieb sie ihre Schläfen. Es war dieselbe Geste, die Oliver bereits im Haus ihres Vaters beobachtet hatte. Eine Geste, die offenbarte, wie gestresst und mitgenommen sie war. Einen Augenblick lang wunderte Oliver sich, dass der Polizeipsychologe sie überhaupt für schuldfähig hielt. Dann nahm Saskia ihre Hände herunter und legte sie mit den Handflächen nach unten auf den Tisch. Als sie ihn erneut ansah, wirkte ihr Blick vollkommen klar.

»Ich habe noch eine Flasche unter der Spüle in meiner Küche stehen. Mein Großvater hat diese Mixtur nach einem alten Rezept hergestellt. Ich glaube, es stammte von einem gewissen Hugo von Spanheim, einem Heilkundigen aus dem 15. Jahrhundert. Ich ...«, sie stockte und hob nach einigen Sekunden erneut an.

»Es erschien mir sinnvoll, es einzusetzen. Wie sonst hätte ich die Männer ruhigstellen sollen?« Die Frage klang aus ihrem Mund so ruhig und offen, als ob sie sich in einer Examensprüfung befand und ihr einfach nur die Aufgabenstellung nicht klar war. Oliver schluckte.

»Sie sagen also, dass es noch eine Flasche gibt. Warum hat unsere Spurensicherung sie dann nicht entdeckt?«

»Nun, das Mittel befindet sich in einer Spülmittelflasche.

Wahrscheinlich haben ihre Kollegen nicht richtig nachgesehen.«

Die plötzliche Kälte in ihrer Stimme verwirrte Oliver im ersten Moment. Dann setzte so etwas wie Wut ein. Wut auf sich selbst, dass er sich von ihrer zermürbten Erscheinung hatte blenden lassen. Dass er nicht an ihre Schuld glaubte, obwohl sie es doch offensichtlich war. So, wie sie jetzt vor ihm saß, ihn anblickte und mit dieser eisigen Ruhe seine Fragen beantwortete, wie hatte er da zweifeln können?

Die Erkenntnis ließ ihn von seinem Stuhl hochschrecken. Er hatte keine weiteren Fragen mehr an sie. Ohne Saskia eines weiteren Blickes zu würdigen, murmelte er einen Abschiedsgruß. Er wollte gerade die Tür öffnen, als eine Frage ihn zurückhielt.

»Weiß Dr. Neuenhaus eigentlich, dass ich hier bin?« Die Kälte aus Saskias Stimme war mit einem Mal verschwunden. Irritiert hielt Oliver inne.

»Ja, er hat mich angerufen, weil Sie nicht zur Hypnosestunde erschienen sind.« Noch bevor Saskia eine weitere Frage stellen konnte, gab Oliver dem Beamten ein Zeichen, die Tür zu öffnen. Dann verließ er eilig das Gebäude der Justizvollzugsanstalt, das sich in Ratingen, ungefähr zwanzig Kilometer von seinem Neusser Büro entfernt, befand.

Noch aus dem Dienstwagen heraus rief er Ingrid Scholten, die Leiterin der Spurensicherung, an und erkundigte sich nach der Spülmittelflasche, die Saskia Heinermann gerade erwähnt hatte. Wie Oliver bereits vermutete, hatten die Kollegen der Spurensicherung ihre Arbeit gründlich verrichtet und die Flasche neben Hunderten anderer Beweismittel sichergestellt. Die Untersuchung der einzelnen Gegenstände zog sich jedoch hin und die Spülmittelflasche war relativ weit hinten auf der Liste gelandet. Ingrid Scholten versprach ihm, die

Analyse innerhalb der nächsten Stunden vorzunehmen.

Oliver kehrte in sein Büro zurück. Obwohl er nicht gerne mit dem großen Whiteboard, welches sein Partner Klaus vor ein paar Monaten besorgt hatte, arbeitete, blieb er davor stehen. Blaue Linien, die quer über das Board verliefen, stellten die verschiedenen Zeitabläufe dar, die die beteiligten Personen mit den Morden in Verbindung brachten. Nur Saskia Heinermanns Linie kreuzte jedes Mal zum Zeitpunkt des Mordes die horizontale Linie. Bei Pascal Heinermann hingegen gab es keine Berührungspunkte zwischen der Linie, die den Zeitpunkt des zweiten Mordes kennzeichnete, und seiner eigenen. Er hatte ein Alibi. Oliver hatte sich diesen Zeitstrahl bereits mehrmals angeschaut. Alles passte zusammen. Trotzdem konnte er seinen Blick nicht abwenden. Das Observierungsteam hatte den Tagesablauf Saskia Heinermanns detailliert aufgezeichnet. Die wichtigsten Ereignisse hatte Oliver auf dem Whiteboard ergänzt. Dazu gehörten beispielsweise die Zeitpunkte, zu denen sie ihren Sohn aus dem Kindergarten abholte, und die Zeiten, in denen sie im »Alten Zollhaus« kellnerte. Eine Nachbarin, die ab und an auf den kleinen Nils aufpasste, hatte zudem die Zeiten geliefert, zu denen Saskia Heinermann nach ihren Schichten nach Hause kam. Ihre Aussage war nicht ganz unwichtig, da die Observierung durch die Polizei erst nach dem zweiten Mord begonnen hatte. Insbesondere für die Nacht, in der Torsten Schniewald ermordet worden war, hatte die alte Dame ausgesagt, dass Saskia Heinermann erst kurz vor dem Morgengrauen gegen fünf Uhr zu Hause eintraf. Der Knall der Wohnungstür hatte sie aus dem Schlaf gerissen. Die alte Frau lebte allein und kannte die Tagesabläufe der gesamten Nachbarschaft in- und auswendig. Ihre Aussage erschien glaubwürdig und beraubte Saskia Heinermann eines möglichen Alibis. Oliver runzelte die Stirn und ging jedes Ereignis noch einmal durch. Seine Finger glitten über die blaue Linie und hielten jedes Mal an, wenn diese von einer vertikal verlaufenden roten Linie gekreuzt wurde. Seine Finger stoppten mehrmals. Unbewusst formten seine Lippen ein stummes Wort. Er fuhr zurück und begann zu zählen. Der Rhythmus schien immerfort dem gleichen Muster zu folgen. Er schloss die Augen und dachte nach. Als er sie wieder öffnete, fiel sein Blick auf den Schreibtisch. Ein gelber Notizzettel von Hans Steuermark klebte mitten darauf. Oliver las die Nachricht. In seinem Gehirn formierten sich plötzlich alle Puzzleteile zu einem Gesamtbild. Die Erkenntnis traf ihn wie ein Blitz. Er fasste sich an den Kopf und verharrte noch einige Sekunden vor dem Whiteboard. Dann stürmte er aus dem Büro.

...

Der Parkplatz vor dem Klinikum in Köln war wie leergefegt. Nur noch einzelne Wagen standen verstreut herum, wie verlorene Schafe, die den Anschluss an ihre Herde verpasst hatten. Die Flure innerhalb des Gebäudes waren grell von Neonlicht beleuchtet, obwohl die Abendsonne noch ausreichend hell war. Der graue Bodenbelag und die weißen Wände schufen gemeinsam mit dem kalten Neonlicht eine unbehagliche Atmosphäre. Die meisten Etagen der Klinik waren menschenleer. Hier und dort huschte eine Schwester im weißen Kittel über den Flur, um innerhalb weniger Augenblicke hinter einer der vielen grauen Türen zu verschwinden.

Markus Schweigstein war in ein Fachbuch vertieft. In der rechten Hand hielt er einen blauen Kugelschreiber, mit dem er über ein Blatt Papier fuhr. Auf dem Blatt war eine Art Wassertank skizziert. Dicke Linien kennzeichneten die Zu- und Abflüsse für das Salzwasser. Die Ziffern beschrieben die Maße für die Größe und das Volumen des Tanks. Schalter für die Stromzufuhr und den Notausstieg waren ebenfalls eingezeichnet. Die Skizze war noch nicht vollständig. Schweigstein zeichnete eine weitere Linie ein.

»Ist das der Tank, mit dem Sie Dr. Neuenhaus bei seinen Experimenten unterstützen?«

Die Stimme ließ Schweigstein aufschrecken. Oliver Bergmann stand vor seinem Schreibtisch und blickte auf die Zeichnung. Er war so vertieft in seine Arbeit gewesen, dass er nicht gehörte hatte, wie Bergmann eingetreten war.

Schweigstein nickte. »Ja, wir wollen das Modell vergrößern, damit mehrere Probandinnen an seiner Hypnosesitzung teilnehmen können.« Er zögerte und fuhr dann fort: »Darf ich Sie fragen, was sie um diese Uhrzeit hier tun?«

»Nun, ich bin auf der Suche nach ein paar Antworten«, erwiderte Oliver lauernd. Schweigsteins Stirn legte sich in Falten. Er schwieg.

»Seit wann arbeiten Sie mit Dr. Neuenhaus zusammen?«, fragte Oliver schließlich.

»Wir kennen uns schon eine halbe Ewigkeit. Warum?«

»Ich meinte die klinische Studie für das Anti-Stress-Medikament. Seit wann genau unterstützen Sie Dr. Neuenhaus?«

Schweigstein zögerte unsicher. »Was hat das ...« Eine Tür schlug polternd zu und ließ Markus Schweigstein mitten im Satz abbrechen. Die hochgewachsene Gestalt von Dr. Neuenhaus erschien im Türrahmen. Gedankenlos schob Neuenhaus die randlose Brille den Nasenrücken hinauf. Als er Oliver Bergmann erkannte, ließ er die Brille los.

»Guten Abend, Kommissar Bergmann. Wie kann ich

Ihnen behilflich sein?«

»Ich wollte wissen, zu welchem Zeitpunkt Sie Herrn Schweigstein in ihre Studie eingebunden haben?«

Neuenhaus warf Oliver einen verwunderten Blick zu. »Und deshalb kommen Sie extra hierher? Sie hätten anrufen können.«

Oliver erwiderte nichts.

»Seit zwei Wochen. Wenn Sie es ganz genau wissen wollen. Er hat vorletzte Woche Dienstag hier angefangen.«

Oliver zückte sein Notizbuch und blätterte. Das war einige Tage nach der Ermordung des Stadtrates Torsten Schniewald. Er nickte und schwieg. Schweigstein erhob sich zögerlich.

»Ich bin mit meiner Freundin verabredet. Ich muss los. Wenn Sie noch weitere Fragen haben, können wir die doch morgen klären?« Ohne eine Antwort abzuwarten, begann er seine Sachen in eine Umhängetasche zu stopfen. Dann begab er sich eilig zum Ausgang. Dort drehte er sich noch einmal um: »Ich darf doch?«

Oliver nickte. »Natürlich. Ich wünsche Ihnen einen schönen Abend.«

Die Tür schlug zu und Oliver war mit Dr. Neuenhaus alleine.

»Wollen Sie sich setzen?« Neuenhaus bot ihm einen Platz vor dem Schreibtisch an.

Oliver blieb stehen und fragte: »Wie lange dauert eine Sitzung mit Patienten ihrer Studie im Schnitt?«

»Ungefähr eine Stunde.« Neuenhaus nahm hinter dem Schreibtisch Platz.

»Eine Sache wundert mich«, fuhr Oliver fort und zog ein Blatt aus seiner Tasche. Es war eine Kopie der Behandlungszeiten von Saskia Heinermann, die ihm die Empfangsdame bei seinem ersten Besuch mitgegeben hatte.

»Frau Heinermann scheint regelmäßig drei Stunden hier gewesen zu sein«, stellte Oliver fest. Er sah Neuenhaus dabei direkt in die Augen. Dieser hielt seinem Blick stand und zuckte mit den Schultern.

»Die Termineintragungen meiner Assistentin erheben keinen Anspruch auf Vollständigkeit.«

Oliver nahm die Kopie und begann vorzulesen. »Donnerstag, zehn Uhr. Frau Saskia Heinermann. Behandlung mit Hypnose um elf Uhr abgeschlossen. Danach bis ein Uhr mittags Einzelsitzung.« Oliver las noch drei weitere Termine vor, die alle das gleiche Schema aufwiesen. »Können Sie mir erklären, was Sie mit Saskia Heinermann in den folgenden zwei Stunden besprochen haben? Ihr Hypnotiseur war ja während dieser Zeiten offensichtlich mit anderen Behandlungen beschäftigt.« Er hielt Neuenhaus die Kopie eines weiteren Termineintrags vor die Nase, der die Behandlungstermine von Markus Schweigstein dokumentierte. Das Rechercheteam hatte den Kalender im Rahmen der Umfeldanalyse besorgt. Schweigstein führte die Hypnosestunden für seine eigenen Patienten auch während der Zusammenarbeit mit Dr. Neuenhaus fort.

Neuenhaus starrte Oliver feindselig an. »Was soll diese Frage?«

»Merkwürdigerweise kann Saskia Heinermann sich nicht an alle Details ihrer Morde erinnern. Vor und nach den einzelnen Taten hatte sie jeweils längere Termine mit Ihnen als alle anderen Probandinnen. Keine weitere Patientin wurde von Ihnen mehr als eine Stunde behandelt. Glauben Sie, dass das mangelnde Erinnerungsvermögen von Frau Heinermann möglicherweise etwas mit Ihren überlangen Therapiesitzungen zu tun haben könnte?« Olivers Frage traf ins Schwarze. Die

Augen von Dr. Neuenhaus weiteten sich für einen Moment, bevor er sich wieder fassen konnte.

»Nein, das denke ich nicht. Wie bereits gesagt, erhebt der Terminkalender keinen Anspruch auf Vollständigkeit. Meine Assistentin führt ihn und Sie werden sicher verstehen, dass ich nicht jeden Eintrag auf seine Richtigkeit kontrollieren kann.« Neuenhaus' Finger fuhren nervös über die Tischkante und blieben auf einem ledernen Buch hängen. Oliver sah das rote Siegel, das den Einband zierte. Er zuckte. Das Siegel kam ihm bekannt vor. Er hatte es in einem der Notizbücher von Saskias Großvater gesehen.

»Das ist ein schönes Buch. Das Siegel gehört zum Geschlecht der von Spanheims. Haben Sie es geerbt?«, fragte Oliver mit scharfer Stimme.

Dann geschah alles im Bruchteil einer Sekunde. Das Licht erlosch und eine Ladung Pfefferspray landete in Olivers Gesicht. Seine Augen brannten höllisch und er schlug blind um sich. Er bekam Neuenhaus am Ellenbogen zu fassen und riss ihn herum. Sie wälzten sich über den Boden und Oliver krachte mit dem Kopf dabei an einen harten Gegenstand. Tränen liefen über sein Gesicht und er hatte Schmerzen. Sein Gegner trat ihm in die Körperseite. Oliver versuchte seine Waffe zu ziehen, doch er war immer noch fast blind und die Tritte seines Gegners hinderten ihn an der Bewegung. Dann zischte es erneut. Das Pfefferspray landete auf seinen Schleimhäuten und Oliver schaffte es nicht mehr, den Kopf rechtzeitig wegzudrehen. Diesmal verfehlte die Dosis ihre Wirkung nicht. Oliver wurde schwarz vor Augen. Das Letzte, was er spürte, waren Dr. Neuenhaus' Hände, die sich um seinen Hals legten.

...

Es war schon spät. Ingrid Scholten war alleine im Labor. Die Opiummixtur, die sie in der alten Spülmittelflasche entdeckt hatte, hatte es in sich. Sie bestand aus einer Vielzahl an Zutaten, die sie mühsam auseinanderdividieren musste. Seltsamerweise war die Flüssigkeit mit einer Substanz versetzt, die sie bislang nicht identifizieren konnte. Ingrid Scholten gab die bisher bekannten Bestandteile mit ihren prozentualen Anteilen an der Gesamtmenge in ihren Computer ein. Sie besaß ein spezielles Analyseprogramm, das in der Lage war, die Wirkungsweise der Mixtur zu simulieren. Im Augenblick wies das Programm jedoch keine Wirkung aus, weil die Zusammensetzung der von Ingrid Scholten identifizierten Bestandteile einfach wirkungslos war. Es fehlte ein wesentlicher Bestandteil, den sie unbedingt identifizieren musste. Ingrid Scholten fuhr sich nachdenklich über das Kinn. Sie hatte irgendetwas übersehen. Wieder ergriff sie eine Pipette und sog winzige Tröpfchen des schwarzen Elixiers auf, um es dann in eine Zentrifuge zu geben. Sie versetzte das Gemisch mit einem chemischen Mittel, welches dafür sorgte, dass sich die schwarze Flüssigkeit in ihre einzelnen Bestandteile zerlegte. Scholten startete den Apparat, der augenblicklich wie ein Kätzchen zu schnurren begann, und blickte auf die Uhr. Sie hatte Oliver Bergmann noch heute ein Ergebnis versprochen. Sie wusste, dass er unter erheblichem Druck stand und dringend endgültige Beweise für Saskia Heinermanns Schuld benötigte. Sie wählte seine Nummer, um ihm mitzuteilen, dass sie noch einige Minuten benötigte, doch nach ein paar Klingeltönen sprang seine Mailbox an. Ingrid Scholten wunderte sich. Oliver Bergmann war rund um die Uhr zu erreichen. Noch nie hatte er einen ihrer Anrufe nicht entgegengenommen. Die Zentrifuge piepste laut und hörte auf zu schnurren. Ingrid Scholten vergaß den Gedanken und holte das dünne Glasröhrchen heraus. Die schwarze Flüssigkeit hatte sich in mehrere Schichten zerlegt. Vorsichtig nahm Scholten die Pipette zur Hand und fuhr mit ihrer Arbeit fort.

...

Oliver stöhnte. In seinem Kopf hämmerte es gnadenlos wie ein Bohrhammer in einem Bergwerk. Ihm war schwindelig. Er leckte sich über die aufgeplatzten Lippen und nahm den metallischen Geschmack von Blut wahr. Und da war noch etwas anderes: Wasser. Es machte ihn fast schwerelos. Es musste Salzwasser sein. Sein Kopf war mit einer Schiene fixiert. Er konnte ihn nur leicht nach rechts und links drehen. Alles um ihn herum war schwarz. Auch Arme und Beine waren nur bedingt bewegungsfähig. Immerhin hatte er einen gewissen Spielraum, der es ihm ermöglichte, die Hülle des Wassertanks, in dem er sich offensichtlich befand, abzutasten.

»Bevor Sie mit der Untersuchung ihrer Todeszelle beginnen, schlage ich vor, sich erst einmal die Vorführung anzuschauen.« Die Stimme dröhnte direkt in seinem Kopf. Erschrocken zuckte Oliver zusammen. Panisch ertasteten seine Hände die Kopfhörer, aus denen die Worte gekommen waren. Es war Dr. Neuenhaus‘ Stimme, daran hegte Oliver keinen Zweifel. Verdammt, wie sollte er hier nur rauskommen? Sein Partner Klaus war längst im verdienten Feierabend. Er ahnte nicht einmal, dass Oliver sich in Gefahr befand.

Plötzlich wurde es hell. Olivers Augen wurden auf eine Leinwand gelenkt, die vor dem Floating-Tank aufgestellt war. Er konnte sie durch ein kleines Sichtfenster sehen, das direkt in seiner Kopfhöhe angebracht war. Sein Atem stockte, als diffuse Bilder die Leinwand abrupt zum Leben erweckten. Auf einem Bett lag Torsten Schniewald. Seine toten Augen starrten Oliver an. Die Bilder wechselten in rasendem Tempo. Mal war es das Meer, mal ein Burggraben, dazwischen erschien immer wieder Schniewalds Gesicht. Die Abfolge der Bilder wurde immer schneller und schwoll zu einem Wirrwarr an, das Olivers Gehirn nicht mehr auseinanderhalten konnte. Genau in dem Augenblick, in dem er das Gefühl hatte, sein Hirn würde aus dem Schädel platzen, stoppten die Bilder. Die Leinwand war leer. Nur Sekundenbruchteile später sah Oliver das Bild von Peter Groehn. Sein Schädel war auf unnatürliche Art und Weise entstellt. Fotografien von Autos und schwarzen Kutschen wechselten sich mit Videoaufnahmen der sterbenden Opfer ab. Aus dem Kopfhörer drang das schrille Wiehern von Pferden, gefolgt von einem lauten Knall. Die Geräuschkulisse schwoll zu einem unheilvollen Kreischen an, das Oliver an eine Kreissäge erinnerte. Als die Bilder von Saskia Heinermanns erstochenem Vater und seiner Verlobten auftauchten, schloss er die Augen. Er wollte diese Bilder nicht sehen.

»Öffnen Sie die Augen, Kommissar Bergmann. Oder wollen Sie das Wichtigste verpassen?« Dr. Neuenhaus‘ Stimme drang unerbittlich in seinen Kopf.

»Warum haben Sie all diese Menschen umgebracht?«, presste er mühsam hervor.

Ein Lachen ertönte. »Nun, was denken Sie?«

»Ich denke, dass Sie krank sind!« In Olivers Stimme war unverhohlene Verachtung zu hören. Er drehte den Kopf so weit wie möglich zur Seite und versuchte, die Konturen des Wassertanks zu erkennen. Solange Bilder auf die Leinwand projiziert wurden, drang Helligkeit in den Tank ein, und so konnte Oliver einen Blick auf das Innenleben seines Gefängnisses erhaschen.

»Ich hatte einen perfekten Plan und Sie haben ihn mit ihrem krankhaften Perfektionismus durchkreuzt. Warum konnten Sie sich nicht mit Saskia Heinermanns Geständnis zufriedengeben? Sie sitzt doch in Untersuchungshaft und hat sicherlich jedes Detail zugegeben. War das nicht genug?«

In diesem Augenblick begriff Oliver Dr. Neuenhaus' Plan. Er hatte von Anfang an Saskia Heinermann dazu auserkoren, die Morde, die er selbst begangen hatte, an seiner Stelle zu gestehen. Oliver stöhnte. Dieser Wahnsinnige hatte Saskia Heinermann einer Art Gehirnwäsche unterzogen. Plötzlich ergaben die Lücken, die er noch eben in den Zeitabläufen auf dem Whiteboard in seinem Büro entdeckt hatte, Sinn. Saskia Heinermann war in den Stunden vor den Morden und einen Tag danach jedes Mal fast drei Stunden von Dr. Neuenhaus behandelt worden. Er hatte ihr die Bilder seiner Taten, vermischt mit suggestiven Fotografien und Videoaufnahmen vorgespielt und sie anschließend dazu gebracht, zu glauben, sie selbst hätte die Morde begangen. Er sah die Notiz, die Hans Steuermark auf seinem Schreibtisch hinterlassen hatte, vor sich: *»Dieser Tank könnte ein Floating-Tank sein. Entwickelt wurde er von dem amerikanischen Neurologen Dr. John C. Lilly. Er setzte ihn zur Bewusstseinsforschung ein.«* Bewusstseinsforschung oder in diesem Fall viel besser: Manipulation.

Erneut ertönte Dr. Neuenhaus' Stimme dicht an seinem Ohr. »Ich habe perfekte Morde geplant. Morde, für die sich am Ende eine passende Täterin findet, mit der alle zufrieden sein können.« Kurzes Schweigen. »Und ich habe vor, meine Experimente fortzuführen. Sie werden mich nicht daran hindern.«

»Doch, genau das habe ich vor. Warum mussten es denn gleich mehrere Morde sein? Hätte für den Anfang nicht ein perfekter Mord genügt?« Olivers Stimme hatte sich in ein wütendes Zischen verwandelt. Er ruckelte an seinen Fesseln.

In der Stimme, die ihm antwortete, schwang Nachdenklichkeit mit.

»Ich hatte in der Tat zunächst einen einzigen Mord geplant. Er sollte perfekt sein.»

Neuenhaus' Stimme wurde zu einem heiseren Flüstern. »Sie müssen wissen, es ist so etwas wie eine Leidenschaft für mich, Menschen zu kontrollieren und sie wie Marionetten tanzen zu lassen. Leider erwies sich mein Medikament bei Saskia Heinermann als nicht wirksam genug. Dabei habe ich Jahre gebraucht, um es zu entwickeln. Doch Saskia wollte einfach nicht begreifen, dass sie eine Mörderin war.«

Es entstand eine kurze Pause, nach der Neuenhaus' Stimme fast zu einem Kreischen anschwoll: »Es war eine komplizierte Aktion, den beiden unbemerkt in die Wohnung zu folgen und sie im richtigen Augenblick schachmatt zu setzen.« Neuenhaus kicherte: »Ich hatte vorher noch nie ein Pärchen aus nächster Nähe beim Sex beobachtet. Sie waren so beschäftigt, dass sie mich nicht einmal bemerkt haben. Erst der Einstich meiner Spritzen brachte die beiden zur Besinnung. Aber die Droge hat sie so schnell erledigt, dass ich genug Zeit hatte, den Schönling zu ertränken und alles für Saskias grandiose Abschlussszene vorzubereiten. Sie sollte glauben, dass sie ihn beim Sex ertränkt hat. Ich habe sie extra auf die Leiche von Torsten Schniewald gesetzt. Sie ist so lange auf seinem toten Körper geritten, bis ihre Oberschenkel wund waren. Aber es hat nichts genützt. Obwohl alles realistisch nachgestellt war, wollte sie den Mord einfach nicht verinnerlichen. Ich habe Saskia sogar in ihr eigenes Bett zurückgebracht, damit ihr klar wird, dass sie nach dem Mord in ihre Wohnung geflüchtet ist. Es sollte wie ein Verstärker wirken. Nach meinem Plan hätte sie sich umgehend bei der Polizei stellen müssen. Stattdessen kam sie wieder zu mir und klagte über Stress und Angstgefühle. Ich war am Boden zerstört, bis mir endlich die Idee kam, mit Hypnose nachzuhelfen. Markus Schweigstein ist ein Experte auf dem Gebiet.« Abermals machte Neuenhaus eine Pause.

»Nach ein paar Sitzungen war sie bereit für den nächsten Versuch. Ich habe einen ausrangierten Tank in einer alten Industriehalle umgebaut, Saskia Heinermann während meiner Therapiesitzung betäubt und sie anschließend hineingesteckt. Peter Groehn war ein Gewohnheitstier und das perfekte Opfer für den neuen Test. Ihn auf den Weg von der Arbeit nach Hause zu schnappen war ein Kinderspiel. Ich habe ihn direkt vor Saskia Heinermanns Augen ermordet. Sie konnte durch das Fenster im Tank alles hautnah miterleben. Anschließend habe ich ihr immer und immer wieder die Geschichten aus den Notizbüchern ihres Großvaters vorgelesen. Als gewissenhafter Historiker hatte er die Morde an Martha Hatzfeld, den Gebrüdern Schimmelpfennig und Hugo von Spanheim so wunderbar detailliert niedergeschrieben, dass sie eine perfekte Vorlage für mich waren. Saskia hatte mir die Lieblingsgeschichten ihres Großvaters anvertraut und ich musste nur noch dafür sorgen, dass ihr Unterbewusstsein sie in unserer Zeit lebendig werden lässt. Saskia Heinermann war meine Nummer eins, die schwarze Königin und stärkste Figur in meinem Schachspiel. Ihr psychologisches Profil und ihre Angstzustände haben Sie zu meiner idealen Testperson gemacht.« Neuenhaus hustete.

»Jedenfalls lief der zweite Mord so gut, dass ich ganz einfach nicht aufhören konnte. Ich hatte sie besinnungslos am Rheinufer ausgesetzt, und wie der Zufall es wollte, entdeckte sie einen Leichenwagen auf dem Weg zurück in ihre Wohnung. Sie war so verwirrt, dass sie jeden Tag die Zeitung nach dem Unfall absuchte, den ich ihr ins Gehirn gepflanzt hatte. Endlich zeigte mein Medikament Wirkung. Sie hatte an den richtigen Stellen Filmrisse und in ihrem Inneren wuchs die Überzeugung, eine Mörderin zu sein.

Der Mord an ihrem Vater war die Krönung, die sie endgültig von ihrer Schuld überzeugen sollte. Seine Verlobte war zur falschen Zeit am falschen Ort, aber auch mit diesem Mord hat Saskia Heinermann sich am Ende identifiziert. Ich kann Ihnen so viel verraten, dass sie es in Teilen sogar genossen hat.« Dr. Neuenhaus brach in schallendes Gelächter aus. »Verraten Sie mir eines, Bergmann. Hat sie Ihnen das Elixier in ihrer Wohnung gezeigt? Ich hatte es in einer Spülmittelflasche versteckt und habe mir wirklich Mühe gegeben, es in ihr Gehirn zu pflanzen.«

»Sie kranker Mistkerl, ich werde Sie hinter Gitter bringen!«, brüllte Oliver wütend. Neuenhaus lachte lauthals. Offensichtlich amüsierte ihn seine Drohung. Oliver beschloss, die gute Stimmung dieses Psychopathen zu nutzen und fragte: »Wie sind Sie überhaupt in die Wohnungen der Opfer hineingekommen?«

Das Lachen verstummte.

»Halten Sie mich für einen Stümper? Die Wohnung von Schniewald hatte ein simples Schloss, das jeder drittklassige Schlüsseldienst in wenigen Sekunden gewaltfrei öffnen kann. Und das Haus von Heinermann war noch einfacher zu betreten. Die kleine Saskia hat mir unter Hypnose verraten, dass der Schlüssel zur Hintertür in einem Blumenkübel versteckt war. Beantwortet das ihre Frage?« Neuenhaus' Stimme klang zynisch.

»Sie werden dafür bezahlen«, sagte Oliver.

Doch statt einer Antwort strömte plötzlich immer mehr Wasser in den Tank. Die Bilder auf der Leinwand verschwanden und Oliver wurde erneut von Schwärze eingehüllt.

»Verdammt, lassen Sie mich hier raus. Sie haben keine Chance«, brüllte er erneut. Schweigen. Das Wasser strömte unaufhörlich in den Tank. Es stand Oliver bereits bis zum Hals. Er musste etwas tun, wenn er nicht jämmerlich ertrinken wollte.

...

Ingrid Scholten legte auf. Irgendetwas stimmte nicht. Sie hatte innerhalb der letzten dreißig Minuten bestimmt zehn Mal versucht, Oliver Bergmann zu erreichen. Niemand ging ans Telefon. Krampfhaft versuchte sie, sich daran zu erinnern, was Bergmann ihr am Telefon gesagt hatte, als er sie um die Analyse des Elixiers bat. Es wollte ihr einfach nicht mehr einfallen. Nervös drückte sie die Wahlwiederholungstaste. Es zwar zwecklos. Oliver Bergmann ging nicht ans Telefon. Ihr Magen schnürte sich zusammen. Es musste etwas Schlimmes passiert sein. Ingrid Scholten hatte die Analyse zu Ende geführt. Bei dem fehlenden Bestandteil handelte es sich um einen seltenen Schimmelpilz. *»Aspergillus niger«* war der Name des nachtschwarzen Gewächses, welches sich nur unter bestimmten Bedingungen züchten ließ. Es wurde im Mittelalter verwendet, um Rauschzustände zu erzeugen. Scholtens Computerprogramm hatte eine hochhalluzinogene Wirkung ermittelt. Wer immer dieses Mittel zu sich nahm, endete in einem Drogenrausch. Die Herstellung war kompliziert. Der Schimmelpilz benötigte absolute Dunkelheit, hohe Luftfeuchtigkeit und es durfte keinerlei Luftbewegungen geben, damit er einwandfrei gedieh. Sollte Saskia Heinermann diese Substanz tatsächlich hergestellt haben, würde Sie den Ort oder die Beschaffungsquelle benennen müssen, um ihre Aussage glaubhaft darzulegen.

Ingrid Scholten schüttelte den Kopf. Wahrscheinlich hatte Bergmann recht. Eine einfache Kellnerin mit einem abgebrochenen Journalismus-Studium war sicher nicht in der Lage, eine solche Mixtur herzustellen. Plötzlich fiel ihr wieder ein, was Bergmann gesagt hatte. Furcht kroch in Ingrid Scholten hoch. Ihr Blick fiel auf die Uhr. Dann rannte sie los und stieg in ihren Wagen.

...

Das Wasser hatte sein Kinn erreicht. Oliver versuchte die Panik abzuschütteln, die langsam in ihm aufwallte. Jetzt nur nicht die Nerven verlieren! Nur ein kühler Verstand konnte ihn hier herausbringen. Denk nach, Oliver! Er zwang sich, ruhig zu atmen. Nach seiner Schätzung blieben ihm noch gut fünf Minuten, bis der Wasserstand seine Nase erreicht hätte und ihm endgültig der Sauerstoff ausging. Krampfhaft dachte er nach. Seine Arme und Beine hatte er mittlerweile von den Fesseln befreit. Ein kleines Taschenmesser, das er immer bei sich trug, hatte ihm dabei geholfen. Seine Finger tasteten unablässig die Hülle des Wassertanks ab. Sie stießen auf feste Eisennähte, die die einzelnen Teile des Tanks zusammenschweißten. Das Fenster ließ sich nicht eintreten. Es war aus Sicherheitsglas. Die Öffnung wäre auch zu klein gewesen, um hinauszugelangen. Aber wenigstens hätte das Wasser aus dem Tank abfließen können und Oliver hätte weiter Luft bekommen. Jetzt drohte ihm der Tod durch Ertrinken. Derselbe Tod, der Torsten Schniewald, das erste Opfer, ereilt hatte, fuhr es Oliver durch den Kopf. Und mit einem Mal hatte er eine vage Erinnerung. Die Skizze, die der Hypnotiseur Markus Schweigstein angefertigt hatte, erschien vor seinem inneren Auge. Oliver atmete tief durch und versuchte, sich an die einzelnen Details zu erinnern. Ein Kreuz kam ihm in den Sinn. Das Wasser hatte bereits seine Unterlippe erreicht. Er holte tief Luft und tauchte unter. Wenn dieser Tank genauso konzipiert war wie auf Schweigsteins Skizze, dann musste Oliver am Boden des Tanks fündig werden. Hektisch tastete er den Boden ab. Nichts. Er versuchte es an den Rändern. Die Zeit wurde langsam knapp. Olivers Lungen brannten. Er brauchte dringend den nächsten Atemzug und fühlte, wie er immer schwächer wurde. Nicht aufgeben, mahnte er sich und suchte weiter. Endlich. Er hatte das Kreuz auf der Skizze gefunden. Mit aller Kraft drückte er zu. Zunächst tat sich nichts, doch dann hörte er ein entferntes Surren. Der Deckel des Tanks öffnete sich. Oliver hatte sich an den Schalter für den Notausstieg auf Schweigsteins Skizze erinnert. Mit beiden Beinen stieß er sich ab und sprang nach oben. Keuchend tauchte er aus dem Salzwasser auf und hielt sich am Beckenrand fest. Das war knapp. Er nahm ein paar tiefe Atemzüge und wartete, bis er wieder zu Kräften kam. Dann kletterte er aus dem Tank. Seine Sinne waren vom Sauerstoffmangel benommen. Oliver taumelte ein paar Schritte und blieb dann an eine Wand gelehnt stehen. Mit pochendem Herzen lauschte er in die Dunkelheit hinein. Er fragte sich, ob Dr. Joachim Neuenhaus sich noch im selben Raum befand und ihm erneut auflauern wollte. Oder war er so überzeugt davon, dass Oliver in dem Tank ertrinken würde, dass er bereits die Entsorgung seiner Leiche vorbereitete? Olivers Hände ertasteten einen Lichtschalter. In Erwartung des grellen Neonlichtes kniff er die

Augen zusammen, als sich polternde Schritte näherten. Instinktiv griff Oliver nach seinem Taschenmesser und duckte sich. Sein Herz pochte bis zum Anschlag. Alle seine Sinne waren auf die Schritte gerichtet, die unaufhörlich näher kamen. Er machte sich zum Angriff bereit und spannte die Muskeln an. Die Tür öffnete sich mit einem gewaltigen Krachen und traf Oliver an der Schläfe. Benommen taumelte er zurück. Als er die Augen öffnete, blickte er in das Gesicht von Dr. Neuenhaus. Sein Herzschlag setzte für einen Moment aus. Dann erst sah er Neuenhaus‘ versteinerten Gesichtsausdruck. Einen Wimpernschlag später registrierte er die Pistole, die an Neuenhaus‘ Schläfe gedrückt wurde. Die Hand, die die Waffe hielt, gehörte seinem Partner Klaus.

»Wie zum Teufel bist du hierhergekommen?«, keuchte Oliver atemlos.

»Ich dachte, es wäre sinnvoller ihn anzurufen und zu fragen, ob er mich begleitet.«

Die Antwort kam von einer bekannten Stimme, deren Besitzerin sich hinter den breiten Schultern seines Partners verbarg. Lächelnd trat Ingrid Scholten hervor und legte ihre Arme auf Olivers Schultern.

»Ich habe mir wirklich Sorgen um Sie gemacht. Sie haben noch nie einen Anruf von mir verpasst. Aber wie ich sehe, sind Sie auch ganz gut ohne mich zurechtgekommen.«

Oliver grinste. »Ich habe mich noch nie so gefreut, Sie zu sehen«, erwiderte er. Dann fixierte sein Blick erneut Dr. Neuenhaus. Aus dem Hosenbund zog Oliver seine Handschellen. Mit einem Klicken rasteten sie um Neuenhaus‘ Handgelenke ein.

»Ich habe Ihnen doch gesagt, dass ich Sie kriegen werde!« Oliver zwinkerte Neuenhaus böse zu. »Sie sind hiermit festgenommen. Ihnen wird zur Last gelegt die Morde an Torsten

Schniewald, Peter Groehn, Hubert Heinermann und seiner Verlobten begangen zu haben.« Oliver erklärte Neuenhaus seine Rechte. Am Ende beugte er sich vor und zischte Neuenhaus ins Ohr: »Bei mir gibt es keinen perfekten Mord und jetzt werden Sie für alles bezahlen!«

Anschließend schob Klaus den Verhafteten aus dem Türrahmen. Oliver blickte auf die Uhr und lächelte. Die vierundzwanzig Stunden bis zur nächsten Pressekonferenz waren noch lange nicht abgelaufen. Es war Zeit, Saskia Heinermann aus dem Gefängnis freizulassen.

...

Anna fluchte. Ihr Auto hatte sie im Stich gelassen und sie hatte sich ein Taxi bis zum Bahnhof nehmen müssen. Sie mochte öffentliche Verkehrsmittel nicht besonders. Doch die Taxifahrt von Zons bis nach Köln war ihr zu teuer, und so blieb ihr nichts anderes übrig. Gerade bei den hohen Frühlingstemperaturen in diesem Jahr war die Luft in der Bahn unerträglich heiß, und sie wollte lieber in ihrem eigenen Wagen mit Klimaanlage sitzen. Aber wenn Sie nicht viel zu spät kommen wollte, blieb jetzt keine Zeit für einen Werkstattbesuch. Saskia und ihr Stiefbruder Pascal hatten sie, Emily und noch einige andere Bekannte in eine Kölner Studentenkneipe eingeladen. Sie wollten auf Saskias Entlassung und ihre baldige Genesung anstoßen. Saskia würde noch ein paar Wochen unter ärztlicher Aufsicht stehen, bis sichergestellt war, dass sie keine Halluzinationen mehr hatte und die Angstgefühle eingedämmt waren. Auch die Abhängigkeit von Neuenhaus' Drogen, die Saskia unter seiner sogenannten Therapie entwickelt hatte, musste dringend behandelt werden.

Anna mochte Pascal zwar immer noch nicht leiden, aber so war es ihr lieber, als wenn sich Saskias Stiefbruder als Mörder entpuppt hätte. Sie rieb sich die Schläfen. Die letzte Nacht war wieder unruhig gewesen. Bastian Mühlenberg war kurz in ihren Träumen aufgetaucht, doch er hatte sich von Anna verabschiedet. Sie konnte immer noch den Schmerz dieses Augenblicks spüren. Nachdem er weg war, tauchte der andere Mühlenberg auf. Der mit dem älteren Gesicht und der modernen Frisur. Anna hatte keine Erklärung für diese konfusen Träume. Instinktiv ahnte sie, dass das alte Band zwischen ihr und Bastian Mühlenberg zerreißen würde. Es war, als ob das letzte Fenster zu ihrer gemeinsamen Welt sich nun endgültig und unwiderruflich schloss.

Ein Signalton kreischte auf. Anna musste sich beeilen. Laute Schritte erschallten hinter ihr. Sie war nicht die Einzige, die den Zug noch erreichen wollte. Schnell sprang sie die letzten Treppenstufen hinauf und lief auf die offene Schiebetür der S-Bahn zu. Sie schaffte es gerade rechtzeitig. Mit lautem Piepen schlossen sich die Türen. Anna drehte sich um und blickte hinaus. Vor der Tür tauchte auf einmal ein blonder Haarschopf auf, das Gesicht nach unten geneigt. Seine Hände drückten auf den Türöffner, doch es war zu spät. Die S-Bahn setzte sich bereits langsam in Bewegung. Der Mann fluchte und sah auf. Ihre Blicke trafen sich im Bruchteil einer Sekunde. Annas Herz hämmerte. Dort draußen stand er und blickte sie an. Sie erkannte ihn auf der Stelle. Er hob seine Hände, als wolle er die Bahn anhalten, aber es war zu spät. Quietschend nahmen die Räder Geschwindigkeit auf und bald konnte Anna nur noch schemenhaft die Gestalt Bastian Mühlenbergs erkennen. Doch er sah anders aus als der Bastian, der ihr vertraut war. Seine Haare waren viel kürzer und er wirkte ein wenig älter. Dennoch, dort draußen war ein Teil von ihm. Jemand, der in der Gegenwart existierte. Ihre Gedanken rasten und ihr Verstand versuchte immer noch zu begreifen, wen sie dort eben gesehen hatte. Sie schlug mit der Hand gegen die Glastür und verfluchte im Nachhinein ihre schnellen Beine, die sie den Zug noch rechtzeitig hatten erreichen lassen. Die S-Bahn fuhr aus dem Bahnhof und Anna ließ sich gegen die Tür sinken. Ihr Atem ging heftig. Der Schmerz übermannte sie für einen Augenblick. Der Bastian Mühlenberg aus ihren Träumen hatte sich verabschiedet, er würde wahrscheinlich nie wieder zu ihr zurückkehren. Doch trotzdem war dieser Mann auf dem Bahnhof erschienen und hatte sie erkannt, so, wie sie ihn. Annas Blick ging zur Uhr. Sie wusste, was sie morgen um dieselbe Zeit tun würde. Sie schloss die Augen und ein zartes Lächeln breitete sich auf ihrem Gesicht aus. Es war ein Lächeln voller Hoffnung. Sie würde ihren Bastian Mühlenberg wiedersehen.

ENDE

Nachwort der Autorin

Liebe Leserin,
lieber Leser,

ich möchte mich bei Ihnen dafür bedanken, dass Sie meinen vierten Roman »Auf den Flügeln der Angst« gekauft und gelesen haben. Ich hoffe, Ihnen hat die Lektüre des Buches gefallen und Sie hatten ein spannendes Leseerlebnis. An dieser Stelle möchte ich insbesondere für die historisch interessierten Leser noch folgende Punkte anmerken:

Alle Orte, die ich in meinem Thriller beschreibe, existieren tatsächlich. Die von mir eigenhändig gezeichnete Karte, die Sie ganz vorne im Buch finden, stellt den historischen Stadtkern von Zons dar. Genauso werden Sie die Stadt vorfinden, wenn Sie ihr einen Besuch abstatten. Schauen Sie doch dann einmal in der Tourist-Information gegenüber dem Kreismuseum an der Schloßstraße vorbei. Sie werden dort einen ähnlichen Plan erhalten.

Das Labyrinth unter Zons ist frei erfunden. Jedoch erscheint es durchaus vorstellbar, dass einige Kellerflächen miteinander verbunden wurden. Bis heute werden bei Baumaßnahmen historische Überreste gefunden. So wurde vor einigen Jahren ein alter Gewölbekeller unter dem Museumsvorplatz entdeckt. Im Frühjahr 2014 fanden Bauarbeiter im Boden vor dem Bürgerhaus Reste eines alten Klosters. Teile des unterirdischen Kreuzgangs und ein uraltes Grab konnten freigelegt werden. Das Bürgerhaus befindet sich übrigens gegenüber vom Juddeturm.

Das »Schloss Friedestrom« heißt heute offiziell »Burg Friedestrom«, aber da viele Zonser es lieber Schloss nennen und auch die Straße davor den Namen »Schloßstraße« und nicht etwa »Burgstraße« trägt, habe ich diesen Namen beibehalten.

Ein Leser hatte mich nach meinem ersten Buch gefragt, warum es vier Ecktürme in Zons gibt; er könne nur drei finden. Wenn man den Eisbrecher an der südöstlichen Ecke der Festung mitzählt, kommt man auf vier Ecktürme. Im Norden befinden sich der Rhein- und der Krötschenturm und im Süden der Mühlenturm sowie der Eisbrecher. Woher der Krötschenturm seinen Namen hat, ist unsicher. »Krötsch« bedeutet so viel wie »kränkelnd« und deshalb wird vermutet, dass in Pest- und Seuchenzeiten die Kranken in den Turm gesperrt wurden, um sie von den gesunden Menschen fernzuhalten. Genauso gut kann es jedoch sein, dass der Turm seinen Namen aufgrund der ihn umgebenden »Kreuzgärten« erhalten hat. So lautet auch heute noch der Flurname. So könnte aus dem alten Begriff »Creutzthurm« über »Creutzschturm« schließlich »Krötschenturm« geworden sein. Schriftliche Überlieferungen gibt es leider nicht.

Ingrid Scholten zitiert am Anfang meines Buches den britischen Pathologen und Rechtsmediziner Sir Bernard Henry Spilsbury, den es wirklich gegeben hat. Er wurde am 16. Mai 1877 in Royal Leamington Spa, Warwickshire geboren und starb am 17. Dezember 1947 in London. Er war an der Aufklärung bedeutender britischer Mordfälle beteiligt, darunter auch die Badewannen-Morde, in denen er George Joseph Smith den Mord an seinen drei Ehefrauen nachwies. Tatsächlich hat er die Ermordung der Frauen mit geübten Schwimmerinnen im Gerichtssaal, genauso wie in meinem Buch beschrieben, nachgestellt. Weitere bekannte Mordfälle, zu deren Aufklärung Spilsbury beigetragen hat, sind die Schrankkoffer-Morde, der Dr. Crippen-Fall - dessen Giftmord an seiner Ehefrau sogar Agatha Christie aufgegriffen hat - und noch einige andere.

Die Tonrohre, in denen Hugo von Spanheim das schwarze Elixier versteckt, gibt es tatsächlich. Sie befinden sich im letzten oberen Drittel der südlichen Stadtmauer hinter der Freilichtbühne und wurden vor einigen Jahren bei Restaurierungsarbeiten entdeckt. Es sind etwa sechzig Tonrohre, die aus Siegburger Keramikbrennereien stammen. Die Rohre sind in zwei Reihen waagerecht angelegt. Eigentlich haben sie nur eine Öffnung nach außen und es gibt auch kein Fallrohr, das nach unten führt. Auch der Verschlussmechanismus, den der Bote in meinem Buch betätigen muss, um das Elixier in den Rohren zu verstecken, ist frei erfunden. Wahr ist, dass es sich bei diesen Rohren um Bauopfer handelte, die wahrscheinlich mit Wein gefüllt und mit Pech versiegelt worden waren. Üblicherweise wurden alle »Rüstlöcher«, die durch Gerüste beim Bau der Stadtmauer entstanden, mit Bauopfern gefüllt. Er sollte böse Geister fernhalten oder die Wehrhaftigkeit von Gebäuden erhöhen. Dieser Brauch lebt auch heute noch in der Grundsteinlegung fort. Alte Zonser Bürger bezeichnen die Tonrohre auch als Zwergentöpfe.

Das schwarze Elixier in meinem Buch ist ein aus dem Mittelalter bekanntes Rausch- und Schmerzmittel. Es war vor allem unter der Bezeichnung »Laudanum« bekannt. Es handelt sich um eine Opiumtinktur, die aus dem getrockneten Milchsaft der unreifen Samenkapseln des Schlafmohns (Papaver somniferum) gewonnen wird. Die Substanz wird geknetet, erhitzt, geröstet und anschließend mit dem schwarzen Schimmelpilz Aspergillus niger fermentiert. Mit Wein vermischt, erhält man eine Tinktur mit beruhigender und schmerzstillender Wirkung. Je nach Dosierung erzeugt das Mittel eine rauschartige Wirkung, die bis zum Auftreten von Halluzinationen führen kann. Laudanum wurde bis ins frühe 20. Jahrhundert häufig verordnet und sogar bei Kleinkindern als Beruhigungs- und Schlafmittel einsetzt. Erst 1929 wurde die Opiumtinktur in Deutschland im Rahmen des Opiumgesetzes verschreibungspflichtig und durfte nur noch zu medizinischen Zwecken eingesetzt werden. Den Namen »Laudanum« hat die Opiumtinktur übrigens ihrem Erfinder, dem Arzt Theophrastus Bombastus von Hohenheim (1493–1541), besser bekannt als Paracelsus, zu verdanken. Der Gelehrte Sigmund Füger von Schwaz, der in meinem Buch die fiktive Figur des Hugo von Spanheim ausgebildet hat, ist ebenfalls eine echte historische Figur. In der Realität hat der Gelehrte die Kenntnisse von Paracelsus in der Kunst der Alchimie erweitert.

Der im Buch erwähnte Erzbischof Friedrich von Saarwerden hat tatsächlich gelebt. Er verlegte im Jahr 1372 den Rheinzoll von Neuss nach Zons und verlieh dem Ort ein Jahr darauf die Stadtrechte. Auch die St.-Sebastianus-Schützenbruderschaft hat es wirklich gegeben. Sie wurde um 1448 gegründet und existierte bis in das Jahr 1802. Grund für die Auflösung der Bruderschaft war die Besetzung von Zons durch die Franzosen, die 1794 einmarschierten und sämtliche religiöse Vereinigungen sowie viele öffentliche Veranstaltungen verboten. Erst im Jahr 1898 wurde in Zons ein neuer Schützenverein, die St.-Hubertus-Schützengesellschaft, gegründet.

Die Figuren in meinem Buch sind im Übrigen alle frei erfunden. Ich möchte nicht ausschließen, dass der eine oder andere Charakter Ähnlichkeiten mit heute lebenden Personen hat. Dies ist jedoch keinesfalls beabsichtigt.

Wenn Sie an weiteren Informationen über mein Buch »Auf den Flügeln der Angst« oder die Vorgängerromane (1. Band: Der Puzzlemörder von Zons, 2. Band: Der Sichelmörder von Zons, 3. Band: Kalter Zwilling), die Hauptfiguren und die Stadt Zons am Rhein interessiert sind, dann schauen Sie doch auch mal in meinem Blog auf:

www.catherine-shepherd.com

und melden sich dort für den Newsletter an. Über den Newsletter erhalten Sie dann alle Neuigkeiten über meine neuen Projekte, Veranstaltungen und Gewinnspiele.

Facebook Mitglieder sind herzlich willkommen durch Klicken des »Gefällt mir« Buttons ein Fan zu werden:

www.facebook.com/Puzzlemoerder

Auf Twitter finden Sie mich unter: **www.twitter.com/shepherd_tweets** und natürlich freue ich mich auch über Ihr persönliches Feedback zum Buch an meine E-Mail-Adresse:

kontakt@catherine-shepherd.com

Zum Abschluss habe ich noch eine persönliche Bitte an Sie. Wenn Ihnen dieses Buch gefallen hat, würde es mich sehr freuen, wenn Sie es bewerten und eine kurze Rezension bei

Amazon schreiben würden. Keine Sorge, Sie brauchen hier keine „Romane“ zu schreiben. Einige wenige Sätze, warum Ihnen mein Buch gefallen hat, reichen völlig aus. Sollten Sie bei Lovelybooks oder Goodreads aktiv sein, ist natürlich auch dort ein kleines Feedback sehr willkommen. Ich bedanke mich recht herzlich und hoffe, dass Sie auch meine anderen Romane lesen werden.

Ihre Catherine Shepherd

Stadt Zons am Rhein

Zons (ehemals Zollfeste Zons genannt) ist eine kleine Stadt am Niederrhein und liegt bei Dormagen im Rhein-Kreis Neuss, fast genau in der Mitte zwischen Düsseldorf und Köln. Auf der anderen Seite des Rheins liegt Düsseldorf-Urdenbach. Beide Orte sind durch eine Fährverbindung über den Rhein miteinander verbunden. Zons ist eine der wenigen derart erhaltenen mittelalterlichen Städte mit einer im ganzen Rheinland einzigartigen, gut erhaltenen Befestigungsanlage aus dem 14. Jahrhundert, sozusagen das Rothenburg des Rheinlands.

Die kleine Stadt Zons blickt auf eine lange und bewegte Geschichte zurück:

Ebenso wie auf dem heutigen Gebiet der Stadt Köln und der benachbarten Stadt Neuss waren die Römer auch in der Nähe von Zons. Dies hat man jedenfalls bei Ausgrabungen festgestellt, nach denen es bei Zons einen römischen Friedhof und ein Militärlager der Römer gegeben hat.

Gesichert ist jedenfalls die Erkenntnis, dass die Stadt Zons im Jahr 1373 gegründet wurde. Der Kölner Erzbischof Friedrich von Saarwerden hatte zuvor im Jahr 1372 den Rheinzoll von dem Gebiet des heutigen Neuss nach Zons verlagert. Zons wurde nunmehr durch Mauern und Gräben befestigt. Inmitten der befestigten Ortschaft befanden sich wohl ca. 120 Häuser. Im 15. Jahrhundert war der seinerzeitige Ausbau von Zons abgeschlossen. Die Bevölkerung war im Wesentlichen im Ackerbau, der Viehzucht und in den Bereichen Bier-, Wein- und Getreidehandel tätig. Daneben gab es Handwerk, Ziegeleien sowie Woll- und Leinenwebereien. Zwischen dem 15. und dem 17. Jahrhundert gab es offenbar moderaten Wohlstand in der Stadt.

Das 17. Jahrhundert war keine gute Zeit für Zons. 1620 gab es einen erneuten schweren Brand in der Stadt, der offenbar nur wenige Häuser verschonte. Auch der Dreißigjährige Krieg hat durch entsprechenden Beschuss in Zons schwere Spuren der Zerstörung hinterlassen. Die Pest schwächte die kleine Stadt in mehreren Wellen (z. B.: in 1623 und 1666). 1794 eroberten die Franzosen Zons. Zons gehörte nunmehr zu Frankreich und war bis 1814 im Kanton Dormagen des Arrondissements Köln beheimatet.

1815 ging Zons an die Preußen über und wurde dem Kreis Neuss sowie 1822 dem Regierungsbezirk in Düsseldorf zugeordnet. Bereits seit 1900 ist Zons ein beliebtes Ausflugsziel. 1975 wurde Zons Teil von Dormagen. Zons nannte sich daher in dieser Zeit »Feste Zons«. Seit 1992 darf Zons sich wieder »Stadt« nennen, allerdings handelt es sich hierbei nicht um eine eigene Gemeinde im Rechtssinn, sondern nur um einen Titel, den man Zons aufgrund der hohen historischen Bedeutung gewährt hat. Heute hat Zons etwa 5.370 Einwohner und ist Stadtteil von Dormagen und gehört zum Rhein-Kreis Neuss.

Weitere Informationen über Zons finden Sie auf **www.zons-am-rhein.info** oder auf der Facebook-Seite **www.facebook.com/zonsamrhein**. Vielleicht schauen Sie sich das schöne Zons einmal persönlich an. Einige der Plätze, die in diesem Buch eine Rolle spielen, sind auch heute noch gut erhalten.

Danksagung

An dieser Stelle möchte ich mich ganz herzlich bei meinem Ehemann Felix und meinen Eltern für die immerwährende Geduld und Unterstützung bedanken. Gleiches gilt für meine Lektorin Franziska Gräfe, für die vielen guten Ideen und all die anderen fleißigen Helfer, die an diesem Buch mitgewirkt haben.

KAFEL
VERLAG
ZONS-KRIMI
DER
PUZZLEMÖRDER
VON ZONS
CATHERINE SHEPHERD

Der Puzzlemörder von Zons. Thriller

Catherine Shepherd, Kafel Verlag 2012

»Der Puzzlemörder von Zons« ist der erste Roman von Catherine Shepherd, der direkt nach seiner Veröffentlichung die Nr. 1 der deutschen Amazon Bestsellerliste erreichte. Der Thriller gehört zu den E-Book-Bestsellern des Jahres 2012 bei Amazon. Auch die Taschenbuchausgabe erreichte im lokalen Buchhandel die Spitze der Bestsellerliste.

Die Westdeutsche Zeitung schrieb über ihren Roman:

»Der Mörder Dietrich Hellenbroich erinnert in seiner schaurigen Sammelwut an den Grenouille, die Hauptfigur aus Patrick Süskinds Bestseller ‚Das Parfum'. Die den Roman durchziehende Symbolik wiederum ähnelt den Dan Brown-Bestsellern.«

Zum Inhalt:

Eine Begegnung von Vergangenheit und Gegenwart, die Sie nicht vergessen werden ...

Zons 1495: Eine junge Frau wird geschändet und verstümmelt aufgefunden. Offensichtlich war sie Opfer des Rituals eines perversen Mörders geworden. Eigentlich ist das kleine mittelalterliche Städtchen Zons, das damals wie heute genau zwischen Düsseldorf und Köln am Rhein liegt, immer besonders friedlich gewesen. Doch seitdem der Kölner Erzbischof Friedrich von Saarwerden dem Städtchen die Zollrechte verliehen hatte, tauchte immer mehr kriminelles Gesindel auf.

Bastian Mühlenberg von der Zonser Stadtwache ist geschockt von der Brutalität des Mörders und verfolgt seine Spur – nicht ahnend, dass auch er bereits in den Fokus des Puzzlemörders geraten ist ...

Gegenwart: Die Journalismus-Studentin Emily kann ihr Glück kaum fassen! Sie darf eine ganze Artikelserie über die historischen Zonser Morde schreiben. Doch mit Beginn ihrer Reportage scheint der mittelalterliche Puzzlemörder von Zons wieder lebendig zu werden, als eine brutal zugerichtete Frauenleiche in Zons aufgefunden wird. Kriminalkommissar Oliver Bergmann nimmt die Ermittlungen auf. Erst viel zu spät erkennt er den Zusammenhang zur Vergangenheit. Verzweifelt versucht er die Puzzleteile des Mörders zusammenzufügen, doch der Täter ist immer einen Schritt voraus ...

»Der Autorin Catherine Shepherd gelingt es in ihrem Thriller meisterhaft, die Begegnung zwischen Historie und Gegenwart zu inszenieren. Ein packendes Werk, von der ersten bis zur letzten Minute!«

KAFEL
VERLAG
DER
ZONS-KRIMI
SICHELMÖRDER
VON ZONS
CATHERINE SHEPHERD

Der Sichelmörder von Zons. Thriller

Catherine Shepherd, Kafel Verlag 2013

Der packende Nachfolger von Catherine Shepherd´s Bestseller »Der Puzzlemörder von Zons«:

Zons 1496: Während Bastian Mühlenberg von der Zonser Stadtwache auf der Spur eines uralten Schatzes ist, den der Erzbischof von Saarwerden bei Errichtung der Stadtmauern tief unter der Erde von Zons verborgen hat, treibt ein brutaler Mörder mit einer goldenen Sichel sein blutiges Spiel mit seinen Opfern. Scheinbar wahllos verschwinden »unbescholtene« Bürger und alles, was von ihnen übrig bleibt, sind ihre toten Zungen, die sichtbaren Zeichen ihrer Sünden. Drei silberne Schlüssel, behütet von Pfarrer Johannes und der St.-Sebastianus-Schützenbruderschaft, führen Bastian in ein verschlungenes Labyrinth unterhalb von Zons, wo ein düsteres Geheimnis auf ihn wartet ...

Gegenwart: Ein menschlicher Fußknochen wird in den Rheinauen von Zons gefunden. Kommissar Oliver Bergmann kann zunächst keine Leiche finden. Doch dann überschlagen sich die Ereignisse. Oliver verfängt sich in einem schier undurchdringbaren Netz aus Verdächtigen und Vermissten. Die nagelneue Salzsäureanlage im Chemiepark Dormagen gerät ebenso in sein Visier wie geldsüchtige Banker, eine goldene Mordwaffe und Gandhis »sieben Todsünden der Moderne«. Als die Journalismus-Studentin Emily und ihre beste Freundin Anna in ernsthafter Gefahr schweben, erkennt Oliver verzweifelt, dass ihm nicht mehr viel Zeit bleibt ...

»In ihrem zweiten Roman lässt Autorin Catherine Shepherd erneut Vergangenheit und Gegenwart zu einem atemberaubenden Thriller verschmelzen. Wem der »Puzzlemörder von Zons« gefallen hat, wird die neue Geschichte nicht mehr aus der Hand legen können. Shepherd führt Sie auf eine unglaublich spannende Reise!«

KAFEL
VERLAG
ZONS-KRIMI
KALTER
ZWILLING
CATHERINE SHEPHERD

Kalter Zwilling. Thriller

Catherine Shepherd, Kafel Verlag 2013

Der dritte Thriller von Catherine Shepherd führt Sie in die Tiefen menschlicher Abgründe. Eine weitere Begegnung von Vergangenheit und Gegenwart, die Sie nicht vergessen werden...

Zons 1496: Ein schrecklicher Fluch beendet Elisas junges Leben, noch bevor sie ihre neugeborenen Zwillingssöhne in den Armen halten kann. Bastian Mühlenberg von der Zonser Stadtwache ahnt zunächst nichts vom düsteren Familiengeheimnis, das auf den Brüdern lastet. Als der Schmied mit gefälschten Goldgulden zerstückelt vor der Stadtmauer gefunden und das friedliche Städtchen von einer neuen Mordserie erschüttert wird, nimmt Bastian Mühlenberg die Spur des Mörders auf. Stück für Stück wird er in eine unheilvolle Verschwörung hineingezogen, die das Leben seiner Familie bedroht ...

Gegenwart: Der grausame Mord an einer Prostituierten führt Kommissar Oliver Bergmann zu seinem dritten großen Fall nach Zons. Offensichtlich ist der Mörder ein kaltblütiger Psychopath, der ein perverses Machtspiel mit seinen Opfern treibt. Währenddessen schreibt Journalismus-Studentin Emily mit Hilfe von Professor Morgenstern, dem Leiter einer psychiatrischen Klinik vor den Toren von Zons, eine Reportage über die menschlichen Abgründe psychopathischer Persönlichkeiten. Als ein Universitätsprofessor aus Köln, keine dreißig Kilometer von Zons entfernt, auf martialische Weise ermordet wird, meint Oliver Bergmann ein Muster aus der Vergangenheit zu erkennen. Ein über fünfhundert Jahre alter Fluch scheint zu neuem Leben erwacht ...

»Kalter Zwilling ist der dritte Zons-Krimi von Catherine Shepherd, der in atemberaubendem Tempo Vergangenheit und Gegenwart zu einer einzigen packenden Geschichte verschmelzen lässt. Fesselnd bis zur letzten Seite!«

Über die Autorin

Die Autorin Catherine Shepherd (Künstlername) lebt mit ihrem Mann in Zons und wurde 1972 geboren. Nach Abschluss des Abiturs begann sie ein wirtschaftswissenschaftliches Studium und im Anschluss hieran arbeitete sie jahrelang bei einer großen deutschen Bank. Bereits in der Grundschule fing sie an, eigene Texte zu verfassen und hat sich nun wieder auf ihre Leidenschaft besonnen. Ihren ersten Thriller «Der Puzzlemörder von Zons« veröffentlichte sie im April 2012, gefolgt von ihrem zweiten Kriminalroman »Der Sichelmörder von Zons« im März 2013. Mitte Dezember 2013 erschien der dritte Zons-Krimi »Kalter Zwilling«.

Mehr Informationen über Catherine Shepherd und ihre Romane finden sich auf ihrer Webseite:

www.catherine-shepherd.com